Dea
I'n
and
tou
Con
to
I
Fe
If
so,
sh

translation of The Benefactor.

I am grateful for all your work and loyalty — helping to make my books known to Chinese readers.

Very cordially,
Susan Sontag

上海出版资金项目
Shanghai Publishing Funds

SUSAN SONTAG

苏珊·桑塔格全集

心为身役

桑塔格日记（1964—1980）

As Consciousness is Harnessed to Flesh Diaries, 1964-1980

〔美〕苏珊·桑塔格 著 姚君伟 译

上海译文出版社

序

20 世纪 90 年代初，我母亲曾不很当真地考虑写一部自传。她这个人总是尽可能不直接写自己，所以，这件事让我感到很惊讶。“主要写自己，”她有一次对《波士顿评论》的采访记者说，“我感觉，似乎是通向我想写的东西的一个相当间接的途径……我从来都不确信，我的趣味、我的幸与不幸有什么足以示范的品质。”

我母亲 1975 年说这番话的时候还处在一次极其痛苦的化疗期间；她前一年查出乳腺癌第四期，已转移（那时候还是这样一种情况：患者的病情更多的是告诉家属而非患者本人）；医生希望，不过，正如至少其中一位医生当时告诉我的那样，并不真正预期能给她带来长时间的缓解，更不用说治愈了。就像她一贯的风格那样，她一旦又能写作，她就选择为《纽约书评》撰写系列随笔，后来这个系列以《论摄影》为书名出版单行本。不仅这本书里几乎没有任何意义上的自传色彩，而且连《隐喻的疾病》这本书里她都几乎没有出现；要知道，假如她没有经历过当时那种因罹患癌症而蒙受的耻辱——尽管时至今日这种境况没那么严重了，却依然存在，通常是以自感耻辱的形式出现——她是绝对不会写的。

作为一个作家，她直截了当带有自传性的情况，我只能想起四次。第一次是1973年在她首次访问中国的前夕发表的短篇小说《中国旅行计划》。在很大的程度上，这个作品是对她自己的童年、对她的父亲的思考；她父亲是个商人，他短得可怜的成年生活大部分是在中国度过的，我母亲4岁那年他客死他乡（她从未随父母去过现在叫天津的那个地方的英租界，而是留在纽约和新泽西由亲戚和保姆照顾）。第二次是1977年发表在《纽约客》的短篇小说《没有向导的旅行》。第三次是《朝圣》，1987年发表，也是在《纽约客》。这是篇回忆录，说的是1947年少女时期的她在洛杉矶拜访托马斯·曼的事情；当时，托马斯·曼离乡背井，住在太平洋帕利塞兹。但是，《朝圣》首先是我母亲对她当时最钦佩的作家表达的钦佩；与惯常的做法一样，自我塑像远属于第二位。正如她所写的那样，这是“一个局促不安、满怀热情、着迷于文学的孩子与一个流亡之中的神”的一次邂逅。最后一次，我母亲1992年出版的第三部小说《火山情人》最后部分有几个自传性段落，她在当中直接谈论——她从未在她已经出版的作品里，甚至访谈中这样谈论过——身为女人的话题；还有就是她2000年出版的最后一部小说《在美国》里有若干一笔带过的童年回忆。

“我的生活是我的资本，我想象的资本，”她对《波士顿评论》同一个采访记者说，并补了一句，说她喜欢把它“据为己有”。就我母亲而言，这是个奇特的，也是一反常态的说法，因为她对钱根本不感兴趣，我永远都想不起来她什么时候在私人谈话里使用过金钱方面的隐喻。然而，在我看来，这似乎倒也是对她的作家之道所做的一个完全精准的描述。这也是她甚至会考虑写一本自传的想法让我感到极为惊讶的原因，对她而言，写自传，继续用资本做类比，就不会靠孳息——一个人的资本的收益——去生活，而是动用资本——不合理至极，不管说的这个资本是金钱，还是长篇小说、短篇小说或随笔的素材。

最终，这一想法未产生任何结果。我母亲写了《火山情人》，这样，她就觉得回到小说家这个身份上来了；这一直是她的抱负，即使在她撰写最出彩的随笔时，也是如此。这本书的成功为她找回了自信。要知道，从第二部小说《死亡匣子》开始，她自己就承认缺乏自信心了；《死亡匣子》1967 年出版后，评论界褒贬不一，令她极度失望。《火山情人》之后，我母亲长时间在波斯尼亚和被围困的萨拉热窝忙碌——终于成为她全身心投入的激情。此后，她回到小说创作上来，至少就我所知，不再提回忆录的事。

我有时胡思乱想，觉得我母亲的日记——本卷是三卷本之二——不只是她从未能抽出时间来写的自传（假设她真的写了，我想象那会是非常文学、由松散片段组成的东西，类似于约翰·厄普代克的《自我意识》这本她极为赞赏的书），而且是那部她从来都不愿意写的杰出的自传小说。继续沿着传统轨道的绝妙类比，不妨说，日记第一卷《重生》就是以描述主人公成长过程为主题的教育小说——她的《布登勃洛克一家》，以曼的杰作打比方；或者，从一个小些的文学格局来看，是她的《马丁·伊登》；杰克·伦敦的这本小说，我母亲少女时代就看过，而且直到她生命的尽头说到它都很喜欢。现在这一卷，我称之为《心为身役》——选自本卷日记的一句话——会是一部充满活力、成功的成年时期的小说。关于第三卷，也即最后一卷，我暂且不说。

这么说的问题在于，我母亲自己自豪而热诚地承认，她一辈子都是个学生。当然，在《重生》里，年纪轻轻的苏珊·桑塔格就在非常有意识地创造自己，或者确切地说，是在重新创造自己，使自己成为她希望成为的人，远离她出生和成长的那个世界。本卷未涉及她离开她童年时代的亚利桑那南部和洛杉矶，去芝加哥大学、巴黎、纽约，也未涉及满足感（绝对不是幸福；幸福是迥然不同的东西，而且恐怕那不是我母亲曾经能从中痛饮的源泉）。但是，我母亲在本卷记下的作为一名作家的巨大成功，与各种各样的作家、艺术家和知识分子——从莱昂内尔·特里林到保罗·鲍尔斯、贾斯珀·约翰斯、约瑟夫·布罗茨基，以及彼得·布鲁克和哲尔吉·康拉德[1]——的交往，以及能够到处旅行，真的是想去哪儿就去哪儿——她童年最大的梦想——都没有影响她当学生的程度，反而更甚。

对我而言，这卷日记最引人注目的事情之一是我母亲在不同世界之间来回穿梭的方式。这其中有些与她极度的举棋不定和她思想的种种矛盾性有关；我认为，它们根本没有令本卷逊色，事实上却令其更有深度、更有趣了，在根本的意义上，是相当的……嗯，抵抗阐释。但是，我想，一个更为重要的元素是，尽管我母亲并不以耐着性子和蠢人相处而闻名（她对蠢人的定义，至少可以说，是普普通通的），对那些她真正赞赏的人，她就变成了学生，而不是她大多数时间里想当的老师。所以，对我来说，《心为身役》最有力的部分在于它的赞赏行为——对为数众多的人的赞赏，但是，以其非常与众不同的方式作出的最最打动人的赞美，也许要算是对贾斯珀·约翰斯和约瑟夫·布罗茨基了。看里面的这些段落，其实，更好地理解我母亲的相关随笔——我尤其想到论沃尔特·本雅明、罗兰·巴特和艾利亚斯·卡内蒂的那几篇——其本身首先就是表达敬意的举动。

---

① György Konrád（1933—　），匈牙利作家。

我愿意认为本卷也可以被公平地称为一部政治成长小说，这完全是从一个人的教育及其走向成熟的意义上讲。在书前面部分，我母亲对美国在越南的战争的种种蠢行悲愤交加，她成为著名的反越战积极分子。我想，就连她回首往事的时候，也都会对她冒着美国的轰炸数次访问河内时所说的一些事情畏缩。当然，我毫不犹豫地将它们编入，一如我编入日记的许多其他条目，它们多种多样的话题让我要么是为了她的缘故而担心，要么就是给我自己带来痛苦。有关越南的地方，我只补充一句，令她怒不可遏的战争的种种恐惧绝非她虚构的东西。她也许不明智，但战争仍然是她当时认为的无法言说的残暴行为。

我母亲从未放弃对那场战争所持的反对立场。但是，她的确开始后悔，并公开地放弃她对共产主义解放的种种可能的信仰，不只是放弃对共产主义的苏联、中国或古巴的化身的信仰，而且是对作为一个体制的放弃；这不像她同辈人中的很多人（这里我会说话谨慎，但是，明眼的读者会知道我指的是我母亲同辈中的哪些美国作家）。如果不是因为她和约瑟夫·布罗茨基交情深厚——也许是她一生中两个才智相当的人之间唯一的惺惺相惜的关系——她是否会产生这一情感和思想变化，这我说不好。尽管在布罗茨基生命的最后阶段他们疏远了，但他对她的重要，再怎么说都不为过，不管是美学上、政治上，抑或人性上，都是如此。她在纽约纪念医院[①]临终之时，在她离世的前一天，她呼吸极其困难、生命快到尽头，报纸的头版头条全在报道亚洲海啸[②]，她只说到两个人——她母亲和约瑟夫·布罗茨基。套用拜

① 桑塔格2004年12月28日在纽约纪念斯隆-凯特林癌症中心去世。

② 2004年12月26日，印度尼西亚北部苏门答腊岛海域发生8.9级地震，并引发强烈海啸。

伦的话，不妨说，他的心即她的仲裁。

她的心经常受伤，本卷许多篇幅就是失去浪漫之爱的详尽细节。在某种意义上，这意味着它制造了关于我母亲生活的一个假相，因为她不开心的时候日记会记得多些，在她极不开心的时候记得最多，一切顺利时记得最少。但是，尽管比例不一定完全正确，我想，就和她从写作中获得的巨大的成就感一样，就和她作为一个永远的学生，杰出的文学的一种理想读者，杰出的艺术的理想欣赏者，杰出的戏剧、电影和音乐的理想观众时——尤其是她不在写什么的时候——所赋予自己生活的热情一样，她爱情中的不幸福也是她的一部分。因此，这些日记从失去到博学，然后回到原地，这样真实地呈现出她自己，即她走过一遭的人世间的生活。至于那不是我希望她过的生活就无关紧要了。

罗伯特·沃尔什欣然审阅了最后的手稿，并发现了草稿上大量的错误和缺陷，大大提高了由我编辑的我母亲这卷日记的质量。

若仍有其他错误，当然由我负责——由我个人负责。

戴维·里夫

1964年

64年5月5日

右手＝有攻击性的手，手淫的手。所以，要更喜欢左手！……要把它浪漫化，让它变得多愁善感！

※

我是艾琳[古巴裔美国剧作家玛丽亚·艾琳·福恩斯——SS1957年在巴黎的短时期内的情人，1959至1963年间她在纽约时的伴侣]的马其诺防线。

她就靠拒绝我过"日子"，靠守着这道防线来抵抗我。

什么事情都要拿我当抵押。我就是替罪羊。

[这则日记边上划了条竖线作为强调]只要是她一心在避开我，她就不必面对她自己、面对她自己的问题。

我无法跟她讲道理，让她相信——说服她——真实情况不是这样的。

就像——在我们同居的时候——她无法说服我别需要她、别试图抓住她、别依赖她一样。

※

现在这里面没有任何东西好给我的了——没有欢乐，只有痛苦。我为什么还放不下？

因为我不懂。我并不真的接受艾琳身上发生的变化。我觉得我能够把它逆转过来——通过解释、通过证明我适合她。

但她拒绝我是必需的——正如我一直以来留住她是必需的一样。

※

“任何东西，只要它杀不死我，就都使我更强大。”［歌德语大意］

艾琳内心对我没有爱，没有慈悲，没有善意。我感觉，对我，她变得薄情寡义了。

我们共生的纽带断了。她把它扔在一边。

现在她只出示"账单"[1]。伊内兹、琼、卡洛斯!

我毁了她的自我，她说。我和阿尔弗雷德[美国作家阿尔弗雷德·切斯特]。

(膨胀的、脆弱的自我。)

为我行为中真正有毁坏力的东西所做的忏悔、道歉或改变，根本不会抚慰她，也根本不会令她前嫌尽释。

记住两周前她在纽约客[曼哈顿一家放映外国片和重映片的影剧院；1960年代SS一周去几次]面对"摊牌"她是如何做出反应的!

"我是一堵石墙，"她说，"一块岩石。"说得对。

她不闻不问，没有宽恕心。对我只有冷酷。置若罔闻。沉默不语。甚至都懒得咕哝一声来表示同意。

拒绝我是艾琳在她四周构建的壳。保护"墙"。

※

——我为什么没给戴维喂奶：

① 戴维说此处的"账单"为比喻用法，指感情上的账单。

妈妈没给我喂奶。（我对戴维这样做，来证明她的做法是合理的——这样做没问题，我对我自己的孩子也这样做。）

妈[妈]生我的时候是难产，痛得很厉害；她没喂我奶；产后她在床上躺了一个月。

戴维生下来的时候很大（和我一样）——痛得很。我希望有人把我打昏过去，就什么都不知道了；我从未想到要喂他奶；产后我在床上躺了一个月。

※

……

钟情 = 处于一种强烈的状态之中的感觉
像纯氧（与空气截然不同）

※

亨利 · 詹姆斯——

全都建立在对意识的一种特定的程序化的基础上

自我与世界（金钱）——在他省去的许多在世方式当中，没有身体意识。

※

伊迪斯·华顿的传记。偶尔由有说服力且富有才智的结论覆盖住的平庸的感受力。但她的聪明才智并不改变那些事件——即揭示其复杂性。只不过是被附加在对这些事件所做的平庸的叙述之后。

※

……

64年8月5日

本体论的焦虑，Weltangst[①]。空荡荡的世界——或者在剥落，碎片化。人是上了发条的玩偶。我害怕。

“这个礼物”对我意味着：我不会为自己买它（这个礼物不错，是件奢侈品，没必要），但我为你买。自我的否认。

世界上有人。

胸闷，流泪，一声如果我发出来，感觉就永远都不会停止的尖叫。

我应该离开一年。

---

① 德文，指“世间的忧虑”。

64 年 8 月 6 日

说一种感觉、一种印象，就是消减它——驱逐它。

但有时感情太过强烈：激情，痴迷。像浪漫之爱。或悲痛。于是，你就需要诉说，否则会爆发。

※

渴望消除疑虑。还有，同样，渴望有人来消除你的疑虑。（极想问对方我是否还被爱着；也极想说，我爱你，一半是心里害怕从我上次说过之后，对方已经忘记。）

"Quelle connerie" ［"多么愚蠢的行为"］

※

我曾珍视专业才干 + 力量，（自四岁开始？）认为至少比起成为一个人见人爱的人来，这个目标更容易实现。

※

我无法通过另一场恋爱来驱除我对艾［琳］的迷恋——我的悲痛、我的绝望、我的渴望。我现在无法爱任何别的人。我眼下是"忠贞不渝"。

但是，这一迷恋必须摆脱掉，以某种方式。我必须强行将其中的一部分能量转移到别处去。

我要是能动笔写另一部小说就好了……

※

我从母亲那里得知：“我爱你”的意思是“我不爱任何其他人”。这个讨厌的女人总是挑战我的看法，总是告诉我我让她不开心，我“冷淡”。

好像子女应该给予父母爱+感激似的！子女不欠。尽管父母应该给予子女这些东西——完全就像物质上的照顾一样。

※

母亲说：“我爱你。看。我不幸福。”

她让我觉得：幸福即不忠。

她藏起她的幸福，故意为难我，要我让她幸福——如果我做得到的话。

心理治疗使人消除条件反应［SS 当时的治疗师戴安娜·］（凯梅尼）

※

玛丽 · 麦卡锡的大笑——灰白头发——不时髦的红 + 蓝印花套装。俱乐部女会员聊的家长里短。她是[她的小说]《这一批人》[1]。她对她丈夫很好。[2]

※

怕对方离去：怕被抛弃

怕我离去：怕被对方报复（也属于抛弃——不过是对拒绝离去而进行的报复）。

64 年 8 月 8 日

我作为一个人的视野要比我作为一个作家的视野更宽。（有些作家恰恰相反。）我只有一小部分可以被转变为艺术。

※

奇迹不过是个意外，带着别致的装饰。

意外之后，来了变化——生活。

※

---

① 亦译《群体》。
② 该段同日记第一卷《重生》1962 年第一则。

我对过去的忠实——我的最危险的个性特点，让我付出了最昂贵的代价。

※

自尊。它会让我变得人见人爱，也是令人满足的性爱的奥秘所在。

※

SW［哲学家西蒙娜·韦伊］最好的东西是关于注意。反对意志+绝对命令。

※

一个人永远都无法叫另一个人改变一种感情。

※

64年8月18日　伦敦

“各种一致性的多样化构成完整的美。”——克里斯托弗·雷恩爵士

巴斯特·基顿[1]：做过额叶切断术的老实人

---

① Buster Keaton(1895—1966)，美国导演、演员、编剧，一如他的名字(Buster指“结实的孩子”)，他从小就特别耐摔打。1960年获奥斯卡金像奖终身成就奖。

[关于美国小说家詹姆斯·琼斯的描写：]肩膀从他的耳朵里露出来

外质[①]是（错位的）精液——19 世纪的媒质是“现代”女性性觉醒的变异的症状

比较[亨利·詹姆斯的]《波士顿人》，帕德莫尔版

“‘瞬间’的心理学和生理学”

玛丽·麦卡锡可以靠她的微笑来做成一切事；她甚至都能因此而微笑。

※

一个脑子坏了的——甚至在她基本康复后还看不懂电影的——女人。

披头士乐队，他们的四人组合。

12 岁大的女孩们的潮湿的软体动物。

地塞米尔片[一种安非他命，1960 年代中期 SS 为了写作而依赖上它，而且一直服到 1980 年代初期，不过剂量在逐渐减少]在英国称为“紫心片”[②]（它们是紫色的，不是绿色的[在美国是

① 指细胞基质外部的胶化区。
② 即德林纳米片，由苯齐巨林与巴比妥制成的致幻毒品。

绿色的])——年轻人就着可乐一次吞下去20片……然后(到了午饭时间)急匆匆走进一个“洞”里(超过21岁就不让进),[跳]瓦图西[1]舞

※

海明威写过一部作品,戏仿舍伍德·安德森的《小城畸人》;这是他的第二部小说,叫《春潮》(1926年),就在《太阳照常升起》之前。

※

阿诺德·海林克斯(1624—1669),比利时哲学家——笛卡儿的信徒——[塞缪尔·]贝克特学生时代读过他的书——[海林克斯]坚持认为,一个理性的人到哪里都不自由,除了在他自己的心里——不去劳神费劲试图在外部世界中控制他的身体。

※

形容词[2]:

Punctuate:加标点	(Punctate?):(有小点的?)
Simian:类人猿的	Vermillion:朱红色的

---

① Watusi,即Watutsi,非洲布隆迪和卢旺达的隆迪人中的牧主阶级。
② 以下桑塔格列了形容词单词表,它们多为多义词,没有语境,权译其中一个常见意思,以为参考。

Impudent：粗鲁的　　Crafty：狡诈的

Whooping：发嘣嘣声的　　Glottal：用声门发声的

Laconic：简洁的　　Unnerved：不知所措的

Besotted：痴迷的　　Cerulean：蔚蓝的

Gritty：坚韧不拔的　　Stout：勇敢的

Cracking：快而令人兴奋的　　Vivid：生动的

Septic：腐败性的　　Feckless：没有价值的

Ruttish：交尾热的　　Ogival：交错骨的

Aporetic：怀疑的

Terse：精练的　　Toothy：露齿的

Barmy：疯癫的　　Streamlined：流线型的

……

64 年 8 月 19 日

短篇小说：《夫妻间无穷无尽的体系》

……

※

伦敦土话俚语[①]：押韵加上骑士转向一边

① 即押韵俚语；主要流行于伦敦东区的方言英语，故名为 Cockney rhyming slang 或 CRS。

乳房 = 布里斯托尔(城市 > 乳房[1])

牙齿 = 汉普斯特德(绿地 > 牙齿[2])

动词:

Slash: 飞跑	Slip away: 挣脱
Flake: 成片状脱落	Barter: 物物交换
Judder: 颤抖	Tamper: 干预
Spurt: 涌出	Blunt: 减弱
Sprint: 冲刺	Bash: 猛击
Jar: 发出刺耳声	Whimper: 啜泣

……

※

令人恐惧的是,感觉某人的外部保护层(皮肤)被刺穿

被退火……

※

[美国作家威廉·S·]巴勒斯:

语言 = 控制

---

① 在押韵俚语中,Bristols 表示 breasts(“乳房”),来源于 Bristol City,是 titty 的押韵俚语,titty 是 breast 的禁忌语。

② 此处桑塔格误将 Hampsteads 拼为 Hampteads。在押韵俚语中,Hampsteads 或 Hampstead heath(伦敦面积最大的绿地)指 teeth。

对语言发起的“恐怖主义”袭击（裁剪的方法）

比较：［法国实验作家雷蒙德·］鲁塞尔——*Comment J'ai Écrit . . .*①

逃进空间（科幻小说）对历史

《软机器》

《新星快车》

《裸体午餐》

《死手指讲话》②

※

Bumtrinkets③——粘在肛门毛上的屎块（比较［17世纪剧作家托马斯·］德克尔的《鞋匠的假日》中的西塞莉·布姆特林克特）

“幽谷果”④出处同上

※

名词：

---

① 法文，意为“我怎么写了……”。

② 《软机器》（*The Soft Machine*）、《新星快车》（*Nova Express*）和《裸体午餐》（*Naked Lunch*）均为威廉·巴勒斯的小说。《死手指讲话》（*Dead Fingers Talk*）则由《裸体午餐》、《软机器》和《爆炸的车票》（*The Ticket That Exploded*）的选段编辑而成。

③ 该复合名词中bum意为“肛门”，trinket指“小挂件”、“小玩意儿”。

④ dingleberries指“小屎块”，即英国人说的fartleberries。

Panache： 羽饰

Parameter： 范围

Neologism： 新词

Guts： 胆量

Integument： 外部保护层

Snap brim fedora： 扣边软呢帽

Gruel： 粥

Armature： 盔甲

Scuffle： 混战

Cistern： 蓄水池

Persiflage： 揶揄

Tempo： 节奏

Furore： 轰动

Imbroglio： 一团糟

……

"Une incertitude de jeunesse"[①] ["年轻人的不确定性"]（关于[贝托尔特·布莱希特的第一个剧本]《巴尔》）

※

科幻小说随笔

1. 电影比书籍好——为什么?
2. 内容

作为恶魔崇拜者的科学家人物形象（[歌德的]《浮士德》、坡、[纳撒尼尔·]霍桑）

① 法文，即戴维编注中译成英文的 youthful uncertainty（"年轻人的不确定性"）。戴维猜想桑塔格可能是在引用什么人的话，但他不知道具体细节；他还说，他认为这里是说布莱希特的这部早期作品创作还未能说明他已确立作家的地位。

- 将科学家描写成这样一个人：他释放出种种威力，如果无法永远将其控制就会摧毁掉人类自己
- 比较古代将科学家（如普洛斯彼罗[①]等）想象成一个反复无常的术士，他仅仅部分地控制他涉足其中的威力。

作为现代寓言的科幻小说：

对疯狂所持的现代看法（被“控制”）

对死亡所持的现代看法（焚化、灭绝）

※

丰富的隐喻储备（乔纳森[·米勒，英国作家和导演]）来自：

1. 计算机
2. 水力学
3. 摄影术；光学
4. 甲壳纲动物的生理学
5. 建筑学
6. 国际象棋 + 军事战略

[米勒运用这些隐喻的例子：]

“像摩托车上的脚踏启动器一样——现在我要靠自己的力量启动了。”

“很长的散文。”

---

① Prospero，莎士比亚剧作《暴风雨》中的人物。

“对……发起的最后的自杀式的皮克特冲锋[1]”

“施魔法涂了铬层的。”

※

乔纳森： 精神病学和美学的交叉

……

※

英国流行音乐

朗尼·多尼根

克里斯·巴伯

……

克利夫·理查德+他的影子乐队

席拉[·布莱克]

海伦·夏皮罗

……

《默西[2][之声]》：

---

① 即 Pickett's charge，为美国内战葛底斯堡战役中乔治·皮克特少将率领的一次自杀式冲锋，在一小时左右的时间里，三个师的兵力死伤殆尽。

② Mersey，英格兰西部河流，利物浦位于其河口。Mersey beat/sound 指 20 世纪 60 年代利物浦市的披头士等乐队独特的流行音乐，也指记录乐手创作和演出动态的杂志《默西之声》。

披头士乐队

戴夫·克拉克五人组

滚石乐队

野兽乐队

漂亮东西乐队

群鸟乐队

……

达斯蒂·斯普林菲尔德

※

……

偏头痛的后果：

立体感失去（平面化）>“强化现象”（一道道白线——从边上放大；一边）>恶心和呕吐>剧烈的偏头痛

（受影响的部位总是剧痛的部分）

※

嗅觉是大脑中最大的感觉区，也是最本能的

非常有力，但未被言传——拿它一点办法都没有（只能命名）

全是重音，没有句法规则

嗅觉让人了解清洗了思想的感觉（不像听觉和视觉）

嗅觉学，与标识语学相对

※

［法国作家纳塔丽·］萨洛特——

《向性》[①]（第一本书）——某种像“散文诗”的东西——萨洛特这样称它们。

第一篇写于1932年。

集子1939年出版（德诺埃尔出版社），1957年由午夜出版社再版，加入1939至1941年间写的六篇

这是她的形式！——她的结构特征是反小说的，尽管她已决定要写“小说”+并在其方法的基础上开始对小说发起了一次重要的评论。

※

斯佩隆加——罗马附近的海滩

※

……

老年时，脑动脉淤塞——给大脑的供血逐渐减少

① *Tropismes*，纳塔丽·萨洛特的短篇小说集。

64 年 8 月 20 日

……

摄影术对绘画艺术的影响：

1. 偏离中心：主体在一个角落里
（［意大利导演米开朗琪罗·］安东尼奥尼、［瑞士裔美国摄影师］罗伯特·弗兰克）。
2. 运动影像：［19 世纪英国摄影师埃德沃德·］迈布里奇。
以前，所有的人和动物的影像要么是静止的（静卧），要么就是在一个动作的结束时（比如，肢体能伸展到的最远处）

比较勃鲁盖尔[①]的舞蹈人物与德加的《隆尚的赛马》

3. 对焦距的了解：眼睛看不见调焦，因为它是自动的，这是专注的功能。

在摄影之前的所有绘画都是偶聚焦。随着画家的眼睛从一个平面移向另一个平面，每个面就进入对焦点。

※

① Pieter Bruegel（1525—1569），欧洲绘画史上的第一位“农民画家”，一生以农村生活作为艺术创作题材，人称“农民的勃鲁盖尔”，代表作有《农民的婚礼》、《农民的舞蹈》等。

［生］胶片的质量很重要——是不是颗粒面的；老的存货还是新的（［斯坦利·］库布里克在《奇爱博士》中用二战未用过的拍新闻短片的生胶片，来拍摄作战室连续镜头）

※

万宝龙钢笔（法国）
斜体字（斜体字史略）
读坡论《磁性说》[①]和《任性的小淘气》。

※

［边上划了竖线以示强调：］现代小说和诗歌中的偏离中心的大技巧

※

词语有其自身的坚固性。纸上的词也许不会暴露（也许会隐藏）构思这个词的大脑的松弛性。>一切思想都是升级版——靠印刷出来，即与思考出这些思想的人剥离开来而更加清晰、更加鲜明和更加权威。

一切写作都有一种潜在的欺骗——至少是潜在的。

① 戴维说这是指爱伦·坡的《动物磁性说哲学》（*The Philosophy of Animal Magnetism*）。

见[理查德·]埃伯哈德、[保罗·]蒂利希、德怀特·麦克唐纳和玛丽·麦卡锡，多受启发啊!

乔纳森[·米勒]："我见过特里林以后，就不那么把他的思想当回事了。"

※

感受力是智力的腐殖质。

感受力没有句法——因而受到忽略。

※

阅读批评堵住了人们借以获得新思想，即文化胆固醇的通道。

一个人的无知是一种财富，不能随便就花掉([保罗·]瓦莱里)。

※

体型[SS 在说她自己]：

- 高
- 低血压
- 严重缺觉
- 突然非常想吃纯糖(但不喜欢甜食——糖分浓度不够高)
- 对酒的无法容忍

- 烟瘾大
- 有贫血的倾向
- 对蛋白质的极度渴望
- 哮喘
- 偏头痛
- 胃功能很强——没有胃灼热、便秘等
- 可以忽略不计的经期腹痛
- 人站着很容易累
- 喜欢高度
- 爱看畸形人（爱偷窥）
- 咬指甲
- 磨牙
- 近视、散光
- 怕冷（对冷非常敏感，喜欢炎热的夏天）
- 对噪声不太敏感（高度的选择性听觉集中）

人们服用的降压药片是镇静剂

酒是一种镇静剂

64 年 8 月 22 日　巴黎

那令人难以置信的痛一而再、再而三地袭来。

64 年 8 月 23 日

写完这个短篇。暂名为《美国命运》。我现在明白，这个短篇是从创作出《恩主》[SS的第一部长篇小说]的脉络里挖掘出来的。它是一个小型化了的安德斯太太的故事，但具更强烈的喜剧性。

[在页边空白处：]我的通俗艺术短篇小说

收获

- 第三人称而非第一人称
- 幻想美国，而非幻想法国(因为我现在人在巴黎？！)
- 使用俚语——主动式的动词

64年8月24日

伟大的艺术具有一种美丽的单一性——司汤达、巴赫。(但莎士比亚不在其列。)

一种风格的必然性的感觉——艺术家别无选择，他完全集中于其风格的那种感觉。

比较[古斯塔夫·]福楼拜和[詹姆斯·]乔伊斯(“有意的”，建构的，错综复杂的)与[肖德洛·德·]拉克洛和[雷蒙德·]哈第盖。

最伟大的艺术似乎是分泌出来的，不是建构出来的。

※

坎普：讽刺，疏远；矛盾心理(？)

通俗艺术：只有在一个富裕社会里才是可能的；在这样的社会里，人们能够自由地欣赏讽刺节目。于是，英国有通俗艺术——而西班牙没有，因为那里的节目仍然过于一本正经。(在西班牙，绘画要么抽象，要么就是旨在表现社会抗议的现实主义。)

※

支架——雕塑中的

※

[约瑟夫·冯·斯坦伯格1930年导演、玛琳·黛德丽和加里·库柏主演的好莱坞电影]《摩洛哥》：

黛德丽：洁净，可靠——举止从不软弱无力或者飘忽不定或者小家子气——简朴

冯·斯：慷慨

[在页边空白处：]他们凭借其差异而相互提升

※

Fagotage(阳性名词)——杂乱无章；怪模怪样的装束 >

Fagoter(动词)——给(一个人)穿得怪模怪样 > 这是

faggot[1] 的出处吗？

※

8 月 11 日以来看过的电影：

《群众》（金 · 维多）——电影资料馆

《不法之徒》（［让-吕克 · ］戈达尔）——高蒙左岸电影院

《女人就是女人》（戈达尔）——电影资料馆

《长城》（日［语］？）——诺曼底电影院

《马齐斯特[2]大战独眼巨人》（意［大利语］？）——戈布兰电影院

※

［法国导演乔治 · ］弗朗瑞的第一部故事片《头撞墙》[3]叙述的是关于疯人院的故事——令人恐惧、愚蠢和邪恶的导演

（［类似］于）《没有脸的眼睛》［弗朗瑞的下一部电影］

电影中的哥特式恐怖

《研究院》[4]——比较［罗伯特 · 维内 1920 年魏玛时期电影］《卡里加利［博士的小屋］》等。

---

① faggot 或 fagot 原指“柴把”，在美国口语中指“搞同性恋的男人”。

② Maciste，20 世纪 60 年代初一个电影神话英雄，如同后来的超人。

③ 《头撞墙》（*La Tê te contre les murs*）是乔治 · 弗朗瑞（Georges Franju，1912—1987）1959 年拍的电影。

④ *The institution*。

64 年 8 月 28 日

“大自然主要的和最美的特征是运动，这使得她整天动荡不安，但这一运动不过是各种罪行的永恒结果，它只能靠各种罪行得以守恒。”

——萨德[侯爵]

人道主义 = 提高世界的品德，由此拒绝承认萨德所说的“各种罪行”。

※

一个人怎么看自己，他就是怎样的人。如果一个人认为自己可爱，那他就可爱；漂亮、有才等亦然。

64 年 8 月 29 日

P.[美国社会学家菲利普·里夫，SS 的前夫——1950 年结婚，1959 年离婚]——

所有其他人都不真实——非常遥远的、小的人形。我得游一千英里，才能游到那一关系的边缘，它的另一边也许躺着其他人，它太远了，我太累了。

那一关系的几乎无穷延伸的网络；
它的密织

那就是罩住我的东西——

不是P. 的独特性、价值或宝贵什么的感觉

（至少这种感觉在任何地方都不如）I.［艾琳·福恩斯］那么强烈

H.［哈丽雅特·索姆斯·兹沃林，是SS在加州大学伯克利分校上大学时的情人，后为艾琳·福恩斯和SS两人1956至1957年在巴黎时的情人］——非常伤感的、松散的关系——所以才有了多年后的友谊的可能。

※

假如一个人知道他会活200年，那他35岁的时候会不会照样感觉厌倦了呢？

厌倦是不是死亡自发的同谋——在一个人判断大致是合适的时段，即走完了一半路程时开始松手？

或者，一个人活到35岁时，不管怎样，都会感觉厌倦了，接下来的165年就会“se traînant”［百无聊赖地闲荡］，客观上是否如此？

※

一个人若能像截肢一样截下他的意识的一部分……

在安妮特[美国电影学者安妮特·米切尔森，SS1957年在巴黎结识]6年前看来是自恋的东西：我当时还是那样没有觉醒，那样迷惘。那么死气沉沉，或确切地说，尚未出道。

※

我绝不会只是战胜这个痛。（随着康复时间的推移等）我僵住了，瘫痪了，齿轮卡住了。如果我能以某种方式转移这一情感——如将悲伤转移为愤怒，从绝望变为赞同，那么，它只会退去、减弱而已。我必须变得主动。只要我继续体验旁人对我做的（而非自己做什么），那么，这一难以忍受的痛就不会弃我而去——

※

我写作中执著的动机：

X说话、发问、要求——如果Y[①]不理睬，走开。对此X尽力而为。

[此处插入一张未写日期的便条：]今天早上7：00，我就会好了。

※

我小时候，M.[母亲]不理我。最大的惩罚——也是最沮丧

① 原文此处缺Y。

的。她总是“离开”——甚至在她不生气的时候。(喝酒是这种状态的一个征兆。)但我还是一直在努力。

现在，对艾[琳]也这样。甚至更折磨人，因为她确实理了我4年时间。所以，我知道她是能理我的。

那4年！那么漫长的时间——它的负荷，它的几乎可以触摸到的厚度——时刻困扰着我。“她怎么能……”等等。

我太纠缠于人的“过往”——

……

64年8月30日

伊夫——

脆弱

患疑病症的，瘦弱，一夜要睡10小时——是个药罐子

来自外省——南特[1]、普瓦提埃[2]

小资产阶级

父亲——有个小服装厂，做军装

母亲——一个古玩商

---

① Nantes，法国西部城市，位于卢瓦尔河畔，为卢瓦尔河地区的主要城市。

② Poitiers，位于法国中部克兰河畔，为普瓦图-夏朗德大区和维埃纳省首府。

红发，白肤，五官端正

为火箭部队工作——郊区的大中心

"Je sais que je vais vieillir trop tôt et . . ."［"我知道我会未老先衰，还有……"］

患了妄想症似的——

从银行（父亲的朋友）+从酷儿艺术画廊老板（安妮特的朋友）处偷钱

"丹尼丝"——喊她雷吉娜——她20岁，今年夏天在巴黎一家航空公司工作。

他第一次和安妮特在一起："要是有人现在能看见我就好了。"过去的这3年。——安妮特："Elle n'est pas ma reine à moi"①［"她现在不是我自己的女王了"］

※

从并列（松散的从句关联）到从属（逻辑关系+主从关系的更精确的表示）

※

① 戴维说这是指伊夫一直是安妮特的情人，但现在不是了。

……

剧本：

医生

世界是个身体

※

写作是扇小门。有些幻想好比大家具，进不去。

※

在古代宗教里，一切重要的行为都以一个神圣的典范为依据。

人类 > 各种力量的竞技场，战场

诸神 = 重要事物的名称

A）荷马论意愿（比较斯内尔［德国古典学家布鲁诺·斯内尔，《希腊哲学和文学中心灵的发现》的作者］）

B）悲剧

一个因果分析

神的旨意 > 人的行为

没有角色的构思

现代的个性观<　　>角色扮演（如自我意识）

比较《哈姆雷特》与《俄狄浦斯》

64 年 9 月 3 日

［冯·斯坦伯格 1935 年的电影］《魔鬼是女人》太美了！这是我看过的最最极端的影片之一。黛德丽[1]完全是个物体——几乎是被固定住了，被做了尸体防腐处理一样。研究一下布景的绝对性：剔除个性的风格……黛德丽被“套在”她的衣服里，塞进她硕大的帽子里——躲在五彩纸屑、彩色纸带、鸽子、护栅和雨后面……布景是“超负荷”，既漂亮，又戏仿——

将它与［意大利导演卢奇诺·］维斯康蒂（《战国妖姬》[2]、《豹》）+，当然，《淫奴》［美国实验电影导演杰克·史密斯 1963 年的作品，SS 写过一篇关于该片的文章，后收入她的第一部文集《反对阐释》（1966）］比较。

※

［约翰·］多恩的《白厅布道》——1627 年 2 月 29 日

※

① Marlene Dietrich，该片女主演。

② *Senso*，亦译《情欲》。

我的缺点：

- 拿自己的缺点来审查别人*
- 将我的友情转变为爱情
- 要求爱包括(和排斥)一切

* 但是，在我自己身上的情况变得糟糕、失控、崩溃的时候——比如，我对苏珊[·陶布斯][SS在马萨诸塞坎布里奇时的闺蜜]和伊娃[·贝利纳·科利施][SS和陶布斯的朋友]的身体洁癖而感到愤怒的时候，也许这情形就变得非常忙乱和明显——达到极致。

注意：我难以餍足的胃口——真正的需要——对品尝新奇和“令人讨厌的”食物 = 需要声明我对洁癖的拒绝。一个反声明。

……

64年9月8日

“我逃离了，但我得把我的手臂和腿留下……”

不回顾意味着用警戒线来隔离开现在的各种各样的事情，而这些事也充满了种种无法抑制的记忆。为了给我的……生活、这一痛苦得要命的生活“消毒杀菌”，我发现自己在戒除掉这个那个等等。最大的丧失是性。这，以及许许多多其他的事情，让我想起……

我无法赋予当下任何深度或淡定，因为（对我而言）那就意味着过去，而过去则意味着和……分享的一切。

我感觉——在我不伤心的时候——干巴巴的，像粉末，像放飞的氦气球……

我已然禁止自己去想，去感觉，因为想和感觉……

我这样下去怎么行？

我不这样又能怎样？

※

“最亲爱的——

“抱歉我没写信。人生艰难，人咬紧牙关的时候，很难开口说话……”

※

电影中的色彩

［衣笠贞之助 1953 年的电影］《地狱门》[1]

《战国妖姬》

［阿伦·雷乃 1963 年的电影］《穆里爱》

---

① Teinosuke Kinugasa（1896—1982），本名小龟贞之助，日本昭和时期的电影导演。

两种调色板：一种以肤色为基础，另一种不是（而是以城市、塑料制品、霓虹灯为基础）

那种性高潮——在[雷乃 1961 年的电影《去年在]马里昂巴德》中重复的大尺度的连续镜头

坎普中戏仿与自我戏仿的关系

[20 世纪法国艺术家让-罗伯特·]依博斯泰基[①]的雕塑——英雄人物（大头，张开的双臂，阴毛像个徽章——阴茎无拘无束地突伸着），古铜色，但是有裂缝，开裂了……

※

“我不想知道你的过去。我有种感觉，它会过于沉重。”
“但我们心态不平衡。”
“但我们平衡。”

※

马克思主义：面对文化的一种立场

——[西奥多·]阿多诺，《新音乐哲学》
[阿诺德·]勋伯格 = 进步

① Jean-Robert Ipoustéguy（1920—2006）。他嫌“罗伯特”这个名字太普通，便加上他母亲的娘家姓 Ipoustéguy。

［伊戈尔·］斯特拉文斯基＝法西斯主义（阿只把他与一个阶段，即新古典主义联系在一起）

［在页边空白处：］注意斯特拉文斯基＋［巴勃罗·］毕加索[①]之间的相似之处——以［他们］不同风格探索过去——没有致力于进步

——［乔治·］卢卡奇

［托马斯·］曼＝现实主义＝历史感＝马克思主义

［弗朗茨·］卡夫卡＝寓言＝去历史化＝法西斯主义

——［沃尔特·］本雅明

电影艺术＝废除传统＝法西斯主义

（将此用作关于卢卡奇的随笔的开头部分）[②]

※

读［当代法国小说家让-玛丽·古斯塔夫·］勒·克莱齐奥的两部小说

“J'ai besoin de beaucoup de tendresse.”［“我需要很多的温柔。”］

---

① 斯特拉文斯基创立了新古典主义，与其他艺术门类的艺术家密切交往，其中对其影响最大的是艺术大师毕加索，他被人们誉为“音乐界中的毕加索”。

② 1964年，桑塔格发表《乔治·卢卡奇的文学批评》一文，后收入《反对阐释》。

"Écrire veut dire aller jusqu'au bout. J'ai renoncé à ça dans ma vie， mais dans ce que j'écris， je dois prendre un risque. "［"写作意味着坚持到底。在生活上我已经不这样坚持了，但在我所写的东西上，我必须冒险。"］

"C'est trop et c'est juste assez pour moi"（让-科克托）［"这对我而言实在是太多了且又刚好够"］《电影手册》"美国电影专号"（1963 年 1 月）题记

……

《絮叨者》系列［路易·勒内·德福雷著］：坡

［豪尔赫·路易斯·］博尔赫斯说：［G·K·］切斯特顿、［罗伯特·路易斯·］史蒂文森＋冯·斯坦伯格的早期电影

64 年 9 月 10 日

写随笔讨论：

- 第一人称叙述，记叙
- 冯·斯坦伯格
- ［赫尔曼·梅尔维尔的小说］《皮埃尔》[1]
- 风格＋沉默　格特鲁德·斯泰因等。

① *Pierre*，戴维在编注里加上了副标题。该小说完整的英文标题为 *Pierre*： *or*， *The Ambiguities*。

※

所有伟大的艺术都在其中心包含了沉思，一种动态的沉思。

坎普是艺术中的行为主义的类型之一——它是，如此极端，它没有要考虑的规范。

※

现代美学因为依赖“美”的概念而顾此失彼。好像艺术是“关于”美一样——就像科学是“关于”真相那样！

※

［当代美国艺术家 R · B · ］基塔：“发现的 + 受助的客体”

※

……

关于萨洛特这篇东西，看［皮埃尔 · ］布莱兹的早期随笔《论享乐主义》（由“音乐天地”[1]印发）。

① 1954 年，法国作曲家和指挥家布莱兹在巴黎成立“音乐天地”（Domaine Musicale）音乐会系列，并担任指导直至 1967 年。

为[SS 的随笔，论当代法国人类学家克劳德·]列维-施特劳斯，看[保罗·]利科发在《精神》[①]上的文章

……

[当代德国作曲家卡尔海因兹·]斯托克豪森的作品废除了组合方式的理念——提议

1）任何有节奏的结构都可以有机地适应任何乐曲的速度；2）序列的无限循环。

布莱兹排斥(1)+(2)

……

64 年 9 月 23 日　纽约

吸入的强调

吸入 > 放低(放平膈膜) > 抑制感觉——骨盆的，也即性的

因此，一种感觉的秘密即在于学会呼出

① *Esprit*，法国著名社科期刊，每月出版(每年出版十期，其中有两期双月刊)，由艾玛努埃尔·墨尼埃(Emmanuel Mounier)创办于 1932 年。

※

心灵的化学……

效应照亮其他地带……

将对话分成专门小组，把……做成大屏风

64 年 10 月 3 日

《淫奴》是性的，性刺激的（不只是对性的夸张模仿），在这个意义上也一样，即：性也是可笑的、荒诞的、笨拙的和丑陋的。

有人先思而后行。有人先行而后思。他们谁都认为对方想得太多了。

一次谋杀：像在一个黑森林里（拍全景照时）打的闪光灯，照亮了所有暗处的、受到惊吓的林中生物一样。（达拉斯——1963 年 11 月）[①]

※

主题：自我的重生

通过这个疯狂的“规划”

---

① 1963 年 11 月 22 日，美国总统约翰·肯尼迪在得克萨斯州达拉斯市遇刺身亡。

摆脱掉过去——放逐——中止自我

※

重复原理

（比如红绿灯）

红 <　　> 绿

上 <　　> 下

停 <　　> 走

获得更精确的交流

英语如此精确，因为它如此冗长…… > 比较［20世纪英国文学评论家和诗人威廉·］燕卜荪论复杂词语：词语有共振，有光环，有感应。文学作品是由它们穿起来的。比如，“傻瓜”，“诚实的”

比较一份电报

为传达信息而需要的冗长——但是与美、与非实用是什么关系呢

数学家说某种等式“它是美的”，因为它是如此简单，如此非冗长。

风格（格调）与冗长之间的关系［——］比如，冯·斯坦伯格

的电影

冗长与“复制”之间的关系。

※

妇女在19世纪“政治上是透明的”。

※

我们拥有一切元素——只要用螺栓把它们旋紧，然后装上[1]弹头——然后发射。

※

渗漏
垂曲线

人一旦消除对复制的反感，就会发现现代生活里有那么多的东西可以欣赏。

像[20世纪研究城市规划的美国作家刘易斯·]芒福德这样的道德家对像[美国当代建筑师]菲利普·约翰逊这样的美学家。

① 原文误为attack(进攻)，应为attach(装上)。

严肃——其最高形式即讽刺。

64 年 11 月 1 日

我以前怕我母亲，怕她打我。不是怕她生气，怕她削减她提供给我的那一丁点情感滋养，而是怕她。也怕罗茜[SS 的保姆罗丝·麦克纳尔蒂]。

母亲掴我耳光——因为顶嘴，因为反驳她。

我总为她找理由。我从未允许自己生气、大怒。

※

如果我无法根据世人的标准来作出判断，那么，我必须根据我自己的标准来作出判断。

我在学习如何根据世人的标准来作出判断。

※

作为一名作家，我容忍错误、实绩不佳、失败。如果我有时失败，如果一个短篇或随笔写得不好，那又怎样？有时进展就是顺利，作品真是好。这就够了。

在性上面，我就是没有这样的心态。我不容忍错误、失败——所以，我一上来就焦虑，就更有可能败下阵来。因为我没有这样的自信，即在这方面有时（我没有刻意强求）也会有上乘的表现。

※

我对待性的感觉要是能像对待写作那样就好了！要知道，我不过是自己无法驾驭的某种力量的手段、媒介和工具而已。

我把写作体验为赠予我的——有时几乎是献给我的。我由着它来，尽量不去干扰它。我尊重它，因为它是我，又不只是我。它既是个人的，又是超越个人的。

我也愿意这样来体验性。就仿佛“自然”或“生活”用了我。而我信任这一点，由着自己被用。

一种向自身、向生活缴械的态度。祈祷。由着它去，不管它会是什么。我把我自己交给它。

祈祷：心平气和与骄奢淫逸。

在这一点上，那个从前的小小的自我绝不会因为根据某种关于表现的客观标准而可能获得的评价，就感到羞耻和焦虑。

人对性必须虔诚。这样，他就不敢焦虑。焦虑就绝不会暴露出它的真面目——精神猥琐、小肚鸡肠、心胸狭隘。

※

问：你总是成功吗？

答：是的，我百分之三十的时间成功。

问：那你就并非总是成功。

答：不，我总是成功。百分之三十的时间成功即总是成功。

※

贵族气派的 愤世嫉俗的 （乔治·桑德斯[①]，文森特·普赖斯[②]）	小丑般滑稽的 愤世嫉俗的 （泽罗·莫斯特尔[③]，悉尼·格林斯特里特[④]，查尔斯·劳顿）
在个性风格上打破道德规则，但遵守美学规则	打破道德和美学规则
优雅的	在你面前放屁，总是惹你，嘲笑你胆小

① George Sanders(1906—1972)，生于圣彼得堡，父母是英国人。1936 年进军好莱坞，很快成为好莱坞重要影星之一。出演过《蝴蝶梦》(1940)、《彗星美人》(1950)等片。

② Vincent Price(1911—1993)，美国恐怖片演员。

③ Zero Mostel(1915—1977)，美国演员。

④ Sydney Greenstreet(1879—1954)，英国演员。

人们怕他——怕被认为笨拙、缺乏教养、身份低贱（而那正是他的力量）	人们相信他懂得快乐的奥妙所在——不想被他认为是个乏味的人
承认他坏	伤害你——然后逗你笑。不知羞耻，但不承认他自己坏。行为举止像个淘气而可爱的小孩

※

查核：

列维-施特劳斯发表在《新社会》（杂志）上论圣诞节的文章

［马塞尔·］普鲁斯特《关于福楼拜的风格》，见《欢愉与岁月》［美国文学评论家 F·W·］杜皮[1]编（铁锚版［丛书］）

《赫耳墨斯》——研究神秘主义的法国新杂志（［米尔恰·］伊利亚德[2]、［艾伦·］瓦兹[3]、［亨利·］科宾[4]等。）

---

① F. W. Dupee（1904—1979），美国文学评论家，《党派评论》和《纽约书评》作者。普鲁斯特之外，他还编过奥斯丁、狄更斯、格特鲁德·斯泰因等作家的文集。

② Mircea Eliade（1907—1986），生于罗马尼亚，二战后曾长住法国巴黎，后移居美国。世界宗教史家，著有《神圣的存在：比较宗教的范式》等，并主编 16 卷本的《宗教百科全书》。

③ Alan Watts（1915—1973），美国学者，著有《冥想的艺术》等。

④ Henry Corbin（1903—1978），法国哲学家，神学家，伊斯兰教学者。

［当代法国作家米歇尔·］布托尔[1]，《四季》、《当今世界文坛》（罗思科[2]——温和的蒙德里安风格）

［SS在页边空白处标了个X：］（［由约翰·］考尔德在伦敦［出版的］）路易·勒内·德福雷作品的任何英译本

※

科幻小说——

关于非个人的当代负面想象的大众神话

来世生物 = 那个“它”，所接管的

※

随笔：风格，沉默，重复。

※

库尔特·戈尔茨坦[3]，《语言与语言障碍》（格鲁尼与斯特拉顿出版社，1960）——

失语症　　　　阅读

① Michel Butor（1926—　），法国新小说派作家和理论家。
② 疑为Mark Rothko（1903—1970），美国画家，抽象主义大师，20世纪最重要的艺术家之一。
③ Kurt Goldstein（1878—1965），德裔美国神经病学家。

※

高尚的情感/卑劣的情感

尊严

尊敬

忠于自己

※

……

比较[保罗·]克利+瓦莱里

理论+艺术

※

[俄罗斯裔美国建构主义雕塑家瑙姆·]加博[①]：负空间[②]

“建构”某物即从某物中雕刻出空间(打开空间)。

[加博：]“我们不承认体积是空间的一种表达……我们拒绝将实体视为一种可塑性元素。”(1920)

加博：必须从各个角度看雕塑——它是三维的。

① Naum Gabo(1890—1977)。

② negative space，指(构图中)实体之间的空间。

创新：新材料的使用——塑料、赛璐珞、导线；+使雕塑动起来(要么是看见它动，要么是因为动就是主题)>比如《动力构造》(1920)[1]

让雕塑更靠近建筑。

※

[马塞尔·]杜尚：现成品不是作为艺术，而是一种哲学观点

※

风格：

圆形风格([格特鲁德·]斯泰因)>读唐纳德·萨瑟兰的书[美国评论家、剧作家和歌剧剧本作者，1951年撰写过《格特鲁德·斯泰因：她的作品之路》]

比较[让-保罗·]萨特论[阿尔伯特·]加缪的《局外人》"明晰的风格"

……

① *Kinetic Construction*，加博在1920年制作的第一个动态作品。该作品在底座安装了一个小马达，连接一根垂直的金属细杆，马达一启动金属细杆就随之产生韵律性的震动。

※

威[廉]·詹姆斯承认，“病态意识”是经验的特征，事实上——比健康意识涵盖“领域更广”

——邪恶或疯狂当中的“价值”

※

[埃里克·]萨蒂[①]“家具音乐”——是背景，不是要你专心倾听

安迪·沃霍尔的电影

※

读[当代美国文学评论家J·]希利斯·米勒的书

艺术是一种意识形式

※

……

① Eric Satie(1866—1925)，法国作曲家，自创了他称为“家具音乐”的实验音乐。

在命名一种感觉（“我感觉很糟”）与表达这一感觉（“哦哦……”）之间的一个区别在于你得到的反应：“为什么？”或“怎么啦？”为了给一种感觉以宣泄口而命名它——精神分析推波助澜的一种做法——你就把安慰你的人变成了合作推断者。

※

将一卷胶卷上的标记（“空段”）用作电影内容的一部分：布鲁斯·康纳[①]《一部电影》（就像展示一栋楼的结构，或——布莱希特——布景的机制）

电影里老电影的摘用＋事件之间的交叉剪辑：

戈达尔《随心所欲》由雷内·法奥康涅蒂＋安娜·卡里娜［主演］

［美国实验电影人肯尼思·］安格《天蝎星升起》［他在里面剪辑的材料来自塞西尔·B·］戴米尔[②]《万王之王》＋摩托车手的狂欢活动（声轨：《参加派对去》［实为《派对彩灯》］）

［西班牙导演路易斯·］布努埃尔的《黄金时代》［它］使用了基督来说明萨德片段

※

① Bruce Conner（1933—2008），美国艺术家，以组合成的艺术品、电影、绘画、雕塑和拼贴画等作品著称。

② Cecil B. DeMille（1881—1959），美国电影导演，好莱坞影业元老级人物，美国影艺学院的36位创始人之一。

保罗·利科《结构与诠释》，见《精神》杂志，1963 年 11 月

同期另有三篇关于列维-施特劳斯的文章，外加访谈

※

……

18 世纪：坎普的伟大时期——分布于整个文化之中

[亚历山大·]蒲柏——《致阿勃斯诺特医生书》中的不合逻辑的段落："……他本人即一个邪恶的对照。"

[威廉·]康格里夫——对称的(像台球)：激情 A，激情 B

莫里哀呢？

……

18 世纪戏剧：没有发展——全部的特征在那里——瞬间的情感用一句警句概括——爱诞生或者死亡

……

※

新艺术绘画+素描的特征：
对称的构图，纤细的曲线，简洁的色彩，苗条的身体。
鲁热餐馆——蒙帕纳斯火车站附近的新艺术装饰

※

……

色情作品

萨德，安德烈亚·德·纳西亚，雷斯蒂夫·德·拉布勒托纳>>>18世纪法国浪荡三巨头

罗切斯特伯爵[约翰·威尔莫特]，约翰·克莱兰>>>英国的（请注意：[劳伦斯·]斯特恩，约翰·威尔克斯+罗伯特·彭斯均为秘密色情社团成员。威尔克斯属“梅德门汉僧侣会”[①]，彭斯则属于“苏格兰缪斯”成员）

18世纪——无罪；无神论；更哲学、更好争辩
19世纪——有罪，恐怖

安德烈亚·德·纳西亚——法国军队的职业军官（父亲是意大利人）；晋升为上校：
两部伟大的哲学著作：

① Medmenham Monks，该僧侣会也叫“地狱烈火俱乐部”（the Hellfire Club）。

［哈第盖的小说[①]］《肉体的恶魔》（三卷）——在叙事＋对话之间切换；以伯爵夫人（荡妇）＋侯爵夫人（女主人公——像盖尔芒特公爵夫人［普鲁斯特的人物］一样——漂亮、世故、富有；人人都巴结她）开始

两人之间的恋情——＋伯爵夫人讲故事。

性绝不受到谴责，总是令人愉悦

大量的社会讽刺

［安德烈亚·德·纳西亚的小说］《阿佛洛狄特》（三卷本）——一个秘密色情社团；讲故事。

也是一部小说《蒙罗斯》[②]；以及《费利西娅》[③]（最有名的书——能激起性欲，但有骑士风度，不淫秽）

※

……

死亡＝完全处于自己的头脑里

生活＝世界

……

① 此处戴维有误。桑塔格指的是纳西亚（A. de Nerciat）的同名小说，三卷本，而法国作家雷蒙德·哈第盖（Raymond Radiguet）的同名小说实为单卷本。

② *Monrose*。

③ *Félicia*。

64 年 11 月 4 日

普鲁斯特在一封信里写道：

“还有，埃尔维厄和埃尔芒等人以来，势利被极为频繁地从外在再现，所以，我想试试从人的内心来展示它一下，像展示很棒的一种想象那样……”

像坎普

※

一个人批评别人身上的东西，而这种东西他在自己身上发现也有 + 鄙视。比如，一个艺术家厌恶另一个艺术家的勃勃雄心。

※

在抑郁的背后，我发现了自己的焦虑。

※

电影史

这是意识到有电影史的第一代导演；电影艺术现在进入了自我意识的时代

怀旧

[德国电影学者和作家齐格弗里德·]克拉考尔：电影——反艺术；反电影导演

※

……

女性特质＝柔弱（或者通过柔弱变得刚强）

没有只是刚强，＋承担后果的女强人形象

……

64年11月17日

把所有的关系都设想为主人与奴隶之间的关系……

在每一个情况中，我是什么角色？我作为奴隶感觉到更多的满足；我得到更多的滋养。但是——主人也好，奴隶也罢，都同样地不自由。一个人无法走开，摆脱掉角色。

平等的人之间的关系是不束缚于“角色”的关系。

※

在我发现嫉妒的地方，我忍着不去批评——除非我的动机不纯，我的评判欠公正。我与人为善。我只对陌生人心怀恶意，那些冷漠的人。

看上去蛮高尚的。

但我因此救了“高于我的人”，那些我钦佩的人，使得他们免遭我的厌恶、我的侵犯。批评只留给了那些“低于”我的人，那些我不尊重的人……我运用我批评的力量确定了现状。

※

韦恩·安德鲁斯，《[建筑，雄心与美国人：]美国建筑[社会史]》

约翰·凯奇，《沉默》

奥利弗·洛奇爵士，《雷蒙德》

黛茜·阿什福德，《年轻的来访者》

64年11月22日

读马克斯·比尔博姆的《萨沃纳罗拉·布朗》[1]，[罗纳德·弗班克1926年的小说]《红衣主教皮雷里[怪习种种]》，尼金斯基[2]的日记

① “Savonarola Brown”，比尔博姆的短篇小说。
② Vaslav Nijinsky（1889—1950），波兰血统的俄罗斯芭蕾舞演员和编舞。

软焦点思考（就与这四场讲座里的情况一样），其优点是活跃，即兴，与说它的情形同步；—— 对强焦点思考（写作），这更精确、复杂、不重复，但必须事先准备——就像一尊眼神空洞的希腊雕塑。

※

比方说，我有一种闷闷不乐的情绪（Z），我要与之斗争——这种情绪导致我一而再，再而三地做或说某件我希望没做、没说的事。

如果我仅仅是抑制这个行为（如果还能做到这样），那么，我会给此行为背后的情感“再充电”。

消灭这一情感的诀窍：以夸张的形式将它表达出来。

于是，你感觉到的懊丧就更难忘，更有益于身心健康。

※

“取决于我在哪里被抛弃……”

读[奥地利裔英国艺术史家恩斯特·]贡布里奇，《威廉·迈斯特》[歌德的第二部小说《威廉·迈斯特的学习时代》，1795 年出版]

※

脸上受伤，留下伤疤

《艳窟泪痕》［1937 年好莱坞电影，劳埃德·培根和迈克尔·柯蒂兹导演，蓓蒂·戴维斯、亨弗莱·博加特和劳拉·莱恩主演］

蓓蒂·戴维斯——M.①

- 一出场就抽烟（独立于老板——约翰尼·范宁——的标志/把烟喷吐到他的脸上）。

※

尼采：“没有事实，只有阐释。”

艺术绝非一张照片。

※

艺术模仿论：艺术 <　　> 现实

柏拉图：以真实这个标准来衡量艺术

① 指影片中的人物玛丽。

亚里士多德：撒谎的情感效应。

※

社会事实 > “事实”

心理事实 > “想象”

艺术 + 事实之间许多不同的关系

1）报道的
2）讽刺的——波普艺术［——］安迪·沃霍尔的《129 人死亡》[①]；《每日镜报》［赫斯特[②]拥有的纽约小报，1963 年停刊］头版
3）对现实居高临下：《纽约客》小说；《这一批人》中的若干段落

※

作为一个作家的问题：
从来不想原型
不把艺术元素视为事实

“无事实的”

---

① *129 Die*，即 *129 Die in Jet-Plane Crash*，《129 人死于空难》。
② Hearst Corporation，赫斯特国际集团，美国最大的多元化媒体公司之一。

※

欧文·施特劳斯《直立姿势》，《变态心理学杂志》，1942

※

……

（文学中的）复活：

太宰治，《人间失格》，《斜阳》
[简·波托茨基，]《萨拉戈萨手稿》
[吉兰·德·迪斯巴赫，]《王子的玩具》
[马查多·德·阿西斯，]《小赢家的墓志铭》
[维托尔德·贡布罗维奇，]《费迪杜克》[1]
[司汤达，]《阿尔芒丝》
[克努特·汉姆生，]《潘神》

※

“又一个快乐的日子”

“应对一场风暴”
……

---

① *Ferdydurke*（1937），波兰作家贡布罗维奇的第一部小说。

论[安托南·]阿尔托—[雅克·]里维埃尔间的书信，见[莫里斯·]布朗肖，《未来之书》第45—52页。

……

看[托马斯·]卡莱尔《旧衣新裁》中论纨绔子弟的[——]《纨绔子弟的身体》

"J'ai le cafard"［"我心情忧郁"］

64年12月3日

有趣的新雕塑排斥底座([美国雕塑家乔治·]休格曼等。)

精致高雅，技巧：建立在夸大这一价值观基础上的坎普，使其变为主流；它其实不是。精气神至少同样重要。不过它是重要的。比较贾斯珀·约翰斯

论坎普的随笔是感受力的重要性——这个想法——这个更大的观点的一个例子。谈论坎普是提出这一观点的一种途径。

与20世纪视觉艺术革命有关的现代艺术。我们是人类历史上生活在被印刷品(连环漫画杂志、广告牌和报纸)包围的环境中的第一代人——第二天性。

[美国艺术史家迈耶·]夏皮罗是最早对[杰克逊·]波洛

克、[威廉·]德·库宁(40年代后期)的作品感兴趣的人之一

找到夏皮罗1956年发表在《听众》杂志上的论现代艺术的随笔

※

沃霍尔的观点：单一图像(被单调化的)；客观的东西

※

“它是什么？”再问“它有什么好？”

※

安德烈·布勒东：一个自由鉴赏家

※

杜尚

※

迈耶·夏皮罗

《抽象艺术的性质》，夏皮罗刊登在《马克思主义季刊》第一卷第一期(1937)上的文章，德尔穆尔·施瓦茨作出了回应，

回应刊登在同刊第一卷第二期(1937年4—6月)上

《风格》(克罗伯卷)[夏皮罗发表在艾尔弗雷德·路易斯·克罗伯《当代人类学》上的随笔]

论现代艺术，《听众》，1956年

《电影的形而上学》，《马克思主义季刊》第一卷第三期(1937年10—12月)——对莫蒂默·阿德勒的抨击

- 《论罗马风格艺术中的美学态度》，载[K·巴拉蒂·伊耶]《艺术与思想》……

※

……

《牧师与工人：亨利·佩兰自传》，伯纳德·沃尔翻译并附导读

……

※

风格[该词周围加框：]

风格作为艺术变化模式。
风格意识即艺术作品的历史性意识
当代绘画中的风格流行的速度

与“风格”相反的唯美主义——比较[SS1960年代初的一个朋友、法国批评家罗兰·]巴特的《戏剧服饰的病态》——《文艺批评文集》

……

※

艺术作品

一种实验，一次研究(解决一个“难题”)对戏剧的形式

……

※

[米开朗琪罗·安东尼奥尼的电影]《情事》

难以相信[它拍了]才4年……

到最后才知道克劳迪娅穷

……

安在屏幕上场景的时长总是和它们在生活中一样——剪辑中没有对时间的操控——

“放弃正面＋负面这种过时的[①]决疑论”——安拒绝把山德罗塑造成一个恶棍

拍情感片，但不让他的演员“强烈地表现情感”（随[意大利电影导演费德里科·]费利尼＋维斯康蒂）——那样会是“修辞的”

新风格：“反对修辞”

……

安的电影是“文学的”，因为复杂的引述密布其间

自我意识的电影制作——《情事》里有菲茨杰拉德[的《夜色温柔》]

……

（它们有文字剧本）但不像传统故事

① 戴维确认此处应为 superannuated，桑塔格误为 supernatural。

>安的电影：“使用”演员的导演所进行的一种写作（“摄影机笔论”[1][字面意思为法国电影评论家和导演亚历山大·]阿斯楚克[的“摄影机-笔”]）

- 人为何“写作”？
- 回答：一部电影作为记录、体现的理念

材料必须是分散的、非戏剧性的（因此才有了[安东尼奥尼1975年的电影]《公路之王》[2]的失败）

※

……

[以下三条四周加了框。]

一个数字是所有相互对等的集（合）之集（合）。

一个基数是所有相似的类之类。

一个基数可以归属于任何一个有限集（合）。

---

① caméra-stylo。阿斯楚克认为，摄影机就像笔，导演应像作家用笔那样，用摄影机进行自由写作。

② *Il Grido*，亦译《喊叫》、《流浪者》和《呐喊》。

64 年 12 月 6 日

我的友谊(保罗[SS 的朋友、美国艺术家保罗·特克]等)无足轻重。现在，既然——我的体验是，它们成了维护难题。我在力图平衡我的时间表，支付应付款项……

“每一种生活都是对一种特殊方式的辩护。”[——奥地利作曲家安东·]冯·韦伯恩

(基塔画作)

※

读：

买：牛津大学版《[威尔士炼金术士和玫瑰十字会[①]会员托马斯·]沃恩》，[安德鲁·]马韦尔+[玄学派诗人理查德·]克拉肖。

沃恩关于临终的布道

[法国作家阿尔弗莱·德·缪塞 1834 年的剧本]《罗朗札齐奥》……

沃尔特·本雅明关于巴洛克风格的书。

---

① Rosicrucian，17—18 世纪研究玄学、神秘主义和炼金术的秘密会社成员。

弗雷德里克·弗雷《阐述史》(1886)

坡——短篇小说集

艾丽斯·默多克，《我怎样写一部长篇小说》，《耶鲁评论》，1964 年春季号

弗朗茨·博克瑙，论 17 世纪的书(1934)——帕斯卡、拉辛、笛卡儿、霍布斯[《世界观：从封建的向资产阶级的转变》]

● 约翰·凯奇《沉默》

[俄罗斯电影导演伍瑟沃罗德·]普多夫金[1]论电影[《电影技巧与电影表演》]

……

64 年 12 月 19 日

长篇小说：发现身体的生命(姿态，姿势卡若琳[美国表演艺术家卡若琳·史尼曼]的“我必须与火打交道”，克拉斯·奥尔登堡[瑞典雕塑家]的“这些天尽跟过道牵扯上了”)……两个人物——一个成功了，一个没有。

---

① Pudovkin(1893—1953)，苏联电影导演、演员、电影理论家。

1965 年

［未写日期的散页：］

语言变成一系列死的、“清晰的”音调

※

一个（作为人类一员）有（？）音高辨别力的人

※

我不在意人的聪明；人与人之间的任何情形，只要他们相处时显示人类特质，都会产生“智慧”

※

作家认为词语表达同样的意思[①]——

※

［SS1960 年代记下了大量的日记，但日期记得却越来越随意，或者干脆就没有日期。下面的笔记来自一本标了

“1965——，长篇小说，整理过的笔记”的笔记本，却没有明确的日期或顺序。我在这里录下了在我看来似乎能够告诉我们一点关于SS的东西；这些东西产生的共鸣比通常在书籍梗概里发现的更大。]

[划掉了，但能辨认出来：]

注意巴勒斯如何在《裸体午餐》里从第一人称切换到第三人称，如何又切换回去，而没有正式告知。

也注意括号里学识的运用

[划掉了，但能辨认出来：]

这个“我”是什么性别？一个人为了作为一个女人说“我”，并在写及人类境况时，就一定得相信上帝是个女人吗？

谁有权利说“我”？这个权利必须争取吗？

梦的元素。

[划掉了，但能辨认出来：]

吸毒后产生的极度兴奋[——]比较[弗朗西斯·]皮卡比亚的画《普遍卖淫》普遍私通

① 戴维说，桑塔格是指作家们认为每个词在所有的情形下只有一个确定的意思。

性幻想的表现："不美也不丑"没有情感之重，别的什么都不是——就是"令人激动"

这个作为长篇小说的主题——幻想交织在一起，像《恩主》里的梦一样

……

我不是在找一个情节——我是在找一种"调子"、一种"色彩"，其他会随之而来

假如事事都是相同的，但没人讲过，那又会怎样。

……

作为一种游戏的小说（伯特）[SS的朋友、美国小说家伯特·布莱克曼]——制定"规则"，接下来，这些规则决定人物+情景

一个难题：我的作品的单薄。它贫乏，一句一句的。太像建筑，太东拉西扯。

贾斯珀[·约翰斯][1960年代中期SS与他有交往]令人畏惧的沉默寡言——这令人敬畏——加上他的好争辩

"在现代美国。在现代美国"

（南卡罗来纳的）惠佩尔·巴洛尼福音教堂

布洛勃公园——马克斯·E·布洛勃公园——靠近巴尔的摩斯塔滕岛上的西藏博物馆

……

什么让某个人动？

有人在追他

他在找什么东西

他在逃跑

他焦躁不安

他疯狂

他嫉妒

……

［20世纪法国作家乔治·］巴塔耶60年代初死于（遗传的）梅毒——

曾是图书馆管理员——

可以把这样一个人物写进小说……

巴塔耶：性＋死亡、愉悦＋痛苦之间的关联，比较《爱神厄洛斯的眼泪》

［在页边空白处：］生活唯一的目标是狂喜、兴奋、极乐

……幻想(色情的)，根据定义，是一种开放形式……幻想可以通过增加细节——场景的布置、衣服、每个动作和姿势——而永远地一次又一次令人激动不已

[当代法国小说家阿兰·]罗伯-格里耶的小说痴迷于对(压抑的)色情意识的关注

关键的问题是——它得明确地描写出来

情节与情景

挽回的友情(两个女人)

书信体小说：隐士-艺术家和他的经纪人还有一个能预知未来的人

地府游(荷马、维吉尔[和赫尔曼·黑塞的小说]《荒原狼》[中])

弑母

一次暗杀

一次集体幻觉(短篇小说)

[划掉了，但能辨认出来：]奥菲士[①]与欧律狄刻[②]之间的一次对话

[划掉了，但能辨认出来：]一个幻想的建构：偶然的刺激——逐步的提炼+展开——思来想去+对之思来想去——一些

① Orpheus，希腊神话里的诗人和歌手，善弹竖琴，弹奏时猛兽俯首，顽石点头。

② Eurydice，奥菲士的妻子。新婚之夜被蟒蛇杀死，奥菲士以歌喉打动冥王，冥王准其回生，但要求奥菲士在引她返回阳世的途中不得回头看她；结果奥菲士未做到，她又被抓回阴间。

新的虚构——需要一个缓冲

一次盗窃

一件实际上是一台统治人类的机器的艺术品

一部失而复得的手稿

一对乱伦的姐妹

一艘宇宙飞船已登陆

一个年老的女影星

一部关于未来的小说。机器。人人都有他自己的机器（记忆库，加密的确定具体工作程序的装置等）你按机器上的“开始”键。立马一切搞定

拆散一件大艺术品（画？雕塑？），走私出国——作品名为《自由的发明》

一个计划：圣洁（以SW[西蒙娜·韦伊]为基础——带着[诗人]西尔维娅·普拉斯的诚实——解决性“我”唯一的途径就是谈论性）

[划掉了，但能辨认出来：]被调包的孩子的主题——一个孩子

SW（在密西西比）与巴塔耶的信札

妒忌

新生的体验：

往海里纵身一跃

太阳

一座旧城

沉默

下雪

动物

对过去的单纯理解——中立——

一个人所有的经历都同样重要、非凡（心理[分析]教人判断他的经历，判断他的过去）

……

每一代人都必须重新发现精神性

热情的理性

最伟大的主题：追求超越自我的自我（《米德尔马契》、《战争与和平》）

寻找自我超越（或改变）——允许完全表达（对此的世俗神话）的未知的事情

关于“我”：

我们的使用

已婚夫妇

王室的我们

新闻广播

护士-病人（孩子）之间的关系：“我们今天是不是很虚弱啊？”“哦，我们今天发高烧了，是不是呀？”

为人父母的“我们”：“我们总想把最好的给你”

建一个麻风病患者聚居区

科幻小说，最后的讲故事的形式(赋予他性、“新环境造成的不自在”以意义[“不得其所”])

……

“故事”形式的必要性：因为这个“我”是复合的

……看见它自己的分离意识(比较[萨特的]《词语》)是它自己的旁观者。

行为 > “行为”

代理 > “代理”①

“我”在扮演我自己的角色。

将来，人可以通过电线重新被连上什么设备，或者被重新设计程序(——)更兴奋难耐，更多的安眠[——]通过药物[——]克服消极的联想[/]自愿的、有选择性的遗忘。

迷幻药：非常宽的广角镜头：拉平，但失去纵深透视效果(远处的物体似乎触手可及)

① 此处原文为 acts > “acts” 和 agent > “agent”，不易理解。戴维说，此处桑塔格还是在谈萨特《词语》中的意识的分离。

……

活力不足的人(20 瓦个性)——比较[西奥多·德莱塞的小说]《美国悲剧》——缺乏能量(+才智)外加过分讲究优雅 > 迷惘、心不在焉、过度兴奋、自我鞭策

童年时期得了风湿性心脏病——得照顾好他自己

……

想象不和谐

对身体 > 变得绝对的幻想摧毁身体：施虐狂(萨德)，毒品 > 肉的腐烂(巴勒斯)

宗教词汇在全部的幻想周围设置了一个界限——现在这不存在了。

身体+自然之间的类比(将人感知为一个躯体——比如，一棵树)也已经丧失了。

……

要人们把“小说”当物体来接受，有多难啊。会接受拉里·普恩斯[1]或弗兰克·斯特拉[2]的人被格[特鲁德]·斯泰因搞糊涂

① Larry Poons(1937—)，美国抽象派画家。
② Frank Stella(1936—)，意大利裔美国画家，以极简抽象主义风格著称。

了，因为她说“一＋二＋三＋四……”

当下最有趣的诗是散文诗的形式（［亨利·］米修、［弗朗西斯·］蓬热、［布莱斯·］桑德拉尔、［弗拉基米尔·］马雅可夫斯基）

……

小说中严格的形式会是什么？

不可能是数学的、抽象的（像音乐＋绘画中那样）。
有那种“材料”。（电影里有同样的问题）

你在小说里能否有**无穷变化**……

一种形式上的理想：多种感觉。比如，俳句。如《尤利西斯》、［罗伯-格里耶的小说］《嫉妒》＋《窥视者》

形式必须和材料融为一体。［阿尔杰农·斯温伯恩的］《爱的逆流》的书信形式是故事，而不只是斯温伯恩的将故事置于书信体形式中这一概念。这个故事是一个观点，即这个女人太强大、太有力，所以，仅仅凭借着信件和很少的面对面的接触，她就能操纵人们的生活，阻止相爱的人私奔。故事是米德赫斯特夫人的辞令——一种在其灵巧、智慧、精确性和灵活性方面极富诱惑力，极为引人入胜的辞令，所以，她能够遥控。

而若将托马斯·福克材料[SS 当时的小说写作计划，最后放弃了]置于书信体形式之中，就会太随意。只是阻止或限制叙事选择的一种方法（就像那个“故事”），除非它是在讲述一个人在思考。它不会与故事融为一体。

……

一部各部分都以不同的风格写成的作品？但是，不同风格之间是什么样的关系呢？而且为什么是这种顺序？乔伊斯在《尤利西斯》里很有学问地刺了它一刀。

……

……在小说里做[米歇尔·]福柯所建议的事情——描写疯癫的复杂性

想象一个失去理智的人。他失去了什么？更有可能是阻止他思维的能力。

疯癫作为对恐怖的一种抵抗。
疯癫作为对悲痛的一种抵抗。

……

情景：父/母亲写一个非同寻常的孩子——记日记或记航海或飞行日志

JS[约翰·斯图亚特·]穆勒这样的孩子(比较他6岁时写给[杰里米·]边沁[1]的信)

这会是为日记体作出的一个有机的辩护

养育小活佛

……

……卡夫卡:“严肃”文学中最后的讲故事的人。没人知道前面的路该怎么走下去(除非模仿他)

梦 > 科幻小说

65年1月5日

用电影语言思考小说:特写,中景,远景

打光的问题

例子:[威廉·]福克纳的《红叶》

※

---

① Jeremy Bentham(1748—1832),英国哲学家、经济学家和法学家。

我的自我专注，我“关闭”——打断，讲某某人的故事让我想起来的我自己的一个趣事或一个记忆

※

……

矫饰主义[①]画家：雅各布·蓬托尔莫、乔治·德·拉图尔、蒙苏·德塞德里奥、卢卡·坎比亚索

※

我感觉没有人（或只有若干人）有头脑 = 我感觉没有（某某）人在乎

43 号线。我母亲有过一些漂亮的东西（中国家具），但她没太上心去保存。伊娃［·贝利纳］对［18 世纪末、19 世纪初德国作家海因里希·冯·］克莱斯特买不买他的《作品集》没太在乎。等等。

※

矫饰主义：“对风格本身的意识。”

① Mannerism，亦称“风格主义”，描述在文艺复兴盛期之后、巴洛克之前的意大利艺术风格。

布斯凯，第26页［法国艺术史家雅克·布斯凯的《矫饰主义》英译本，1964年出版］

※

……

“人能够体现真理，但无法懂得真理”

——［W·B·］叶芝（最后一封信）1939年卒

……

……已经被折断
……插进……的纹路
……被……敲平
不情愿的
一脚踢开的
表示怀疑的
呕吐
发射
使某人不适合于……
不靠谱的
流露了的
污染
重组的
爆粗口的侮辱

下贱的

被驱散的

权宜之计

沮丧的

65 年 1 月 16 日　明尼阿波利斯[SS32 岁生日]

为变得仁慈而变得没有人性(做出没有人性的行为)……

意识到人为了得到自己想要的东西而必须违背的天性(或受过的训导)。

虫子以为光就是空气、出口——所以，管子里的虫子会拼命朝玻璃墙飞扑过去，玻璃墙的外面是光；它没看见它身后黑暗处才是出口。

※

罗伯-格里耶：30 岁前是个生物学家

对人与物之间的关系感兴趣

a) 拒绝阐释(人格化)物

b) 强调对其视觉上和地形学上的特征的精准的描述(排除其他意义形态，因为没有足够精准的语言来描述它们——只是因为这个原因？)

※

卡尔[20世纪美国诗人罗伯特·洛厄尔上私立中学时的绰号，成年后，他的朋友都这么叫他]的邪恶周期性地被其疯癫所唤醒。

他的疾病照见了他的某些品质；其实这些品质始终存在——

“立体视镜”

※

拔去它们的塞子……

狄更斯的人物是动机单一的木偶，“流露出”一种气质——他们的性格即他们的相貌（因此与漫画史有关）

※

人作为机器的观念史：矫饰主义绘画；漫画；[19世纪法国插图画家J·J·]格朗维尤；巴勒斯；[20世纪法国画家费尔南·]莱热；[劳伦斯·斯特恩的小说]《项狄传》（？）

※

所有的大都市彼此都很相像，其相似度超过了与它们所在国的其他城市的相似度（纽约人比圣保罗人更像巴黎人）

※

卡尔：疯癫中，一台机器以其通常速度的五倍运转，没有操作者——淌汗、放屁、讲个不停、来来回回跌跌撞撞。

※

鄙视

我对他人的鄙视——与对我自己的不同，不像内疚那么内在。

并不是我认为(或曾经认为)过去我坏——彻头彻尾地坏。我认为我不迷人、不可爱，因为我不全面。并不是我现在这个样子有错，而是我没有更(灵敏、有活力、慷慨、体贴、有创意、敏感、勇敢等等)。

我最最深刻的体验是对漠然，而非对指责的体验。

※

风格：事物以愉悦为宗旨呈现在我们面前的方式。

※

买：[路德维希·]维特根斯坦的《笔记》[1]

---

① *Notebooks*，亦译《维特根斯坦笔记》。

65 年 1 月 25 日

卡若琳[·史尼曼]关于她的演播室被烧毁的故事。“我对我工作上发生的事情感兴趣，”——她如何利用这一点——

——[不清楚这是指谁]极其顽固——但这并不败坏他的品质

[美国演员、剧作家、戏剧导演、SS 的好友]乔·蔡[金][1]控制自己，认为他必须控制自己，好让他内心的某种东西表达出来

※

不放弃新感受力(尼采、维特根斯坦；凯奇；[马歇尔·]麦克卢汉)，尽管旧感受力静候一旁，就像每天早上我起床时柜子里的衣服那样。

※

长篇小说：

一个画家

和他的作品的关系

① 即约瑟夫·蔡金，Joe(乔)是 Joseph(约瑟夫)的昵称。

种种“问题”

某某人希望他的作品优美

杂质

客体

在一个人的地图上人们是什么 * ——

一切行为都是(一个人想要的与他以为可能的东西之间的)妥协

* 低人一等的人降低平均值

……

[以下日记在笔记本里未标日期，但几乎肯定记于 1965 年 1 月底，或者是 2 月初。]

首字母缩略词：

例如： laser (light amplification by stimulated emission of radiation)①

① 意为“激光”。

圣托马斯·阿奎那：“不管爱谁，无非是希望他好。”

约翰·杜威——“文学最根本的功能是欣赏世界，有时愤愤不平地，有时忧愁悲伤地，但最好是在幸而可能时赞美它。”

Doué [“有天赋的”]
Basculer [转换]
Couches de signification [“意义的层次”]

[丹尼尔·]笛福特有的形式：伪回忆录

65 年 2 月 17 日

《美国悲剧》好在哪里？

它表现出（关于克莱德[①]等人）的才智

毅力 + 有关德莱塞想象的细节

它的同情（托尔斯泰）

艺术是一种营养（意识和精神）形式

人有时要牛排，有时要牡蛎

① 《美国悲剧》男主人公。

随笔：

四本美国的书：《皮埃尔》
《美国悲剧》
[格特鲁德·斯泰因的]《三个女人的一生》
《裸体午餐》

[画了圈：]风格

[画了圈：]媒介即信息

“风格必须有场所，即使它们没有名称……必须有个家——即使很少回去。”

（[托马斯·B·赫斯]，《场所》2，第49页）

“作品作为物体”}
“媒介作为信息”}在我们这个政治意识形态被肃清的时期

[罗伯特·]劳申伯格的油画——非常大——叫做《轴》[①]——在其用电影方式组织的成碎片的表面，（数次）描绘[约翰·F·]肯尼迪——

圣丘恩冈德[②]

① *Axle*。
② St. Cunegund，卢森堡守护神之一。

允许“意外”——在一个“物体”上工作

“快速摇摄”

读：

塞萨尔·格拉尼亚[①]《波希米亚对布尔乔亚：19世纪法国社会+法国文人》（基础读物出版社）

问［美国批评家］欧文［·豪］

65年3月26日

“所有看得见的物体，老兄，都不过是纸板做的面具。”

——《白鲸》（霍尔特、莱茵哈特和温斯顿出版社），第161页

“新潮”——

［以下四段引文出自约翰·威尔科克[②]的《“新潮”四百》，《村声》1965年3月4日：］

“如果你新潮，那你有身处你自己的时代的意识，并且有能力将之表达出来。”（［美国电影导演］雪莉·克拉克）

---

① César Graña（1919—1986），秘鲁裔美国社会学家和人类学家。

② John Wilcock（1927— ），英国记者，纽约《村声》五位共同创办人之一。

“[就是]这样一个人，他知道，非常清楚地知道会发生什么 + 在他自己不断经历的事情当中，可能发生什么 + 对什么是假的 + 做作的，他极为敏感。”（[美国记者]纳特 · 亨托夫）

“——政治的 + 社会的意识……某个信仰 + 参与当下的性革命的人。”（彼得 · 奥尔洛夫斯基[美国诗人艾伦 · 金斯伯格的情人]）

※

新的反文学设施（绘画、建筑、城市规划、电影、电视、神经病学、生物学、电子工程学）

巴克敏斯特 · 富勒[1] > > 夏季游艇研讨班——希腊百万富翁佐克西亚季斯[原文如此[2]]资助的“城市及区域规划学”

马歇尔 · 麦克卢汉

雷纳 · 班纳姆[3]

西格弗里德 · 吉戴恩[4]

乔治 · 凯布斯

[在页边空白处：]观点非对立的人名！

---

① Buckminster Fuller(1895—1983)，美国哲学家、建筑师和发明家。

② 桑塔格拼为 Doxiades，该名词通常应为 Doxiadis，戴维因此加注“原文如此”。

③ Reyner Banham(1922—1988)，英国建筑评论家。

④ Sigfried Giedion(1888—1968)，瑞士建筑史学家、评论家。

{(但)不是：[美国艺术评论家]哈罗德·卢森堡——太政治；或者[刘易斯·]芒福德——太政治且/或太文学}

第一个关键因素：[英国神经生理学家和组织学家查尔斯·]谢灵顿[爵士][①]——在(触觉的)距离+直觉之间做了区分

眼睛是个钳闭的器官——面对各种诱惑——不抓住、不要求即刻的满足。

最近的绘画(波普艺术、欧普艺术)——冷静；最少可能的质感——浅色

需要油画布，因为你总不能让色彩在空中飘吧。

"城市及区域规划学"小组——
对规划感兴趣
一种"感觉混合"。
未来的感觉混合是什么？
完全非政治的。
与过去的马修·阿诺德那类批评家(只有文学的——文学作为文化批评)彻底决裂

因此，高雅文化+通俗文化之间的距[离](马修·阿诺德使

① Sir Charles Sherrington (1857—1952)，英国科学家，与埃德加·阿德里安一起由于"关于神经功能方面的发现"而获1932年诺贝尔生理学和医学奖。

用的一部分器具）也不复存在。

感觉（感受）一幅贾斯珀·约翰斯的画或物体，也许就像感觉（感受）“至高无上”[①]的作品一样。

※

波普艺术是披头士乐队艺术

※

另一个关键的文本：奥特嘉［何塞·奥特嘉·伊·加塞特］《艺术的去人性化》

每个时代都有其代表性的年龄组——我们时代是青年。这个时代的精神是冷静、去人性化、玩、感受和非政治。

※

贾斯珀·约翰斯＝克劳德·莫奈画的杜尚

※

欧普艺术：“错觉画”动态艺术

① The Supremes，20 世纪 60 年代在美国流行乐坛盛极一时的女子三重唱组合，美国最著名最有影响力的乐队之一。

规划感受

只要看看《科学美国人》[1]，就可以每月都知道一场新的艺术运动。

※

“印制电路”——使晶体管收音机成为可能的东西。

※

“moiré”[2]

※

Pour qui tu me prends[3]?

※

[以下是未标明日期的札记，写在散页上，夹在笔记本的后面。它们几乎肯定是写于 1965 年夏——有个单子，上面记了 8 月份看的电影。]

纯叙述（口头的）> > > >　越来越复杂的叙述（写作！）

① *Scientific American*，美国一本科普杂志。
② 法文，意为“波纹闪光”。
③ 法文，意为“你把我当谁啊”。

形式

中国童话
“她想成为一匹马。
所以，她成了一匹马。”

把一切都搞乱！
荷马那里已经有了：
关注因果关系（即：貌似有理）

所发生的是线性的，
只能是它目前的样子。

从主线生发/绽放：某物像别的东西
（明喻）

叙述只是追溯现在存在（曾经存在）的事件

※

……

莫奈的《睡莲》颠倒过来看几乎是一样的——空间垂直了。

“单色画”（20 世纪）1880 年代就出现了。

……

［爱德华·］蒙克《吻》——其木纹理比表现的人物具有更

高层次的逼真感[①]

65 年 4 月 20 日

看更多——(**计划**)

比如，色彩 + 空间关系，光

我的眼光不高雅、感觉迟钝；我看画时就是有这个麻烦。

另一个计划： 韦伯恩，[美国作家保罗·]鲍尔斯，斯托克豪森。买唱片，看书，干点活儿。我一直都非常懒。

等我讲起话来能像[美国作家]丽莲[·海尔曼]在《巴黎评论》上那样清晰 + 权威 + 直接的时候，我才接受访谈。

读(买)： >今年夏天在巴黎
[法国作家、作曲家和音乐家安德烈·]奥代尔的书
阿多诺论音乐
巴特论米什莱

安妮特[·米切尔森]：

---

① 挪威表现主义画家和版画复制家爱德华·蒙克(Edvard Munch, 1863—1944)的作品《吻》，初看是黑乎乎的一团，像一片在眼前铺开的黑夜。细看是一堆线条营造的血液凝固后的黑色，那是相拥而吻，但看不见面孔的一对恋人。他们看上去几乎融为一体，是沉浸在爱情里的恋人，更像是黑夜里的幽灵。

我不喜欢我不得不"读"的画——因此，我不太喜欢佛兰德绘画（博斯、勃鲁盖尔）——希望能够一眼就看懂整个结构

当代音乐的新-毕达哥拉斯特征（布莱兹等）

对具有整体结构（结构整体化、成整体）的艺术作品感兴趣。

……

新感受力 > 更受妨碍的**专注**

uomo di cultura ["文化人"]（[20 世纪意大利作家切萨雷·]帕韦塞）

一幅罗森奎斯特[美国画家詹姆斯·罗森奎斯特]的《白色香烟》，有些[罗伯特·奥尔德里奇 1955 年那部根据米基·斯皮兰的犯罪小说拍摄的电影]《死吻》[1]中的那种死寂的、夜晚的诗意

[20 世纪加泰罗尼亚画家胡安·]米罗[2]的生物形态主义

新发展：塑料材质的颜料

---

① 《死吻》开场的故事发生在一个漆黑的夜晚。

② Joan Miró（1893—1983），西班牙画家、雕塑家、陶艺家、版画家，超现实主义的代表人物。

改变形象的大小（［拉里·］里弗斯，［罗伊·］利希滕斯坦，沃霍尔）

［19世纪英国艺术评论家约翰·］罗斯金：艺术形式关乎道德……

……

65年5月20日埃迪斯托比奇［SS当时在南卡罗来纳贾斯珀·约翰斯家中做客］

主题：绘画+写作

让某物变得"非常强"——什么？

客体不重要；但绘画是个客体（约翰斯）

认清一切已经非常了不起了，因为并不是任何东西我们都认得清的

一幅画是个客体，音乐是一种表演，书是一种编码。它得转变成思想+情感+形象（？）的形式——

画>油画>平版画（同一个——的三个版本）

"自大的客体"（约翰斯）

人不是从阅历中学东西——因为事情的实质总在变化

没有中立面——只有考虑到他物（一种阐释？一个期待）时，某物才是中立的——罗伯-格里耶

劳申伯格对油墨、轮胎的运用

约翰斯：扫帚、衣架

有人说过：“[约翰·]凯奇让我看到，根本没有空物体。”

唯一让我感兴趣的改变是一种彻底的改变——不管是多么小。我希望和某人或某件艺术品的邂逅改变一切。

……

65年5月20日——南卡罗来纳——

绿色——橡树、松树、美洲蒲葵——毛茸茸的灰绿色的西班牙苔藓，一串串的长须，从每棵树的枝桠间垂挂下来——密密匝匝

海洋平静、水浅，很温暖——

午夜读勋伯格的信札

光着脚，骨瘦如柴的黑人在路上走着——一个个小头小脑

好莱坞，南卡——世界卷心菜之都

加砂糖（冰块）的金属“玻璃杯”里的薄荷朱利酒——需要一块餐巾来托住

院子里的一只红衣凤头鸟——蝉，声音越来越高，像汽笛；鹌鹑（“北美鹑”）

蚂蚁，蚋，虻，长脚蜘蛛，蛇，大黄蜂（黄色+黑色）

白床单，薄薄的白床罩，白墙+天花板（宽木板）

切碎、热油煎的黄秋葵，牛排（做得不错），色拉

大笼子里的一只狨猴（“珍妮”），睡在一顶男式宽檐软帽里。

贝壳：海螺壳，扇贝壳，蚌，牡蛎

泥泞的河岸——深褐色软软的淤泥——成千上万的小洞——+如果你仔细一看，成千上万只招潮蟹[1]从洞里爬进

① 属甲壳纲沙蟹科的一种小蟹，穴居海滩。

爬出

蒺藜草：长在海滩边上的“海尾巴”（可食）

长在院子里的罗勒[1]，茶树和薄荷；毒葛

挂着铝箔小旗的电视天线

※

JJ［贾斯珀·约翰斯］现在也允许他自己在粉红色边上加上德·库宁的白色——一小块而已

劳申伯格：

“随着画作的变化，印刷材料几乎成为和颜料一样的一个主体（我开始在作品里用油墨），带来焦点的种种变化：出现第三块调色板。不存在次等的主体（任何画画的动因都和任何其他的动因一样好）。”

“油画永远都不是空洞的。”

“意象的复制”（对称？）

---

① 其叶香如薄荷，用于调味。

一种具有无限可能性的诗

拼凑画，拼贴画①

“假如你面对一幅你从未见过的画，而不改变对某种东西的看法，那么，要么你是个固执的傻瓜，要么是这幅画不太好。”

“我在为了获得一种更大的新鲜感而努力调整自己看的习惯，抵制这些习惯。我在努力把我在做的事情陌生化。”

65 年 5 月 22 日　埃迪斯托比奇

关于思考的小说——

这次不是梦（梦是内省的一个隐喻，是个托辞——不是要［像《恩主》中］作为现实层面上或心理层面上的托辞）

一个思考其作品的艺术家

一个画家？一个音乐家？（对绘画我还不那么无知）

不是一个作家——比较［弗拉基米尔·纳博科夫的小说］《微暗的火》——因为要不然，我就得像纳博科夫所做的那样，

① 原文为 combine-paintings 和 combine-drawings，意思一样，但为两个词，中文遂做了相应处理。

提供作品的文本了。

……

[在页边空白处：]一个心灵工程——但又与使之成为一个物体束缚在一起(一如心为身役)

……

但丁：按罪行大小量刑的思想
第21+22章——“怪兽状滴水嘴”

艺术中的距离的思想

你能有多“远”？

一种途径是凭借抽象——发现自然中的结构——像X光(比较[保罗·]塞尚)

新途径——劳申伯格、约翰斯——是凭借写实——将目光延伸，专注于我们从来都视而不见的东西

约翰斯的旗不是一面旗——
保罗[·特克]的肉不是肉

另一个(?)：可能性(超越“意图”)

在一幅画里，一切都同时呈现(音乐、小说、电影里则不)

“打算当画家”与“是画家”之间的区别

一幅画是某种姿态——慷慨的，扼要的，简洁的，讽刺的，多愁善感的等等

……

65 年 5 月 24 日

……

苏珊 · T · [陶布斯]： 宁愿放弃性
——否则就无法工作，不想走出那充满色情的领域。

……

65 年 6 月 5 日　巴黎

……卡夫卡对抒情风格的拒绝；列举那些物体就足够了

[法国作家、艺术家皮埃尔 ·]克洛索夫斯基翻译的中国色情小说(1660 年)：《肉蒲团》[1]，波维尔出版社，1962 年

---

① 克洛索夫斯基译为 *La chair comme tapis de prière*，戴维附了英文译名：*Flesh as a Prayer Mat*。

博马舍街(21 号？)上的餐馆：朗克洛·德·尼农[①][原文如此]

……

65 年 6 月 8 日　上午 7:00

工作 25 小时后(服紫心片——不间断地工作，除了和[美国记者赫伯特·]洛特曼聊了一小时，后来，看[戈达尔的电影]《阿尔法城》)，我想我是把事情解决了。

至少现在有两个计划：

A. 关于托马斯·福克(或达内尔)的一部中篇，其中心即我昨天下午写的崩溃系列。
其中——关于悲痛、心灵创伤和控制的东西——变得非常害怕。是他经历了单调枯燥的寄宿公寓、加利福尼亚童年生活等等。

B. 若能如愿，是关于一个精神贵族“R”的长篇小说。他没有崩溃。
他是个画家。他激情似火。
忘掉他的童年，除了在“合适处”提及。这事儿让他丢

① 桑塔格写的餐馆名为 L'Enclos de Ninon。法国交际花 Anne de Lenclos(1620—1705)也叫 Ninon de Lenclos 或 Ninon de lEnclos，也许戴维这才加上编注“原文如此”。

份儿。

他和蜡等打交道。和他姐姐亲近。沉默寡言，态度生硬。

没人很清楚他生在哪里。

姐姐声称她不知道。

父母是活跃的纳粹分子？还是他所原谅的姐姐？（战争期间，他在瑞典。）

德国的东西：病态、变态

他把注射看成是某种事情——一个疑病症患者？

精神错乱 = 行为缺陷（而非解放）

那不勒斯大主教（1920 年代）说阿马尔菲地震[1]是因为上帝生气而引起的；上帝认为女人的裙子太短了。

《娃娃脸》——芭芭拉·斯坦威克[2]主演的电影［艾尔弗雷德·E·格林 1933 年导演］——她通过一家大公司，一步步往上爬

……

① 发生于 1343 年。

② Barbara Stanwyck（1907—1990），好莱坞演员。

65 年 7 月 16 日　巴黎

我还没有学会调动怒气——(我行动好斗，却无好斗的情绪)

从不生气，但不是受伤(如果我爱)就是厌恶、不喜欢如果我不爱

我从不给任何人打电话；我会叫离开我的公寓的人为我寄封信，如果我做得到——我不放心任何人为我做任何事——我事事都要亲力亲为，或者，如果我让谁代我做什么事，那我(事先)就认定这件事做不好或者根本就不会去做

上午是最糟糕的。

人是肤浅的，自私的——但没关系，我能接受。“他们本意并不想这样。”

在过去的这两年里，我是不是每况愈下——在枯竭，变得苛刻、孤僻？

义愤填膺。但是，我不敢表露出来。火直往上冒的时候，我就走开(让安妮特等走开)

没有未来景象。

我并不愿做白日梦。什么！激发起我的希望?

我的职业是我的生活成为外在于我自己的某种东西，+我也这样向他人报告我的生活。内里的是我的悲痛。

如果我指望的尽可能少，那么，我就不会受到伤害。

……

65年7月22日

……阳光与被动性之间的联系“白天，内在之眼是瞎的”（[埃斯库罗斯《奥瑞斯忒亚》[①]中的]克吕泰墨斯特拉）

65年8月1日　巴黎

在[SS计划写的]关于博尔赫斯的随笔里，强调：

受罗伯特·路[易斯]·史蒂文森的影响（见博氏的论文）——比如，[博尔赫斯的短篇小说]《皮埃尔·梅纳德[，〈堂吉诃德〉的作者]》[②]，幻想故事

不带感情色彩写作的理念——词语的透明——“degré zero de l'écriture”[指罗兰·巴特“零度写作”的概念]

---

① *Oresteia*，埃斯库罗斯的悲剧三部曲，包括《阿伽门农》、《奠酒人》和《报仇神》；克吕泰墨斯特拉(Clytemnestra)是阿伽门农(Agamemnon)的妻子。

② 见《小径分岔的花园》。

(翻译中的)卡夫卡的传统对乔伊斯+罗伯-格里耶

读布朗肖《等待，遗忘》

[让-]勒韦齐

[巴塔耶]《眼睛的故事》

[皮埃尔·卢维]《他们的母亲的三个女儿》

法语作为反语言，因此才有布朗肖的小说……

罗伯-格里耶的约翰逊主义[①]传统……

罗伯-格里耶的长篇小说是关于行为的

65年8月19日　科西嘉

艺术=变具象为抽象以及变抽象为具象

音乐具有最纯粹的历史主义(做完了——便无法再做了)——因为它是最抽象的艺术(这一点像数学)

[科西嘉]巴斯蒂亚[②]的正面描绘——笔直的街道，长方形——六到八层高的灰楼，看上去像褪色的蜡笔画色彩

① Jansenism，17—18世纪时期的基督教运动，以荷兰罗马天主教神学家约翰逊·科尼里厄·奥托(Johannes Cornelius Otto， 1585—1638)的著作为基础，奉行严格的道德要求和禁欲主义。

② Bastia，法国科西嘉岛东北部的一港市。

[斯台芬·]马拉梅没有后继者(除了女诗人圣-埃尔姆)——就是说，没有晦涩的法国诗歌，当[杰拉德·曼利·]霍普金斯被译成法语时，他变得完全清晰了。非常法国化，笛卡儿的理念，即一个真正的思想是可以被定义(！)为一个明晰的思想的——

文学是不是这样的艺术之一?

(读那篇萨特随笔)

[爱森斯坦的]《电影形式》　　　　"平行的"

如：>屠杀罢工者//屠宰场[爱森斯坦的](《罢工》)
　　>囚徒的解放//冰融化([普多夫金的]《母亲》)
　　>鹰//拿破仑([阿贝尔·冈斯的]《拿破仑传》)
　　>慢车//蜗牛([冈斯的]《车轮》、《复仇的科西嘉人》)

第一类作品——既是圣体共生论，又是情感加强

第二、三、四类则不是：只是用作说明的

还有个例子：父亲被勒索//用老虎钳砸(《车轮》)

仅仅是默片的一个技巧?

※

“省略”

在时间上

在空间上　　　　　这就是剪辑

※

“闪回”

这什么时候开始使用？

“远景”

表明人、物的空间关系

注意：差异是当它……[日记写到这儿就没了]

65 年 8 月 22 日

……诺埃尔[·伯奇，美国电影评论家、导演，1951 年移居法国]

65 年 8 月 24 日

科西嘉——

——一向说两门语言、来回切换的人

——仙人掌；桉树 + 法国梧桐；蓟；棕榈树

——教堂 + 其他古老的建筑，有着脚手架留下的常规的方孔（搭建它们的方式：先按该建筑的外形匆匆搭建木头脚手架）

——夏季的 11 级暴风；时常断电

——持续的人口剧减；经营农场和开餐馆的“黑色脚丫”最近被遣返回国[“黑色脚丫”指阿尔及利亚的法国侨民，1962 年阿尔及利亚一独立，他们有些人选择回到法国，另一些人则被迫回法国]

——岛上十大家族完全姻亲的马泰……

——那个“灌木地带”[科西嘉内陆的“茂密灌木丛”]，那些火

——欧润嘉矿泉水（“pétillante”[“冒泡”]，出自该岛内陆的天然泉水）

巴旦杏仁糖浆（椰肉加水，很甜）

——科西嘉猪肉店（四种火腿）

——赌场：［科西嘉方言称］U Casino

——石屋的带浅桃红色的棕色——已褪色的红瓦屋顶

……

巴塔耶：性＋死亡、愉悦＋痛苦之间的关联（比较《爱神厄洛斯的眼泪》）

骗子的特点是他**绝不**摘下面具。他看上去总是可靠的、迷人的、友好的等等。你对他的**感受**，绝不可能与你最终对他的**了解**一样。

艾琳：我对她4年半的**感受**是毫无限制、毫无节制的爱。我（通过［黛安娜·］凯梅尼等）可能逼迫自己对她产生的认识——她对控制的需要，征服的需要，背后使坏的需要——我的理解，简单地说，总是因为我的感受而短路。所以才会提这样的问题：**她这次（上次）怎么能这样**？等等。

人能否用理解把感受覆盖掉？或者只是用另一个感受来替代这个感受？

艾琳：

——她绝对的自信（从来不说“我想”，或者“这可能是愚蠢的，但”，或者“也许”——只是论断

［在页边空白处：］自学成才者

——她没有内疚感＋后悔（从来不说“我希望”或者“我希望我没有”或者“我为什么那样啊？”）

［在页边空白处：］对自发性的迷信
［诺曼·］梅勒伦理——简，里卡多，梅格

——她的一致性

——她的慷慨＋愿意让自己完全听从别人安排

绝配：我曾把自己交到她手上——

她爱我
（对生活、性等）她比我了解
她急于将她的了解＋她自己交给我安排

结果：
当我需要什么的时候，就提供给我（事实上，我了解了一些原来我不知道我已经有的需要——了解的途径是：无须提出，已然满足）
我们意见相左时，她是对的
我错的时候，她会教我
我想帮她——或者主动求欢——或者纠正她的时候，我是错的，笨拙的，不合适的

我改进了，就会让她高兴

于是，我接受＋接受——既获得了最好的滋养，但又逐渐被削弱，焦躁不安，愤恨。

我令她沮丧——但她那么好，长期受我折磨，耐心——我时而内疚，时而自鸣得意＋焦虑。

我想让她开心，但这已成为我的一厢情愿。我——**还**——没有好到能让她开心的程度。

但她依然爱我。为什么？因为她相信我的“学徒期”会期满——或者，只是因为她情不自禁？

看起来似乎并非我让她开心——或者，表达对她的爱。只是她让这样；她就这样。她性爱被动时，并非我上她（或者总是勾引她）；她同意让我扮演主动的一方＋于是，我就这么做了。

※

去做以下的推理没用：这一微妙的、灵活的、有心计的控制形式——使我沦为一个恐慌的、充满敌意的、依赖人的孩子——是艾琳为她自己争取到爱的一种途径。她所知道的唯一一种途径。（先是柔情似水，百般爱抚＋沐浴＋喂食＋做爱＋考虑某人的问题＞等等，等等）也是她变得强大（通过给予，她得胜＋阉割！）＋克服她的软弱感的途径。

没用——因为我将之当成爱来体验。

艾琳，以爱的方式对我的第一人，+我满怀感激地接受其爱的唯一一个人。

我现在落得个彻底无性生活的下场——她拒绝了我，因为我当时床第功夫太差，我现在床第功夫还是差——我从别人那里拿东西(甚至是几杯咖啡)——除了这个东西看起来不带一丁点儿私人感情——还会产生一种可怕的焦虑。

·

艾琳嫉妒戴维，因为那是她无法完全接管的我过去生活的一部分。

如果我没有戴维，她还会不会待那么长时间?

如果我没有戴维，那4年半时间我还扛得下来吗?

有件事我知道：如果没有戴维，我去年就会自杀了。

※

我当时吓坏了(但自己并不知道)。我现在还是很害怕。(艾琳有品位；我没有。艾琳不爱我，因为她的标准高。我或大多数人会满足的东西，她不会满足。)我还会处于一种持续的极度恐惧状态之中——怕她生气；怕她离开我；怕她发现我笨、不善解人意、自私、床笫功夫平平——假如她哪天回来的话。

在过去的两年里，她是否从我的奴性中得到极大的乐趣？凯梅尼（+诺埃尔[·伯奇]）就是这么说的。我无法相信——我爱（过）的一个人会这样。那她就是个恶魔——

我一直在以为（最坏）她也就什么感觉都没有——她已经不得不让自己，难以令人置信地，变得冷酷无情+视而不见，这样好挣脱出来——好不觉得内疚。

但是，假如她还真的从中得到了满足，那又怎样？

这一点我无法逼自己想象——而所有人都发现那是显然的。

※

我能不能说：我对艾琳失望了。她不是我曾经以为、曾经相信的那个（现在的）她了吗？

不能？

为什么不能？

因为她先我一步——她对我失望了。

※

我的“性受虐狂”——夸张地表现在今年夏天和艾琳的通信中——反映的并不是希望受折磨的欲望，而是一种希望，希望通过表明我在受折磨（我“好”，即无恶意）来平息愤怒、减少冷漠。

凯梅尼老是引用“我太好了，都伤人了”的故事，她什么意思。

如果妈看到她真的伤了我，那她就不会再打我了。但艾琳不是我妈。

65年8月25日

［20世纪法国作家安德烈·皮耶尔·德·］芒迪亚格说，迄今为止写得最好的两本色情书是《眼睛的故事》和《他们的母亲的三个女儿》。它们代表两极：前者，含蓄——每个词都重要——语言纯洁——简洁，骨感；后者，淫秽——décontracté，bavardé［“随意，轻松”］——没完没了。

注意：卢维［《三个女儿》］的最后部分——剧院的小舞台（像［让·热内的］《阳台》）

巴塔耶［《眼睛的故事》］的流浪汉（冒险）小说风格对卢维的两居室场景：门、床、楼梯

托马斯·福克在南卡罗来纳制作蜡像，但它们给搞模糊了

本来想做某某教授的蜡像的

我为什么不(能)说：我要当性爱冠军？哈！

65年8月27日　阿维尼翁

艺术是现在中的过去的宏大状态。(比较建筑)。成为“过去”即成为“艺术”——也比较一下照片

艺术品有某种激起怜悯的因素

它们的史实性？
它们的衰败？
它们隐藏的、神秘的、部分地(+永远地)不可及的层面？
一个事实，即没人会(能)再创造**那件作品**？

这样看来，作品也许只是成为艺术——它们并不是艺术

+它们是过去的一部分时才成为艺术

一件当代艺术品是个矛盾
我们认为现在与过去是一样的吗？(抑或它是某个别的东西？一种姿态，一种研究，一件文化纪念品？)

维特根斯坦//[亚瑟·]兰波

声明放弃职业：

W.[1]——教书，当医院护理
R.[2]——阿比西尼亚

将他们的作品描述成微不足道——

枫丹白露画派。

色情画
“矫饰主义”
(比如，全会合到一个乳房)

阿维尼翁(卡尔维博物馆)：

> >[雅克-路易·]大卫[3]，《约瑟夫·巴拉之死》
[让-巴蒂斯特·]格勒兹[4]
[让-奥诺雷·]弗拉贡纳尔[5]
[让-巴蒂斯特-西蒙·]夏尔丹[6]

---

① 指 Wittgensein(维特根斯坦)。
② 指 Rimbaud(兰波)。
③ Jacques-Louis David(1748—1825)，法国画家，古典主义画派奠基人。
④ Jean-Baptiste Greuze(1725—1805)，法国画家。
⑤ Jean-Honoré Fragonard(1732—1806)，法国洛可可风格画家。
⑥ Jean-Baptiste-Siméon Chardin(1699—1779)，法国静物画家。

（比较卢浮宫里的）

［弗朗索瓦·］布歇[①]

［安东尼·］瓦托[②]

［A·J·T·］蒙蒂塞利＋［J·M·W·］特纳——印象派先驱

※

“零度”写作：彻底了解某事，这是“dépaysant”［“令人感到迷糊的”］

比如科幻小说

“零度”电影

比如B级片——没有形式上的精心制作；而代之以暴力主题

媒介是透明的

小说，叙事，文本（**现在**两种可行的传统或可能性）

(1) 零度：卡夫卡、博尔赫斯、布朗肖、科幻小说、［加缪的］《局外人》（“故事”）

2) 乔伊斯的未完成的遗作——小说作为语言、肌理和话语的物质性——［朱娜·］巴恩斯、贝克特、早期的［约翰·］霍克斯、巴勒斯

---

① François Boucher(1703—1770)，法国洛可可风格画家。

② Antoine Watteau(1684—1721)，法国画家。

音乐

找到韦伯恩的全集

奥代尔、阿多诺的书

[克洛德·]德彪西——《游戏》、《大海》

……

两个传统

听的音乐(带有越来越复杂的形式结构)

概念音乐——作曲家对音乐听上去怎么样不感兴趣，而是对音乐所表达的概念或数学关系感兴趣

凯奇、瓦雷兹[1]又不一样，因为他们感兴趣的不是音乐而是声音(定[义]：音乐=组织起来的声音)

比如，对[法国实验作曲家让-]巴拉凯而言，最终的检验是它听上去怎样——但是，对[乌克兰裔美国数学生物物理学家尼古拉·]拉谢夫斯基来说则不是如此；在他看来，将一个模进区分于下一个模进的音程可以是29秒，30秒+31秒——细微得听不出来

---

① Edgard Varèse(1883—1965)，法裔美国作曲家。

电子(录制的)音乐开发的新资源

……

重听：[亨利·]珀塞尔[1]、[让-菲利普·]拉摩、[路德维希·凡·]贝多芬第五交响曲、《大海》、[弗雷德里克·]肖邦、后期的[弗朗茨·]李斯特、[弗朗茨·]舒伯特第八交响曲

19世纪充斥着倒退的作品(如后贝多芬时期，但并不是从贝多芬后期开始的)，不过，这类作品也发展了某种东西——如舒伯特——他一生中实际上是穷尽了对旋律(纯调性旋律)的可能性的探究。他的继承人：[约翰内斯·]勃拉姆斯、[彼得·伊里奇·]柴可夫斯基、[古斯塔夫·]马勒、[理查·]施特劳斯(？)比如，三幕歌剧《玫瑰骑士》，第三幕，《阿里阿德涅[在纳克索斯]》中的咏叹调

将**旋律**与**抒情性**[区]分开来

三幕歌剧《玫瑰骑士》也许是音乐中的抒情性的顶峰(超过"爱之死"[2])——但是，它的伟大在于声部之间的相互衬托——那些和声、管弦乐——令人情绪高昂的旋律：与舒伯特意义上的纯旋律相比复杂(颓废？)得多的那些东西

① Henry Purcell(1659—1695)，巴洛克早期英国作曲家。
② "Liebestod"，瓦格纳的歌剧《特里斯坦和伊索尔德》(*Tristan und Isolde*)的前奏曲。

哲学是一种艺术形式——思想艺术或作为艺术的思想

比较柏拉图＋亚里士多德，就像比较托尔斯泰＋陀思妥耶夫斯基[或]比较鲁本斯＋伦勃朗

不是对与错、真与假的问题——像不同[的]“风格”

最后的优秀英文小说：

[福特·马多克斯·福特，]《好兵》
[F·司各特·菲茨杰拉德，]《了不起的盖茨比》、《夜色温柔》
[E·M·福斯特，]《印度之行》
[威廉·福克纳，]《八月之光》

过渡期“小说”：

[弗吉尼亚·伍尔夫，]《达洛卫夫人》
[朱娜·巴恩斯，]《夜林》
[让-保罗·萨特，]《恶心》
[伊塔洛·斯韦沃，]《塞诺的意识》
[欧内斯特·海明威，]《太阳照常升起》
[赫尔曼·黑塞，]《荒原狼》
纳撒内尔·韦斯特

新“小说”：

［布朗肖，］《那没有伴着我的一个》

［巴勒斯，］《裸体午餐》

［乔伊斯，］《尤利西斯》＋《芬［尼根］守［灵夜］》

早期霍克斯

［罗伯-格里耶，］《在迷宫里》

［伯特·布莱克曼，］《地铁站》

65年8月28日　马赛

……

两名加拿大医生报告用他们其中一位捐献的皮——在几次催眠之后——为一个女病人做皮肤移植；催眠期间，该女子被告知一定会进行移植。

我着迷于：

开膛剖肚

脱光衣服

最低限度的条件（从《鲁滨孙漂流记》到集中营）

沉默，无声

我极想窥探：

跛子（卢尔德[①]之旅——他们从德国乘坐封闭的火车到达

① Lourdes，亦译露德，是法国西南部上比利牛斯省的一个市镇，也是法国最大的天主教朝圣地。

这里）

怪人

畸形怪物

能将A用作艺术中的形式的一个理念，而不仅仅是“题材”——作为意志的一个表示的形式——：如果我意志足够强大能令其发生，那它就会“为”一部文学作品服务，如果它足够有机的话……

A和B相连吗？平行吗？（正如我已经想过的那样——第一次，将它们安排在这里）

B是不是我感受力中的施虐狂成分，它抵消人们所有的福祉？（就像凯梅尼常说的那样）

小心翼翼地远离、避开任何施虐狂行为的一种施虐狂幻想

对照［X］：他注意到他喜欢同样的东西——看医学书，看跛子等，由此他发现自己喜欢在做爱时施虐。

或者，还有什么东西？比如：

将我自己等同于跛子？

自测一下，看看我是不是畏缩？（不受我母亲的影响，比如对食物，容易犯恶心）

着迷于最低限度的条件——障碍物、残疾——身体残缺的人是其隐喻？

对我自己进行的系统研究：

今年夏天，我注意到有轻微的幽闭恐惧症：在小房间里有压迫感，需要开着窗，+在餐馆时坐的地方不是靠窗，就是靠门

我对他人的弱点表示出鄙视吗？（诺埃尔说我鄙视了——在他“晕船”+过分担心自己的健康的时候——可话又说回来了，他自己都鄙视自己。）

我粗野的（“加利福尼亚”）行为举止现在没用处了，却还没改掉？（我缺乏尊严。）它已经成为我顺从权威的、自信的人这一倾向的同谋，+它让我一直采取欺骗人的策略，竟到了嚣张的地步，还假装一点都不具有进攻性或者竞争心。

是我不再给人鼓气——不再哄骗他们的时候了（今年春天+夏天：

乔治［·利什特海姆，德国流亡批评家、马克思主义史学家，当时爱着SS］，［时任英国电台《听众》杂志文学编辑的德温特·］梅、诺埃尔！）

65年8月29日　丹吉尔

［1965年8月的最后几天和9月的上半个月，SS在摩洛哥丹吉尔探访保罗·鲍尔斯、简·鲍尔斯夫妇。这个时候，她已经有点疏远住在这座城市的阿尔弗雷德·切斯特，他和一个名叫“德里斯·本·侯赛因·埃尔·卡斯里”的摩洛哥年轻人打得

火热。]

……

拉维·香卡[①]

我不偏执(反而是反偏执)的原因

轻信那些我没有伤害的人，永远对他们(阿尔弗雷德、“爱德华[·菲尔德]—纳迪娅[·古尔德]”)的恶意感到诧异：小时候我是(感觉)极度地受到忽视、没人理我、没人注意我——也许一直这样，一直到艾琳出现，或者说除了艾琳以外——

甚至连迫害、敌意、嫉妒，在我看来，“au fond”[“从根本上讲”]都是对我的关注；我感觉自己不可能得到这么多关注。我相信我善待过的陌生人、熟人和朋友的好意，因为我无法相信我对他们有那么重要——他们在对我那么关注——怎么会“对”我不友好？成为满怀嫉妒的幻想的对象……我谁啊？！

记住——艾琳去年夏天跟“凯特”提到我的存在，我有多么惊讶；还有，阿尔弗雷德(刚刚)在一封写给爱德华的信里提到我要来丹吉尔，说发现我足够“重要”。

阿尔弗雷德的长篇小说：

没有时间顺序，**然而**叙述却是按顺序的

---

① Ravi Shankar(1920—2012)，印度传统音乐作曲家。

没有主人公，也没有中心人物，却是个整体

……

阿尔弗雷德：

表面上，霸道，对异性有吸引力，是个说话风趣的人，智者，背叛者——提瑞西阿斯[①]、奥斯卡·王尔德、伊西多尔[②]——其实这就是个歇斯底里的、坏脾气的孩子，他都不能说完一句话，回答一个问题，或者听听别人在说些什么。

然而，阿尔弗雷德总是在寻找一种神谕（圣斯坦尼斯劳斯、艾琳、爱德华、保罗·鲍尔斯）。

现在他已经烧掉了他的假发[切斯特全秃了]+讲他阴茎小+没阴毛。他一直觉得丑陋，+现在，他就谈这，别的一概不想谈。

他智慧过吗？还是已经失去了他的智慧？（它是个“数量”，像他的魅力一样。）他寻找“意义”（“象征”，浪漫），而在他找的地方根本就没有。——伪问题！

像苏珊·陶[布斯；她1969年在长岛投河自杀；SS辨认的

① Tiresias，古希腊城邦底比斯（Thebes）一位盲人先知。
② Isidore，桑塔格的一个熟人。

尸体］一样；无法集中注意力听某人在讲的东西，因为她想搞懂那个＋她脚下的叶子的关系——她搞不懂。

伪问题！

根本没有东西是神秘的，没有人际关系。除了爱情。

换了我今天这样子，我当时是不会倾心于阿尔弗雷德——即使他还是他以前那样子（＋不再是了）。

因为我现在尊重我自己。

我以前总是倾心于强势的人——以为假如他们发现我普普通通，那他们肯定了不起。他们排斥我，说明他们优质，有品位。（哈丽雅特，阿尔弗雷德，艾琳）

以前我不尊重我自己。（以前我爱自己吗？）

现在我真尝过了痛苦的滋味。我扛过来了。我一个人——没人爱＋没人去爱——这是以前这个世界上我最害怕的事情。我沉到了谷底。我现在走出来了。

当然，我现在不爱自己。（假如我以前爱过！）我怎么能，在我过去一直信任的那个人弃我而去——这个人我奉为自己可不可爱的仲裁者，＋创造者。我感觉极度孤单、与世隔绝、毫无魅力——我以前从未有这样的感觉。（我以前有多狂妄自信＋肤浅哦！）我觉得自己不可爱。但是，我尊重这个不可爱的战士——

挣扎着幸存下来，挣扎着做到诚实、有正义感、可敬。我尊重我自己。我绝不会再爱上强势之人了。

……

《恩主》：“一个预言家的肖像”！

简[·鲍尔斯]+谢里法[鲍尔斯的摩洛哥情人]：

“她疯了。她不是疯了吗，保罗？”
“她从不闭上嘴！”
“她不想被当作仆人使唤。”
“她多大了，保罗？”
“她要是再朝我走近点，我就尖叫。”
“她很矬，你知道。”
“难道你不觉得她丑吗？”
“你，你在这里让她很激动。任何女人都让她激动。”
“他们像猴子，是不是？”（谢里法+穆罕默德）

保罗+他的“朋友”（派他去看看出租车来了没有）。
戈登[·塞杰]：“我该给他钱吗？”
保罗：“别给。你会把他惯坏的。”

鲍尔斯夫妇
阿尔弗雷德+德里斯
艾拉·科恩+罗萨琳德

塔尔吉斯蒂[①]——布里翁 · 吉森[②]

鲍勃 · 福克纳（和简 · B. + 约翰 · 拉图什，一个聪明的年轻人，35 岁左右）

戈登 · 塞杰

艾伦 · 安森

亚历克 · 沃 + 杰明伯爵，经哈瓦那从纽约来的“欧文”

莉兹 + 戴尔

查尔斯 · 赖特 + 老酒鬼

（过去：斯泰因，朱娜 · 巴恩斯，鲍尔斯，[艾伦 ·]金斯伯格，[格雷戈里 ·]科尔索，哈罗德 · 诺斯，欧文 · 罗森塔尔）

S-M-L：

鸦片—吗啡—海洛因

佩奥特掌[③]—酶斯卡灵[④]—LSD[⑤]

[伊夫林 · 沃的]《衰落与瓦解》 + [罗纳德 ·]弗班克 + [詹姆斯 · 珀迪的]《马尔科姆》 + [简 · 鲍尔斯的]《两个严肃的女人》的世界是个真实的世界！那样的人存在，过那样的生活！**而这里**（鲍尔斯夫妇、艾伦 · 安森、戈登 · 塞杰、鲍勃 · 福克纳，等等，等等）！以前，我以为这全是个玩笑——那种执念，那样的无情，那样的残酷。国际同性恋风格——天哪，它是多么疯

① Targisti。
② Brion Gysin。
③ Peyote，一种仙人掌。因具致幻作用而闻名。
④ 一种致幻药。
⑤ 一种迷幻药，摇头丸。

狂+人性上多么丑陋+不幸。

[美国作家]艾伦·安森，要用古希腊语在索福克勒斯为一个雅典擦鞋男孩而写的一句话上，构想一个双关语。他今年夏天在丹吉尔有三百本书、唱片得用车拉回去。(为“男孩们”而设的)雅典-丹吉尔线

[英裔美国诗人W·H·]奥登是不是这个世界上唯一一位部分地(在精神上)超越了这个世界的作家?

65年9月5日　丹吉尔，得土安

在出租车上烧香(大拇指和食指捏住一炷香)，一路烧到得土安。(艾拉·科恩，罗萨琳德，我。)

根据吉尔·德·莱斯[中世纪布列塔尼骑士，因系列儿童谋杀罪而臭名昭著]的故事写一部歌剧

那个阿拉伯“大脚丫”坐在一家茶馆里，对着某个人给他看的米罗的维纳斯照片狂笑。

织成锦缎的(银线+金线)丝绸“土耳其式长衫”——长(至曳地)，裁剪宽松，长袖

大麻让脑子迷糊；得克塞米尔[1]让人脑子清醒。(大麻让你

① dexemyl，一种中枢神经兴奋剂。

昏昏沉沉——让你忘记某个人一分钟前说的话——跟不上一个长故事或听不懂笑话，让你对别人缺少反应（人不“善解人意”，即你并不**指望**别人的反应）——

年轻些的摩洛哥人现在不抽大麻了（“抽大麻的人永远都做不成任何事”——不成功，没有抱负），开始酗酒了。（恰恰相反！）

有很多关于科西嘉人懒的笑话，他们懒得出了名了。一个人站到另一个人肩膀上旋灯泡。“现在转。”

巴勒斯也牵扯进了博学的行列（“出色极了”），像博尔赫斯。

疯狂：思想的激增＋消化。像蜡。（T · 福克的意象）

阿尔弗雷德症状：

电意象
“我线接错了”
“线接错了”
“我感觉我是放射性的”
“车子接通电子设备了——每人都在听”①

① “电意象”下面的第一、二和第四句子原文中均有 wire 一词。

对记忆(凡是他记不住的事情似乎都极为重要)、数字、巧合、名字相同的人等等，念念不忘。

相信魔法，相信心灵感应，[比如，]保罗·鲍尔斯写[切斯特的]书，和杜鲁门·卡波特书有某种联系。

遗忘：忘记5分钟前说的话

妄想症：害怕身后的警车[；]“每个人都在看我”；“为什么这么多车？”“为什么我们说的一切都在被广播出去？”

被调包的孩子的主题(阿尔弗雷德：“我不是人”(因为头发)：“我是个被调包的孩子。”)

……

大麻 = “草”①
高了 = “(麻)醉了”
以印度大麻提炼的麻药 = “麻醉品”

早上7:00在麦地那②一家施舍处吃饭。用你的双手——然后，你洗手(施食者用一个小塑料容器在你手上面倒水，水流进一只锡桶+然后用他围的围裙的下半截给你把手擦干)。

---

① 原文为grass，俚语，指“大麻”。
② Medina，沙特阿拉伯西部城市，伊斯兰教创立人穆罕默德的陵墓所在地，亦指阿拉伯人聚居区。

被烟熏黑的墙——

地上的瓷砖是一种图案，墙上是另一种（一台“梦机器”），窗从房间朝外开，面向中央的院子——

看伯顿[①]译的《天方夜谭》。

纯洁。过一种单纯的生活。没有邮件，没有电话；不要求，不等待；不发表你写的任何东西（诺埃尔举了德福雷的例子）

得土安：该城西班牙地段中狭长的花园。各种树木。（巴塞罗那的高迪花园。）尤[其是]一种，浅灰色的树皮，非常高——树干+树枝不圆，不是管状的，而是锯齿状的，像一条有两个胫骨或者两个腓骨的手臂。树根滴水，溶在墙上——延伸出去+和边上的树根连在一起。

……

通过听收音机知道其他国家。在丹吉尔，打开一个小半导体收音机，能够非常清楚地收听到所有的西班牙电台（塞维利亚等）。

……

学术上把时间定义为种种可能性的实现。

---

① 即理查德·弗朗西斯·伯顿爵士（Sir Richard Francis Burton，1821—1890），英国军官，著名冒险家、语言学家和人类学家，通晓多种外语。

有一种我多次碰到+(因为我自己以前从未体验过)而从未辨认出的大麻心态。乔·蔡金是一种版本，艾拉+罗萨琳德是另外两个版本。变得慢下来。心平气和。所有的事情都是同等重要，根本没有什么事情非常重要。琐碎的联系、巧合似乎非同寻常。感觉受到了保护：样样事情都会为你搞定。旁人走进+走出你的视野。一个话题很难谈很长时间——脑子昏昏沉沉。胃口很大，老是饿。强烈的倦怠——想要坐或躺下。很容易改变你的计划，得过且过。你脑子里的棉花①——一切都是“美妙的”——你滑向它，滑过它。

这就是“垮掉的一代”所涉及的——从凯鲁亚克到生活剧团：所有的“姿态”都是无拘无束的——它们并不是反叛的姿态——而是吸了毒的心态的自然产物。但是，任何没有吸过毒的、和他们待在一起(或者看他们写的作品)的人自然都会把他们当作和你有着同样心态的人——只不过他们是坚持不同的东西罢了。你没有意识到他们是在别处。

我要是服用了大量的大麻，那就绝对不会干活——写作。我感觉一种能量的失去。我感觉与世隔绝、孤单(尽管并不因此更不开心)——

诺埃尔?

① 原文为 Cotton in your head。cotton 在美国俚语里表示“渗浸于棉花的嗅用迷幻药”。

65 年 9 月 6 日　丹吉尔

有一年的时间(13 岁)，我口袋里一直装着马可 · 奥勒留的《沉思录》。我非常怕死—— + 只有这本书给我一些安慰，一些坚韧。我当时想，我临死时要把它带在身边，要能触摸到它。

告诉凯梅尼我的重大决定——我 11 岁上曼斯菲尔德[亚利桑那州图森的初中]时做出的清醒的决定。决不再发生卡塔莉娜[图森的初中]那样的灾难。([SS 童年时代的朋友]阿韦尔 · 利迪凯等)“我会受大家欢迎的。”更有可能又是在 NHHS [北好莱坞中学]

我明白内 + 外之别。想教会 6 岁大的孩子把 collar-bone 叫做 clavicle①，或者教[SS 的妹妹] 朱迪丝 48 个州的 48 个州府(我自己当时 12 岁，睡双层床)，是没有意义的。

我既是小人国，又是大人国里的格利佛。他们对我来说太强，我对他们来说也太强。我会保护他们不为我所伤。我来自氪星，但我会是性情温顺、举止和善的克拉克 · 肯特②。我会微笑，我会“友好”……接着，政治进来了——那是个支撑的事业，还是不幸的意识的一个产物？我感觉内疚，因为我比他人“幸运”(贝姬：我开着母亲的庞蒂亚克去加利福尼亚大学洛杉矶分校的途中在峡谷看到的挖沟人，我以前的中学同学)。

---

① 这两个词都是“锁骨”的意思，但后者为解剖学用语。

② 超人，英文名 Superman，氪星最后之子。他是一位虚构的超级英雄，美国漫画中的经典人物。

安妮特决定让别人认不出她来，这个小精灵。（那口音、动作举止，还有展现出来的学识）。我没有坚持。我变得好认。

※

我说，自我改进的计划有什么错？

四位健在的老作家：
纳博科夫，博尔赫斯，贝克特，热内

他的思维被贯穿了。

“非正式绘画。”

贾斯珀[·约翰斯论杜尚]：“精确的绘画＋冷漠的美”

摄影是一门艺术吗？抑或是电影艺术的一个私生子、一次流产。诺埃尔说，他看一张漂亮的照片时，心里想：你他妈的，你为什么不动？

摄影

绘画 ˆ　　　　ˆ 电影

（刘易斯·卡罗尔）　　　　（[亨利·]卡蒂埃-布列松，罗伯特·弗兰克）

也许，唯一令人满意的摄影就是绘画的、摆拍的、人为的那

种。（像19世纪的刘易斯·卡罗尔）

一部电影如果似乎是系列照片，系列“belles images”［“漂亮的图像”］，那是不是一个瑕疵？（就像哈丽雅特1958年在东柏林说［谢尔盖·爱森斯坦1927年的影片］《十月》那样）

比较布朗肖关于“雅典娜神殿”的随笔

……

诺瓦利斯[①]……发现，新艺术不是整体的书，而是碎片。碎片的艺术——对碎片言语的要求，不去妨碍交流，而是使交流不受任何约束。（因此，我们才得以与过去、废墟交流。）

……

阿尔弗雷德：

在句子中间，一切都变得空白——

“什么都没有”

“我感觉全世界都在听我说的每一句话”

“苏珊，发生什么事了？某件非常奇怪的事情在发生。”

“你有事瞒着我。”

“我想我染上梅毒了。要不就是癌症。”

① Novalis（1772—1801），德国浪漫主义诗人。

“苏珊，你看上去好伤心。我从来都没有见你这么伤心。”

丹吉尔：

里夫[①]山区边缘是红+白条纹的棉花，顶上是白棉花——一顶宽边草帽，四条穗带从顶上挂下来到帽檐——褐色兽皮绑腿

拂晓时，[你]在丹吉尔能听见公鸡打鸣——驴(驴子)[②]满镇都是，骆驼就在户外。

麦地那的市立医院——在面向大海的围墙那边。想必以前是个堡垒：现在院子里有巨大的生了锈的加农炮。

贝尼·马卡达——该城的精神病院：[他们]给每个人做电休克治疗。

奥森·威尔斯，他9岁大的女儿：她也许会成为一个专业人员；她非常可爱，懂礼貌。专业人员的特质是一种礼貌……

……

[艾伦·安森说过]《裸体午餐》里，一种叙事、人物塑造+地方描写的次结构，一方面，逐渐消失在“惯常”——对人

① Rif。

② 原文在这里先用donkey，又在括弧里用了burro，后者尤指美国西南部用做驮畜的驴。

物、地方+行为的异乎寻常的突出——之中，另一方面，则消失在对毒品、疾病+民俗所加的博学的脚注之中。

使幻想变得令人愉悦的

可以忍受的

对大多数人而言，是人们通常并不——真的——希望幻想变为现实。(性，荣耀的梦想等等)我发现幻想——关于爱、温暖和性的幻想——痛苦得令人难以忍受，因为我始终清楚它“只”[是]个幻想。我想要——我又想要了——但它不会发生。我想要的，太多。

[弗拉基米尔·尼日尼[1]]《听爱因斯坦讲课》(伦敦：乔治·艾伦与昂温出版公司，1962)

丹吉尔：

留着鲜橙色长胡须(红褐色)、裹着白头巾的老人

大广场外面花园里的榕树+旧加农炮(约1620年代前后)

出售纯净矿泉水的运水工；她把水倒进一只杯子——然后放进几片闪亮的月桂树叶，这样喝起来味道好些

哈米德——德里斯的兄弟——瘦弱——穿着条纹睡衣裤坐

① 桑塔格把这本书的作者写成 Vladimir Nizhy。经查核，应为 Vladimir Nizhny。

着——双腿荡在医院病房的床上——有胡子——一只脚，穿着短袜，有坏疽——一只手所有的指甲都涂成了红褐色——他母亲+妹妹法蒂玛给他带了面包

一起从一只大碗或长柄锅里拿东西吃——用手——人手一块面包往锅里蘸一下

用阿拉伯语配音的印度电影（演出），用法语+西班牙语配音的欧洲电影（勒克斯影院，阿尔卡萨影院，里夫影院，沃克斯影院，戈雅影院，毛里塔尼亚影院等等）

巴斯德大道上的一家市立赌场

65年9月7日　丹吉尔

高了=“（麻）醉了”，“晕了”①

阿尔弗雷德：已经决定不在他家外面吃任何一顿饭（怕被投毒），几天前有个晚上不愿喝德里斯的咖啡；准备把他的车卖掉；认为他的护照（照片）不再有效；砸了德里斯的手表，因为他认为里面藏了个麦克风——

［“Shitan”］=阿拉伯语表示“魔鬼”的词（比较Satan［撒

① 原文为bombed out，美国俚语，亦作bombed，表示“酒喝得醉醺醺的”，“吸毒吸得晕乎乎的”。

旦])——在梦中来到你身边，不让你喊出声来

……

星期天傍晚，乡下人骑着驴，离开丹吉尔——来赶集的——沿着街道从麦地那向港口的西班牙大街走去

……

餐[馆]侍者往客人身上泼玫瑰水，他刚为他们上了薄荷茶——接着把玫瑰水泼进茶里

"nana" = 薄荷
"attay" = 茶
b'salemma = 再见(舍拉姆[①])

……

把肉桂[②] + 糖(分别)撒在蒸粗麦粉上

阿尔弗雷德认为他是双性同体。

去年，他"发飙"的时候，给他家人 + 邻居一下子寄了 50

① shalom，犹太人传统的招呼语、道别语，意为"您好"或"再见"。
② cinammon，此处桑塔格有误，应为 cinnamon。

本他的短篇小说集——“这样他们就会知道我了，因为我太丑了，一直躲着不见人；我想要更多地展示自我”——包括向他父亲（由他的律师转[交]）；他14岁的时候，父亲死了

“我想，作为一个作家，我是失败的。我的书卖不动。作为作家，我并没有我原来以为的那么优秀。”

“你知道，没人独自写一本书。所有的书都是一种合作。”

“我以前认为：‘我该死。我背叛了犹太人。’可第二天晚上，（在“狮子”+“蜥蜴”干活的）阿布萨隆请我喝了杯马拉加葡萄酒。”

……

造访过丹吉尔的人：塞缪尔·佩皮斯[①]（比较日记），亚历山大·仲马[②]，皮埃尔·洛蒂，[尼古拉·]里姆斯基-科萨柯夫[③]，[卡米尔·]圣-桑[④]，欧仁·德拉克罗瓦[⑤]，[安德烈·]纪德>格特鲁德·斯泰因，朱娜·巴恩斯，田纳西·威廉斯，（《皇家大道》[⑥]里的索科奇科[⑦]，）保罗·鲍尔斯等等，

---

① Samuel Pepys（1633—1703），英国作家、政治家，著有《佩皮斯日记》（*The Diary of Samuel Pepys*）。
② 即“大仲马”。
③ Nikolai Rimsky- Korsakov（1844—1908），俄罗斯作曲家。
④ Camille Saint- Saëns（1835—1921），法国作曲家。
⑤ Eugène Delacroix（1798—1863），法国画家。
⑥ *Camino Real*（1953），威廉斯的剧本。
⑦ Socco Chico，丹吉尔一广场名。

等等。

葡萄牙对丹吉尔的占领(1471—1662)——1662 年，被三明治伯爵[①]的英国舰队 + 彼得伯勒伯爵的军队赶走。英国人毁掉该城大部分地区之后，于 1684 年离开——被阿里 · 本 · 阿卜杜拉的军队驱逐——一直由他们家族统治到 1844 年，即“摩洛哥人”

［艾伦 · 安森论］巴勒斯——

《软机器》：全部工作都在行动站进行(其意识形态在竭力传播途中从我们身边经过)。简而言之，原本的活力为生活指南的作者所利用；他们这些人把死气沉沉的[②]模板强加到生机勃勃的机体上(尽管可以降低生活指南的重要性，就连最好的生活指南都是约束人的，因而是极为有害的)，其目的在于自我膨胀。受害者争抢着上前理论 + 驳回那些话语 + 形象，这样来反抗[③]

伊恩 · 萨默维尔的闪烁机器
布里翁 · 吉森的梦想机器

在中央有一盏亮着灯的转盘上，放一个多孔转筒(部分或全部的孔可以盖上不［同］颜色的［半］透明织物) + 让转盘开始旋

---

① 英国贵族(1718—1792)，他嗜赌如命，有时候赌瘾上来了，连饭都顾不上吃，肚子饿的时候叫仆人拿两片面包夹着烤牛肉充饥。拿着这种食物，他的手指不会变得油乎乎的，吃完后还能继续赌博。人们后用伯爵的名字 Sandwich 来称呼这种快餐食品。

② 桑塔格此处用的词是 deathical，戴维加注说“原文如此”。

③ 作为巴勒斯《新星三部曲》之一，《软机器》也探讨了控制与反控制的主题。

转。注意看转筒

结果应[该]是等同于在切割中获得的音轨片段的图像轨道片段。(另一种"控制",提示性的,而非条条框框规定性的,是对音轨+图像轨道之间的相互联系的早期考虑——兰波关于元音的十四行诗。)

麦地那一家茶馆后面,黎明时被割喉、仰面躺在那里的摩洛哥人: 已经有人用无花果树叶盖住了他颈部的伤口

法国别墅餐厅那永远的悲哀——"摩洛哥"装饰,匈牙利三男子组合(钢琴、小提琴、同时演奏低音提琴+木琴的男人)。"法国菜",难缠的英国中产阶级下层游客加上那些怪人(那个恼火的、脸红红的德国女人,戴着眼镜,独自一人吃着饭+抱怨着饭菜;那两个美国男人,一个大约4英尺8英寸高,大头;另一个高个子,平头+戴眼镜,未老先衰的中年人,像某所没名气的大学的助[理]教授)

——整个场景很像1930年代中期"卡帕西亚"号[1]的二等舱的餐厅。头戴土耳其毡帽的瘦弱的摩洛哥侍者跟你说着蹩脚的法语——

一位70岁的老太太: 亚历山大港人群中的一员,10年前,埃及开始走向现代化的时候,她来到这里——

我现在还不能有工作+只写作(就像阿尔弗雷德在纽约时的

① Carpathia,英国卡纳德公司的客轮,曾营救过"泰坦尼克"号。

样子），原因之一就是我受不了去求人，去欠人情——就像人乞讨、借钱+靠偷窃生活时那样。需要独立，也就是说，不去靠什么人。不只是中产阶级的胆怯——

动词[①]：ducked（躲避；闪开），spreading（展开；传播），bolted（拴上），humored（迎合；顺应），shoved（推），flopping（沉重下坠），shook（摇动），shimmied（震颤），trailed behind（跟在后面），shooting out（突然出击），heaving（举起），splurting（突然喷出），clattering（发出咔嗒声），sparked off（导致），clutching（紧握），hissed（发嘶嘶声），clicked his tongue（西［班牙语］）（发出咔嗒声），his breast swelled（他的胸膛鼓起），sparkle（闪耀），charge（收费），sniffed（嗤之以鼻），slithered（摇晃着向前），gnawed（啃咬），seeped（渗透）……

……

（巴黎）先贤祠皮维·德·夏凡纳[②]的画

艺术家应［该］知道多少？（和诺埃尔在科西嘉岛）

自我意识对白板[③]——维特根斯坦等

陀思妥耶夫斯基认为，欧仁·苏[④]是个伟大的作家——现在

① 因没有语境，权译出其常用意思，以为参考。
② Puvis de Chavannes（1824—1898），法国象征主义画家。
③ Tabula rasa，原指一种洁白无瑕的状态，西方哲学家用它来比喻人类心灵的本来状态像白纸一样没有任何印迹。
④ Eugène Sue（1804—1857），法国编剧。

人们还能这样认为吗？

乔治 · 丘克[1]的电影……[接着是个完整的单子。]

同韵俚语(伦敦土话)： 汉姆斯特德 = 汉普斯特德荒野 = 牙齿，火警 + 魅力，武器，德国乐队 + 手，面包条 + 死的[2]

……

丹吉尔——人们寻找一种彻底的脱离熟悉环境[“方向迷失”]的体验，这时候，他们就能彻底过一下禁果的瘾头了(娈童、吸毒、酗酒)

假如你突然发疯失去理智，大家都同情你，但本质上是冷漠的。是你的责任——难道不是你自找的吗？人人为自己——

我感觉自己逛进了沙朗通[巴黎近郊的疯人院，萨德曾关在此处]。从未感觉到如此陌生、如此惊讶、如此反叛，又如此着迷——彻底“脱离了熟悉环境”[“迷失方向”]——自从我16岁和哈丽雅特待在旧金山那第一个周末以来

共产主义——根据定义——排除了“脱离熟悉环境”的可能性。无陌生性。(无疏离感——已经为此做了辩解，是必须克服

① George Cukor(1899—1983)，美国电影导演，1964 年因《窈窕淑女》而获奥斯卡最佳导演奖。

② Hamsteads = Hampstead Heath = teeth， fire alarms + charms， arms， German bands + hands， loaf of bread + dead，桑塔格举的这几组例子都押韵。

的某种东西。)大家都一样，全是兄弟。

和德里斯聊过，我才意识到，在平时的讲话中，我想当然地接受了多少概念化的东西。“阿尔弗雷德这样子多长时间啦？”包含“多长时间”和“这样子”

在专注之下 + 吸大麻之后，一切事情都发生两次。你说某事，接着你又听见自己把这件事说一遍。

……

送诺埃尔：

[埃里克·奥尔巴赫]《模仿论》
伊利亚德，《瑜伽》
托马斯福音
《地铁站》
[维特根斯坦]《哲学研究》

……

关于色情迷恋的长篇小说：巴尔扎克《金眼女郎》，卢维[1]《女人与玩偶》，拉希尔德《维纳斯先生》(拉乌尔：[司汤达的]《红与黑》中马蒂尔德的疯狂的继任者)

---

① Pierre Loüys(1870—1925)，法国小说家、诗人。

[泰奥菲勒·戈蒂埃[1]的]《莫班小姐》放在哪里呢?

65年9月16日　巴黎

反驳一个论点的主要技巧:

找到矛盾之处
找到反例
找到一个更大的语境

第三个技巧的例子:

我反对审查制度。所有形式的。不只是为了维护杰作——高雅艺术——成为令人反感的东西的权利

那色情作品(商业的)怎么样呢?
找到那个更大的语境:
巴塔耶式的肉欲观?

那孩子们怎么样呢?他们看的东西也不要审查吗?恐怖连环漫画杂志等。

随便哪一天他们都能在报上读到更糟糕的东西,为什么还要禁止他们看连环漫画杂志?比如在越南的凝固汽油弹轰炸等。

---

① Théophile Gautier(1811—1872),法国作家、文艺批评家。

一种公正/有鉴别力的审查是不可能的。

65 年 9 月 9 日[1]　丹吉尔

[这本笔记本第一页粘了弗吉尼亚·伍尔夫的一张照片，第二页是韦伯恩引用弗里德里希·荷尔德林的话："活着就要去为一种形式辩护"，第三页是舞者鲁道夫·纽瑞耶夫的一张照片，照片下面写着"住在一座桥，一个隧道边上"的字样。]

Guaon，Jellalah，Ishiwa，Hamacha > > > 迷幻团体（狂热崇拜，各有其不同的圣者）

Jellalah（或 Djellalah）：共 12 人，9 男 +3 女

跳到高潮处（有时），他们会怀抱仙人掌，拿起（吃？）滚烫的煤块，饮血，把活鸡撕扯开 + 吃了它们，用鞭子抽打自己，或者用刀子砍自己

其中一个女的把什么东西塞进自己的嘴里

一个人干呕，然后抽搐，另一个啜泣。——情况严重的时候，按摩；如果不行，人工呼吸——还有一杯水

接下来，一个女的以一个微笑和一个吻，向房间里所有的人

① 前一则日记为 65 年 9 月 16 日。原文如此。

——致敬。(感激?)

第一个“进去”的女人被拥抱——(女人照顾女人,男人……)——接下来,他们相互间慢慢地不那么深情款款和热切

那个刚才拿下白色的长头巾+一直擦头的男人(黑人)在剃头。(坐在地板上。)

女人身上穿的长长的灰色的外套

她不费事地从后面脱下她的衣服。

三种可能性:

一部独立的短篇小说或者中篇——《舞蹈》——关于一个事件+某个观察它+试图阐述这件事的人(像[卡夫卡的]《流放地》[①]) *

《组织》的第二部分——与第一部分的犹太人的对照(即“组织”的一个替代或替代选择)[SS 写过一篇名为《组织》的短篇小说,1960 年代中期曾经考虑过将它作为一部长篇的基础;她在伦敦通过英国戏剧导演彼得·布鲁克和美国女演员艾琳·沃思接触过葛吉夫[②]圈子,这部长篇至少在一定程度上是依

① 应为《在流放地》(*In the Penal Colony*)。桑塔格写成 The Penal Colony 了。
② George Ivanovitch Gurdjieff(1877—1949),亚美尼亚-希腊裔苏联神秘主义者和精神导师,曾在高加索和中亚游历,并在他碰到的一些托钵僧学校接受苏菲训练。

据该圈子而创作的。]

该长篇里关于托[马斯]·福[克]的一处改动——某人讲一个故事

*有个旁观者在想：

1. 它是艺术吗？
2. 不是，是心理疗法
3. 不是，是性
4. 不是，是宗教
5. 不是，是商业，是娱乐
6. 也许是个游戏？

12 个玩家

每人都有他自己的节奏（所有的节奏都很相似，有着相同的根源——：可以取笑逗乐——那是谁？

轮到你了。他们把她向前推去。

她为什么第二次又回去呢？

不够——需要更多的（像药）
这群人在惩罚她——让她再遭受一次（无法逃脱）
炫耀，竞争，看看谁最厉害
暴饮暴食

能拿这个做几件事：

从外面讲一次——从内部再讲一次（《舞蹈》）

在第二部分里《组织》的主角看到的是《舞蹈》中的旁观者提出的众多阐释之一

［这里，SS 回到了她在丹吉尔观看的舞蹈，尽管不清楚对她亲眼看见的东西的描述在哪里结束，小说的梗概又在哪里开始。］

舞者可以“调低”一种乐器（如手钹），靠近一些——把她的头埋在笛子中间。

他们在为她表演；他们相互投上会心的一瞥——他们感觉到自己的力量——他们“拥有”她。

有时，他们似乎会怜悯，其间会有那么一会儿不那么强烈——

她双眼闭着——嘴巴一直张开着。

她没戴胸罩——

那件漂亮的灰色帽衫里面，是一件红条纹的里夫裹身式衣服。她害羞吗?

我觉得她要吻她，她吻了——

他们对自己很满意——

他们烧香(爪夷香) + 把罐子托举在舞者鼻孔下面。实际上有两种香——一种比另一种更浓烈， + 更贵。香会不会令人兴奋陶醉?

他们在谈论杂货——在他“进入”期间；这不是他们的节奏。片刻之前……

好多次，观众感到性兴奋。

他们在赞美圣人，有个人告诉他

65 年 9 月 17 日　巴黎

［巴塔耶的］《艾德沃妲夫人》不只是一个有一篇序言的故事［“作品”这个词在这则日记里划掉了］，而是一部由两部分组成的作品：随笔和故事。

巴特，《米什莱》

荣耀。荣耀。荣耀。永远都做最好的自己(像［让-皮埃尔·梅尔维尔 1961 年的电影《莱昂·莫汉神父》中的］莱昂·莫汉)

那个美国母狗

那个女人，男人最终必须认同其更高的道德标准、努力“配得上”她的爱。（像弗里茨·朗的《狂怒》中的斯宾塞·特蕾西+西尔维娅·悉尼）

两类女人，独特的美国神话

65年9月17日 （在飞纽约的飞机上）

理想，对海明威而言：“重压下的优雅”

萨特：“人们的意见大相径庭的时候，他们怎么能一起去看电影呢？”

[西蒙娜·德·]波伏瓦：“一个人若同样笑对敌手与朋友，就是将其承诺降低为一些看法而已；所有知识分子，右翼也好，左翼也罢，则是降低到他们共同的资产阶级状态。”

比较：

悲痛无法兑换为任何其他通货

没有任何通货可与个人的悲痛兑换

65年9月22日　纽约

怎样结束第一章：

托[马斯]·福[克]把妹妹想象成一个人体模型或假人

……

巴洛克风格：那种骄傲自大

[理查德·]克拉肖(诗歌)

[吉安·洛伦佐·]贝尔尼尼[1](雕塑)——比较《圣特蕾萨》[2]

65年10月4日

从黑+白片走向彩色(影片)：

[迈克尔·鲍威尔[3]，]《天国的阶梯》

[黑泽明，]《天国与地狱》——黄烟

---

① Gian Lorenzo Bernini(1598—1680)，意大利巴洛克风格雕塑家、画家、建筑师，作品包括圣坛大天篷和罗马圣彼得广场周围的柱廊。

② *St. Theresa*，全名为《圣特蕾萨的迷乱》(*Ecstasy of St. Theresa*)。

③ Michael Powell(1905—1990)，英裔法国导演、演员、编剧和制作人。

［蒙蒂·伯曼和罗伯特·S·贝克，］《开膛手杰克》——血

［塞缪尔·富勒，］《恐怖走廊》

［尤里斯·］伊文思[1]，《瓦尔帕莱索》2/3［黑白片］> 血 > 1/3［彩色］

［谢尔盖·爱森斯坦，］《伊凡雷帝》（Ⅱ）

［阿伦·雷乃，］《夜与雾》

［迈克尔·鲍威尔，］《偷窥狂》（彩色影片；回忆［黑白片］镜头对准往昔）

［下面这则电影条目前面有 SS 的注："1966 年 6 月添加"］

［谢尔盖·］帕拉杰诺夫[2]，《火马》［即《被遗忘的祖先的影子》］

归纳出每种情况的原则

在拉特纳［1960 年代纽约东村很红火的一家通宵熟食店］和保罗［·特克］聊天

---

① Joris Ivens（1898—1989），荷兰电影导演。
② Sergei Paradjanov（1924—1990），格鲁吉亚导演。

托[马斯·]福[克]的作品：

内部+外部

——一条毛虫

一条毛虫的形式，但皮肤不是有机的（像个箱子，一只盒子）+鲜艳的、彩饰的

变形

——一张张脸，蜡做的——

逼真？

在变成狼-人的过程中，长出毛发

——蛇形——巨大——但机械化了

一种对客体而非对观众的施虐狂（囚禁它）的艺术

将主体关在监牢里——与窥淫癖、压抑的性施虐狂的关联

[此处SS又回到托马斯·福克计划上：]

T. F.[1]喜欢看怪人怪事、暴虐照片等

[SS附带注了：]每门艺术都是性幻想的化身——

T. F.不是在艺术+生活之间行动，而是增强"生活"——

① 即托马斯·福克（Thomas Faulk）。

在一个想象的规模或范围继续进行可能的未完成的选择——就像穿着铬衣领+鳞片从肩膀上挂下来的人一样(比较巴勒斯笔下的太空人，《爆炸的车票》)

“它不存在，所以，我来造”

美国社会过分拘泥于法律：

终审：“这是法律。”就行了。诉诸法律代替了诉诸传统、一个社会地位的权威等。没有哪个国家的法庭——尤[其是]最高法庭——拥有这么大的权力。

这部小说没有主题思想[“托马斯·福克”]，却有(正如瓦莱里说格吕克的某某歌剧一样)一个“触动情感的”完美的“机制”。

区[分]感觉+情感

[紧挨着这则日记，SS打了两个问号。]“新小说是方向错误的休谟式的、原子论[1]的”

……

加缪(《札记》第二卷)：“有没有一种悲剧的票友论？”

---

① Atomism，原子说认为事物可通过分解成不同的、可分离的、独立的基本成分进行说明。

艺术中(生活中)最感动我的是：高贵。这是[法国导演罗伯特·]布列松[的电影]中我最爱的东西——他对人作为高贵的存在的关切。

为“T. F.”：萨特论[保罗·]尼藏[1]的随笔时表现出的高度+平和

重读萨特的这篇文章，我意识到他一直以来对我是何等重要。他是楷模——那种丰富，那种清晰，那种世故。还有那低级趣味。

……

65年10月13日

两场反对讨论艺术的形式性质+反对“艺术”概念本身(像我关于风格的随笔[2]里想当然认为的那样)的辩论

……

65年10月15日

坡的短篇到手啦!

---

① Paul Nizan(1905—1940)，法国左翼小说家，反法西斯运动战士，代表作为小说《阴谋》。
② 指《论风格》(“On Style”，1965)。

成功的削弱：能量的分散

拥有回顾的灾难（对一个艺术家而言）；他接下来所有的作品都成为死后出版的

作为游戏的艺术作品
现代绘画中观念的悖论
评论家：耗尽他的感受力

评论家+创造性艺术家——两种不同的立场。一种是培养他的客观性（知识），另一种则是其主观性（无知？）。评论家让他自己、允许他自己受到矛盾的刺激的狂轰滥炸。他得一直具有开放性，然而，一部艺术作品可能会抵消掉另一部

试着去观看[1964年的]《莱姬娅[之墓]》（[罗杰·]科尔曼）+[1933年的]《[神秘]蜡像馆》（原作+翻拍[安德烈·德·托特1953年导演的《蜡像馆》①]，由文森特·普赖斯出演）：

无支架的蜡像熔化了一个脸庞英俊的男人——企图强奸一个女孩儿——她抓他的脸——脸皮剥落——里面，是个怪物

65年10月17日

[20世纪意大利作家卡洛·埃米利奥·]加达的精力+他对

① *House of Wax*，亦译《恐怖蜡像馆》或《神秘蜡像馆》。

人的反应的性行为

我有没有一直遵循我准备遵循的生存之道？现在是个旁观者，心静下来。睡前看看《纽约时报》。但是，我感谢上帝赐予我这份相对的平和——听天由命。与此同时，背后的恐惧在加大加强。人该怎么去爱啊？

一个漫长的恢复期。我现在是认了。在戴安娜[·凯梅尼]的指导下，我将找到我的尊严、我的自尊。

倒退了片刻：来自加利福尼亚的消息。朱迪丝和鲍勃和好（“大团圆”）让我做梦想了一小时的——

但我千万不能去想过去的事。我必须继续前行，摧毁我的记忆。若我现在能感到一些真实的能量（不只是坚忍、勇敢的某种东西），对未来有一些希望，那就好了。

我最近谁也不见了，真的。保罗[·特克]变得疏远了，淡出了。今晚我待在家里。电话铃没响。我就希望这样，不是吗？不是这些人……

侦探小说（加达的《一宗罪》）。都是从他的视角叙述的。

[和美国作家斯蒂芬·]科赫[聊]博尔赫斯：

揭示的无限期的推迟（：诗的反面；比较兰波：诗必须是

揭示，否则就什么都不是）

［博尔赫斯的］《虚构集》=（+与）“真实”世界的成问题的关系的说明；和这个“世界”进行的经过缜密思考的对话的一部分；都是基本的人类行为的例子。（世界是由种种无法解决的矛盾心理所构成的格局，他的美学则是对此所做的一种阐释。）彻底的矛盾心理的寓言。统一仅仅存在于迷宫的尽头。

因此，博尔赫斯是个思想艺术家。但是，拒不接受传统的艺术–生活两分法。

建立在对“道”、永远的逻各斯的信仰基础上的生涯。（比较卡莱尔、霍桑、帕斯卡研究）。一系列隐喻，全是永远的后退的意象……上帝是永远的后退：他藏了起来，但他深不可测的迷宫般的深度也是其多样性所在。

“意义”的问题。（不是激情）

为艺术家假想一个理想的非个人情绪性。（因此才常有人指责博［尔赫斯］冷漠）。博［尔赫斯］，在世的最伟大的沉思型艺术家。

看［荷兰史学家约翰·］赫伊津哈的随笔《文化史的任务》。

65 年 10 月 18 日

T·福克，像［《恩主》主人公］希波赖特一样，以囚于他自己的屋子而告终。唯一的区别在于在这部新长篇小说里，那个“决定”（失败）的胁迫+痛苦给展示出来了。

但还是个同样的故事。受到那可怕的父母自私的束缚+痛斥，（上一部是）伪装成衰老的情妇和年长的朋友，现在（这一部）则是姐姐和年长的朋友。

65年10月21日

有个很棒的书名给T·福克：

《眼睛及其眼光》（第一次世界大战后超现实主义作家乔治·里伯蒙-德萨涅出[版]的一本书）

买：乔治·勒梅特《法国文学中从立体主义到超现实主义》（哈佛大学出版社，1947年）

朱利安·莱维《超现实主义》（纽约：黑太阳出版社，1936年）

更多的剧照：[SS收集电影剧照。]

穿无尾晚礼服的黛德丽

[一个镜头，来自苏联导演阿布拉姆·卢姆1927年的电影]《床与沙发》

《呼啸山庄》[中的劳伦斯·奥利弗]

两种蜡：

纯蜂蜡：白色，半透明；熔化时，变得清澈+透明

巴西棕榈蜡（更贵）：不透明——虫漆，浅棕色——体现为尖利的碎片——熔化时变成半透明的——熔化的温度更高

［萨尔瓦多·］达利："我自己与疯子的唯一区别就是我没有发疯。"①

65年11月7日

毕加索："一件艺术品就是毁坏的总和"

随着D. G.［理查德·古德温，美国作家、林登·约翰逊总统的前演讲稿撰写人和助手，后来为罗伯特·肯尼迪效力，起草了1966年国情咨文；SS和他一度关系亲密］的到来，整个的神经紧张的新大陆驶入视野。（亚特兰蒂斯）我是谁。我不会让"他们"把它从我这里拿走。我不会被消灭。（某件我以前不明白的事情！她［SS的母亲］只看到我有点儿风骚，于是就对此夸大其词。）女人们接受我是一个人——至少大多数接受；杰姬·肯尼迪家并不让我烦扰，因为他们是那么迷人——而"他们"首先把我当女人看，其次才是人。

① 达利常被称为"没有发疯的疯子"。

对巴特的最大的影响：看[加斯东·]巴什拉[①](《火的精神分析》——接着看讨论土、空气+水的书)，第二是[法国社会学家和人类学家马塞尔·]莫斯，结构人种学，+当然，还有黑格尔、胡塞尔。现象学观点的发现。然后，你就能看待一切，+它会带给你新颖的想法。一切：门把手，嘉宝。想象一下你有巴特那样的头脑——而且一直灵光……但真正开启它的是布朗肖。

两个最伟大、最有影响的批评家——瓦莱里；然后是布朗肖

65年11月8日

[在贾德森诗人剧院]看[J·罗伊·沙利文的]《葛丽泰·嘉宝的私人土豆地》看到2/3，我想要成为嘉宝。(我研究过她；我想要吸收她，学她的姿势，感觉她的感觉)——然后，快看完的时候，我开始要她，意淫她，想要占有她。随着仰慕而来的是渴望——在我快要看不见她的时候。是我又起了同性恋的念头？

[美国女演员]乔伊斯·阿伦：她表达她感觉到的一切。直接宣泄。(和一个人的感觉保持联系。不让它们总是滞后——一贯的“马后炮”[②]。)

根据[SS的短篇小说]《假人》改编一个剧本(含一些歌

① Gaston Bachelard(1884—1962)，当代法国哲学家、文学评论家和诗人。

② 原文为法文 esprit de l'escalier，相当于美语里的 elevator wit，意为“下楼后才想到要怎么回击别人”。

曲？）。改编实例（乔[·蔡金]的作品）。

……

在纽约，极少有或没有“社区”，但是，有很大的“场景”感。伦敦眼下已经开始——过去的几年。

过去两年中我最愉快的事来自流行乐（披头士，狄昂·华薇克，“至高无上”）+阿尔·卡迈恩的音乐。

昨晚，在费里尼的晚会[①]上，我告诉[美国漫画家]朱尔斯·菲弗我要起诉他！

在隔壁的公寓里。我会有许多植物，挤在一起。

为唐·艾伦的集子《走向新诗学》写篇文章。

乔[·蔡金]不是很刺激感官。

狄[克]·古[德温]说，你知道吗，你看一个人是否慎重，就看他或她是否1）性格坚强；2）识人头；3）不爱八卦他自己。比如，丽莲·海尔曼没通过测试，因为她是1）+3），但做不到2）。

---

① 戴维说，这是指纽约电影节首映后举行的晚会，导演费里尼可能在场。

65 年 11 月 12 日

从我回纽约以来(9 月 17 日)看的电影

[在纽约电影]节:

黑泽明,《红胡子》——三船敏郎①
维斯康蒂,《北斗七星……》②——[克劳迪娅·]卡迪纳莱
弗朗瑞,《骗子托马斯》
[杰兹·]斯科利莫夫斯基,《轻取》
[马可·]贝洛基奥③,《口袋里的拳头》④
戈达尔,《小兵》——[安娜·]卡里娜

[在别处看的:]

[理查德·]莱斯特,《救命》⑤——披头士
[让·]雷诺阿,《底层》——[路易·]儒韦,[让·]迦本
[罗曼·]波兰斯基,《冷血惊魂》⑥——凯瑟琳·德纳芙
维斯康蒂,《大地动摇》
[阿瑟·]佩恩,《心墙魅影》——沃伦·贝蒂
[弗雷德里克·罗西夫,]《牺牲在马德里》[由 SS1960 年

---

① 三船敏郎(Toshiro Mifune)饰红胡子。
② *Vaghe stelle* ...,全名应为 *Vaghe stelle dell Orsa*。
③ Marco Bellocchio(1939—),意大利演员、编剧、导演。2011 年获第 68 届威尼斯电影节金狮奖终身成就奖。
④ *Pugni in Tasca*,亦译为《怒不可遏》。
⑤ *Help*!亦译《救命!救命!》。
⑥ *Repulsion*(1965),亦译《厌恶》。

代末、1970 年代初的伴侣妮科尔·斯特凡娜担任制片]

[D·W·]格里菲思，《街头女郎》——卢普·韦莱斯

[伯特·I·戈登，]《巨人村》

[奥托·]普莱明格，《失踪的邦妮》——奥利弗、克尔·杜利

[沃尔特·格劳曼，]《玉女偷情》——苏珊娜·普莱薛特

[杰克·阿诺德，]《喧闹的老鼠》——彼得·塞勒斯

[查尔斯·克瑞奇顿，]《薰衣草山的暴徒》——[亚历克·]基尼斯

[克莱夫·唐纳和理查德·塔尔马吉，]《风流绅士》①——彼得·奥图尔

费利尼，《朱丽叶与魔鬼》

[约翰·施莱辛格，]《亲爱的》——朱莉·克里斯蒂，德克·博加德

斯坦伯格，《最后命令》(1928)——埃米尔·扬宁格

朗，《高度怀疑》(1956)——达娜·安德鲁斯，琼·芳登

朗，《恶人牧场》(1952)——黛德丽，梅尔·弗尔，阿瑟·肯尼迪

斯坦伯格，《纽约码头》(1928)——乔治·班克罗夫特，贝蒂·康姆逊，巴古拉诺娃

[唐·夏普，]《傅满洲的脸》②——克里斯托弗·李

[富兰克林·沙夫纳，]《战神》③——查尔顿·赫斯顿

---

① *What's New, Pussycat?*(1965)，亦译《猫咪最近怎么了？》。

② *The Face of Fu Manchu*(1965)，亦译《不死毒王》。

③ *The Warlord*(1965)，亦译《万劫精忠传》。导演名为 Franklin Schaffner，桑塔格写成了 Franklin Schaffer。

[威廉·卡索，]《[你干的事]瞒不了我》[1]

默文·里罗伊，《你往何处去》——罗伯特·泰勒，黛博拉·蔻儿，彼得·尤斯蒂诺夫，列奥·盖恩

一个问题：我的写作的单薄——它太过贫瘠，一句接一句——太像建筑，东拉西扯

若干主题：

杀一个无助的老流浪汉来“祭神”——由身份不明的屠夫在大象和城堡区[2]附近一栋废弃的房子里，对一个无家可归的人进行仪式性的杀害——或者，由一帮笨拙粗鲁的女巫谋杀婴儿车里的弃婴

一个残暴对待女儿的父亲

两个乱伦的姐妹

一艘宇宙飞船已登陆

一个年老的女影星

麦克卢汉——艺术是个DEW，即远程预警系统。

---

① 原名应为 *I Saw What You Did*，桑塔格误写成 *I Know What You Did*。
② The Elephant and Castle，在伦敦。

保罗[·特克]当下的问题：一条方形蛇、金属皮、模糊血肉的残余。如何将有机物（“肉”）+反有机物（方形的柱体、金属+金属喷漆）组合到一起

叙事中让我感兴趣的是：

叙述元素（所以，我喜欢把叙述分解成短的部分——连续的文本对我来讲似乎是有问题的，甚至也许是有欺骗性的）

可有可无的细节——令现实支离破碎的东西（而非逼真的元素）

……

65年11月13日

贾斯珀·约翰斯[论杜尚]：“精确的绘画和冷漠的美”

零时区：我们无限期待的时区

[劳拉·]赖丁式短篇小说的开场白：

首先是组织——强者+弱者——

65年11月14日

这本书在我脑子里越来越清晰了，我想写得快点，第一稿1月份写好。如果我一天写5页，那60天我就能写300页。

……

65 年 11 月 16 日

……

劳拉 · 赖丁：在她床的上方写着：**上帝是个女人**

……

LSD：一切都分解（血、细胞、肌肉）——没有结构，没有情形，没有参与。一切都是物理学。

……

65 年 11 月 20 日

记个形象观察日志。每天记一篇。

今天：五个新娘在一个空荡荡的白色舞台上的静态画面（活人造型），一个黑人——高颧骨

从上面打下的光是仁慈的，从下面是残酷的。就一个女人而言，当光从下面照上来的时候，你能够看到她 60 岁时会是什么样子。

录音磁带——带有回音“我—我—我—我”

“那不是你”（男孩的声音）

“是我”

……

至于“那只鸟”：

请看看成型前18世纪的英国小说形式。笛福、[塞缪尔·]理查森、[亨利·]菲尔丁、斯特恩：你在那里也能看到混合“媒介”[①]——

故事以外，还有随笔段落(博学等)、诗歌等。

小说的一个未来就以混合媒介的形式出现。
例如：
《尤利西斯》
《裸体午餐》(电影剧本，“博学”等)
《微暗的火》(诗、笔记等)
[伯特·布莱克曼的]《章鱼文件》

把《组织》写成一个混合媒介体如何 >

……

无聊的功能。好的 + 坏的

① 戴维解释说，这是指传统叙事以外的其他媒介，如下一条目。

［亚瑟·］叔本华是（在其《作品集》里）谈论无聊这个话题的第一个重［要］作家——把它和“痛苦”相提并论，认为它是生活之罪恶的孪生姊妹之一（没有，则痛苦，有，则无聊——这是一个量的问题）。

人们说“它令人感到无聊”——仿佛那是诉求的一个最终的标准似的，而且，任何艺术作品都无权让我们感觉无聊。

但是，我们时代有趣的艺术大都是无聊的。贾斯珀·约翰斯是无聊的。贝克特是无聊的，罗伯-格里耶是无聊的。等等，等等。

也许，艺术不得不无聊，现在。（这显然并不意味着无聊的艺术就一定好——显然。）

我们不该再指望艺术来让我们娱乐，或者得到消遣。至少，高雅艺术不这样。

无聊是一种注意功能。我们在学习新的注意模式——比如，更看好耳朵，而非眼睛——但是，只要我们仍然局限于旧的注意框架，就会发现X乏味无聊……比如，听是为了意思而非声音（过于以信息为导向）。也许，在某段书面文本或一段音乐或电影片段里，同样的、单一的词语或语言水准或图像长时间重复后，假如我们觉得无聊，那我们就该问问我们是否在一个正确的注意框架里行事了。或者——也可能我们是在一种正确的框架里行事，而其实我们应该同时在两种框架里行事的；那样的话，就能把负担(作为意义和声音)平分给每一部分了。

梅勒说，他希望他的作品改变他的时代的意识。DHL[劳伦斯]显然也是如此。

我不希望我的作品这样——至少在我试图说明的某个具体的观点、愿景或者信息方面不是这样。

我不这样。

文本是客体。我希望它们去影响读者——但要以尽量多的方式。对我所写出的东西，不存在唯一一种正确的体验方式。

我不是在“说什么东西”。我是在允许“某种东西”去拥有一个声音，一种独立存在(一种独立于我的存在)。

我只在两种情况下思考，真正地思考：

在打字机上，或者在这些笔记本上写的时候(独白)
跟另外某个人谈话(对话)

我独自一人，没有写作的工具，或者不在写——或者不在讲话的时候，我并不真的在思考——而只是有些感受，或一鳞半爪的想法。

我写作——还有讲话，为的是发掘出我思考的东西。

但是，那并不意味着“我”“真的”“思考”那个。它仅仅意味着那是“我在写作”（或“在讲话”）时的想法。假如我另外一天写，或者是另一次讲话，“我”可能就“想得”不同了。

这是人们就苏格拉底在“第七封信”[①]里关于“对话”对“论文”所说的东西能给出的最有用的推断/阐释。

这就是星期四晚上我所说的意思。当时，MOMA［现代艺术博物馆］的专题讨论结束后，有个讨厌的傻瓜跑过来，抱怨我对［美国剧作家爱德华·］阿尔比的抨击，我回应说：“我并没有说我的观点就是正确的，”再说了，“就因为我有观点也不意味着我就是对的。”

……

65年11月21日

古斯塔夫·克林姆[②]——画家（［古斯塔夫·］莫罗的同时代人）——色情的

去年在古根海姆的画展——拿到目录

他的大多数作品都在布鲁塞尔+维也纳

短篇小说（“故事”）中几乎没什么观点——实际上，任何

① Seventh Epistle，柏拉图的作品。

② Gustav Klimt（1862—1918），亦译古斯塔夫·克里姆特，奥地利象征主义画家。

好东西必须有100页长

卡洛斯[古巴裔美国电影评论家、SS的朋友卡洛斯·克拉伦斯]（《道连·格雷》）——我认识他这么多年，他一点也没有见老；令人更为惊异的是，他也没有变得更聪明些

……

要看的电影：

《新娘与野兽》(1948年？[①])——新娘其实是只大猩猩，她的前身是[利奥波德·耶斯纳1923年《大地之灵》[②]里的]“露露”（阿斯塔·尼尔森扮演）

看谢里登·勒法努的《女吸血鬼卡蜜拉》（>[法国电影导演罗杰·]瓦迪姆，《血与玫瑰》）

……

65年11月24日

莉莲[·海尔曼]就和[威廉·梅克皮斯·萨克雷《名利场》里的]贝姬·夏普一样——一天到晚想做荡妇，勾引人。

① 应该是1958年美国的一部恐怖片。由阿德里安·魏斯(Adrian Weiss)导演。
② *Erdgeist*，亦译《地球精神》，德国电影。

对她能把字典砸回那个自作多情的女教师，我以前一直是羡慕加嫉妒。对操控男人的那一套，我不会。

分析：两三条瀑布已经在我眼前倾泻而下。接下来还要再来一百条吗？

我每晚两三点钟左右高潮。《纽约时报》是我的情人。

……

玩个戏法：问一下假如我在这样做的话，那会意味着什么。（换句话说：对某个这样做或这样说的人，我会不会，很可能，一定得有一种刻薄的或者敌意的感觉吗？）

我照字面来理解话语——仿佛它们是写下来的。仿佛不是由某人带着动机或情感，话里有话针对我说出来的。我觉得那样会很冒失——所以，才会有我一贯的“马后炮”

起因

害怕承认母亲的要求 + 行为是错误的（那样的话我就会对她充满敌意，会排斥她，+我还怎么立足？）

我发现了书本因而情况加剧——
不掺杂个人情感的交流，不是对我讲的话语

对客观性的培养 > 批评的偏见：文本独立于作者

……

杜尚："安装空气计量表。假如哪个人不付费，就关掉空气。"

贾斯珀："假如街上的信号灯显示'**快跑**'或者'**没命地跑**'，那会发生什么情况。"（一个妇女在信号灯闪现"**通行**"时，横穿马路。）

……

65 年 11 月 25 日

我吸收信息的"能力"；我在事实方面需要确定自己的方位

我在哪儿？我在丹吉尔，（哈桑二世国王统治下的）摩洛哥的一个城市，人口 30 万；以前是西属摩洛哥的一部分 + 后来在 1956 年前是个国际自由城市，等等

焦虑的虚假平息——

我在哪儿？

未拍成的艺术杰作：爱森斯坦的《美国悲剧》

我小时候它们一上映我就看的电影：

纽约

《星星监狱两万年》

《断肠记》

《落花飘零》

《多佛的白色悬崖》[1]

《幻想曲》（1940 年）

《佐丹先生出马》[2]

《花容月貌》[3]

《草莓金发》[4]

《死亡[教育]》

《战地钟声》

《科西嘉兄弟》

《白雪公主和七个小矮人》

《胜利之歌》[5]

《蝴蝶梦》

《绿野仙踪》[6]

《守卫莱茵河》

---

① *The White Cliffs of Dover*，亦译《香衾情泪》，美国 1944 年的电影，导演为克拉伦斯·布朗(Clarence Brown)。

② *Here Comes Mr. Jordan*(1941)，亦译《太虚道人》。

③ *A Woman's Face*(1941)。

④ *The Strawberry Blonde*(1941)，亦译《梅娘丰韵》、《美人将军》。

⑤ *Yankee Doodle Dandy*(1942)。

⑥ *The Wizard of Oz*(1939)。

《姐妹情仇》[1](1942)姐妹——[蓓蒂·]戴维斯

《疑影》[2]

《撒哈拉》

《公民凯恩》(1941)

《大独裁者》

《我的朋友弗利卡》(1943)

《巴格达大盗》[3]

《扬基的骄傲》

《那个汉密尔顿女人》

《北极星》

《忠勇之家》[4]

《少年爱迪生》(1940)

《艾奇逊，托皮卡，+圣达菲》[SS 指的是出自电影《哈维姑娘》(1946)的一首歌的歌名]

1943—1946 年 （图森+45 年夏天在洛杉矶）

《魂断巫山》[5]艾达·卢皮诺

《呼啸山庄》

《欲海情魔》[6]

《被窃的生活》[——蓓蒂·]戴维斯

---

① *In This Our Life*。
② *Shadow of a Doubt*(1943)，亦译《辣手摧花》。
③ *The Thief of Bagdad*(1940)，亦译《月宫宝盒》。
④ *Mrs. Miniver*(1942)。
⑤ *Devotion*(1931)。
⑥ *Mildred Pierce*(1945)。

《意乱情迷》[①]

《黄金时代》[②]

《阳光下的决斗》

《相见恨晚》[③]

《美人计》[④]

《旭日东升》[⑤]——西尔维娅·悉尼

《威尔逊总统传》[⑥]

《各得其所》[⑦]

《一曲难忘》——柯纳·王尔德，梅尔·奥勃朗（梅尔·奥勃朗饰演乔治·桑）

《圣女之歌》

《简·爱》

《马耳他之鹰》

《牙买加客栈》——查尔斯·劳顿、玛琳·奥哈拉

《煤气灯下》

《野风》[⑧]

《卡萨布兰卡》

《东京上空30秒》

---

① *Spellbound*（1945），亦译《爱德华大夫》。

② *The Best Years of Our Lives*（1946）。

③ *Brief Encounter*，亦译《短暂的恋情》。

④ *Notorious*（1946）。

⑤ *The Rising Sun*，或 *Sunrise*。

⑥ *Wilson*（1944），亨利·金（Herry King）导演。

⑦ *To Each His Own*（1946）。

⑧ *Reap the Wild Wind*（1942）。

65 年 11 月 26 日

《恩主》作为关于笛卡儿的一个沉思。我竟然已经忘了这一点！直到伯特·德莱弗斯[SS 的一个朋友]今天提及——因为过去的 7 年我是和一帮无知者生活在一起的，已经变得习惯于提都不提任何书本知识。

我发现[心理]分析(除了其他特征以外)还是羞辱人的；我自己的平庸让我感到尴尬。我感觉自己被贬低了。这是我认定与它的关系是“职业的”而非“个人的”一个原因。

认识与一种被表达的意识(不仅仅是一个意识)有关——这是从笛卡儿+康德再到胡塞尔+海德格尔一直都忽略的现象学大问题——萨特+[20 世纪法国哲学家莫里斯·]梅洛-庞蒂已经开始研究它了。

身体(人的？)是什么——它有个前面+背面，一个上部+一个下部，一个右边+一个左边——在功能上，是不对称的，因为它在空间上向前移动。

身体与建筑物的关系。(满足身体意识的东西——例如，没有妨碍向前移动的障碍物、瓦砾碎片)。比较杰弗里·斯科特的《人文主义建筑学》最后一章。

65 年 11 月 29 日

和贾斯珀过周末[该年早些时候，SS 和他好上了]

不管什么东西，一说出来，就不是真的（尽管某一样可能是事实）。

长时间的沉默。语言更有分量，变得能感觉到。在某个特定的空间里，我少说话时，就有身体存在感。

对说出来的一切，人们都可以问：为什么？（包括：我为什么应［该］说这个？）

到了贾斯珀这里，一切都变得神秘。我想——我并没有要么发表意见，要么提供（或乞求）信息。

聪明才智并不一定就是个好东西，某种需要重视或者培养的东西。它更像是个备胎——发生故障时是必要的或者是希望得到的。正常运转的时候，笨点更好……笨和聪明有同样的价值。

别概括。别说：我总是或者一般都做这个或那个，而说：我那时做过。同样别预言你将来的行为。你不知道在那种情况下你会做什么，或者会有什么感受（甚或你都不知道那种情况会是怎么样的）。还有，不要，不要要求别人对他们自己进行概括。

好问题：那人在干什么？（现在）你（现在）想要它吗？等等

煞风景的反馈——旁人对我的作品的反应，赞赏还是相反。我不想对那个作出反应。我够挑剔的了（＋我没蠢到不知道什么是错误的）。

说一件艺术品“它美”的好处在于，你这样说的时候，等于什么都没说。

我喜欢觉得愚蠢。这样，我才知道世上还有比我更厉害的。

说“请到那边去”是什么意思？哪里？

因为你糟糕
因为我要给你拍照
因为我要和你打球
因为我希望那根横梁砸你头上

贾斯珀不喜欢事情铁板钉钉。([美国评论家马克斯·]柯兹洛夫的文章：杜尚是这样，他是那样；杜尚是这样，他是那样)。那样把事情说死了。

假如你认定事情没有盖棺定论，那它们就没有。

引自格[特鲁德·]斯泰因——

成为经典是一件艺术品的命运。经典的主要特征是它美。

但是，死掉也是一件艺术品的命运。

“艺术”(+“艺术品”)是和“自然”同样武断+人为的范畴——一幅画+一部小说之间几乎没有什么共同之处——就像

一座山＋一条潺潺的溪流之间一样。

仿生学（试图将动物行为＋感觉等同于工具的或技术的对应物的新科学）

（在植物＋动物身上）生物体之发光

65年12月3日

上周看的电影：

冯·斯坦伯格的《霹雳》［——］乔治·班克罗夫特

* * * *［雅克·］德米，《瑟堡的雨伞》①

［格雷戈里·莱托夫，］《奥斯卡·王尔德》

［肯尼斯·G·克兰，］《变异魔蜂》②

［肯尼斯·G·克兰和本多猪四郎③，］《雪人》——东宝［日本电影制作公司］

［卡尔·］德莱叶，《诺言》

布列松，《圣女贞德的审判》

里卡多·弗里达，《西奥多拉：奴隶的皇后》（1954年）（——［也即罗伯特·］汉普顿④）

---

① *The Umbrella of Cherbourg*（1964），亦译《秋水伊人》。戴维说这里的星号表示强调。下同。

② *Monster from Green Hell*（1958）。

③ Ishirô Honda，日本导演、演员。

④ 里卡多·弗里达（Riccardo Freda）用过很多别名，罗伯特·汉普顿（Robert Hampton）是其中之一。

前拉斐尔派布景和服装

[赫舍尔·戈登·刘易斯，]《血的圣宴》

＊＊＊＊＊＊＊＊＊＊戴维·利恩，《远大前程》

＊＊＊＊＊＊＊＊＊＊约翰·福特，《告密者》

要去看的地方：

温彻斯特神秘屋①(加[利福尼亚]圣何塞)

布鲁克林的洛拉·蒙特兹②的墓

维也纳公共建筑＋房屋里克里姆的③画

佛罗里达湿地＋萨尼伯尔岛④

波兰克拉科夫的盐矿[即克拉科夫附近的维利奇卡盐矿]——在地下绵延80英里，有1 000年的历史了

新阿姆斯特丹剧院——第42街——新艺术主义壁画＋浮雕(1906年)

警察学院——纽约——每[周]三下[午]观光

彩虹厅——美国无线电公司大楼⑤楼顶——30年代的远洋

① 由一个叫做萨拉·温彻斯特的寡妇在19世纪末投资建造的，她的丈夫威廉·温彻斯特是美国著名的“温彻斯特步枪”的发明者。当丈夫温彻斯特和他们唯一的女儿突然去世后，悲痛欲绝的萨拉去拜访了一名“占星者”，这名“占星者”称，她丈夫发明的步枪造成了许多人的死亡，因此她的家受到了那些枪下亡魂的“诅咒”。为了破解诅咒，她必须为这些鬼魂不断地建造房间供它们居住，并且房子要建得越怪越好。

② Lola Montez(1821—1861)，原名为Eliza Rosanna Gilbert，生于爱尔兰的舞女和演员，后成为巴伐利亚国王路德维希一世的情妇。

③ Gustav Klimt(1862—1918)，生于维也纳，奥地利象征主义画家。

④ Sanibel Island，位于佛罗里达西侧的墨西哥湾，是一个沿着陆地延伸的狭长岛屿。

⑤ RCA，1988年，通用电气重新收购RCA大楼后两年，大楼改名为GE大楼。

邮轮[①]

蒂芙尼网球场——纽约城新艺术主义

格雷万蜡像馆（巴黎）——尤其[是]奇迹剧院

华兹塔——洛杉矶——沙特尔大教堂附近像华兹塔的房子[毕加索盘之家[②]]

……

艺术是一个"情景"

艺术是交易中最大的古玩。艺术作为文化纪念品。

……

美重要吗？也许，有时，它令人感到无聊乏味。也许，更重要的是"有趣"——＋一切有趣的东西最终似乎都是美的。

比较约翰·凯奇论无聊乏味的（禅）文本：如果第一次它令人感到无聊乏味，那就再做一次；如果还令人乏味，那就做四次；如果……

① 指大楼顶部的观景台被修建成邮轮的形状，参观者在此可以鸟瞰纽约的景色。

② "Picassiette"是后人给这个房子的主人 Raymond Isidore 的一个称号，这个词是 Picasso（毕加索）和 assiette（盘子、碟子）所合成的词。房子的主人用各式各色打碎的陶瓷盘子、玻璃器皿以及小石头来装饰这个房子。他用尽了自己的一生来做这件事情，可惜在他去世的时候（1964 年）尚未完成这个作品。

读梅尔维尔《泰比》——语言+交际理论

多重叙述者的技巧(比较电影)

艺术上的区别在此之间:

再现,呈现
行为

导致这一区别的因素之一是持续的时间长度(法语叫"durée")。

因此,安迪·沃霍尔的《吻》(或《吃》)——但不是《帝国大厦》。它是"真正的"时间或持续的时间。但是,只有某些材料,比如色情的,才能做这样的处理或转换;一栋楼房不行

每个美学立场现在都是一种激进的思想。我的问题是:我的激进思想,即我的性情所给予的那种激进思想是什么?

《恩主》是我要写的最不激进的书。

凯奇,事件剧,等等

通感:很多种同时发生(声音、舞蹈、电影、语言,等等等等)、创造出一种巨大的行为岩浆的行为——

我喜欢凯奇式美学原则，因为它不是我的。他标出了一个我不想接近、但觉得有价值，能一直在视线内的疆界或范围。他占据了一个位置，而我在另一个位置上，能将我自己与之联系起来。

电影理论方面仅有的好东西：爱森斯坦——特别[是]论狄更斯、巴尔扎克和[德国艺术史家欧文·]潘诺夫斯基

如果我再写随笔文章，我想要为布勒东+凯奇各写一篇

“易装”——法语说“travestie”——的意思(装扮——+其次，异装癖装扮）> 艺术中试比较[戈蒂埃的小说]《莫班小姐》

面具、化装舞会的功能(试比较万圣节前夕——孩子们把自己装扮起来好搞破坏)

安妮特跟我讲的[雕塑家康斯坦丁·]布朗库西[1]的故事：住在他隔壁的一帮朋友7月14日[2]聚会

——他帮着一起做了准备。聚会开始的时候，来了个美国姑娘及其黑人男伴。布朗库西说：“你邀请他了吗？我可能去不了啊。”女主人吓坏了；“对不起，亲爱的主人。”一小时后布朗库西打来电话。“我有办法解决了。我装扮一下再来。”来

① Constantin Brancusi(1876—1957)，罗马尼亚裔法国雕塑家。

② 7月14日为法国国庆日。

了——贴满了邮票——玩得开心极了。(他“把自己邮寄”过来参加聚会!)

艺术中其他的性母题:

窥淫癖

施虐狂-受虐狂

65年12月5日 [SS的朋友、电影评论家]埃利奥特[·斯泰因]生日

很多19世纪的艺术都在朝着电影艺术发展:

家庭相册

蜡像馆(格雷万蜡像馆等)

暗箱

长篇小说(?)

……

埃利奥特说窥淫癖者一般都是愚蠢的,+常常还几乎性无能。

《偷窥狂》说的不是窥淫癖者——他是个施虐狂。

“变态者”。T·福克痴迷这个。

……

65 年 12 月 12 日

衣着 >好(指：休闲对上班)

坏(指：为别人对为自己)

对我而言，穿衣即“打扮”，玩成人游戏。我独自一人时，衣衫不整。

耶稣会会士为了在祈祷+沉思时专注，想出了很多策略，其中之一是：“地方的构想”。你集中思想，想一个有教训意味的事件(比如，耶稣受难)发生的地方——天气、植物群+动物群、色彩等等——+这样，就能更容易地弄懂它更深层的意思了。

“我不喜欢记事。”——埃兹拉·庞德

65 年 12 月 15 日

恶不能与恶共存；它从自身吸收养料，如果它无法从善上面吸收的话。(拉克洛[《危险的关系》]的意思)

拉克洛的小说与梅勒的新作[《美国梦》]之间的区别不在于一本是道德的(因为恶受到了惩罚)+另一本不是，而是一本讲出了生活的真相+另一本则没有。

我性情中的SW[西蒙娜·韦伊]一面。

绝对无私的魅力
个人关系中导致孤独的不善交际
无法摆脱残酷

关于第三点：看看那部新长篇的情节！

我饱受折磨。我所有的梦都是噩梦。

梦境：在永无尽头的浅沙滩上跋涉

……

65年12月17日

[以下三则每则边上都有两个大大的问号。]

热内是“亚道德的”？一个人承认(+更喜欢)成人意识相对于孩童意识的那一刻，道德问题就出现了。

对孩子而言，他人的感觉是不真实的。(因此才有幻灭带来的愉悦。)是我们身上的童心让我们去做这个的——就像我们在科幻片中享受毁灭一样。

热内让一个残酷行为隶属于给他带来性快感之物的概念，这就天真了。

……

[20世纪美国作曲家]莫顿·费尔德曼：就在听觉阈限上的音乐

心理[分析]损害写作吗？

不——它帮助在那个疯狂的房间(人在里面写作)的隔壁造一个神志正常的房间(在里面生活)——

不必拥有仅有一个房间的房子

……

65年12月19日

……

贾斯珀：我避免陈述——希望旁观者尽可能独立体验。

65年12月21日

……

布勒东的《精美尸首》+巴勒斯的-吉森的剪裁法之间的关系：没有过渡(试比较弗班克)

读[亚美尼亚裔导师和神秘主义者乔治·]葛吉夫+[印度哲学家吉杜·]克里希那穆提[1]

……

65 年 12 月 22 日

[弗里茨·]朗，《尼伯龙根之歌》(1924)——克里姆，[奥布里·]比尔兹利[2]，爱森斯坦

驱鬼。曾经是，现在不再是。与我自己的感觉保持联系。

我 13 岁时订了条规矩：不做白日梦。

最大的幻想：恢复不可恢复的过去。但是，假如我能做白日梦，梦见一个虚构的幸福的未来……

65 年 12 月 25 日

贾斯珀，某个发现什么东西都“奇妙”或“困难”的人。

“那种情况我处理起来有困难。”

最喜欢的词：“situation”（情况）、“information”（信息）、“fantastic”（不可思议的）、“activity”（活动）、

① Jiddu Krishnamurti(1895—1986)，印度哲学家，被称为 20 世纪最卓越、最伟大的灵性导师。

② Aubrey Beardsley(1872—1898)，英国插图艺术家。

"interesting"（有趣的）和"lively"（有活力的）

……

贾普[贾斯珀·约翰斯的昵称]："我一心要拥抱未来。"

……

伊利诺斯大学+多伦多大学的机器（计算机）

莫顿·费尔德曼："我现在39岁——我的余生是多余的。"

杜尚："我不在乎我的画（等）看上去怎么样——我在乎表达的思想。"

克里斯琴·沃尔夫——在哈佛教希腊语，现在30岁的样子——是出版商库尔特·沃尔夫的儿子——凯奇唯一的"学生"

65年12月28日

冈斯的《拿破仑传》：电影的珠穆朗玛峰。"手法"丰富：象征，三屏，叠置，彩色和黑白，不同的节奏，生胶片不同的质地。

电影革新的方向一直是比较线性的——"剪辑"的问题——

即省略的问题。更了不起＋更复杂的省略的发展。

其他可能性大多被忽略。比如，为何某部电影从头到尾使用同一种生胶片（因为一部电影“就是一个东西”？）

例外：［英格玛·伯格曼的］《小丑之夜》[1]的第一个场景；《奇爱博士》

电影里的视角问题——

一部以电影制作为主题的电影：《偷窥狂》

那位“现代”建筑师：巴克敏斯特·富勒

有没有像“现代主义的”绘画这种单一的东西？有的话，人们就能说某人（就像［艺术批评家和艺术史家迈克尔·］弗里德说杜尚的那样）：他是“一个失败了的现代主义者”。

贾斯珀说没有——

凯奇与［格特鲁德·］斯泰因

安妮特：“现代”音乐，三要素；一进行：

---

① *Naked Night*，亦译《裸夜》。

命运（“音乐命运”——形式）——从贝多芬到瓦格纳
意志——勋伯格，韦伯恩，布莱兹
机遇——凯奇

……

乔治[·利什特海姆]：德国浪漫主义是唯一成熟的浪漫主义。[它]曾反自由，反现代，反都市，反民主（反个人主义，反犹太）

[它]带来了德国+中欧文化的鼎盛——也就是说，最先进的、最具实验性的+理论性的现代文化。

给德国哲学、德国音乐、社会学、文化哲学带来马克思、弗洛伊德、勋伯格、卡夫卡、[马克斯·]韦伯、[威廉·]狄尔泰、黑格尔、瓦格纳、尼采等等。

+还有——被尼采+[奥斯瓦尔德·]斯宾格勒调和——在它发生政治转向，最糟糕的是：纳粹主义的时候

试将德国浪漫主义（荷尔德林、诺瓦利斯、[弗里德里希·威廉·约瑟夫·]谢林）与济慈、柯尔律治、华兹华斯和夏多布里昂相比较！

……

1966 年

66 年 1 月 3 日

创作一部艺术作品或者撰写一篇辩论稿的三个阶段：

构思

动笔

2a）理解它

为之辩护

人们想当然地接受所有三个阶段——但是，我不懂这第三个、也是事后的阶段是什么意思。

应该是：去掉它
人们完成一件事后总在别处——不在开始的地方。

人为何应［该］囚禁在里面呢？——但是，为了能够为自己所做的事辩护（信心满满地证明、解释），那他就不得不这样了——

这个阶段是愚蠢的——

……

我的思想的形成：

诺普夫 + 现代文库

PR[《党派评论》]([莱昂内尔·]特里林、[菲利普·]拉夫、[莱斯利·]菲德勒、[理查德·]蔡斯)

芝加哥大学[——]通过[约瑟夫·]施瓦布——[理查德·]麦基翁、[肯尼思·]伯克学习 P&A[①]

中欧"社会学"——德国犹太流亡知识分子([列奥·]施特劳斯、[汉娜·]阿伦特、[格肖姆·]舒勒姆、[赫伯特·]马尔库塞、[阿伦·]古维奇、[雅各布·]陶布斯，等等……)

哈佛——维特根斯坦

法国人——阿尔托、巴特、[20世纪罗马尼亚警句作家和哲学家 E·M·]齐奥兰、萨特

更多的宗教史

梅勒——反智主义

艺术，艺术史——贾斯珀、凯奇、巴勒斯

最终结果：法国的-犹太的-凯奇式的？

……

---

① 指哲学和文科(Philosophy and Arts)。

戴维脸蛋的可爱

对今天关于乔[·蔡金]的消息，我无法做出反应——他很快就要做一次非常危险的心脏手术，接着是6个月的康复。我无法感觉，我无法集中思想——甚至在他讲话的时候也是如此。我机械地产生了挂念，但很难（比以前难？这种情况一直在发生吗？）。我的脑子走神了，飘到关于今天无足轻重的观察评论+报道上。

我死了——他的声音越来越弱——我告诉我自己去关心——但是，我老是忘记他刚刚跟我讲的话，这些话我一直想不起来

我开始觉得焦虑、消沉和不安。但不是因为他。是因为我：我在哪里？我为什么不能控制住我的感觉？

66年1月4日

绘画形势吃紧：就像科学的情况一样。每个人都意识到“问题”，知道需要做什么。每个艺术家都通过他最近的作品，就这个或那个问题发布“白皮书”，+评论家则判断他们选择的问题是有趣的还是无足轻重的。（[美国艺术评论家]芭芭拉·罗斯的方法。）于是，[美国艺术评论家]罗萨琳德·克劳斯就认为贾斯珀的手电筒、啤酒罐是对现在雕塑的一个次要的（无足轻重的）问题进行的探索/提供的解决办法：如何处理底座（对主体部分），贾斯珀的办法是使它成为雕塑的——等等，而弗兰克·斯特拉的作品则被认为是非常有趣的，因为它解决了主要的难题。

可是，若不了解最近的艺术史 + 它的“问题”，谁又会对弗兰克·斯特拉感兴趣呢？

艺术家是背靠背干活——很较劲——随着更多的“作品”从不同的学院里流出，6 个月时间一切就都变了。你得跟上，得有一个非常敏感的雷达才行。（为了切题，为了有趣。）

而在文学里，一切都是如此组织松散的。你可以蒙住眼睛跳伞——随便在哪里着陆，如果你积极进取，你肯定能找到有趣的、未经探索的、有价值的地带。到处都是机会，几乎没有作家或评论家利用过、思考过或讨论过。

想想乔伊斯的遗产——[它]几乎还没有开始被人利用过，除了贝克特 + 巴勒斯。或者在文学叙事中对电影叙述手法的可能的有意识的运用。除了福克纳的某些作品，外加，还是巴勒斯。

还有许多其他问题。

只有在法国，才对某一具体问题进行了系统的探索（在罗伯-格里耶、萨洛特等的“新小说”中），只有一种探索，以画家 + 雕塑家如今全都在进行的方式。

贾斯珀合我的意。（但只是一会儿。）他就感觉疯癫是自然的 + 好的 + 正确的。然后缄默。质疑一切。因为他是疯了。

凯奇的作品没有斯泰因是不可能的。事实上，他是斯泰因唯一的美国继承人。但更多兼收并蓄，更少苛严。（铃木大拙[1] + [艾伦·]瓦兹——都是一种“温和的”影响。）一种苛严少得多的 + 独立的精神。本质上，是主观上的综合。

智慧。一个伟大的作家有智慧。他的权威来自何处？因为他践行他所赞美的东西？没那么简单。但是，为什么人们都懒得去了解 DHL［劳伦斯］身材瘦削，声音刺耳，很吃力才能提高嗓门 + 辱骂 + 折磨弗丽达[2]，因为他认为她的性行为无所顾忌；为什么人们又懒得去发现［美国激进的社会理论家］诺曼·布朗是个薄嘴唇的大学教授？人们假定他无辜：他是摩西，他没走进希望之乡。劳伦斯在装模作样。因为他的作品一开始就有某种可疑的东西——强制的、多愁善感的、刺耳的、反复无常的。

我为恶魔所吸引，为人们身上的恶魔特性所吸引。只有这个吗？从根本上讲，是的。疯狂，但是高温反主流的疯狂：有自己的发电机的人。菲利普［SS 的前夫］是疯狂的，还有艾琳和贾斯珀——以及那个来自生活剧场、昨晚在乔［·蔡金］工作室的姑娘，黛安·格雷戈里。她那双热辣、乌黑的大眼睛 + 张开的嘴巴，+ 曳地的夹棉连衣裙。萨莉［美国文学评论家、SS 的一个朋友萨莉·西尔斯］的疯狂是令人厌恶的——因为她的感受力太有限制性 + 太温顺了，+ 因为它采取了依赖的形式。

疯狂的人 = 杰出 + 燃烧的人。我受他们的吸引，因为他们给

① D. T. Suzuki (1870—1966)，日本佛教学者，现代禅学思想家，也是以向西方介绍禅学而著称的世界文化名人。
② Frieda，劳伦斯的妻子。

了我做同样的事情的许可。

戴维不如我小时候那样早熟或有创造性，+这让他感到烦恼。他把9岁的我和9岁的他比较；13岁的我和现在的他比较。我跟他说他不必和我一样聪明。他有其他令人满意的地方。

我有抱负，并不是因为我自鸣得意。5岁的时候，我向梅布尔(？)[SS小时候在纽约和新泽西的管家，她没有随她们家一起搬到亚利桑那]宣称我要得诺贝尔奖。我当时就知道我会获得认可的。生活是自动扶梯，不是梯子。我也知道——随着时间的推移——我没有聪明到能成为叔本华，或者尼采，或者维特根斯坦，或者萨特或者西蒙娜·韦伊。我的目标是进入他们的行列，作为一个门徒；在他们的层次上工作。我有，我当时就知道——我现在还有——个好脑子，甚至是一个强大的脑子。我长于理解事物——将它们理顺——+运用它们。(我的制图式的头脑。)但我不是天才。这一点我一直很清楚。

我的脑子不够好，不是真正一流的。我的性格、我的感受力从根本上讲太传统。(罗茜-母亲-朱迪丝-纳特[SS的继父]的胡说八道害人不浅；只要听上15年就毁了我。)我现在不够疯狂，不够痴迷。

我不是天才我怨恨吗？我是否为此伤心？我愿意为此付出代价吗？我想，代价是孤单，以及非人的生活；我现在过的就是这种生活，希望是暂时的。即使现在——我知道，过去的两年半时间里我独自一人、不和I.[艾琳]在一起，我的心智向前迈出了一步，不需要因为要和另一个人分享我的反应就不得不去把这些反应整理+稀释。（不可避免的，对菲利普+I.［艾琳］，他们降低为共同点，那种共识。）贾斯珀对我的影响——这过去的一年里我生活中新出现的智性的情形——假如我还和I.［艾琳］在一起，那是不可能产生的。

但我为什么想要——+有什么好处——继续把我的感受力向前+向前推进，继续磨练我的脑子。变得更加独一无二、异乎寻常。

精神上的抱负？虚荣心？因为我对人的满意已经不再抱任何希望（除了戴维）？

我已经有了这个东西——我的头脑。它变得越来越大，它的胃口无法满足。

……

66年1月8日

……

我们需要新想法。它很可能会是一个粗糙的想法（我们能够认识到吗？）。所有有用的想法，一段时间以来，都非常深刻。

……

［在一本笔记本的第一页，只标了“1966—1967”字样，SS列了她这两年的旅行单子。旅行是1960年代和1970年代她习惯做的事情。下面涉及1966年夏天的单子的一部分，作为代表性的例子。］

1966年

6月3日　离开纽约（法航），到达伦敦

6月3日—15日：伦敦。帝国酒店。6月15日：飞巴黎

6月15日—7月8日：巴黎

7月8日：飞布拉格，接着飞卡罗维发利[1]［捷克斯洛伐克］

7月8日—19日：卡罗维发利（“奥塔瓦酒店”）

7月19日：（和埃利奥特［·斯泰因］、［伊日·］穆哈［捷克新艺术画家阿方斯·穆哈之子］和马蒂［？］）开车去布拉格

7月19日—25日：布拉格（“大使酒店”）

7月25日—26日：乘火车从布拉格去巴黎

7月26日—8月1日：巴黎

8月1日：飞伦敦

8月1日—6日：伦敦（伯爵排楼18号，S. W. 7[2]）

8月6日：乘火车去福克斯通，乘火车回伦敦

8月——伦敦（格洛斯特路153号，S. W. 7）

8月11日——飞巴黎

---

① Karlovy Vary，捷克斯洛伐克西部一城市，以硫黄温泉著名。

② Earls Terrace，Terrace指的是伦敦特有的排楼住宅。伦敦17世纪大火以后新建了许多排楼——半地下室，露天大阳台和漂亮的门廊。S. W. 7为伦敦肯辛顿-切尔西区的南肯辛顿（South Kensington）的邮政编码。

8 月 29 日——乘火车（“西北风”[①]号）去昂蒂布

9 月 4 日——乘火车去威尼斯

9 月 5 日——到达威尼斯——第一晚住“格瑞提皇宫［酒店］”，接下来的三个晚上住“卢纳酒店”[②]

9 月 10 日——乘（凌晨 1：35）的火车去昂蒂布；下午 4：00 到

9 月 11 日——昂蒂布

9 月 12 日——乘火车（“西北风”号）去巴黎

9 月 12 日—21 日：巴黎

9 月 21 日：（法航）飞纽约

66 年 6 月 26 日　巴黎

病态：对死亡的审美。试比较巴黎地下墓穴的尸骨（我和戴维今天上午去看过）。死亡是为看客“安排”的。巨大的一堆堆层层堆放的尸骨之间的墙上的箴言、思考、告诫和石碑。没有任何提供给看客的关于死亡的阐释或信息——除了一本前后矛盾的感想集。（维吉尔，《创世记》，［阿尔封斯·德·］拉马丁[③]，卢梭，NT［《新约》］，贺拉斯，拉辛，马可·奥勒留。）

① Le Mistral，亦译“米斯特拉尔”号，是曾经运行于法国首都巴黎至该国南部城市尼斯之间的一班长途列车所使用的名称，由法国国家铁路在 1950 年至 1981 年间开行，并被视为该公司的旗舰列车。其命名源自米斯特拉尔风，这是一种干冷强烈的区域风，主要由法国北部或西北部吹往卡马尔格地区周边的地中海沿岸。列车自开行以来曾先后被纳入快速列车及全欧快车等类别，直至 1981 年被法国高速列车所取代而停运。

② Hotel Luna，属于巴廖尼酒店集团（Baglioni）。

③ Alphonse de Lamartine（1790—1869），法国诗人。

当参观者从长长的地道进入真实的“死亡帝国”时，那个可爱的白发老太太导游说：“想一想。葬在这里的七八百万人当中，肯定有几个天才的。”

关于美感的起源：（前几天有个晚上）埃利奥特看到我在玩他分镜头剧本上夹着的“水虎鱼”还是“鳄鱼”图案的夹子的时候，他所说的话。“用它们可以夹住乳头。或者蛋的松松的皮。”我试了一下，把它夹在我左手食指关节上——夹子很紧+即使是夹这里几秒钟就很不舒服了。“夹在乳头上，或者蛋上肯定要痛死了。”我说。

“但有人一丝不挂，”他说，“身体各个部位夹着很多这种夹子，看上去美极了。”

恐怖片——将其主题与[马里奥·]普拉茨在《浪漫主义的苦恼》中详细列出的主题进行比较。

※

梦里自我的替身。

艺术中自我的替身。

噩梦是：有两个世界

噩梦是：只有一个世界，这个世界

※

福柯[引自理查德·霍华德翻译的《癫疯与文明》]："癫疯不再是无决断力的空间(通过它就可能瞥见艺术作品的本真)，而是决断在其之外这一真相便不可改变地停止……癫疯是与艺术作品的决裂；它成为废除的必要时刻，这一时刻适时地让艺术作品之真消失；它划出了外缘，消失的边线，空无的轮廓。"

※

带有电影结构的长篇小说：

海明威，《在我们的时代里》
福克纳，
[霍勒斯·]麦科伊，《孤注一掷》[1]
罗伯-格里耶，《橡皮》
　　他的长篇小说处女作，+电影色彩最浓的——一张剪画
[乔治·]贝尔纳诺斯，《乌义纳先生》
[艾]维·康普顿-伯内特，
V·伍尔夫，《幕间》
菲利普·汤因比，《和古德曼太太喝茶》
德福雷，《乞丐》
　　他的长篇小说处女作——多重视角
[巴恩斯，]《夜林》

① Horace McCoy(1897—1955)，美国硬派小说家，他的小说《孤注一掷》(*They Shoot Horses, Don't They?*)1969年被西德尼·波拉克(Sydney Pollack)改编为同名电影。

勒韦齐，《航程》

巴勒斯，

[约翰·]多斯·帕索斯，

弗班克，《变化无常》、《极度虚荣》和[《爱好》](三部曲)

日[本]作家[川端康成](注意：视觉，场景变化的灵活)——《雪国》等

狄更斯(试比较爱森斯坦)——

有人在照相/摄像机前用取景器思维(一种自己移动位置的统一视角)

纳[撒尼尔]·韦斯特，

布莱克曼

"新小说家"：克洛德·西蒙，《大酒店》

克洛德·奥利埃，《场面调度》

(均以[北]非的装饰的条理性为基础)

读克洛德-埃德蒙德·马尼研究美[国]文[学]的书[《美国小说时代》(1948年)]

梦>科幻小说

名字：沃尔特·帕特里亚尔卡

"双重角色"指作为一个客体的自我。

客体的非人类存在。

执念：

占有

嫉妒心

闹鬼的城市——

大广场——石景——公园

输入的古典风格——河流，桥梁——

在大教堂外面骚乱的学生——

五光十色的被单和枕套；咖啡馆 + 糖果店

有巧克力 + 杏仁饼的商店——

歌剧院乳房高耸的美人——大理石——

钢制溜冰鞋

物之精华

好标志是武断的 > 《神话学》中的巴特

作为“天生的”坏

去成为、去敞开……的意愿

我想用还留给我的任何声音，来告诉你眼下栖居着的声音。它们哭。每个句子，每次呼吸，都是一种分离。

语言的这一结构、这个“闩”属于谁？

说话 <   > 一个人在说话

一直？

克里斯蒂娜女王[①]的故事……
一次集体幻觉的故事……

奥菲士＋欧律狄刻之间的对话……

整篇小说都是叙述者的声音在提问

他是谁
他在哪里
他在哪里
他在和谁说话
接下来要发生什么

探讨 3）科幻小说的问题
5）天启的主题

维［特根斯坦］：

“我的语言的边界，乃是我的世界的边界”

“想象一门语言，即意味着想象一种生活方式。”

---

① Queen Christina，即《瑞典女王》，同名电影由葛丽泰·嘉宝主演，1933 年上映。

［20世纪奥地利作家赫尔曼·布罗赫的］《维吉尔之死》：迫使一个创作者在他临死之时毁掉他作品的夜间出现的极度的痛苦

有着一种非同寻常的、不可言传的体验的人

试比较威廉·格哈迪，《复活》（1935年）——小说家格哈迪在写一本叫《复活》的书——和他的朋友邦佐交谈

西尔维娅·普拉斯：

诗人——

丈夫，父亲

两个孩子——

自杀——

7月

看过的电影（7月）+影片资料馆

（在巴黎）

+朱利安·杜维威尔《胡萝卜须》（1932年）——哈里·波尔

+小津安二郎《浮草物语》[1]（1934年——默片！）

+米哈伊尔·罗姆，《普通的法西斯主义》（1965—1966年）

① *Histoire d'un Acteur Ambulant/A Story of Floating Weeds*。

维克多·弗莱明《化身博士》(1941 年)——[斯宾塞·]特蕾西和[英格丽·]褒曼

+托尼·理查森，《小姐》(1966 年)

卡罗维发利

(＊ 捷克电影)

赫米娜·齐蒂洛娃，《雪人》(短片)

扬·施密特+帕维尔·祖拉契克，《约瑟夫·基利安》(短片)

伊凡·帕瑟，《逝水年华》(1965 年)

尤利安·米胡，《侦查英雄》[1](1965 年)——罗马尼亚故事片

[鲁文·]加梅斯，《秘方》(拍得一般)——墨西哥(1965 年)

兹比涅克·布里尼赫，《第五个骑士是恐惧》(1965 年)

米洛斯·福尔曼，《彼得与柏芙拉》([字面意思为]黑彼得)

戈达尔，《男性，女性》(1966 年)

埃德尔瓦·朔尔姆，《每天勇气多一些》

[雅克·戈德布特，]《Yul 871》[2]

耶尔齐·卡瓦莱罗维奇，《法老》(1966 年)

---

① *Prosecul Alb/White Trial*。

② Yul 为加拿大蒙特利尔特鲁多机场(Dorval)代码。本片讲述了一个法国工程师从法国乘坐加拿大航班 Yul 871，飞往蒙特利尔途中对自己童年时代的回顾，以及与一位少妇艳遇的故事。

卡尔·卡切纳，《维也纳快车》，

[维尔纳·赫尔佐克，]《创世记》

让-保罗·拉珀诺，《城堡之恋》

[亚罗米尔·伊雷什，]《初试啼声》[①]

[让-加布里埃尔·阿尔比科科，]《故梦》

薇拉·齐蒂诺娃，《另一种生活方式》

卡尔·卡切纳，《共和国万岁》

[瓦茨拉夫·沃利契克，]《谁杀了杰茜？》

阿伦·雷乃，《战争结束了》

66年7月5日

材料：

组织

初稿

劳拉·赖丁神话

科幻小说想法，比较[英国作家威廉·奥拉夫·]斯特普尔顿[②][长篇小说里]的心灵感应

密谋

一次集体幻觉

艺术家——疯癫——精神崩溃体[验]

---

① *The First Cry*，该片记录了一对夫妇对他们第一个孩子出生前夜的回忆。

② William Olaf Stapledon(1886—1950)，英国哲学家、科幻小说作家。

托[马斯·]福克
“西尔维娅·普拉斯”
福柯关于无以言说的思想
蜡像人物；植皮
客体的非人类存在

色情迷恋
奥菲士+欧律狄刻之间的对话
色情作品
一部“魔幻小说”

狂喜的体验
丹吉尔
一个女叙述者
新小说——飘拂的头发，婀娜的身体

[纪尧姆·]阿波利奈尔把他第一部诗集中的标点符号统统删除了。

吉加·维尔托夫(大约在1922年)把他的电影称为“真实电影”——然后是“电影眼睛”(早于新闻短片？)

语言的局面(乔伊斯、斯泰因)去除了“故事”的元素——对人物、行为、态度所做的传统的区分，这些区分是非语言的。

瓦莱里的想法(一部艺术作品必须是必要的，否则就一文不值）和杜尚的想法之间的关系。《大玻璃》[①]是“我们时代在技术上＋智力上最复杂的艺术作品……［其］明指＋暗示的令人感到困惑的错综复杂……其对数学、文学，＋概率的简要的影响……杜尚着手将才智意识本身提升为一个创作原则”。

＊ 继续写《组织》的一种方式——

有个问题，即那些成员相互之间如何进行交流。通过写信？（一种地下邮政系统？）靠心灵感应？

得知组织的头儿正在接收来自未来的信息。

头儿讲述关于建立组织的神话。

在等一个替罪羊（神话的一部分）。
结果发现是那个叙述者。

66年7月6日

一部以下面的形式写成的长篇小说：

信件；一封信
日记
一首诗加上评论

---

① *The Large Glass*，杜尚的作品，1915年至1923年创作完成。

一部百科全书

一次自白

一个清单

一本手册

一本“文件”汇编

《组织》是一部长篇，还是中篇？

注意：这个作品绝不是关于一部艺术作品的创作。把所有材料留做……

一场磨难，一次殉道

一种陌生而极妙的语言。

“我们”指什么？不同种类的“我们”——

《组织》中的人物：

叙述者

头儿

朋友，沃尔特

档案员

一台说话的计算机

叙述者的母亲

一名歌手，洛莉·波

整部作品从头到尾都在打仗。看报纸上关于轰炸的新闻——隐隐作痛……

“另有一个世界，但它是在这个世界里。”（[叶芝]给帕特里克·怀特的《可靠的曼陀罗》[①]的题句）

最后，叙述者遭暗杀。但这时候，谁来讲故事呢？

一帮冲浪的人；流浪的公路摩托车手

小津安二郎电影里人的身体性，想当然地被认为是肉（散发气味的，痒的）。作为整体的日本文化？《浮草物语》（1934）里，人们一直在挠痒，甚至在懊悔、悲痛和爱的时刻都是如此。

埃莉诺·格林的《三周》大都是保罗和“那个女郎”（巴尔干半岛女王）长长的做爱场面，此为新艺术——注意：从色情的角度运用长发、花儿、蜷曲成蛇一样的女人的身体；以慵懒、昏厥和失去意识来体现性兴奋。

今天，我买了《大杜登英语图解辞典》。一件宝贝啊！雷蒙德·鲁塞尔（一条条……）马上查到了。世界立马在你面前——……一切尽收眼底，整个世界，一个详细目录。

① *Solid Mandala*（1966），澳大利亚诺贝尔文学奖得主帕特里克·怀特的作品。

66 年 7 月 8 日　卡罗维发利

湍流飞溅的运河——巨大的赭色宾馆——泉边小广场上卡尔·马克思的半身雕像——寒酸的衣着——没有汽车(一条条街道实际上成了商场;没人注意人行道)——人们的礼貌 + 友好——低效——尿味 + 滚烫的柏油。又回到了滑稽而古老的欧洲——

捷克电影:

《逝水年华》(伊凡·帕瑟)
《共和国万岁》(卡尔·卡切纳)
《底层的珍珠》(朔尔姆,齐蒂诺娃)
《每天勇气多一些》(埃德尔瓦·朔尔姆)
《热情》(伊日·韦斯)
《金发女郎之恋》(米洛斯·福尔曼)
《被告》([杨·]卡达尔与[艾尔玛·]克洛斯)
《第五个骑士是恐惧》
《屋顶》①(齐蒂诺娃)
《约瑟夫·基利安》(短片)
《手》(短片)(伊日·特恩卡)
《彼得与柏芙拉》(米洛斯·福尔曼)

[捷克]新一代导演: 帕瑟、福尔曼、齐蒂诺娃、朔尔姆

① *The Ceiling*,亦称 *Strop*,又译《外罩》。

老一代：伊日·韦斯、卡尔·泽曼、卡达尔和克洛斯

66年7月17日

叙述的方法：

把两个独立的故事作镜头交切——齐蒂诺娃《一些其他事》[1]

移"出"去

66年7月23日　布拉格

出名是为了能接近人、不独处。

我和戴维很亲，在这个意义上，我和他太"近"了。我和他待在一起时间长了，我就失去对自己的年龄的感觉；我接受他的世界的边界(没有性征，也没有害羞等)。

我笑得太多。这个我都说了多少年啦？至少有15年。这是我身上的母亲和朱迪丝元素在作怪——

我必须学会独处——我所发现的是，和戴维在一起就不是独

---

① *Something Else*，或 *Something Different*；亦译《薇拉与伊娃》，讲述薇拉与伊娃两个女子的故事。

处（尽管我非常孤独）。整个的宇宙是它自己的，我调整自己去适应它。和戴维在一起，我不同于独处时的自己，变了个人。

我喜欢和芭芭拉[·劳伦斯][SS的朋友]待在一起，因为和她在一起，与和大多数人在一起比起来，我更感觉到自己是成年人。（比如和埃利奥特，和保罗[·特克]相伴，就让我变得孩子气。）

我一个人的时候——过一会儿——我就会东张西望。和戴维在一起我就不这样子（他阻止我？他分散我的注意力？）；我和埃利奥特在一起也不这样（他的那些兴趣及其特性让我感到糊涂+分散我的注意力）。

这会儿，在这个晴朗的星期六上午，刚吃过一顿丰盛的早餐（两只水煮蛋、布拉格火腿、蜂蜜面包卷、咖啡），在“大使”[酒店]的大堂，在几扇开着的门的边上一张铺着白布的桌子上写着这些，孤单，孤单（戴维在楼上，还在睡觉）——看着大堂里、台阶上，还有街上来来往往的人——是夏天开始之后头几次我有某种幸福感当中的一次。

我独自一人——我感到疼痛——小说搁浅了——等等。然而，第一次，尽管有所有这些个痛苦+“现实问题”，我还是在这里了。我感觉平静、完整，是个**成年人**。

66年7月28日　巴黎

建立在种族灭绝基础上的美国

（>美[国]奴隶制的独特性，唯一没有限制的奴隶制）>在越南的种族灭绝

只不过是将美国立国理念应用于“世界”，清理当地人和深色人种的荒漠。

一部纪录片的“权威”在于它与事实的关联，是现实的一种形象。戏靠演员，是一种再现，而非呈现。戏能够提供什么类似于照片的真实性的东西呢？演员真诚的，而非装出来的辛勤努力。是扮演，不是表演。一出建立在演员受难基础上的戏。（生活剧团的《禁闭室》[1]，[耶日·]格罗托夫斯基[2]等。）

[在页边空白处：]这一点是《禁闭室》与[彼得·布鲁克导演的]《马拉/萨德》之间的共同之处

越南是第一场电视战。一个连续的事件剧。你在那里。美国人不能说，不像德国人——但是，我们不知道。这就像哥伦比亚广播公司在达豪一样。1943 年在德国的专门小组辩论时，四分之一的人说达豪错了。

建立在（戏剧、艺术中的）震惊和暴力是有效的这一理念基础上的残酷戏剧，事件剧，阿尔托等等。它改变了人的感受力，

---

① *The Brig*（1964），由乔纳斯·梅卡斯（Jonas Mekas）导演，被称为“假纪录片”。

② J. Jerzy Grotowski（1933—1999），波兰导演、戏剧家，曾在克拉科夫戏剧学院学习，毕业后赴莫斯科戏剧学院表演系进修。回波兰后，曾在克拉科夫老剧院和波兹南波兰剧院担任导演。

把人们从麻木中唤醒。

越战——一个庞大的闭路电视作品——似乎证明了相反的东西。随着图像的剧增，作出反应的能力减弱了。

电视是现代感受力中最使人麻木的单个元素。（电视改变了整个的生活节奏、人际关系、社会结构和伦理道德——所有这一切才刚刚显露出来。逼人思考：**图像为何物？**）

惩罚性迷宫——卡夫卡；[雨果 · 冯 · 霍夫曼斯塔尔，][1]《尚多爵士》[2]；乔伊斯

启蒙性迷宫——博尔赫斯；罗伯-格里耶；霍夫曼斯塔尔，——[名字无法辨认][3]

建筑迷宫——鲁塞尔

清晰 + 精确贝克特

喜剧

两女和（打嗝儿的）一男

---

① Hugo von Hofmannsthal(1874—1929)，奥地利诗人。
② *Lord Chandos*，指《尚多爵士致弗朗西斯 · 培根》（*The Lord Chandos Letter*）。
③ 其实此处桑塔格也把 Hofmannsthal 误拼成了 Hoffmannsthal。

今年夏天对我自己的发现（微不足道的一个人啊！）

我穿裤子主要是想遮掩我的两条粗腿——其他原因是次要的

我相信我是真实的、正当的、有同情心的；我的活动是不诚实的。（乔[·蔡金]说他恰好相反。）

对一个如此了不起的人物的痴迷，可能会引起我两年前在巴黎这儿看到那个年轻人嘲笑《长城》[①]时感到的那种怀疑。

表演（戏）对当明星（电影）。电影特别（尽管不只是）为这些演员而准备的，他们的魅力在于从一个角色到另一个角色在性格、举止和相貌上具有连续性。嘉宝、[道格拉斯·]费尔班克斯[②]、博加特。弗里茨·拉斯普[德国电影明星，在弗里茨·朗的《大都会》[③]里出演]。嘉宝首先是嘉宝，其次才在扮演一个人物。人物、角色是既掩盖又展露明星的托辞。戏剧则以演员的缺席而感到自豪。像奥利弗或基尼斯，或艾琳·沃思，或罗伯特·斯蒂芬斯这样的人——从一个角色到下一个角色几乎完全变了，变得认不出来。演戏是扮演，演员是变色龙。

[本页此则日记的右上角是法语单词 souches（“树桩，[葡萄树的]根茎，根源”）和 envoûtement（“魔力”）。]

---

① *La Grande Muraille*，戴维猜想这是指意大利裔美国导演弗兰克·卡普拉（*Frank Capra*，1897—1991）的《阎将军的苦茶》（*The Bitter Tea of General Yen*，1933 年）。

② Douglas Fairbanks（1883—1939），美国演员、导演和剧作家。

③ *Metropolis*，本片 30 年代在中国上海上映时片名译为《科学世界》。

乔、戴维，还有[美国电影剧本作者]玛里琳[·戈尔丁]情绪激昂地一致认为，我是他们所知道的最挑剔的人——有更高的标准。乔说我看上去就像是要生气——

某人对[服装设计师]维拉·金说的"他们已经有改进了"所作出的反应。注意！

[德国表现主义导演保罗·]莱尼的《笑面人》(1928)[默片，改编自维克多·雨果的同名小说]

康拉德·维德[演]格温普兰[1]

玛丽·菲尔宾[演]德亚

你为何大笑？我没笑。我控制不住。我的脸一直是这样。

纳博科夫谈到二、三流的读者。"肯定有二、三流的读者，因为有二、三流的作者。"

买一本大象那么大的辞典——

旅行，对一个作家而言，也许根本就不"意味着"什么。它是一种叙述形式。《在迷宫里》中旅行的选择即属此类，R-G[2]说；不像卡夫卡！"该形式使我得以从那些哲学辩解中摆脱出

① Gwynplaine，《笑面人》主人公，贵族后裔，从小落入人贩子手中，被毁容摧残，后为好心的江湖客乌尔苏斯收为义子，以卖艺为生，后与乌尔苏斯收留的盲女德亚(Dea)相爱。

② 指罗伯-格里耶。

来，这些辩解一直是我以往的小说的导向性思路。”

{40 年前，奥特嘉·伊·加塞特撰写随笔文章，谈小说之死

{还有 T·S·艾略特(1923)[艾略特的随笔文章《〈尤利西斯〉，秩序和神话》当年秋天发表于《日晷》杂志]

组织，联盟：

抗议战争
寻求德行、智慧

一个追求顺从之人——

事实上，带着一个信息(秘密的邮政系统)

昨天乔来，我才意识到，过去的两个月间我绝望到何种程度。我的心狂跳——在[巴黎咖啡馆]“双偶”咖啡馆就坐在他对面，喝着咖啡。我在歇斯底里地讲，全是废话！(戏剧，彼得·布鲁克，纽约)。我第一次想：但我可以回纽约——放弃契约[1]的。我怎么在此之前连想都没想到啊？敢情我是脑瘫了——

电影大鳄绝望地想上性感金发女郎

---

① 原文为 charter。戴维说桑塔格此处指待在巴黎的决定。

彼得·布鲁克讲以路易斯安那绿色贝雷帽训练营为题材的电影——他们在那里上演一个“事件剧”：士兵们分为两组，一组是美国囚徒+另一组是越共俘虏。越共痛殴美国人(……上了一瓶番茄酱)。

66年8月4日　伦敦

[SS在伦敦主要是出席彼得·布鲁克与他的一些演员之间的工作坊；这些演员来自皇家莎士比亚剧团，包括格伦达·杰克逊；这一合作还在彼得·布鲁克与波兰实验戏剧导演耶日·格罗托夫斯基和他的实验剧院的一些演员中进行。]

“中午12点半来”，“3点半”，等等。

帕提侬神庙的柱间壁发现柔韧的身体和仪式的身体截然不同。自然的(真实的)身体与社会的身体不同——

在埃及雕像上，你甚至能在身体上(确切地说，是在硬邦邦的衣服上)书写，写上人的地位阶层或祈祷。在希腊雕像上这是不可思议的。

在帕提侬神庙的柱间壁上，人和动物(马)的身体是相同的——肌肉、骨骼、血管、肉。同样的质地，同样的表现力，同样的肉体享乐权力。

66 年 8 月 5 日　伦敦

我以“信息”换人情温暖的习惯。像在计时器里投 1 先令；维持 5 分钟，然后又得再投 1 先令。

所以，我的夙愿是保持缄默——因为我知道我说话大多是为了什么，这个目的让我羞愧。

我长期遭受作呕的折磨——在我和其他人待在一起以后。意识(事后意识)到我是多么的程序化，多么的不真诚，又是多么的害怕。

乔说我看人的目的是要发现他们的极限。仿佛一栋房子只是一个屋顶一样。总是太小。只有一个人(——)我看出了他的极限而不介意；我有没有明白，尽管屋顶小，可房子是宽敞的——

我的执念，除了别的以外，错在它不让我看到别人的长处。他们的种种可能性。

格[罗托夫斯基]的作品表明，每个人都有他自己的邪恶的动物意象和他的退化的、好的、孩子般的动物意象。对一些人而言，两种意象均为怪物、漫画、自我戏仿，是精神错乱发作。对其他人来说——人们猜想[理夏德·]切希拉克[格罗托夫斯基的主要演员]——两者都美：是“人的风格”的净化和完善

G[1]：任何容易的(可能的)事情都是不必要的。

两个初级的佛教冥想：（1）关于呼吸；（2）关于同情，仁慈。

第二个是个结果。

我想我自己。我愿我完整、和谐、成熟、幸福、平和……

我想一个朋友，我爱的那个人。我愿他/她……

我想某个我对他/她没有偏见的那个人，我愿……

我想一个敌人……

我想我的家庭……

……我的社区等

……所有能感知的生物。

巴拉迪[2]，“佛教密宗”

66年8月6日　伦敦

格罗托夫斯基运用我在《恩主》里提出的很多想法，对自我超越(精神的，肉体的)进行实践，并提升为理论。但是，通过反讽——无法解决我相信这些想法是疯狂的+我相信它们是真实

① 指格罗托夫斯基。

② 全名为Agehananda Bharati(1923—1991)，Agehananda意为“借无家可归而达极乐境界”，奥地利裔印度语言文化学者。

的之间的矛盾——我疏远它们，而 G 是绝对认真。他真实地表达了我所说的东西。

因为他感觉不到这一矛盾？因为，对他而言，它们不只是想法——

他把它们付诸实施——

彼得 · 布鲁克：

非常热情，声调很高，浅蓝色的眼睛——渐渐谢顶了——穿黑色高领毛衣——握手温暖而舒服——肉嘟嘟的脸

跟随[20 年代著名的《小评论》女士]简 · 希普[1]一起研究；她在汉普斯特德度过她生命中的最后岁月；是葛吉夫的学生；她的星期天午后

探听消息的人

关于杰里米 · 布鲁克的，“哦，你这么认为吗，我原以为他是个有趣的失败者呢。”

他妻子，娜塔莎。结婚 13 年。她得过一阵子结核病，所以，他们刚刚才开始有孩子。有个女儿，3 岁(?)。7 个星期后，妻子又要生孩子了。

---

① Jane Heap(1883—1964)，美国出版家。

父母都是医生——来到英国，得重新学习(丢脸等等)+参加考试。来自俄罗斯。

去剑桥——在那里的时候担任导演

母亲发现了轻泻剂配方：布鲁克的泻药

导演达利的《莎乐美》(歌剧)、《爱玛姑娘》、《李尔王》、《屏风》、《代理人》(在巴黎)、《物理学家》[①](在伦敦+巴黎)、鲁德-方特恩剧院《老妇还乡》[②]、《马拉/萨德》

他打手势的样子，低沉而富有魅力的嗓音

[英国剧作家]彼[得]·谢弗说[布鲁克]“和谐地安排”人。

能非常安静地坐着

在一个团队里：他打着聚光灯；你就亮了——人们急于为他演出。

格罗托夫斯基：

---

① *The Physicists*(1962)，瑞士德语作家、剧作家弗里德里希·迪伦马特(Friedrich Dürrenmatt，1921—1990)的剧本。

② *The Visit*(1956)，弗里德里希·迪伦马特的剧本。

35 岁左右

像卡里加利或者[托马斯·曼的]《马里奥与魔术师》中的魔术师

没人知道他的性生活的任何情况

从来都不是个批评家

曾一度在印度学习瑜伽

他公司里没人给他带来他或她的个人问题

迷恋宗教(仇恨罗[马]天[主]教);他最大的主题:性+宗教

反复出现的母题:受难+鞭打(有点田纳西·威廉斯的味道,布鲁克说)

[佩德罗·]卡尔德隆的戏[《忠贞不渝的王子》[1]]:

切希拉克演的王子在舞台上几乎全裸,其他演员则穿着原始的中世纪服装,在他周围走来走去

① *The Constant Prince*,原名为 *El principe constante*,该戏表现高贵者如何超越肉体的痛苦,克服酷刑。

超乎寻常的能量不间断地在这一干人中流过

他们拿毛巾狠狠地抽打切希拉克——

G. 说他们花几个月的时间讨论+细读剧本，每个角色用一只鸟表示

变得沉默，成为某人的身体

于是：写作会变成某种秘密的东西，语言之恶变成为残留物+：
更为强烈

试比较斯特普尔顿——语言只是一种艺术形式

格罗托夫斯基+演员（切希拉克："指导者"）

（G.）头脑先生：

胖（圆滚滚的？）
黑西装，白衬衫，黑色窄领带
年轻（34？）
墨镜
挖苦的手势
没有皱纹、有点儿红的脸
茶褐色头发，额前翘起一绺头发

抽烟

（C.[①]）身体先生：

黑运动裤
栗色圆领运动衫
瘦
喘气
高颧骨
细腿
拖鞋
微笑，讨喜
29岁
满脸皱纹
浅棕色头发
用白手帕擦胸口、额头和胳肢窝
走路时头低到胸口
拍手来吸引注意
英语讲起来结结巴巴

指导者若是格罗托夫斯基——+带来戴墨镜的那个胖子冒充格罗托夫斯基，那会发生什么情况？

请记住［威廉·卡索1959年的电影］《心惊肉跳》！

---

① 指切希拉克（Cieslak）。

（格罗托夫斯基！）

注意：G. 说的一切的戏剧效果肯定要由布鲁克来重复。（对我来讲，［这］就像看一部带法语字幕的美国电影。我对两者有同等的 + 同时的兴趣。）所以，演员靠布鲁克的声音、语调 + 手势学到 G. 的方法。布鲁克的权威屹立不倒。

66 年 8 月 7 日　伦敦

罗纳德·布莱顿在今天的《观察家》报上的一篇随笔中指出："商业技巧……是从意愿到实现的跳跃剪辑。它已然成为新的国际大众电影的技巧……随着加速，自动地，来了喜剧。任何东西，加速度地发展到一个更快的步伐，正如卓别林喜欢展示的那样，不知怎么就变得荒唐了。新的动画片的特征是即刻的、荒唐的满足……"

和尚前两天夜里（"Virya"①）=

庄严
戒规
身子挺直
讲话变成必要的事情

① 梵语，意为"精进"。

66年8月8日　伦敦

小业绩——赤贫

贝克特(来自与乔治·迪蒂进行的三次对话):

“整体的物体，因为缺失的部分而完全，而非部分的物体。程度问题。”

[在左边划了两道竖线以示强调:]“寻找困难，而非被困难掌控。人无敌手的烦恼。”

“当艺术家就是去失败，因为没有其他人敢失败……失败是他的世界∧……”

1944—1945年荷兰饥饿的冬季——

头儿收集了大量的前电声唱片

他早年生活中一些秘密的不光彩的事

洛莉·波普(由“摇滚乐魔鬼”准备的音乐)

标题：囚徒

饮食理念

诺瓦利斯，《思想集》[①]

［在左边划了两道竖线以示强调：］“连字母表和参考书有时都会以富有诗意的面貌出现。”

“一种品质完全是培养而成的意愿。”

……

［在左边划了两道竖线以示强调：］“哲学确切地说就是思乡；是人在哪里，哪里就是家的愿望。”

“要想真正了解一个真理，我们必须首先质疑它 + 与它争辩。”

“人通过它而完全致力于一种外在的个性——不仅仅是模仿它——的力量，人们现在依然很不了解；这一力量来自敏锐的觉察 + 聪慧的模仿。真正的艺术家能让自己成为他所喜欢的任何人。”

在美国，宗教等同于行为。人们不再上教堂或犹太教堂，是因为那些戒律或繁文缛节，不是（像在欧洲那样）因为信仰危

① 桑塔格此处说出自于 *Thoughts*，但不知是指诺瓦利斯的哪本著作。戴维不肯定地说可能是指诺瓦利斯的英文版《哲学片段》（*Philosophical Fragments*），因为其中警句丰富。

机。所以，年轻时来纽约城后不再上教堂的美国中西部人，在他结婚+搬到长岛后，很有可能会送他的孩子们上主日学校。所有他能发现的是，长岛的新教教堂不像艾奥瓦州的那样要求他不抽烟+不喝酒……

[SS从塞缪尔·贝克特的《普鲁斯特及与乔治·迪蒂进行的三次对话》中抄写了6页后，写下了下面这些内容：]

我要更多地做我自己

1. 假如我会少懂一点别人的意思
2. 假如我会少消费一点别人生产的东西
3. 我会少笑些；删掉我演讲里的最高级、多余的副词+形容词

因为2，很多体验我无法充分体验：——装备更精良，我就能吸收得更多。少受些限制的话，一两件事情就会完全满足我——我会更深入地面对它们。

因为1，我一直不断地在冲出自我——我不忠实于我自己的感知层面。

我太随意就跟别人讲自己的感觉，这样就把它们庸俗化了。就像对乔·[蔡金]+彼得·布鲁克+[SS的朋友、乔治·奥威尔的遗孀]索尼娅[·奥威尔]讲格罗托夫斯基。跟每个人，我看到他或她会对格罗托夫斯基怎么看，+迎合他们的看法！

英国和尚现在的名字叫 Virya，“精进”的意思。
沙门纳罗和尚[1]

如何调动能量。

G. 几乎总是没有活力——是不想浪费能量吗？

或者，像他这样是不是不好——两个转换，开 + 关。这会不会让他在表达的时候，变得恶魔似的？
（杰基尔博士 + 海德先生）

戏剧行话：
“你出洋相”或者“你出别人的洋相”

隐藏自己的反面不是秀自己（这是同一件事儿，反向的），而是秀或藏以外的事（无耻或羞耻）。

藏和秀是两种主要为自我关注的态度。

想象一种态度，在其中，你的全部注意力都集中在另一个人身上（不只是看到这个人眼睛里反映出的你的自我形象），一种在其中自我的意识（尽管几乎没有自我）彻底消除了的态度。

---

① Summonera Virya，戴维说是一个皈依佛门的普通的英国人。

这是不是那个——消除对自我的意识——的目标。

试比较萨特，他明确表示这是不可能的。

哈佛[SS 完成她的哲学博士学位课程和考试后，没有写学位论文就离开了哈佛，但整个 1960 年代，她都在不是很认真地考虑撰写一篇博士论文。]

现代法国哲学中对自我超越的思考（布朗肖、巴塔耶、萨特）

更确切的论文题目：

当代法国哲学中的自我意识、对自我的意识，和自我超越
[亨利·]柏格森、萨特、巴塔耶、布朗肖、巴什拉

自我操纵的作用
语言与沉默的作用
艺术、形象（视觉）的作用
宗教的作用
具体的性关系的作用
客观性、不偏不倚性的作用

G. 老是那种穿戴：
擦得锃亮的黑鞋；黑袜
在屋里总戴着墨镜

切[希拉克：]几件不同的毛衣——一件是淡蓝色，一件是栗色，一件藏青色；几条宽松的长裤；褐色便鞋

P · 布鲁克：长脑壳，高额头

我们坐在那儿，处于一种忘我的恍惚之中。

一个法国人，从领事岗位上退休 + 静静地过着与书为伴的日子

66 年 8 月 10 日　伦敦

《组织》的元素

它研究

友谊
妄想症

极度妄想狂的人(阿伦)是出卖者。他的悔恨。

我是否一定要判断"组织"是好还是坏?

让它好坏兼有吧。像犹太人——

强调"组织"给了这个世界很多天才，尽管他们这些人常常

不承认自己的组织成员身份——

组织中人的沙文主义——

大众偏见：组织中的人比其他人聪明——

现在，倾向于在大城市发现他们；过去不是这样——

摘自保罗·古德曼的《垂头丧气》，1955 年的笔记本

“认识一个‘客观真理’——这相当无聊，而且总体上是个没有交往的现象……”

“……我不配这个真理，因为我在‘我的’真理方面都没有取得成功……”

工作的未来，如果我敢想的话。（一想未来的情形，淹没在《组织》中，就不那么痛苦了）：

由两个中篇小说构成的一本书，每个约 100 页。每个都以一种“戏剧”事件为中心。

T[1] 里的马伦。

① 戴维说，T 指《组织》（The Organization）。

德行的殉道(或：排练)
(G.，C.等。)

书名：《两个阶段》

所以：《恩主》(长篇)
《联盟》(长篇)
《两个阶段》(中篇)>《证人》、《排练》
《托马斯·福克的苦难历程》(长篇)

66年8月23日

今年夏天我读过：[阿诺德·本涅特，]《老妇人的故事》；[托马斯·哈代，]《卡斯特桥市长》；格哈迪，《复活》；布莱斯·桑德拉尔，《莫哈瓦金》；谢里登·勒法努，《女吸血鬼卡蜜拉》；[居伊·]德·莫泊桑，《奥尔拉》；[简·奥斯丁，]《傲慢与偏见》；H.-H.尤尔斯，《巫师学徒》；奥拉夫·斯特普尔顿，《最后一个人和第一个人》；热拉尔·热奈特①，《辞格》；乔治·德·基里科②，《赫布多米洛斯》；[狄德罗，]《拉摩》[的侄儿]、《修女》

今天，在HLM[法语缩略词，表示“低租金住房”]看戈达尔拍《我知道的关于她的两三件事》

① Gérard Genette(1930—　)，法国结构主义文学评论家。
② Giorgio de Chirico(1888—1978)，希腊裔意大利人，形而上学画派创始人之一，《赫布多米洛斯》(*Hebdomeros*，1929)为其超现实主义小说。

[赫伯特·]洛特曼这个写手+吸血鬼，问："这部电影讲的是什么啊？"[戈达尔的回]答："我不知道。"问："它是关于什么的吗？"答："不是。"问："你的片子的总主题是什么啊？"答："这是要你来说的东西。"

66年8月26日

和戴维、埃利奥特[·斯坦因]、路易逛[巴黎]16[区]，看看[埃克托尔·]吉马尔①、[于勒·]拉维罗特②，+[查尔斯·]克莱因设计的建筑。

……还有巴尔扎克的房子，马莱-史蒂文斯③等设计的公寓楼。

……

长篇小说：关于妄想症+去神秘化的过程：吓坏了的，社会的，团体的，约束的元素

……

66年9月2日

昂蒂布>摩纳哥>罗克布吕讷-卡普-马丹(10世纪城堡④)>

① Hector Guimard (1867—1942)，法国建筑设计师，新艺术运动代表人物。
② Jules Lavirotte (1864—1929)，法国建筑设计师，新艺术运动代表人物。
③ Robert Mallet-Stevens (1886—1945)，法国建筑师和设计师。
④ 桑塔格用了 châteaut 和 fort 两个词，均为"城堡"。

拉蒂尔比耶[1]（阿尔卑斯胜利纪念碑）>昂蒂布

……

66年9月10日　威尼斯

意大利语“gentilezza”[2]、“civiltà”[3]……

犹太人区：威尼斯最高的楼房（六、七、八层高）——

五座犹太教堂——那块牌匾，挂在主教堂墙上、上面刻有致纳粹受难者的崇高的献词

两位在世的大作家：博尔赫斯和贝克特

瓦莱里：在不可言喻的状态下，“语言无能为力”。文学试图通过“语言”，来创造“语言无能为力的状态”。（《瞬间集》，第162页）

比西耶尔，“le mangeur de dossiers”［字面意思为“吃档案材料的人”］——把约瑟芬·德·博阿尔内[4]等人从断头台上救下的档案管理员。（见冈斯的《拿破仑传》）

［1966年，未注明日期］

---

① La Turbie，法国南部小镇，曾是罗马人的一个重镇。

② 意为“热情”。

③ 意为“文明”。

④ Joséphine de Beauharnais（1763—1814），拿破仑的第一任妻子，法兰西第一帝国的皇后。

8 000

6 085

——

1 915

《反对阐述》已卖出 6 085 册

第一次印刷的书剩 1 915 册

※

1967年

［在SS大量的日记中，有写在散页上、然后夹入笔记本的条目。这些散页的正确日期SS自己也常常不太清楚。下面这则标有SS手写的“旧笔记——1967？”。在此基础上，我把它抄录如下。］

艺术是过去在现在的一般情况。（试比较建筑。）成为“过去”就是成为“艺术”。（也比较照片。）

艺术品有某种激起怜悯的因素——心酸。

它们的历史性？

它们的衰败？

它们的掩饰的、神秘的、部分（以及永远）欣赏不了的层面？

再也无人会（能？）再次创作该作品这一事实？

那么也许是，作品只成为艺术。它们不是艺术。

当它们是过去的一部分时，便成为艺术。

（创造过去）

因此，当代艺术作品是一个矛盾。

我们将现在吸收进过去。（抑或是某种别的东西？一个姿态，一种研究，一件文化纪念品？）

创造过去之心酸

一旦克服了重复的恶心，生活中许多事情是可以享受的。

杜尚：现成品不作为艺术，而作为一种关于允许“意外”发生，关于作品作为“客体”的哲学观点。

67 年 4 月 11 日

……科克托说：原始人制造美的东西，因为他们从未见过其他东西。类似于我小时候所做的那样。我开始想用我的脑子，因为我从未见过其他人用过。我认为，除了先贤祠里的人（大都为死者、外国人）——居里夫人、莎士比亚、曼等，没有人有脑子。其他人都像我母亲、罗茜、朱迪丝。假如我当时知道还有中间立场——所有那些聪明、有思想和敏感的人，谁知道呢？我也许就绝不会一直 + 一直 + 一直动我的脑子了。因为我那样做，部分原因是我以为根本就没有人在管这件事情。脑子需要我帮助才能幸存下来。

67 年 4 月 18 日

罗茜：就像客厅里有只大象。从我出生到 14 岁。想想看，19 岁时，我对戴维这样做了！（就好像苏珊·陶[布斯]：对我有好处的，对我的孩子也一定好。真的：我的孩子们该比当年的我条件更好吗？

罗茜讲话：像永远流淌的熔岩，像污染性坠尘。深深地印在我的脑海里——对语言——口头的和笔头的——的亵渎。

"nother"[①]等。

这是艾琳拼写之差让我着急的地方。

67 年 8 月 3 日　法兰西堡[马提尼克岛[②]]

身体意象。

一个受保护的身体，充满暴力。

一个由其永远与地心引力的斗争定义的身体。为了不沉下去、不躺下来、不弯腰而斗争。不得不"靠意志力"来挺直。（脊柱、脖子等。）

把（你的）"背"不当做你的一部分来对待：萨莉[·西尔

① 此处指罗茜发音不标准，应为 another（另一个）。
② Martinique，法属加勒比海岛屿，位于小安的列斯群岛，首府为法兰西堡。

斯]。像一个书柜的背(后壁)。

67 年 8 月 6 日　法兰西堡

小说(散文叙事)的未来越来越趋向于说一切东西(禁止发表轶事的、特殊的?)

强调艺术作为分析(而非表达、陈述等)的一种工具

67 年 8 月 9 日

……我一直决意在做的就是这个——在关于我自己的谎言方面当同谋,赞同合适的自我简化(以保守我有种种秘密的秘密)。觅食——在我所有的关系中都是同类相食的。你想想看!我跟[发小]梅里尔是这样,跟菲利普是这样,跟哈丽雅特是这样,跟艾琳是这样,跟安妮特是这样,跟乔是这样,跟芭芭拉是这样,等等等等。收集我的宝贝,我了解了他们所知道的东西,或者我从与他们的联系中开发出一些东西(他们激发出的我自身的某种才能)——然后,我就闪开。我知道我没有从他们那里拿走任何东西(我离开后他们毫发未损),不过我当初还是吃饱喝足了。我明白我知道得更多了——在将之与一个他们无法进入的更大的体系融为一体。

[在页边空白处:]就像在[亨利·詹姆斯的]《圣泉》中

我本来是不是想要个伴儿?是的。我的确诚心诚意地努力

过，可接下来，在我放弃的时候，我没讲我在干什么。

对艾琳我做出的努力最大。但我最后发现没有希望：我认为(委婉地说)是她无力做得“高尚”。于是，和她的关系成为了一个谎言。我不得不将自己降格到仅仅是心理(个人历史)的我，好得到她能够给予的东西。个人历史的我绝对是真的——这么说真深感宽慰和幸福啊——长久以来为了面子我说了这么多的谎言。但这不是我的全部。我一直知道有一个超越的自我，随着童年那个受伤的自我幸存下来，沉湎于艾琳的照料之中——而艾琳无法理解、参与或者爱那个自我。

为了变聪明些，(跟艾琳)我不得不装哑巴。我想要她的智慧——将它吞下，让它变成我的——作为更大的总和的一部分。但我知道，我只能是作为一个白痴、一个顾客、一个恳求者和一个依赖者才能得到它。我知道不管怎么说，这些我全是——既然如此，害处在哪儿，又算得上什么谎言？但是，害处当然有。也有谎言。玩我自己的这个游戏，我不够强大，几乎在她抽走她的专横的支持时，我就垮了下来。我以前做起事情来总是背信弃义。(但不这样，我又能怎样呢？哦，我现在不这么认为。)

个人历史材料：

对伊娃[·贝利纳]而言，世界是过分拥挤的物+人，外加它们/他们的幻觉重影(物品既是一条领带，又是一根橡胶软管)。物品和人(特别是身体部件)总是充满了变形而成为恶魔的可能性。

若干结果：

歪斜的、小心谨慎的步态——好像她总在向身后看——而且/或者无法将她的重心完全放在地上

头歪向一边——斜着看你（“我会看到什么？”）

永远心不在焉——看不到多少从她的视域面前经过的东西。“不善于观察”（正如[伊娃的前夫，画家和摄影家]格特[·贝利纳]以前显然一直说的那样），或者仅有间断性或不系统的观察力。

阅读障碍——害怕阅读成为幻想刺激物，害怕“误读”。

因此，也读得慢——在她用双眼看字的时候必须默读，仔细检查，确认没有看错。

[在页边空白处：]对吸收信息、知识的抵抗——因为感觉那会是“总体的”——了解 = 了解某种具体的东西，一部分（？）

有时候看电影跟不上——因为（当图像快要变形的时候）她常常扭头看其他地方，或者心不在焉

对人不信任的复杂系统：从不相信人本质上是可靠的，甚至感性认识上也是如此。（她所想的是从门口进来的尤里[她的

儿子］可能是条龙；［她的朋友］琼的脸会变成一个脱离肉体的、可憎的嘴巴）

身体上的笨拙。因为对“物品”感到不自在，不能认为它们是理所当然的＋所以不能随意地、试探性地、霸气地使用它们。（此外，因为它们潜在的引起幻觉的氛围。）做爱也不可避免地笨拙。

她观察＋判断别人的感觉的天赋受损于1）对他们的真实情况的担心（唯我独尊的宇宙——他们全是我写的剧中的演员）以及2）对她自己感觉器官的可靠性的担心（有赖于做一步补充：如果我是她，我感觉到的会是……）

感觉作为一个人的不连贯。我的各种各样的自我——女人，母亲，老师，情人等——它们如何集于一身？从一个“角色”转换到另一角色时的焦虑。从现在开始15分钟时间我能成功转换吗？能够跨进、居于我应该成为的那个人之中吗？这感觉是个无比冒险的一跃，不管我是如何频频成功的。

这方面更常见的形式：不相信（在一定程度上是“根据充分的”）她对另一个人“身心投入”的能力

从所有这些（还有更多的）可以推断：

对还是个少女的她的自我、她的自尊所进行的野蛮攻击。她母亲和一个聪明女儿在一起时的不安全感和竞争心——

伊娃与她母亲的“约法三章”——她母亲粗俗、敏感，有创造性；而伊娃更有头脑，更聪明。但话又说回来，她父亲在这方面胜她一筹。她想在学校里当个好学生——通过实现这个为她设定的目标让她母亲高兴——但也并不做得很好——因为她肯定恨她母亲这样来限定她，她想让她母亲沮丧。

如果一个孩子感觉父母想要害他，那么，他就收到来自一个敌意的、要迫害他的宇宙的信息；他得自卫——也必须安抚父母——同时还要处理好自己的愤怒和无能为力的感觉。最终，这个孩子根本没有自我，而只有父母亲确认的东西；他们如果不爱你，那肯定是因为他们认为你不好，你肯定错了——他们不可能错。于是，你认为你坏，但不管怎么说，你恨他们不爱你——这让你产生内疚感，因为他们是好的。于是，你开始惩罚自己，这令你恨意减少（一部分恨已经反过来针对你自己，站到了他们一边）+使得有可能爱他们更多一点——个人的爱。

伊娃的情况里，那个（在幻想中，在突发的幻想中）总是闯进这个世界的幻想的“另外一个世界”是：

她对她周围的人（起初是她父母）所做出的敌意判断的一个象征性陈述，一个图解

一种自我惩罚的形式——她“经常困扰”她自己，或者让她自己受到困扰——因为这些不满情绪

对其他人的报复的一种象征性的想象，如果他们知道她的真情实感的话

那些幻觉形象肯定源自一种父母要迫害她，他们是恶魔这样的体验——她为它们“画了漫画”；这些形象是一种智慧形式——但另一方面又延伸或推广到整个世界，于是，一棵树、一个影子或一张椅子就可以变成一个魔鬼。但是，一个人无法把整个世界（感知范围）原发性地体验为恶魔。首先是人。事实上，是一个人的一部分——母亲的乳房。

（对世界的感知以提喻的方式开始——将部分视为整体。真正的知识结构应该是发现越来越真实的整体，同时又不失去对部分的具体感知。）

看见身体的一些部分（一种突发的幻想，大人国的幻想的形式）是一种侵犯行为，正如维拉［伊娃的精神疗法治疗师］对她说的那样。她把这个人画成漫画，在画上肢解他，缩小他，将他置于他的位置；这样，也使她自己感到害怕，准许她自己焦虑、自我蔑视、退缩。同时，她卸下他的胳膊，让他变得比以前更可怕。她一定是从一个幻想的缩影的角度来看待她父母了——

对人对整个物质世界的幻想所进行的概括也达到双重目的：

它减轻了对她父母的指责——不只是他们，整个世界都是这样

它加速了自我惩罚，在整体意义上她得付出的代价。

内疚感由此减轻。她不那么内疚了，因为她不那么厉害地指责他们，或者单独挑出他们来指责。（她指责别人，对一些事情

等等。)而且因为她遭受更多的痛苦。

但是，遭受痛苦的总体需要还在。对他们的那种最初的仇恨的代价似乎从未偿还清。所以，才有受虐狂幻想——这些幻想也适用于一个人——为了得到性感觉——需要一种更为具体的性模式；借此感觉他是被强迫的——这样好去感觉自己是别无选择。

之前，她告诉我，自卫的主要武器是嘲笑。绝对不能“直来直去”有什么说什么。怕遭拒绝，“被出卖”。如果我向你表露我的真实情感，你就不会爱我[边上空白处打了个问号]——你会嘲笑我——否认我的天赋。所以，我会对你先下手为强。我会嘲笑你。

一种智慧——但同时，是她不会信任的一种。她将她的聪明才智主要当作进攻的手段，当作对付他人的一种武器来体验，所以，她想要去除掉她的头脑。变得没脑子就变得等于有爱的能力(自由)。所以，格特才那样。(成为一个“真正的女人”等。)

琼给了伊娃足够的爱，让她敢“直截了当”说话——而非嘲笑。

所以，琼告诉伊娃她要把她塑造成一个人。伊娃承认这一点没错。还是有点害怕和琼分手，好像分手的话成为人的许可就会被取消一样。(在她与琼的关系中仅仅发挥一种作用的不可思议的想法，但又不应该不考虑。)

（我与艾琳的关系与此的几个相似之处。）

……

超越我一直意识到，也一直让我感到内疚的“不光彩的”看见。

我一直“躲在我的眼睛后面”。（这一点，去年在理查德+桑迪家，莉莲·凯斯勒看出来了。[理查德和桑迪是SS的朋友——诗人、翻译家理查德·霍华德和他当时的伴侣桑福德·弗里德曼；SS一辈子和理查德关系都很密切。]）因为我想看见，但又不想让人知道我看见多少——其他人会记恨我的——不想说我看见什么了，至少留一部分不说。

但是，他们为何要记恨我？因为他们会知道我看得比他们远——在我最厚道的情况下，仍然将他们置于一种我相信我能够（或者的确）超越的格局之中；而且，在大多数情况下，看见他们的失败、他们的弱点。将他们干瘪萎缩起来——缩成一块干火腿（我梦里我母亲的样子），或者一个味道不错的小肉圆。

但这不是全部——否则，我就是对我自己（我迄今为止的自我）不公平。我也看见，我有一种看见别人的不幸的极高天赋。我小时候和母亲在一起时培养出来的一种才能。当然，是她诱发出来的。在随时可能出现的情形下，这是得到我的爱的一种途径，很可能不是。她把她的凄惨+软弱展示给我看。我可怜她——这给了我爱她的一个理由（我寻找的一个办法，必须的）

去超越和压制我对她的恨与不满。但这也让我——心底里——鄙视她，也鄙视我自己。它在我们之间造成了无法弥合的疏远。我会敬重她，同情她，设身处地地为她着想，并克制自己不把我的需要和我的愤怒压在这样一个弱者身上。我会善良，我会慷慨大方。但我也变成了高她一等的人。我比她强。我有需要，但我足够强大，不会请她或指望她（或别人）来满足这些需求。我自己的需要没有得到满足，除非靠我自己，我甚至还能努力去满足她的需要。因此，我也是有恩于她的——尽管我害怕她的愤怒（生活在永远的恐惧之中，生怕她会突然+随意地就从这一协议中撤出，甚至收起这一协议向我保证的那种可靠的爱的卑劣外表）。我也鄙视她。因此，我在和她的关系中很荒谬地成了自愿的同谋；在这一关系中，她在满足我随后的一个需求。成为一个非常强大的需求的满足——变得强大；感觉、了解自我（不管外表怎样，唯唯诺诺也好，卑躬屈膝也罢）强过“所有人”。

所以，我成长的过程中想方设法地做到既看见，又不看见。努力尽量多地将我的智能、我看见的能力，全用在“外面的”事情上。思想，艺术，政治，科学，文化。剩下的则用来看人，并努力在这两种有问题的（但仍然诱人的）看的方式之间斡旋。

看见别人的痛苦 > 这引起同情

（不由自主地希望成为某人的临时看护人、监护人、恩人的欲望）这最后导致一种压迫感，被困其中，从这一关系中逃离出来的欲望。

看见别人（道德上的）不足、不够高尚，+小气的自恋+缺乏远大抱负，导致贬低他们。

艾琳走进我的生活是一个大转折点。她介绍给我一个我原本非常陌生的想法——现在看起来是多么令人难以置信啊！——看我自己的想法。我此前以为，我的注意力只是看我自身以外的东西！因为我并不在他人 + 任何其他东西存在的意义上存在。任何其他东西都是一个“客体”，但我怎么可能是我自己的一个“客体”呢？等等，等等。

于是，我就想跟艾琳学这种新的观察角度。在艾琳手里——带着强烈的、合适的渴望。

我是否可能一辈子都从未想过以前我被别人观察过？是的，我从未想过。但我怎么可能这么无所谓呢？我什么时候不再希望别人看我？肯定极早。（所有这些极端的扰乱：恩赖特太太 6 个月后离开；然后是罗茜；我父母来来去去，罗茜在我四五岁时离开，然后是我父亲去世，夏令营，我母亲老不在我身边，被送到维罗纳[SS 外公家在新泽西维罗纳]。）

[在页边空白处：] 这个核实一下

不久我就得躲起来，确保他们无法看见我。（咬指甲是在夏令营开始的，哮喘是第二年冬天。）总是（？）这种对他们来说“太过分”的感觉——来自另外一个星球的人——所以，我想要按所需的尺寸把我自己缩小，这样的话，我就能被他们理解（被他们爱）。带着这种绝不牺牲任何东西的毫不动摇的决心，我“真的”开始行动起来。这样的缩小尺寸，这种“捣碎”，不过是一个我足够聪明、足够“敏锐”的问题。明白他们所要的。明白他们所能忍受的。尽量能给他们多少就给多少，不少（没有坏结果就行），也不多（免得让他们超负荷，吓着他们，让他们感觉自己笨，使他们不友好，让他们因为我让他们感觉笨而来恨我）。

但是，脑子整个想入非非地神游——我怎么可能知道或断定我比他们“更”？即使我真的可能有这样的头脑（但我怎么可能有呢？），我又怎么会知道？我又怎敢如此口出狂言标榜自己？在没有任何人的支持、激发或者帮助的情况下？那样的话似乎就像是疯了——那样断言，以及我为了配得上它而采取的步骤。（想得诺贝尔奖的幻想，寻找合适的船只，带我驶向我的远大目标。）同时又一直寻找与别人的和解——希望他们爱我，照顾我。但当然，我是在恶意欺骗。（以聪明的方式，我想。）假如他们不偶然发现，我一直都会有我的抱负、我的头脑、我秘密的存在和我对我命运的了解来支撑我。所以，我是在两面下赌注。假如他们碰巧发现了，那很好啊。（但我当然不会放弃我最最重要的东西——我的头脑——去获得他们的爱。）而假如他们没发现，“tant pis”［“太糟糕了”］。我就有救了。

当然，我千万不能低估——在我忠实地保护我所理解的我“真正的”自我的过程中——我的确放弃的东西。第一，我放弃了我的性行为。我放弃了把自己理解为一个“普通的”人的能力；我放弃了大多数平常范围对自我、对我的感情接近的机会。我放弃了我在人际关系——特别是和男性关系中的自信、自尊。* 我对自己的身体不再感到自在。只剩下少数几种关系——那些我特别擅长的关系。去性的、学究的友谊。

我宣布不再努力做到有吸引力。我宣布放弃“坏”或脆弱的权利——不再像每个人时不时都会“坏”或者“脆弱”那样。并非我不“坏”或者不“脆弱”——我和大家一样！但我比[大多数]人更恨自己这样——我严厉责骂自己，把我的自尊又放低一点点。我不是要比别人“更好”吗？既然如此，那对别人而言已经够好了，在我这里还几乎不达标。与此同时，我也想到，在某些方面，我连他们的标准都还没有达到呢。

所以，事情就多了。我与人交往表现出强烈而渴望的冲动的亲昵言行——接着就是无疾而终——的方式。整个那种没有满足的交往需求：这一交往逐步建立 + 建立 + 然后突然发生在一个新人身上，这个人走进我的生活、而且似乎完全以一种新的或宽宏大量的方式“看待”我。我用我的希望，用我能够很有远见地看到这个人身上所存在的丰富的东西来引诱我自己 + 掩饰同样看得见的令人无法忍受的东西。接着，很快，我只能看见这些令人无法忍受的东西。随之而来的是躲避 + 内疚 + 纠结着回到这一关系的边缘——收回亲密关系的一些承诺——断得又不彻底。（而这时，往往，彻底断掉是我真正想做的，不管是对是错。）

现在几乎不是这样了。我定下规则，不再允许这种情况发生。但前一阵子，这种情况偶尔还会发生。我和芭芭拉与[SS 的朋友、电影研究者]唐[·埃里克·莱文]的关系，尽管（“toutes proportions gardées”[“在同等情况下”]）充满了这种风险，都是以一种更敏锐、更成熟的方式进行的——虽然面对的情况极为不利。

这样，我的宇宙，与伊娃的完全相反，是“人口稀少的”。在我的体验里，世界并不是在侵犯我、威胁我、袭击我。首要的焦虑是缺席、冷漠，是“月球地貌”。

从中，我能推断出我头5年的情形。显然，我母亲和罗茜都不想打击我，让我垂头丧气，或者让我对自己评价很低。没人取笑我，或者让我觉得自己愚蠢，或者长得丑，或者笨手笨脚。他们让我感觉世人是机械的，通常是礼貌的（尽管有时候令人费解地性情暴躁），而且，难以置信地迟钝和愚蠢的人，我一定想过，他们这些人假如不那么懒惰，不那么心不在焉，或者不那么消极的话，就不可能那么愚蠢。假如努力，他们会聪明，这一点他们能看明白。但没人想努力。他们看上去极其没精打采，死气沉沉——他们大多数的反应完全在预料之中。他们的触摸是骨感的+毫无感官满足+不合时宜（像我母亲那样）或者给人压迫感+太沉重+令人窒息（像罗茜那样）。因此我学到的是：远离群体。也许可以找个人说说话。于是就有了我早年关于这些生活在下水道里的小精灵家族的幻觉——他们成了我的朋友。

我早期急切地想通过把一些“事实”塞进朱迪丝的脑子里，来把她变成我的一个同伴……但没有奏效。我想那要等多长时间啊？所以，我转而和不朽的故人待在一起——那些“伟人”（诺贝尔奖得主）——总有一天我会成为其中一员的。我的抱负是：不成为他们中最好的一个，而只是他们中的一员，与水平相当和志同道合的人在一起。

即使到了今天，这个抱负差不多还在。这个古老的欲望：

让世人充满“文化”和知识——给世界以密度和重量——把我自己填满。我看书的时候总感觉我是在吃东西。看书(等等)的需要如同一种可怕的极度饥饿。所以，我常常试图同时看两三本书。

戴安娜[·凯梅尼]很久以前说过，“事实”对我一直是“有毒的”。她是什么意思?

我的墙上贴了许许多多的电影剧照。它们也在充满这空旷的宇宙。它们是我的“朋友”，我对自己说。但是，我这么说的意思是我爱他们(嘉宝、黛德丽、博加特、卡夫卡、薇拉·齐蒂诺娃)：我赞赏他们；他们让我开心，因为想到他们，我就知道这个世界上不只存在丑陋的、沉闷的人，还有优美的人；他们是我渴望加入的令人赞叹的那群人的活泼快乐版。我从不像伊娃那样“幻想”。她告诉我，她简直受不了身边放那么多照片——都看着她。他们总会变得栩栩如生。他们会是一种“侵略”。对我而言，他们是“援兵”！他们是我团队里的成员；更确切地说，我是(希望是)他们团队的成员。他们是我的楷模。他们护着我，不让我感到绝望，不让我感觉世上没有比我看到的更好的东西，没有比我更好的人！他们并不活过来，互相之间不说话，也不看我：他们不、也无法以任何方式意识到我这个人存在，更无法判断我，密谋反对我，等等。它们只是离我很远、我不认识的人的照片。它们是什么就是什么：我客厅墙上镜框里的一张张照片，我挑选，我加上镜框，我把它们挂上去。

所以，问题不是如何不让本应中立、无生命、与我的存在无关的东西活跃起来。我的老办法："文化"，我的思想，我对思想、对艺术、对精神的+道德的卓越的热爱。

我认知价值，我赋予价值，我创造价值，我甚至创造——或者说确保——存在。所以，我才有列"单子"的强迫行为。除非我至少通过记下那些东西(贝多芬的音乐，电影，还有商号)的名称来表明我感兴趣，否则它们就不存在。

任何东西，除非我维护它(靠我的兴趣，或者我潜在的兴趣)，否则就不存在。这是个根本的、主要是下意识的焦虑。因此，我必须总是对一切东西感兴趣，既在原则上，也在行动上。将所有的知识作为我的领域。

67年8月10日

母亲：——

我对她变老、看上去老而产生的极大焦虑+恐惧——有一阵子，我甚至希望先死，因为看见她那样我会受不了——感觉那是件"不道德的"事。

为什么这么可怕？首先，她的美貌是她唯一让我真正赞赏的品质。我告诉她她有多漂亮的时候，我说的是心里话。能有一次让我真心诚意地跟她说点事情，我该有多开心、多愉悦啊！

其次，因为我隐约感觉我会内疚。在这一点上，我的存在对她来说一直都有些痛苦——如果我，比如说，才10岁大+是她女儿，这在道连·格雷那一幕[①]上会设些限制。（在有人以为我们是姐妹的时候——常常如此，她——一定程度上我也是——有多开心啊。）假如她会被什么事情弄得那么不开心，那肯定是我的错。她把我变成了她的幸福的创造者——我也已经接受了这个称号。（让我知道她不爱朱迪丝，让我感觉她没有爱过老爸。只有她的母亲，每次一提到她，她就哭——再就是我。）

我差不多，也可能正好是6岁那年，母亲从中国回来，这个悲惨的女人，一个尼俄伯，一个生活的牺牲品。整个童年时代，我被推选出来支撑她，给予她关爱，让她活着。

这件事我会怎么做？靠和她做朋友。（牺牲我自己的童年，牺牲我自己学习、依赖人的需要；靠立刻成熟。）靠讨好她。

我是我母亲的人工呼吸器。我是我母亲的母亲。也由我母亲委派当朱迪丝的母亲。我母亲很信任我，交给我这么一个大人的任务，我感觉无比荣幸，因为在与我妹妹对我母亲的爱的竞争中把她彻底打败而欢天喜地、得意洋洋，但又为我大获全胜而感到内疚（好像是我让我母亲不爱我妹妹的——好像是我引诱她离开朱迪丝的——因为我更聪明、更有趣；因为我知道怎么讨好我母亲），也为朱迪丝难过，在某些方面，也强烈地责怪我母亲对朱

① 在王尔德的《道连·格雷的画像》中，美少年道连看了霍尔沃德为他画的画像，发现了自己惊人的美，于是产生了希望永葆青春，所有岁月的沧桑和少年的罪恶都由画像承担的荒唐愿望。桑塔格此处是说她母亲也希望永远年轻。

迪丝麻木+不公。所以，我努力接近朱迪丝+和她交朋友。但未成功。

我母亲总是通过自己“凄凄惨惨”的样子来“迫使”我为她开脱，不去说她是个不管我们，或者心胸狭窄的妈妈。一天到晚疲惫不堪。她是不是在酗酒+嗑药啊？

她母亲的阴影。好像她死了这么多年以后还在为她伤心，妈是在告诉我——我是个孩子，我才14岁（尽管我看上去大些）。我不是个女人，我不是母亲。我是我母亲的母亲的接班人。（我甚至是以她的名字起的名字。）我就从她去世撒手不管的那一刻接手做下去。我母亲仍然是个不开心的小姑娘。我得把她带大。（运用出色的操作技巧——不让她知道那是我在做的，那是她要我做的，免得她羞愧难当——也将我自己的一部分留给我自己，不被在“分享”上的失败的努力、谎言和堕落所玷污。）

我惧怕我的母亲——怕她残酷无情，怕她冷冰冰的（生闷气——咔嗒咔嗒敲咖啡杯）；最终当然是怕她当真垮掉，从我面前慢慢消失，再不下那张床。无论什么样的父母亲，无论什么样的爱（尽管我为了得到爱，已经同意签下一个欺诈性的契约），总比没有好。

我最终的目标：让她支撑下去，让她活着。我的办法：奉承她，无数次说我多么钦佩她、爱她，习惯性地一次次贬低我自己的价值。（她骂我冷漠+狠心+自私，我都承认。我们一起为我有多坏而哭泣，然后她就笑了+拥抱+亲吻我+我上床睡觉。

我得到了我想要的。我也感觉肮脏、不满足、堕落。）

为了让她活着，我也不得不逗她开心，转移她的注意力，不让她完全意识到她的不幸。（就像一个父亲或母亲在孩子就快要放声大哭时，在他/她面前摇着一个玩具逗他/她。）察觉到她自恋——这也令我反感——我鼓励它，通过奉承来助长它。同时一直焦急地看着她，看看我的话是否在收到预期的效果，我是否成功地让她高兴起来。

但当然，我同时也恨她的自恋。她自恋就意味着她和她自己而不是和我关系密切——因此就排斥我。我鄙视她，她太弱，弱到在乎“别人”如何看待她——结果，她花费大量时间梳洗、化妆、打扮等。我感觉高她一等，因为我对这些毫不在乎——而且发誓长大后我也一直这样。我要成为一个完全不同的女人。我的赞赏让她很满足，为此我鄙视她。她不懂我。她难道就不明白我想要从她那里得到点东西？（纵然我所说的也的确是心里话）

后来——我十几岁的时候——我逐渐感觉到我对母亲的看法更为分裂；她依然美丽，看上去比她的实际年龄年轻好多。我依然为她感到骄傲，在朋友面前还会对此加以吹嘘；但私底下，这对我来讲变成某种“令人毛骨悚然的”事情。欺诈/谎言的又一个例子。关于她是谁 + 她是什么样的人的大谎。我盼望她变老 + 失去她的容颜，就和所有人一样。别再是什么例外了，这样，我就可以不再根据特殊的（宽容的）标准，来对她作出判断了。

但是，如果我怕我母亲，那么，她也怕我。在一个更加具体的层面上，怕我的判断。怕我会发现她笨、缺乏教养(当我进她的房间去吻她祝她晚安时，她把《红皮书》[1]藏到床罩下面)、迷人、道德缺失。

我呢，礼貌周到地，尽我最大的努力不去看，不在意识里记下，也绝不用我所看到的去有意识地反对她，或者(至少)不让她意识到那个+我什么时候看到的。

但还有别的东西。难以形容。像我母亲说我有的魔力——还认定如果我收回这些魔力，她就会死。我必须坚持，满足她，给她打气。

我自己的成长过程：我看上去比我实际年龄年轻许多的这一事实似乎

像是我母亲的翻版——部分盲从地深受其影响。她定的标准。

像是仍然要恪守保护她的秘密诺言——对她的年龄我会说谎，帮她看起来年轻(要证实我看起来年轻，但她看着更年轻这一点，还有更好的办法吗？)

像是我母亲的诅咒(我恨我身上的一切——尤其是物质性的东西——尤其是物质性的东西——这像她)。我感觉我的肿瘤+子宫切除的可能都是她的遗赠、她的遗产、她的诅咒——我因此极其沮丧的部分原因。

---

① *Redbook*，美国赫斯特集团(The Hearst Corporation)出版的一本妇女杂志。

像是出卖我母亲——因为我看上去年轻，这对她没任何好处。现在，她越来越老了+看上去也老了；但我不，我依然年轻——我加大了我们之间年龄上的差距。

像是她给我设下的一个陷阱——所以，现在人们以为我和戴维是姐弟，+这可把我高兴死了，让我兴奋极了。我记得她——+我吹嘘我年轻，把年纪多大扯进聊天中，其实并不是真有什么必要，说到戴维的时候给他的年龄加上一岁——然后享用着人们脸上的惊讶（奉承？）。所以，我能感觉我不像她——不弱，不自恋——但也怕我其实也那样。

我的任务：不让我母亲看到她自己的真相。估计她知道了会受不了。所以，助长她的愚蠢——一旦我断定是这个原因。于是，始终明白——凭我所知道的——我自己比她强得多。（知道得更多、能够看到的更多的人，是更强的人。）

［在页边空白处：］一个定义

但与此同时，又是那么弱。双倍的弱，因为1）我是个孩子；2）我已经丧失了小孩天性中的防卫——那种不装，那些挑衅+挫败的表情，突然发怒等等。我自己见多了，所以就不生气了。（我已经见得太多——她的弱，她缺少自尊，她的自我的软弱。）根据我看到的来占她的便宜，那就太残忍了。况且，我一直在努力做她的保护人。这难道不是为了远非无私的动机我暗自发的誓吗？它似乎是得到哪怕是一丁点儿的爱+关注的最佳机会了。

所以，毁她——伤害她——会让我达不到目的，而我想夸赞她。

我难道没有发誓要做个成人吗——她说过她不喜欢小孩——这就意味着，我失去了表达“孩子气的”需求的权利，也失去了责怪她这个母亲当得“让我失望”的权利。

我怕她——我以高她一等的态度对待她——她怕我——我畏缩着想变得“更小些”，更多地把我掩藏起来，这样我的出现就不会吓着她了——这样做，我鄙视她，也鄙视我自己(为我的懦弱，为我的感情需求，也为我的谎话)——她走得离我近些——我就后退，躲到我个人的快乐之中(思考、幻想、书籍、我的计划)——于是，她就责怪我冷漠[1] + 狠心 + 自私——于是，我极为内疚 + 懊悔，因为我忘了我自己(！)，因为我让她失望了——对我一顿可怕的批评 + 我发誓要改进——她原谅我，我开心，我感觉好了，我开始了“表现好”(更加关注她，成为一个她能喜欢的我)的计划——但是，这样做得到的好处并不像我希望的那么大，也可能是我厌烦它们了——我的注意力减弱了，要不就是我注意力分散了，或者我变得狂妄自大，想要“胡来”——于是，她大发雷霆，掴我耳光，对我摔门，几天不理我——我痛苦不堪，通常并不确切地明白我到底做了什么，也就是说，她生什么气，但是，她常常让我在折磨 + 不明就里中一等就是几小时或几天——接着，常常是毫无理由地，事情似乎就翻篇了——我母亲生气的时候，我从未感觉到过我能改变她的主

① 原文为 old(老)，是桑塔格的笔误，应为 cold(冷漠)，见上文。

意；一旦她下定决心要生气，根本没有什么能改变得了她（我年纪轻轻就不莫名发火的原因就在这里——发火顶什么用。）只有她自己莫名其妙地又高兴起来的时候，她才能不再生气。所以，生气是一种我能通过对我自己+对她来点心计和控制来影响的情感。愤怒有它自己的生命。因此，必须随时随地防止她生气。（我的气还没生，我就知道完全是白生！）任何别的都成，就是不能生气——任何替代品，任何不诚实的行为都行。但我还是怕她怕得要命——怕那些大都莫名其妙的狂怒。（我知道肯定是我惹她的，但我从来都不是故意的——我感觉我有时是会粗心、疏忽，笨，我走神了，就像犯了个错误；下次我会更细心的。）

同样，我鄙视我自己，因为我怕我母亲生气。因为在她抬手要打我的时候我无法控制的畏缩+哭喊。（我幻想自己战争期间被纳粹或日本鬼子抓获，但在严刑拷打之下还是毫不动摇+坚忍不拔。这一坚忍的养成是因为当年我每周打针+我因为哮喘而卧床的时候——对我残缺的自尊是个安慰。我是勇敢的，我扛得住。）

我心底里并未感觉到我母亲喜欢过我。她怎么可能喜欢我？她都“看不见”我。她相信我展示给她看的（那个谨慎地动了手脚的版本的）自我。我感觉她需要我，仅此而已。面对她老是不在，老是外出旅行的情况，我助长了这一点；我努力为她创造一个她可能需要的“我”，某个她能越来越依靠的人。有时候就是这样。另外一些时候，她似乎根本就不需要我+我就被撇下，真的很丢人，自己感觉到一种耻辱。还有些时候，她需要我，但我没想从她那里博得什么东西，这时，我有压迫感；试着悄悄溜走，假装没有注意到她的诉求。

我感觉让我母亲开心的事情之一是性的赞美。她假装和我调情，让我兴奋；我假装被弄得兴奋（也真让她弄得很兴奋）。因此，我让她开心——不知怎么地，我战胜了她背后的男友们；他们要和她共度一些时光，如果无法得到她很深的感情的话（她再三告诉我这些）。和我在一起，她很“女人”；我扮演那个羞答答的爱慕她的男孩。我细皮嫩肉；那些男友五大三粗。我也假装爱着她（就像我从《方特罗伊小伯爵》中抄录的那样，称她“亲爱的”；这本书我八九岁看的）。

既然在某种意义上，我也是我母亲的母亲（也是她的姐姐[①]），我很小——10 岁左右——就有一种强烈的补偿性幻想；我自己的将来的母亲身份

［在页边空白处：］后来不是吗？

我会有个男孩——戴维。我会是一个真正的母亲。不会再有女孩。这是关于脱离童年、真正长大成人的一个幻想；自由，也是一个关于生我自己的幻想——我自己既是母亲（一个好母亲），又是那个漂亮的、满足的孩子。

那个老问题：我“看见”某人。但另一方面，那个人怎么能“看见”我？

---

① 原文为 my sister，戴维说这显然是桑塔格的笔误，应为 her sister。

如果我看见某人，我就比他更强(更聪明)？看见他，我一定比他“更”怎么样。但是，同时，他更弱(更笨)，怎么看得见我？他也许以为看得见，但他错了。他只看见我的一部分。

这是与艾琳+戴安娜的问题。因为我以为她们能看见我，所以，我就排除了我看见(分析、评价、阐述、理解、判断)她们的可能性。

我的“看”是否总是咄咄逼人，是一种对别人有敌意的行为？不是的。但它永远都是一种自我肯定的行为，一种对我自己的力量的积极体验。

但是，我的力量(我的思想、我的眼光、我对知识所怀有的激情)体验下来，却迫使我永远与世隔离、与别人隔离。我必须变“弱”，才能接近他们(这样他们也才会让我接近他们)。或者，我必须给他们打气，让他们肚子里装满货，使他们“更强”。

[在页边空白处：]不管哪种方式，都弥合差距。我长长的一系列教学关系——不是为了使师生关系永存，而是要为我自己造就一群水平相当的人。

总是我的能量、我的抱负和那些人之间的悬殊这种令人沮丧的感觉。那些人为自己确立的目标那么低，他们那么容易疲倦不堪，那么缺少活力。

在我最初的风景里，除了我自己，还有其他人。我不像伊娃那样是个唯我论者；我从未受到过这样一种幻想的诱惑，即以为世界是我脑海里想出的某种东西，旁人不像我一样真实，他们全在看我写的剧本。不是的，他们人是在那里——而且是真实的。但仅此而已。他们是可以忽略不计的人，差不多是无自动力的，几乎不存在，几乎不在感觉，不在思考。我不得不教他们如何思考+如何生活，这样，我就能有个人可以说说话、有个人可以喜欢、有个人可以称赞了。我必须给他们打气——像给气球充气一样。不，也不真这样。要有说服力的话，东西必须密集、有分量、包扎牢固。他们太懒，不会自己动手这样做。我敢肯定，如果他们愿意，如果他们真去尝试，那他们是做得到的。但是，他们似乎没有受到驱策我的那种景象+能量的驱策。

67 年 8 月 12 日

我对心理上的吸血鬼行为主题的痴迷（几乎无法摆脱）。能量的交换。好+坏的摇摆和显示。

伊娃提出给艾琳发一份电报的建议。内疚停产。最后一批货昨日发出。工厂由军火卡特尔买断。

我是“二等品”的感觉。那是我的存在的一个彻底的改变；我违背了自己；这不是与身体器官相关的，这很大程度上是一种意志行为了（我跳跃向前，希望我其他部分和所有的精神包袱都会及时跟进、赶上）。这对我来讲还是有点感觉“不真实”。这不是我的命运，不是我的母语。我移居到了国外。我的选择，这当然是；但我有点知道我是在说一门外语。

艾琳是我的新的存在的始作俑者、赞助人，+因此也是保证人。她从她的赞助人的身份撤出的时候我的恐慌。我深信她必须继续赞助我、为我证明。

但是，我必须明白她没有创造这个系统，尽管她是个强有力的倡导者。

在过去的4年里她将此大都放弃了——难以理解。是怀疑这个系统？但是一个人(她)怎么能放弃它呢？她是在钓鱼；她这样做是要惩罚我，让我觉得内疚——一种报复行为。所以，我感觉我一直像个吸血鬼那样在榨她。这个天赋是有毒的。我变得动弹不了。我开始制造+交付我的深深的内疚——作为赎罪的苦行，作为补偿，作为我安抚她的一种方式。但是，她不会平息的。(有一阵儿，我受到诱惑，以为只要我“足够”内疚，把全部责任都揽到自己身上，证明我们通过自信、自我肯定的方式来交换，但我从中“什么都没”得到，那么，她也许会回到我的身边。)

[在页边空白处：]直到两个夏季前

我一直是我母亲的人工呼吸器。我也想要找个人当我的人工呼吸器。(因此，有了培养艾琳——她的自我、她的思维——的计划，好让她能够担当起这一角色。)来自他人的能量+天赋的隐秘感觉的结束，始终确定我“给的”比“拿的”多。而是一种

公开的 + 自认的学徒身份，因为这一身份，我无权给予一个“合理的”回报，或什么互惠的东西；因为当时的情形是：我的天赋是无用的、愚蠢的。我的天赋都是潜在的；我的回报全在未来。

我不得不看到的不仅仅是艾琳的天赋（她在这个国家土生土长，这一公民身份是我渴望获得的），而且也得看到这些天赋已经变得堕落——这肯定是在我和艾琳认识之前就发生了——的事实。从她卷入《村声》开始，[埃德·]范彻、丹·沃尔夫[和诺曼·梅勒，这份报纸的合伙人]，然后是梅勒、阿尔弗雷德[·切斯特]、[美国艺术家]芭芭拉·班克、哈丽雅特[·索姆斯]等。是那些神经质的、去性化的犹太知识分子眼里的古巴性感女郎。D·H·劳伦斯太太把肉欲 + 真实感情的启蒙带给了那些都市受害者。艾琳从此明白她可以利用她的天赋，它们是一种财富，它们在人的市场上有“价值”，很高的价值。

不管什么时候，只要一种道德要求的暗示掺入（在我这里自然会这样），艾琳就会多疑地从我们那气势不凡的知识幻想的楼梯上，砰的一声摔下。

艾琳的神话色彩的计划。同时还有个计划：消除她用神话语言对我的控制；她对我的控制也真的是用这种语言提出来的。

艾琳要求被描述成“天真的”——不想被描述成“好的”（我主动提出的）。她想要免除她行为中要她承担的任何最终的责任。在某种意义上，她是侮辱她自己……当然，那时候，我还根本不懂这些，不懂哪些是有问题的。我只是隐约地、笨笨地知道(感觉到)被认为“好”，要比“天真”好(强)很多。好意味着你有知识，而且你“仍然”好。我不懂她为什么不接受比她希望得到的还要多的表扬，她为什么不接受我更多的称赞，而她坚持要我认为她天真的时候究竟想要从我这里得到什么。(对我而言，“好”有着“天真”以及更多的品质所包含的一切好东西。)

[在页边空白处：]看完星期六上午10：00现代艺术博物馆放映的电影后，打车回家

当我和艾琳在一起的时候，我总答应去发现她是“非凡的”。那是我们的契约的措辞之一，违反它就是一种背叛、一种攻击、一种厌弃。但是，想想看，人必须成为什么样的人(人的自我处于怎么的状态等等)才能让此变成关系的条件啊。限制另一个人自由地思想。

它和我的急躁脾气是多么协调哦。我一直以来总是多么想要、渴望找到一个“非凡之人”啊！我一辈子都这样。没有人给过我足够的帮助(逼我)去做这件事。没有人明确地剥夺我的权利，不让我去“看见”他们，隔开一段距离观察他们，去了解他们，去找他们的茬儿。(我认识的)所有人总是希望在某种程度上被人看到，被人理解。(连我母亲，连菲利普都是这样。)现在，我渴望那样的限制！(别看我。我会看你。)渴望有个带着傲慢、确信和强制实施这个限制的才能的人。

所有的梦都是典型的自我分析。糟糕的梦是关于某人的“问题”的头脑简单的陈述或分析。好梦是更复杂、最少简单化倾向的陈述或戏剧化。（与之相对的是那个普通的想法，即一个好梦是你在其中成功、举止得体、醒来……感觉愉悦等。）梦的重要部分是分析性陈述，而非叙述性解决。

我的两个典型的场景：沙漠（干燥，严酷，空旷，炎热）和热带地区（潮湿，密集，甚至是过于密集，炎热）。截然相反，但有一点是相同的——统一的、终年清一色的炎热气候。四季更迭让我感到的“惊讶”（感觉这是可能发生的事情，但每年冬天来到纽约的时候，几乎都是一个“错误”）。我对冷的害怕（拒斥），比我因为空旷[①]而产生的焦虑程度还要来得深，来得绝对。

这是我恐惧游泳的一个主要原因。害怕浸没在海洋这种冷东西里面。我母亲在我内心的典型样子——几乎一点也不自然，除了应该是暖和的（身穿一件轻薄的衣服，或者穿着一件泳衣）。是在大宾馆。卧室，大浴室，带舞池的酒吧，餐厅，阳台，泳池，也许有个高尔夫球场。在这些密密匝匝紧挨在一起的地方之间来来回回。一直保证有的“服务”，被服务的情形。消除她的压力，不再要求她更加精力充沛、更加独立自主，为她自己——+为别人（比如我）做点事情。在家懒散或者好逸恶劳不等于在一个假日宾馆里也这样。还有，你在宾馆里会有的那些平平淡淡、温文尔雅的交往。端庄得体的那一套是“规定的”；她

① the empty。桑塔格随后加了个法文对等词 le vide。

无需自讨苦吃，创立它，一直焦虑它会被违反。她知道该怎么做；大概别人也知道怎么做，否则，他们就不会(不敢)来这里了；不妨说，他们登记入住前就签了份行为合约。自选的一个过程；乌合之众的淘汰。

正如伊娃所说，假如我不作出从“康德”到“D · H · 劳伦斯太太”这个大转变，就绝对写不了小说了。

第一步，也是绝对不可少的一步——当然——是结束我的婚姻。我和菲利普的生活是要精挑细选 + 设计成为一种环境，我在其中会沿着“康德”的道路越走越远。正确的满足 + 正确的缺乏。就其本身而言，它真是一个巨大的胜利 + 表明了我自己的英明。

对“新存在”的试运行是哈丽雅特。去跨越一些“客观的”障碍(我的社交羞怯感 + 恃才傲物，我在人情世故方面的无知 + 不够老练)。

接着来了真正的启蒙入门——靠的是艾琳。我的主观性的转变。

假如人的外在生活等同于内在生活，那么，我们就不可能像我们现在这样拥有“身体”。内在生活太复杂，太多样，太易变。我们的身体仅体现了我们的内在生活的一小部分。(对外表“背后”究竟是什么这一问题多疑的、没完没了的焦虑的合情合理的根据。)假定人们的身体仍旧拥有它们现在拥有的由能量 +

复杂性构成的内在生活，那它们也得更像气体——某种气态的，但看上去又是有形之物，像云。那样我们的身体就能迅速变形、扩大、缩小——一部分就能折断，我们就能够变成碎片，融合，碰撞，集聚，消失，重新显形，膨胀，变稀疏，变浓密，等等等等。照现在的样子看，我们是世界上摆脱不了的一种柔弱的、但大体上仍然是确定的（尤其是在大小 + 体积 + 形状上是确定的）物质存在——对于接下来变成“内在”过程的这些过程几乎是完全不够的。（也就是说，远非完全显露的，需要被发现、被推断的；能够藏起来的，等等。）于是，我们的身体变成了器皿——和面罩。因为无法扩大 + 缩小（我们的身体），我们就使它们变硬许多——将紧张刻在上面。这成了一个习惯——变成安装好了的，来再次影响“内在生活”。[奥地利心理学家威廉·]赖希集中研究的性格盔甲现象。

一个不完美的设计！一个不完美的存在！

当然，如果“外在”生活设计得更好来记录内在生活的话，也许我们就不会有这么多的主观性了。也许我们体验的主观性（它的所有压力、力量、能量和激情）就是我们的存在当中这种“限制”的结果。（像一个密封金属容器里的气体一样，温度升高时，压强增大。）

（这是不是不同的目的——它的好处？但这是个过于乐观的想法。）

它当然是。那是所有的智者已经知道的东西——+ 在“内在”和“外在”之间需要调和的时候，他们总是假定这样一种主观性：（与我们具有的处于最佳状态的东西相比），它似乎是被彻底掏空了，平淡、单调、空洞。柏拉图、诺斯替构想，以及黑塞的玻璃球游戏团体[①]等等。

所以，天使没有身体（或者说她们拥有“天使的”身体）——没有，主要是因为（基督教的-）对肉体的神经质的厌恶。

在与艾琳的关系中，我感到内疚的原因（我自身）是：从一开始，我就不诚实——我从未（像她所要求的那样）“真正”放弃一切，从未真正放低身段，从未真正认为我愚蠢。

横跨“第一自我”对“第二自我”（我的新存在，艾琳将我引入其中）的整个问题的是个更大的架构：幻想的自我从未受到过质疑。我自己和艾琳纠缠的问题“不过”是意识的具体风格是什么的问题。在某些地方，我在欺骗；这一点我是部分清楚，部分不清楚。我准备，我打算“使用”她的知识，尽管她绝不可能使用（缺乏“高贵”等等），尽管她绝不可能动用。我有一个（更大的——）构架来定位她的智慧。所以，我当她的徒弟——全心全意地，真的。甚至在我意识到这意味着我会让自己丢脸，放弃我的才智，称其无能 + 浅薄 + 为死亡所困扰 + 不是过正常生活的手段——我还是全做了，虽然不无挣扎，但最后，我还是做了。然而，我始终知道还有“更多的”。对“我”而言更多的。更多

① 黑塞的最后一部长篇小说是《玻璃球游戏》（*The Glass Bead Game*，1943）。

的会随之而来——等我有了她的智慧，等我消化了她的智慧＋将它变成我的智慧的时候。

现在，我感到内疚极了。正如在某种程度上，我总感到内疚一样。我觉得我是个吸血鬼，一个食人者。我专“吃”人的智慧、学识、才智、优雅。我具有一种认出它们＋让自己做它们的学徒＋把它们变成我自己的东西的天赋。

我这样做不是成贼了吗？不完全是这样。我不觉得——从来都没有——我在从那些人那里拿走它们。我走后，我并没有让他们少掉些什么。我怎么可能呢？这些是你拿不走的东西。他们仍然拥有它们，但是，我现在也有了。（这些东西只能被它们的拥有者——艾琳？……放弃掉，绝对偷不走。）

那么，这是怎么回事？我在伤害谁？回答是：他们。还有我。因为，即使不存在偷窃、耗尽或者缩减别人这样的问题，我也在通过欺骗手段而为之。他们不知道我想从他们那里要什么？至少，他们不知道——不可能知道——我是多么贪得无厌地、一门心思地想从他们那里得到它。而且，我不能告诉他们。要是他们真知道了，就不会把它给我。

难道我不回报吗？当然回报。很多。也许，在某些情况下，多于我交换来的东西。这是强迫性的给予（善举、慷慨），目的是不让我自己产生那难以忍受的内疚感（超过像个食肉动物的感觉）。

另外——这是关键——我总是在我从他们那里学到了我能学到的一切，在我充满了的时候就离开他们。我为我自己“将他们耗尽”，然后又想向新的源泉前进。

我在世界上横冲直撞，劫掠他人的井(？)，拎回我的水桶+把所有这些掠夺物一份份全倒入我的超级井里。没人会看到全部范围，所有储藏在那里的财富。我的最不为人知的秘密！他们只会看到我的本领和产品——一件一件地——它们是靠辛勤收集来的这个资源才成为可能。

67年9月18日　纽约

美学之书：《恩主》
道德之书：《死亡匣子》

现在呢？第三阶段？

索[伦]·克[尔恺郭尔]是对的。美学不够。道德也不够。

源自说实话的新“形式”(存在主义意义上的“真相”，不是“正确性”)。

我描述人的身体活动有困难——细节(？)

……

比起《恩主》来，《死亡匣子》的语气缺少连贯性或统一性？

《恩主》是生活的美学观的一种归谬法——即唯我论意识（一种人并不从根本上承认自我以外之物存在的意识）。我当时在想[波德莱尔的]《袒露心扉》[①]里的花花公子的描写。）

[10月，未标明日期]

[格特鲁德·]斯泰因——当你放弃一件事情随着另一件事情而来（“这件”随着“那件”而来）这一想法时，探索会发生什么

凯奇+梭罗论沉默和减少——

……

质疑某件事情的“逻辑发展”、某件事情有一种“内在逻辑”的想法。对这一想法，我一直是想当然地接受的。

67年11月17日

我的神经官能症问题主要不是因为我自己（桑迪[·弗里德曼]也是这种情况），而是因为他人。所以，写作对我而言总是

---

① *Mon coeur mis à nu*（1897）。

管用，甚至让我摆脱沮丧的情绪。因为是在写作中我(最大程度地)体验到我的自主、我的力量、我不需要他人。(桑迪在写作中，最强烈地体验到他的弱点。)

从根本上讲，我确实喜欢我自己。我一直都这样。(这对我的健康是最有利的？)这恰恰是因为我认为其他人不会喜欢我。我“明白”他们的态度。但是——我要是他们——我会非常喜欢我的。

害怕交往。我“看见”其他人。但与我无关。那是难以理解的，是一种神秘——要不就非常直截了当(他“喜欢”我，他不喜欢我。)这么说我很尴尬。似乎是自以为是。

我，在我的角落里，怀着我令人震惊的需求。它们全在那儿！我发誓不愚弄我自己。

……

构成主义[1][——卡济米尔·]马列维奇、[弗拉基米尔·]塔特林[2](试比较塔[3])[——]包豪斯建筑学派的无力的模仿，[沃尔特·]格罗皮乌斯：傻瓜一个，不懂俄国人——只想做出漂亮的东西——迅速溃败

---

① Constructivism，指把多种机械物体组合成抽象活动式结构的艺术风格和运动。20 世纪 20 年代起源于俄国，在许多方面影响了现代建筑和设计。

② 即 Vladimin Tatlin(1885—1953)，俄国艺术家、雕塑家，构成主义运动的主要发起者。

③ 指塔特林未完成的《第三国际纪念塔》(1919)。

20世纪初俄国现代艺术最辉煌的时期，但他们太前卫+太孤立

街上的剧场——攻打冬宫时有数千[SS是指后来爱森斯坦在《十月》重构的事件]

马雅可夫斯基宣传画工作室（罗斯塔之窗[1][马雅可夫斯基工作的俄罗斯电讯社]）——每天创作出新作品

① Rosta，俄罗斯电讯社的俄文缩写。“罗斯塔之窗”即电讯社举办的一种以诗配画的形式进行时事宣传的橱窗。1919年10月至1922年2月间，马雅可夫斯基为“罗斯塔之窗”创作了约3 000幅宣传画和6 000首短诗。

1968年

［1968年春，SS应北越政府之邀，作为美国反战积极分子代表团成员，访问北越两周(5月3日—17日)——此行引起了广泛争议，也为她同年出版的《河内之行》一书奠定了基础。通常，这些笔记要么是东道主告诉她的事情的文字记录(我没有找到SS对听到的东西所做的评注，不管是肯定还是质疑；这些笔记本更像是一个记者的，而非一个评论家的)，要么是日程安排，以及，SS几乎永远如此，她对访问的地方做依据事实和历史的评注，同时还列了越语单词表及其英语意思。因此，我只选了些代表性条目编录在这里，而完整地引用我能够找到的那个更带有回顾性的、质疑的和分析的条目。的确，该条目在某种意义上比任何其他条目，而且至少在我看来，也比《河内之行》都更有自我意识。］

［未标明日期，5月，但很可能是5月5日或6日在河内。］

文化差异是最难懂、最难克服的东西。“moeurs”［“风俗习惯”］、行为方式的差异。(有多少是亚洲的，又有多少是越南特有的，我在第一次亚洲之行中当然分辨不出来。)对待客人、陌生人、外国人、敌人的不同方式。与语言不同的关系——

当然，这种关系因为一个事实而变得复杂，即我说的已经慢下来而且简化了的话是由一个翻译转达出去的，不然，如果我对他们说英语，那我们就是在说儿语。

此外，还有一难，即被降为孩子的状态：被安排好，被带到这里带到那里，有人向你解释，有人为你担忧，对你呵护有加，让你身处监管之下。我们一个个成了孩子——更加令人恼火的是，一群孩子。他们是我们的保姆，我们的老师。我努力去发现他们每个人之间的不同(莺、贤、范、全[1])，我担心他们看不出我有什么不同或者特别。我感觉我自己一直试图讨好他们，留下一个好印象——得到班上的最高分。我以一个聪明、彬彬有礼、愿意配合、容易辨认的样子出现。

第一印象是每人说话的风格都一样，说的内容也一样。这一点又因为好客的礼节一遍又一遍重复的套话而得到了强化。一间空荡荡的房间，一张矮桌子，几把椅子。我们握了一圈手，然后坐下。桌子上：两只盘子里装了烂了一半的青香蕉、香烟、未烤透的饼干，还有一碟子纸包的中国糖果，几只茶杯。我们被介绍给大家。他们的领导看着我们。“Cac ban [Chào đón]...”[越语“欢迎”]有个人掀开门帘进来，开始上茶。

头几天好像是很没希望了。存在一道似乎无法跨越的障碍。感觉他们有多么奇异——对我们而言不可能把自己与他们联系起来、理解他们，他们显然也不可能理解我们。一种不可否认的高

① 越南名字，原文分别为 Oanh，Hien，Pham 和 Toan。

他们一等的感觉；我能理解他们（如果不将自己与他们联系起来，除了按照他们的说法）。我感觉我的意识包括他们的，或者能够包括——但是，他们的绝对包括不了我的。我绝望地认为，我迷失在我最钦佩的东西之中。我的意识太复杂，它知道大量各种各样的乐事。我想起[贝尔纳多·]贝托鲁奇[1964年]的电影[《革命前夕》]中的格言——“没有在革命前生活过的人绝对没有品尝过生活的甜美”——跟安迪[美国作家、活动家安德鲁·科普坎德]提了。他同意。

不只是没有希望。还是一种煎熬。当然，我此行并不懊悔。这是一种职责——一次政治行为，一出政治剧。他们在扮演他们的角色。我们（我）必须扮演我们的（我的）角色。它的沉重在于脚本完全是他们写的这一事实；而且他们也在导这出戏。我认为没问题，应该如此。但我所有的行为都只是履行职责而已。而且内心里我非常伤心。因为这意味着我无法从他们那里了解到任何东西——一个美国革命者无法从越南革命中了解到任何东西，我以为一个人能够（比如）从古巴革命中学到东西的，因为——至少从这个视角看——古巴人和我们很像。

我们有过一种角色：我们是越南战斗的美国朋友。一个共同身份。河内之行是一种酬答，一种惠顾。我们在受到一次款待——因为我们的努力而受到答谢——然后，我们将会被送回国，带着加固了的忠诚，去继续做出我们认为合适的各自的努力。

当然，在这一共同身份中有一种微妙的礼貌。没人要求我们——单独或一起——证明我们有理由应得这次旅行机会。我们被邀请和我们愿意来似乎是一拍即合。我们每个人做我们能做之事——这像是默认的。没有人问我们特别或具体为这场战斗做什么。没有人要求我们解释——更别提去证明——我们的努力的水准、质量和策略。我们全都“受欢迎”。

人人都说：“我们知道美国人民是我们的朋友。只有美国政府是我们的敌人。”从一开始，我就想怒吼。我尊重他们态度的高尚，但我怜悯他们的天真。他们真的相信他们在说的话吗？难道他们对美国一点都不了解吗？我总有点认为他们是小孩——漂亮、天真、固执的小孩。我知道我不是小孩——尽管这出戏要求我扮演一个小孩的角色。

我渴望我所生活的这个立体的、有质感的成人世界——即使是在我正在访问的道德童话构成的平面世界里处理我的（他们的）事情的时候。

这里是单色调的。一切都处在同一个层面。所有的词语都属于同一个词汇表：战斗、轰炸、朋友、侵略者、帝国主义者、胜利、同志、法国殖民主义者、伪军。我尽量不受我们的语言贫乏的影响，但我很快就意识到，如果我还想说点对他们有用的东西，那么，我就必须（有节制地）运用它。这甚至包括涵义更丰富的当地话，比如“伪军”（而不是ARVN［越共陆军，南越军队］和运动——他们指的是我们！——还有“社会主义阵营”（而这时候，我非常想说“共产主义”）。有些我已经能轻松面对了，像“阵线”，但“越共”、“帝国主义”，还有“黑人”

和“解放区”不行。（我注意到，我说“马克思主义”的时候，它通常被译为“马克思主义-列宁主义”。）

这是我未接触过的心理世界。

每次说到什么事总有一个日期作为它的枢轴：一般不是1945年8月（越南革命日，国庆），就是1954年（赶走法国殖民主义者）。此前和此后……他们的概念是按时间顺序的。我的概念既是按时间顺序，又是按地理空间。我一直在做跨文化比较——至少试图在做。这是我大多数问题的语境。他们似乎对我的很多问题都感觉有些迷惑不解，因为我们语境不同。

开始几天，我一直在比较越南革命与古巴革命。（既有我1960年对古巴革命的体验，还有我从他人的叙述中对它是如何发展的理解。）几乎我所有的比较都对古巴革命有利，对越南不利——根据的标准是看对美国激进主义有用、有益，可模仿和相关的东西。我想不这么做，但很难。

我非常希望在这里找到一个不谨小慎微的人。来聊聊他“个人的”或“私人的”感觉。来跟着感觉走。我记得古巴人邋遢、冲动、讲起话来躁狂（冗长）。而这里的一切似乎都极有条理，经过仔细斟酌，克制，有计划，而且等级森严。每个人都极为礼貌，却又（有点）不冷不热。

这个社会强烈的等级森严特征马上就给我留下深刻印象，而且令人不快。没人有一丁点卑躬屈膝，但是，许多人都清楚他们的位置。我想起古巴革命的平民主义的礼貌。我看见一些人向另外一些人表示的尊敬总是礼貌得体的。但是，显然给人一种感觉，即一些人比另一些人更重要（更有价值），理应更多地得到能有的一些享受。就像第三天我们去的那家商店，外国人（外交官、外宾）和政府要员专享，我们被带去买了裤子和胶拖鞋。导游非常自豪、毫不羞愧地告诉我们说，这是一家特供商店。我心想，他们应该明白这些设施的存在是非共产主义的。

激怒我的是，很短的距离，他们还要派车送我们——事实上是两辆轿车——无论什么时候我们要去哪里，又大又丑的黑色伏尔加[①]及其司机就等在宾馆门口。他们为何不让我们——不要求——我们步行去？更好的是，他们应该坚持要求我们步行。派车是出于礼貌吗？（只把最好的给客人准备。）但是，那种礼貌，在我看来，在共产主义国家完全应该彻底摒除。还是因为他们认为我们是虚弱无力的外国人？（西方人？美国人？）想到他们也许认为我们（作为要人、官方邀请的客人、名人什么的）步行是有失身份的，我感觉很恐怖。根本无法让他们在这一点上让步。我们坐在黑色大轿车里，从挤满自行车的街上驶过——司机不停地按喇叭，让步行和骑自行车的人当心，常常是叫他们让路。

最好的，当然是他们给我们自行车。但是，显然，他们不可能认真对待这个要求。他们是不是至少被逗乐了？我们提这个要

---

① Volga，俄罗斯高尔基汽车厂一款著名汽车品牌，曾被广泛地用作社会主义国家的公务车。

求，他们会不会觉得我们傻、无礼，或者笨或什么来着?

在河内我们不管去哪里，人们总是盯着看，常常是嘴张得大大地看着。我感觉这个令人非常愉快，我不知道究竟为什么。他们的盯视不是特别友好，但我觉得他们是在“欣赏”我们，对他们来说，看见我们是一种愉快的经历。我问莺，他是否认为很多人会看出来我们是美国人。他说很多人不会想到我们是。那他们以为我们是谁，我问。可能是俄国人，他说。的确，有几次人们对我们说“托瓦里奇[①]”和其他一些俄语……当然，大多数时候，他们不跟我们说任何话。他们平静地盯视，他们指指点点，他们和边上的人议论我们。贤说，最常说到我们的事情是我们多高哦。带着憨憨的惊愕。

一遍又一遍给我们详述同一版本的越南历史。赶走外国人侵者的3 000 年。现在在时间上向后推。美国人 = 法国殖民主义者 = 日本人(短暂地) = “北方封建主义者”的1 000 年——表示“中国人”。[13 世纪]甚至有过一次春节军事进攻。1288 年的白藤江之战[②]被讲成在奠边府打败法国人[③]的又一个版本。

总是在说简单的陈述句。所有的话语不是解释性的，就是质问的。

---

① 俄文，意为“同志”。

② 指中国元朝军队与越南陈朝于1288 年发生的战役，因该役以白藤江为战场而得名。

③ 1953 年12 月6 日至1954 年5 月7 日的越南奠边府战役使法国结束了在越南的殖民统治。

无论做什么，我们都被限制在自己人中间。然而，做任何事情又都表明我们与非自己人的联系的程度。

这是一个美国人带到河内来的一个非常复杂的自我。

隔开［一段］距离，我在一部片子——尤里斯·伊文思的《17度纬线》[①]——里看越南的时候，它似乎非常真实。

越南孩子玩“活捉飞行员”的游戏时，个子最高的必定是美国人。

北越第一部故事片拍摄于1959年。现在，这个国家有四个电影厂。

我幸运地在［柬埔寨］金边开始这次旅行——我在那里花了4天时间等ICC[②]［国际监察委员会］的飞机——更幸运的是（尽管鲍勃［罗伯特·格林布拉特，为反战运动全职服务的康奈尔大学数学家］、安迪，+我诅咒我们的坏运气），困在［老挝］万象4天。这至少给了我某种视角。

……

轰炸前河内的人口约100万，现在（1968年）约20万……

---

① *17th Parallel*：*Vietnam In War*（1968）。
② International Control Commission的缩写。

范文同［时任北越总理］：两三年前发表讲话，反对干部队伍中的“浮夸病”——泛泛而谈——劝告政治干部更多地关注文学——想要改进越南语……

为其语言出卖的革命

……

多愁善感

节衣缩食：越南人的聪明才智——一个社会……［其中］一切［都是］为了实用

贞洁：护士［和］导游、司机同睡一个房间
忠实
不穿短裤，或者赤膊，像柬埔寨一样

AK［安德鲁·科普坎德］想知道：越南人的自我何在？

［在河内：］

没有僧人

［该城市的］穷困——同样的色彩（没有绿、红、黄）——深蓝、米色、土黄色

DRV[1][越南民主共和国]组织

生活——纪律——精英?

花园广场上训练的民兵

剧场用的警报器

* 对照： DRV 的独立 + 东欧卫星国的独立

喇叭 10 : 30 开始广播——通知大家保持警觉 + 播放音乐—— 印刷工人唱的歌

大人“嘘”走跟着我们的孩子

68 年 5 月 7 日

晚上： 8—11 点

参观美国在北越使用的武器展。

常规炸弹(炸药)——100—3 000 磅。

杀伤性武器——a）达姆弹，b）碎裂弹——集束炸弹，

① Democratic Republic of Vietnam 的缩写。

i）旋转弹膛，ii）圆形——百舌鸟[①]，蝶式炸弹——c）燃烧武器，i）白磷弹，ii）凝固汽油弹——凝固汽油弹 A，凝固汽油弹 B，iii）铝热剂燃烧弹，iv）镁燃烧弹

CBW[②]——化学生物战——落叶剂，毒性化学药品，毒瓦斯

受害者、骷髅、脑袋的横截面、被凝固汽油弹炸过的稻子的照片

68 年 5 月 10 日

忠先生，《人民报》[越南共产党中央机关报]编辑：
对美国的爱
说话声音非常轻柔
美国运动的影响——LBJ[③] 对我们的抵抗和美国人民的情感的评价是错误的。美国赞成侵略的是少数人

发动战争，你必须有资金、军队、武器和广大民众的支持——人民战争——没有武器就开战。

喜欢辩论——拒绝征兵——“美国的自由传统”——喜欢签名+报纸上的广告——运动中的不同形式+倾向，但是品质上的丰富——4 月 15 日 50 万，或者袭击五角大楼——必须有坚强的

① 20 世纪 60 年代，美国用于攻击地面雷达的“百舌鸟”（shrike）空地导弹。
② 由 chemical-biological warfare 首字母构成的缩写。
③ 指 Lyndon Baines Johnson（林登 · 贝恩斯 · 约翰逊）。

组织性——能够称这一运动为共产党运动——

[“]我们知道我们在美国的共产党朋友不多[”]——

捍卫美国的自由+威望的运动——“另一个美国”——不仅仅是美国军队

[“]运动帮助把埃夫里尔·哈里曼先生送到巴黎[”]

68年5月12日

来自作家联盟之夜：

莫里森[诺曼·莫里森，巴尔的摩教友会教徒，1965年11月2日在国防部长罗伯特·麦克纳马拉的五角大楼办公室楼下自杀，抗议美国卷入越战；战争期间他在北越是个英雄]对DRV来说是爱国者+恩人。

胡[北越领袖胡志明]1945年说：“人民是好的，政府才是坏的。”

……

莫里森是个了不起的人，因为他解决他自身以外的问题——他不是越南人，他不是共产党——他并非(一定要)那样(做)。

……

［以下笔记是安德鲁·科普坎德所记，SS誊入笔记本。我摘录了少量的几则，其中一些提及SS在北越参加的活动，由科普坎德记录。］

68年5月13日　上午

咖啡——和莺讨论俄国人。莺说，“我们知道”俄国大使馆里是有区分的。一些俄国人“堕落”——［汤姆·］海登说，他们像“在西贡的美国人”——莺说，越南人惊讶地发现关于俄国的情况——苏联“坏教育的产物”——莺也有关于第二次巴黎［和谈］的消息；在只有北越人+美国公民［原文如此］被允许的问题上达成一致[①]。还有为支持学生的法国大罢工的消息。

一次警报——几分钟后解除——没时间躲（也没兴趣躲）

下小雨——驱车几个街区去教育部……老的法国别墅或办公机构——被引进去见面带微笑的部长和六个年轻教师——土黄色、绿色和蓝色衬衫——围坐在长桌边上——茶，饼干，糖果，香烟——墙上电线裸露着——各门学科的教师。

谢光堡教授——签署过日内瓦协议

① 此处较为费解。戴维也说不懂是什么意思。

教授：1956 年前，没有高等教育——追溯到 17 世纪 + 17 世纪前——然后，具有国家特征的高等教育——法国设法消灭传[统]——（教授更正莺的翻译）——我在法国统治下长大——懂法语 + 英语。1954 年以来上学的学生……懂俄语

……

尽管面对战争的暴行，师生们还没有被动员[该句被划出表示强调]——大学里 6 000 名教师——[中等]职[业]学校 5 000 名老师——（职校 + 大学）共约 20 万学生没有被征兵。政府 + 党特别关注技术 + 经济计划干部的构成 + 素养的提高——

[教授]：最大的困难是知识的隔绝——但是，我们一直在发展理论科学 + 应用科学——

……

SS 大致描述了一下美国教育——头 12 年的教育，但不是郑重其事——需要通过革命，来改变导致革命的社会 + 政治现状

……

宾馆会议厅——靠近防空洞——长桌子——约 30 人，大多数是男的，极少几位女的——房间里光线很好，风扇在转着，贤翻译——有个人两边耳旁荡下线来（耳聋？）

……

（被长时间的警报打断——10 分钟。没人去防空洞，但都不讲话了。）

问[题]：贫苦百姓的游行[这是指 1968 年春由拉尔夫·阿伯内西牧师组织的美国大规模的抗议活动；马丁·路德·金遇刺后，阿伯内西成为南方基督教领袖会议[①]领袖。]

美国的心理（SS 长长的回答）。

[问：]普通百姓对战争怎么想，对美国人 + 越南人春节双重标准的效应怎么想？SS 指望美国人不相信宣传？——绝大多数的越南人也不对宣传提出质疑。

……

正餐 + 然后去小剧院……我和罗[伯特]·格[林布拉特]中场离开……SS 继续看——回来 + 和瑞典人 + 学生聊。[美国记者]马克·萨默非常幼稚——吃饭时，我们曾又说起他高人一等的态度——他称赞越南人有人性（没有被战争、被美国人的残酷搞得丧失人性）——喜欢夸奖黑人的节奏感——越南人的人性没有争议；有争议的是我们的。对美国社会中我们的同谋这个话题

① Southern Christian Leadership Conference，1957 年由马丁·路德·金和其他南方黑人领袖创立。

的长时间讨论——SS 攻击马克——他真的是乳臭未干 + 没脑子——SS 回来后，我们又讨论这里的“隔阂”——但是，隔阂本身也是越南现实的一种表达——表面的反映。背后还有某种其他东西，但我们不能不考虑面上的东西——

……

SS 去看[美国]战俘——两个，一个在里边 3 年，另一个 1 年——没有告知地点，也没说他们正关在哪里——两个都低头鞠躬——一个(3 年的)头低得很低，另一个敷衍了事——都穿“睡衣”，但不同——条纹的 + 纯色的

3 年的更加“卑躬屈膝”，另一个敷衍了事。莺 + 另外三人在房间，在军事小哨所，大约十个从宾馆来的人……

两个[战俘]都说，他们定期收到美国寄来的信件——家人的照片

高军衔陆军中校和少校，两人都长期在空军服役——朝鲜战争 + 年龄大些的——在二战期间。年龄大些的说他根本不知道什么日内瓦协议。他们得到信息——他们知道贫苦百姓游行、阿伯内西、RFK① 等等。

① Robert Francis Kennedy(1925—1968)，罗伯特 · 弗朗西斯 · 肯尼迪，第 35 任美国总统约翰 · 肯尼迪的弟弟，在约翰 · 肯尼迪总统任内担任美国司法部长，是著名的反对越战的民主党人。

SS告诉他们美国政治上的一些变化——

SS分别见了他们……

其中一人懂一点越南语——警官用越南语说他可以拿水果+糖果的时候，他有反应

那里[给战俘]提供材料，让他们了解战争的情况——费利克斯·格林的书[格林：格雷厄姆·格林的堂弟，1960年代初是《旧金山纪事报》的记者，反对美国卷入越战，是北越的同情者]，《越南信使》杂志[①]。

[战俘]鞠躬离开。

……

[以下是SS记的条目。]

西方人爱“革命”：原始主义、简单的生活[/]人最后的传奇

有爱、去中心化的、诚实的社会

……

---

① *Vietnamese Courier*。

［未标明日期，6 月］

戴安娜［·凯梅尼］——没有负转移[1]；不允许生气、流泪；我的同谋；详细告诉我某件事

我的策略之一：

消除人们的敌意：人是危险的，必须抚慰他们

……

［除了“1968 年 7 月巴黎”，未标明日期］

“极简”电影

（沃霍尔的《妓女》[2]里偶尔出现的猫）

贝托鲁奇：让每个镜头自主；由此减少蒙太奇

拍关于语言的电影——每个人说他自己的语言。

……

济慈：“尽管街上吵架是件叫人恨的事情，但其中表现出的

① negative transference。“转移”为精神分析的一个用语，指在以催眠疗法和自由联想法为主体的精神分析过程中，患者对分析者产生的一种强烈的感情。负转移表现为患者对治疗者产生厌恶感、憎恨、敌意及想加以控诉的欲望，也称为“阴性转移”。

② *The Harlot*（1965）。

活力却令人叫好。”

买芭芭拉·米勒·莱恩的《德国建筑+政治（1918—1945）》

……

68年8月7日　斯德哥尔摩

我现在明白，我与男同性恋者的交往模式还有一个比我已经明白的更重要的涵义（去性化我自己；有男伴——这是我渴望的——这样仍然安全，不构成威胁等等）。它也意味着我的女性特质的迂回恢复或保留！一切“女性的”东西，“基本上”都被我母亲毒害抑制了。即使是她愿意……做什么，我也不想做。假如她喜欢，我现在也不能喜欢。一切都包括在内，从男人到香水，漂亮的家具，有品位的衣服、化妆品、漂亮的或考究的东西，柔和的线条、曲线、花儿、色彩、去美容院，以及阳光假日！

［在页边空白处：］更别提喝酒、打牌+看电视。感谢上帝，我母亲不喜欢孩子、食物、电影、书籍和学问！

可怜的我。但是，我相当聪明，通过接近一系列羡慕和模仿“女性的”东西的男人，找到了通往这些东西的秘密途径。我接受他们身上的这些元素。（他们——不是女人，不是我母亲——对此作出了验证。）因此，我能接受我自己身上的这一特质。因此，在过去的10年里，我已经逐渐地在我的生活中增加了更多“女性的”东西、品位+活动。我能爱“新艺术”（所有的曲线，乳白色的玻璃、疯狂的花朵）。我能欣赏花。我爱跳舞。我爱漂亮的衣服。我想要（嗯，心里这么想，不过实际上我没这么干）参加和举办聚会。我想要一套漂亮的公寓，里面有漂亮家具。我[爱]穿色彩艳丽的衣服。

11年前（一直到我婚姻结束为止），我有多么不同啊：没有花儿，没有色彩（我的衣服仅仅是黑、灰，+褐色衣料，让我藏身其中——尽我所能地裹住），一点也不光鲜。唯一的好处就是工作、学习，我的知识的+道德的抱负，变“强”（因为我母亲“弱”）。

所以，正如我今天上午突然意识到的那样——就是在这里的宾馆醒来，拿起一期已经看过的《文学半月刊》[①]，瞥了一眼[卡洛斯·]富恩特斯长篇小说新作的书评，读了一段关于一个收集“新艺术”的女性人物的描写——我在过去的11年里与男同性恋世界的交往对我来说，不只是某种坏事，一种神经官能的症状，一种退却，不让我有自己的性行为+完全成熟。它也已经是——考虑到我最初的问题——某种非常积极的因素。它已经帮了我——尽管我认为，到目前为止，我已经得到我从这一无意识的策略中能得到的一切，对我没有更多的用处了。因为我现在能够比任何男人更是一个女人（但仍然强，仍然自主，仍然是个成年人）！

---

① *La Quinzaine Littéraire*，法国专供文学爱好者阅读的一本文学杂志。

仅仅看了关于“新艺术”的三句话，就突如其来想到所有这一切，这有多么奇怪啊——尽管把它们写下来倒花了我半个小时。（当我想到我看过的+拥有的关于“新艺术”的许多整本的书——想到和埃利奥特·［施泰因］的交谈等等。）

想要思考我自己，联系这过去一年的我，非常困难。千篇一律的想法。自从一年前在马提尼克一揽子想法后，就再没有新的想法或洞见……

我想，这多半与戴安娜离开了我的生活有关。我从未在我的日记里写这么少——搞得现在还在用同一本笔记本——这一本——用了一年多了，+而且还没有用完。

还有一个小小的想法。我今天早上在床上有这个想法的时候（我有了个新的想法！），有一个新想法，我太高兴了——等了该死的这么长时间！我今年一直肯定，我真是脑残到家了，+我在变得和所有人一样蠢——我想做点什么来表达我的快乐。所以，我大声喊起来，非常无意识地：“嗨，你知道吗。一个想法！”或者类似这样的话。我的嗓音在这个除我以外没有任何人的房间里让我极度沮丧。

我从未大声地自言自语过——我连试都没有试过——现在，我明白我为什么没有。我发觉这样痛苦不堪。这时候，我才真正知道我是独自一人。

也许，这就是为什么我写东西——在一本日记本里。这样感觉“正常”。我知道我一个人，我是我这里写的东西的唯一读者——但是知道这个并不痛苦，相反，我感觉因此更强，每次我写下点什么的时候，我就感觉自己更强了。（所以，我在过去的这一年才发愁——我感觉自己被一个事实搞得弱了许多，即我在日记本上写不下去，不想写，脑子堵住了，或怎么了。）我无法对我自己讲话，但我能给自己写。

（但是，这是不是因为我的确认为，有可能将来哪一天某个我爱的，也爱我的人会看我的日记—— + 会因此感觉和我更亲近些？）

“我要好。”
“为什么？”
“我想要成为我钦佩的那样的人。”
“你为什么不想做现在的你呢？”

68 年 9 月 19 日　斯德哥尔摩

意大利托洛茨基主义杂志《左翼》（萨韦利编）

上个月看：契诃夫的 11 个短篇；梅尔维尔，《骗子》；[麦克西姆·]高尔基，《母亲》；[尤金·]扎米亚京[①]，《我们》；托尔斯泰，《克莱采奏鸣曲》；纳博科夫，《华尔兹舞创意曲》；康拉德，《诺斯特罗摩》；三本阿加莎·克里斯蒂的书

① 俄罗斯白银时代作家，《我们》（1920）是一部反乌托邦小说。

拿到勋伯格的《风格与思想》

待写的随笔：阿尔托、阿多诺、心理技术学（精神自由+心理纪律），以及关于文[化]革[命]的定义的札记

……

1969年

[未标明日期，6月。这些日记的封面上标有“政治”字样。]

“没有革命的理论，就没有革命的运动。”列宁(1902)

罗莎·卢森堡是“孟什维克的精神盟友”（利什特海姆），还是一个优秀共产党人([美国反战积极分子]斯托顿·林德)呢？这怎么判断。

1968年的双重经历——法国5月、捷克斯洛伐克8月。

“解决的方法在于有效的精神暴动。”圣茹斯特。读圣茹斯特[1]的《革命精神》等。

（“暴动……必须是共和国的永恒的状态。”萨德）

“1848年有趣，只是因为人们建立像西班牙城堡[2]那样的乌托邦。”——波德莱尔

伊凡·伊利奇[奥地利天主教社会评论家，1960年代后期SS

与他结识]提到，假如通过一条简单的法律：在该国境内一切都不能以超过每小时30英里的速度行进，那么，它会给一个社会带来怎样彻底的转变啊。试想那会在生产的产品的优先考虑的事+质量方面带来怎么的变化。这样一个国家会制造出寿命长达50年的汽车。

“人一旦不再充满激情，就会变蠢。”（[克洛德·阿德里安·]爱尔维修[3]）

无论什么，只有它没让你坐牢，那就是被接受了。

继续看：

查科战争[4]（1935）
1947年马达加斯加大屠杀
1944年在塞提夫屠杀45 000阿尔及利亚人
1919—1920年占领意大利北部工厂
一战前波斯尼亚学生运动

……

① 安东万·路易·德·圣-茹斯特（Antoine Louis de Saint-Just，1767—1794），法国大革命雅各宾专政时期领袖。
② castles in Spain，指“空想的计划、白日梦”。
③ Claude Adrien Helvétius（1715—1771），法国哲学家。
④ 1932—1935年，玻利维亚和巴拉圭两国为争夺格兰查科地区北部而进行的战争。

1970年

70年2月4日　巴黎

想法从来都不(?)“沉重”——沉重的是随之而来的焦虑。

触摸/被触摸的渴望。我触摸某人时心怀感激——还有爱意等等。这个人让我证明了我有个身体——也证明了世界上有身体。

做个大吃货=一个强烈的愿望：证实我有个身体。将拒绝食物等同于拒绝身体。对不吃的人表示恼怒——甚至感到焦虑(就像一开始对卡[洛塔·德尔·佩佐][SS这个时期的情人]那样)和厌恶(像对苏珊[·陶布斯]那样)。过去的5个月的教训：我不是非得吃很多。

70年2月10日　纽约

今天下午和斯蒂芬[·科赫]交谈了很长时间——帮助巨大。

我并不像我以为的那样有很多选择——事实上，只有两个：要么彻底断掉感情，让她[卡洛塔]见鬼去——要么 jouer le jeu [“遵守游戏规则”]。

当然，会选第二个。天真时代结束了。

这不是故事的结束——只是第三阶段的开始。

第一阶段是7—8月：激情、希望、渴望。第二阶段从我9月2日回到纽约到上周在巴黎为止：强烈渴望、摆脱不了的念想、折磨、无法工作、不可思议的贞洁、天真(依旧)，感觉被爱、耐心地等待我们开始共同生活时的开心。

现在是第三阶段。遵守游戏规则的时候。卡洛塔不可能是我生活的中心，只(可能)是包括工作、朋友和其他事情的多元中心的一部分。我必须允许：她想和我在一起，还是离开我，来去自由。我必须学会使用，并真正地享受这一情形给予我的自由。

我必须表现出坚强——这意味着我真的必须坚强。我千万不能对她表现出我在受折磨，我渴望她，以此作为我的爱的证明。我甚至都千万不能这么频繁地告诉她我爱她。我千万不能用语言说服她，让她相信和我在一起对她有好处。(那样会唤醒她对依赖的害怕。)我千万不能要求她让我放心，告诉我她爱我。我千万不能问她什么时候来纽约，只[说]我希望她会来。

尤其是，我千万不能表现出好像本周发生的事情是决定性的（要她让我放心这是决定性的）。对她而言，没有什么是决定性的。但如果我让她告诉我那不是的，她就会感觉被逼无奈了——就好像她在被要求作出一个承诺。

我必须表现出我对我的工作，对戴维和我的朋友感兴趣（从中得到愉悦）。如果我为了她而否认这些，那就是软弱的标志——她会感觉受到威胁。（对我而言，当然，它是力量的标志——也是我爱的见证。）

我必须坚强、宽容、不责备人，能够（不依赖她）找到快乐，能够处理好我自己的需要（但淡化我处理好她的需要的能力，或者意愿）。还记得日前她说发现我与我刚开始的样子（自律，“酷”）大相径庭吗？那是起初吸引她的人。她肯定仍然时不时地在我身上感觉到这一点。我永远不能把我所有的弱点展示给她看。我得限制我对坦率的渴望。

我不能用语言说服她，让她爱我，信任我，和我在一起。必须通过行动。她来到我身边必须是出于自愿。我必须做得好像我指望她那样做——但不说出来，尤其不去向她求证。我必须做得好像和她在一起10天就和10个月一样好。

我可以告诉她，因为过去的这一周，我感觉更坚强了（我自己，还有我对她的爱）——但不是“我们”更坚强了。否则，就已经是要求承诺了。

我千万不能要求她叫我等她、耐心点、怀抱希望。我必须就表明我事实上就在做着这些事情——没有焦虑，没有受太多的折磨。

和伊娃[·贝利纳]的交谈：

过去这一周卡洛塔“崩溃”的涵义：你知道，假如我能够，那我愿意，但我不能够。要这个行为有效(即自我赦免)，崩溃必须是“彻底的”，这就排除了哪怕是一丁点安慰我或消除我疑虑的姿态的可能性。因为假如她能够做出这样一个姿态，那就意味着她还能关心我(能够有一种责任感)，因此，这个“崩溃”并不彻底；如果不彻底，那不难理解，可以对她提要求等等。(这个，不是施虐狂——有意无意的——就解释了在过去的几天里她为什么根本不能给我哪怕一点点的安抚。)

我不得不克服的是一种理念，即爱的价值随着自我的减少而增加。卡洛塔不想要的——还有谁想要呢？——是我准备为她放弃(轻视)一切。我身上当初吸引她的地方是，我是一个兴趣广泛、成功和坚强的人。

我从艾琳那儿得到的惨痛教训，她真的要我为她放弃一切，真的根据我愿意放弃的程度来衡量我的爱的深浅。

上周卡洛塔的状态：她没有“我”。是“它”在让她做事。那是她的问题所在：没有一个真正的“我”。即恨她自己。即相信她是个杀手——她根本上对人是有害的。(所以说，对一个没有“我”的人讲“责任”是白搭。）但是，谁也给不了卡洛塔一个“我”。即使能给，她也会感觉可怕。一个人能给你一个“我”，那他也能把它拿走。

伊娃说：如果有哪个人愿意为我放弃一切，我会怕他的。

卡洛塔现在首先想要从我这里看到坚强的表现——以及安慰，即她摧毁不了我。此时此刻，这远比我仍然爱她这一安慰重要。

70年2月12日

和斯蒂芬［·科赫］交谈：

美国的	欧洲的
分析>>>内心的	直觉>>>行动
心理分析	占星术
自我操纵——自我超越的目标	人无法改变自己的天性
肯定有比我的天性更好的东西	我不得不一人待着（一切都要适应——我明白我感觉的东西）
不停地讲 （讲个透） 帮我	每个人终究是独自一人
解释我那时做X，现在做Y的原因的体系是什么	话多是庸俗的（没必要，惹事）；你要么知道，要么不知道

我做这事儿是因为……	别这么“合乎逻辑”
我想比现在的我更好	拿我最近说的话(做的事)来理解我——我以前说了些不同的话为何对你来讲就是个问题了呢？我那时感觉不同
美国的边界命题 （让我们向前进——为变化而变化的价值）	
你给我什么样的建议？ （我该怎么办？）	没人能给别人建议 （危险；毫无意义）
你知道我有多爱你吗？ （不同类别的爱）	爱 = 爱
独自一人是与众不同的 （不自然）	事情发生——我几乎无法控制
我必须为我所做的一切事情负责； 我是我的生活的创作者	强迫自己做他不想做的事这一想法毫无意义
制订计划 我准备做什么？即我该做什么？	问题的毫无意义： 我该做什么？

我是个“做决定的头儿”。我根据我的经验做出归纳。我自尊的主要来源是我能决定，并且即使在我不想做某事的时候也能采取行动(强迫我自己)。我“控制”自己。智慧的功能：战胜自我。

卡洛塔是个“偶因论者[1]”——行为(陈述)之间几乎没有因果关系。她不觉得为她的“意图”所束缚。

一个月前,我对唐[·埃里克·莱文]说:你爱上了意味着愿意为对方毁掉自己。但不是现在!我在巴黎的时候,把爱定义为巨大的(彻底的)宽容。

我对我自己的生活有一种预见。

卡洛塔绝不会说她的行为是个“错误”,因为她不认为她自己是在深思熟虑后作出判断的基础上做的——她是凭感觉和能力来行事。感觉不可能是个错误。她做的某件事可能糟糕——或者不像话——但不是个错误。——我常说我做出的行为是错误的,因为我认为一种有意识的判断、评价(这是否有效?这样做有什么长远的后果?)的因素参与进我的决定性行为之中——这样也很恰当。

卡洛塔不像伊娃在大多数情况下那样,陷入矛盾当中。她做起事来就像个钟摆,剧烈地摇过来摆过去,但并非因为她,比如说,对比阿特丽斯[SS遇到卡洛塔时,卡的情人]的感情摇摆不定,结果让她走近我了,接下来对我又是摇摆不定,导致她回到比阿特丽斯身边,然后又想我,这样来来回回。她对我们俩的情感可都不含糊!

[1] occasionalist。哲学上的偶因论与二元论哲学相联系的一种心身关系的臆说,指心身平行现象是由于“偶然因素”,即上帝把握的生理或心理活动的机缘。

卡洛塔并不因为勇敢地戒掉了海洛因，就能获得高度的赞扬（在自尊方面获得适当的好处）。不是：我戒掉，所以……而是：我有可能戒掉。

比阿特丽斯很“中国化”，这让卡洛塔感到安全。我被人爱，但爱的程度不太深——表达得不太多，占有欲不太强，问长问短不太多。

对比阿特丽斯有利的最强的心理因素之一是：卡对她心怀感激，觉得受惠于她——因为在过去的4年间，她感觉比以前更“好”。她显然是这样。比阿特丽斯肯定真的是一直对她好。但是，比阿特丽斯微妙地（不那么微妙地？）鼓励——激发——卡洛塔身上的这种亏欠感也是实情。她8月1日在我们在那不勒斯圣卢西亚酒店举行的最高级会议上跟我说的话：“我把我生命中的4年时光给了卡洛塔”——“你知道她有多脆弱吗？”

有一次在米兰，我对卡说：“你难道不明白你是你的生活的创作者吗？”她回答说这不对。

70年2月15日

本周关于卡，我一直在和斯蒂芬、唐、伊娃、乔[·蔡金]、弗洛伦丝[·马尔罗]进行的研讨的作用：建立起一个理解的构架（相对的世界观、相对的意识）以超越痛苦、焦虑和虚幻的希望——谋划策略（拥有“现实可行的”希望，不犯错误）——（通过智慧的力量）来体验掌控，以对抗情感失败、无能感——拉近和我的朋友的距离，体验到他们聪明、敏感、有爱心，因此能让我支撑下去（那种即使被卡抛弃，我也并不孤单的体验）的那些方式

爱上（l'amour fou［“疯狂的爱”］），爱的一种病理学变体。爱上=瘾、痴迷、排他、对当前状态贪得无厌的要求、其他兴趣和活动瘫痪。一种爱的病，一种发烧（因此亢奋）。人“坠入”爱河。但是，如果一个人必须生这种病，那最好是经常生，而不是难得生。比起一辈子只爱两三次来，经常坠入爱河会少些疯狂（少看走眼一些，因为这个世界上有许多精彩的人物）。或者，任何特定的时期，爱着几个人总是更好的。

让我感兴趣的品质（我爱的人必须至少具备两到三种）：

1. 智慧
2. 美貌；优雅
3. Douceur［“温文尔雅，和蔼可亲”］
4. 魅力；名声
5. 力量
6. 活力；有性热情；快乐；魅力
7. 情感表现力、温柔（语言上，身体上），柔情

过去几年里的一大发现（令人尴尬）是：我对四个人作出热烈的反应——贾斯珀——甚至是狄克·古德温，沃伦·贝蒂——现在是卡。

智慧意味着具有一种(能清楚地表达的、能用语言表达的)感受力，哪怕不是真正的创新，至少有一种明确而鲜明的个人特色。一个人说的东西能让我感到非常兴奋。(菲利普有——艾琳——贾斯珀——伊娃)

魅力要求在人与先于他的形象(头衔)之间有个空间。“这是……(头衔)某某某——画家贾斯珀。公爵夫人卡洛塔。影星沃伦。”(但德语老师伊娃不算——这是个角色，而非形象。一个人与一个角色“之间”没有空间。)

关于和伊凡·伊利奇的交谈：

学校是生产孩子的一个机构。试比较[菲利普·]阿里耶斯[1][《儿童的世纪》的作者]

“学”由“被教”替代。现在，学生不是要求学，而是要求被教。

学校“现代的”、“西方的”概念背后的假设：

1）全世界的，而且，理想的，义务的
2）特定年龄的(为了“孩子”)
3）分级的课程表
4）考试>>>证书

① Philippe Ariès(1914—1984)，法国中古史学家，家庭和童年史学家。

5）教师的角色

学校教育变得像买彩票一样，在这一行事方式中，理论上讲，每人都有机会角逐诺贝尔奖。强化且体制化阶级社会、等级关系。

为何不援引第一修正案来反对学校[①]（因为不应该有“确立的”宗教，不应该有其他分级课程）；援引第五修正案[②]（测试 = 自证其罪）；以及反托拉斯法[③]（希望确立统一的教育标准）？为何不在每个人出生时给他/她发一张教育卡，使他们有权至少上5年学，让他们选择随便什么时候需要就去兑换（使用）——有点儿利息，也许，如果他们想拖到“成人”年岁再上点学呢，而不是主张所有人都必须在“童年”就上学。

鲍勃·西尔维斯［《纽约书评》创刊编辑、SS的毕生好友］离开后，和伊凡聊：

我使德行、善和圣洁变为一个“偶像”。我贪求善而败坏我拥有的善。——我总认为我的偶像们是我意识的最佳部分！（我的偶像 = 我的道德志向；我私人的先贤祠——尼采、贝克特等；我为自己树立的“标准”。）

---

① 美国宪法第一修正案（简称“第一修正案”）是美国权利法案的一部分。该修正案禁止制定任何法律以“确立国教”、阻碍信仰自由、剥夺言论自由、侵犯出版自由和集会自由、干涉或禁止人民向政府和平请愿的自由。

② 美国权利法案的一部分，主要目的是以法定程序来防止政府权力的滥用。

③ 即反垄断法，是国际或涉外经济活动中，用以控制垄断活动的立法、行政规章、司法判例和国际条约的总称。

我忽略了（许多人）在渴望得到那种只能和另一个人（大多是语言的，有时也是身体的）对话的完整性的过程中的欢宴①。

伊凡说，他在行动前就意识到犯错的可能性，但是，他绝不回顾他的行为。他意识到犯下过错——比如，冷漠、剥削别人、残忍。人能够被他冒犯过的人宽恕。但是，人不能宽恕他自己。你意识到犯错了怎么办？什么都别做。接受它。（得到宽恕并不能消除罪孽。）

垂死（sterben）的过程对死亡（todt）。②垂死的过程 = 人以“自由落下”为目标。英语没有两个单词来表达关于死亡 + 垂死（如 sterben/todt；nekros/thanatos）③，就像它没有两个词来表示“希望”（l'espoir/l'espérance④）一样。

每次一个女人在一个大城市被强奸（被谋杀），那都是一次处私刑。妇女解放。这个隐喻多说明问题啊。原来是性的（即根据男权社会的看法是“私人的”）犯罪变成为一种政治的（即公开的/社会的）犯罪——植根于对女性的公众的、意识形态的征服。

有意识的与意识之间的辩证关系：

---

① convivium。意大利哲学家费齐诺（1433—1499）写过一本探讨爱情的著作《欢宴》（*Convivium*），作为对柏拉图《会饮篇》（*Symposium*）的应答。

② sterben 和 todt 是德文，分别指“死亡”和“死了”。

③ 英语中 dying 和 death 都与 die 同源，桑塔格大概认为只算一个单词。桑塔格括号里举的后一个例子是希腊语中的 nekros/thanatos，前者意为“死的”或“死人或死的肉体”，后者指“死亡”。

④ 法文里表示“希望”的两个词。

——语言的功能（语言提升意识/意识的一种增强不仅令人在哲学上衰弱（试比较陀思妥耶夫斯基的《地下笔记》、尼采），而且，更重要的是，令人在道德上衰弱）

"上学"前，所有传统社会里都有共同的训练意识的形式：仪式、朝圣、乞讨、沉默、礼拜。

伊凡：没有什么比《圣经》更厉害的讹误了

每次我体验不到我生命存在的完整时，就感觉堕落了（妥协了），这难道不是我精神上的傲慢吗？一种道德上的歇斯底里？（［英格玛·伯格曼 1966 年的片子］《假面》里的问题——马丁有答案吗？）对人的现实的否认。

人不说语言，人（在任何特定时刻）说某一种具体的语言。人并不制作音乐，但在任何特定的时候，在某一特定的与音乐调性有关的系统中就会做。

孩子现在很容易死亡（todt——被杀死），而走向死亡作为一个（活生生的）过程，对他们来说，越来越没有意义。因此，说吸烟致癌，或者吸食海洛因成瘾最后是致命的，都没有道理，因为这是他们的目的之一。品尝世界末日的启示（被杀死）的滋味。至少，比如说，相对于被核弹大屠杀致死，吸毒是自愿的个人行为。

在沙漠里沉默不语 3 个月之后，说话是一种剧烈的身体行为。（会持续多久？）

伊凡在想着如何回答我说的某件事：“等一下……我能体验到它的味道了，但还找不到词儿来表达。”

我把我的道德意识变成一个偶像。我对善的追求为偶像崇拜之罪所败坏。

70年2月17日

我从我的流放（欧洲）中流放（美国）。

被抛弃了。挣扎着不去感觉被抛弃。

克莱斯特（傀儡戏）[①]：如果你不掌控自己的重力中心，你就让它旁落他处（在另一个人那里？），这就产生扭曲的无限可能性。卡洛塔的矛盾心理——（不像伊娃）她并不把重力中心投射到别人身上（她太温和，太慈爱，本质上对别人也太不挑剔），但是，她对自己的态度却最矛盾。和别人相处，她感觉自己是个依赖性很强的人，并因此而鄙视自己。

关于她的电报：“巴黎似乎那么遥远。”

——我必须这样理解：在卡眼里，巴黎没有一样东西是积极的体验。它对我而言是：不管多么痛苦，我和她在一起。

---

① 克莱斯特著有美学论文《论傀儡戏》（Über das Marionettentheater）。

对卡而言“有教养的”概念的重要。有教养意味着有自控，在你感觉绝望时依然能够开开心心、对人友好。在个人极其痛苦时还能和熟人打电话时发出笑声，对她来讲，这样的能力是“有教养的”——在我看来，这是人格分裂的、产生焦虑的。[有教养]意味着对事情分别看待——与人在一起的不同状态，自我表现和自我展示的不同状态——以别人和你待在一起感到愉快为标准。

卡洛塔认为她自己“堕落”。陷得有多深？是不是只有贵族才有资格堕落？她不认为她自己要么“妥协”（“自我妥协”），要么“堕落”——这些词语我也许倒可以用在我自己身上（尽管我绝不会说自己堕落）。

今天随着卡的电报，我们又回到了起点。她会——什么时候——振作精神，跨出另一步吗？

卡已成为自我的河内之行以来（这过去的一周）首要的费脑子的大事。且[使我的]意识受到质疑。正如我的河内之行迫使我重估我的身份、我的意识的形式、我的文化的心理形式、“真诚”的意义、语言、道德判断、心理表现力等等，因此巴黎之行——痛苦、失落、抛弃、心理上极度的苦痛 + 不安全感的来袭——已经使我重估有关我的思考和感觉形式几乎所有的元素。一支箭刺进我的意识——越来越深（在我和唐、斯蒂芬、伊娃——特别是唐——谈论的时候）——“研讨会”。我感觉大长智慧，理解力也增强了——如果说不是情感更成熟的话。过去的 8 天相当于和戴安娜在一起一年。在某些方面，比心理分析对话更有效、更丰富——这种和朋友们在家里的分析——因为我能分析我的意识的文化的(犹太的、美国的和心理分析的等等)形式了，而不仅仅是分析我个人的心理传记[①]中它们的来源。

在被抛弃而产生的所有的极度的苦痛中，我感觉到一种掌控。一次像这样的理解力的突破——感觉不仅用语言表达出来，而且发展为一种长长的、寻根究底的和开放的话语——使我懂得我活着而且在成长。这庶几是能量的一大来源——切实地感觉到我身上的生命感——就像在恋爱那样。我又一次感觉到我不在忙于死——我仍然在忙于生，为此我欢呼雀跃。

再一次美国对欧洲：

卡认为她自己不是她个人经历的产物，而是她的本性的传播媒介。对我而言，我是我个人经历的产物。这是我的“本性”发展而成的一切——因为我明白我的个人经历在某种程度上是多么无常——其结果，也就是我的本性，从逻辑上讲，似乎是可以改变、可以超越的。

心理分析思想令人对自我的有条件特性变得敏感——作为有条件的个人经历的产物，而不是一种赋予的天性的表达。它让我们相信，如果我们只是接受我们自己，那么，我们就是“被动的”……因此才有这一文化的本质上的乐观。心理分析在此扎下根来，而它在欧洲任何地方都没有，因为它支持“追求幸福”的

① 指用精神分析学的观点等叙述一个人的一生的传记。

可行性。

对爱、人际关系、幸福的可能性，卡洛塔极其悲观。从根本上讲，我不悲观——不管我多忧郁、多绝望。我认为，（通过优雅、好运、智慧、警惕、激情、艺术和活力——不管是什么），成功、突破、绕开陷阱是可能的。

最大的危险是她会抛弃我。

我爱卡，就和以前一样爱，但我的爱不再天真——永远都不会了。这让我非常伤心——仅这一点，我就感到巨大的失落，更别说想到最后会失去她我会产生的焦虑了。但这是不可避免的，我想；到头来，也许更好。卡洛塔若没惹出那些状况，使得我对她的感情不再天真，那她要有多么异乎寻常地完美、心智健全啊。这对她要求太高了——对任何人都太高。

我和戴维分开前一年①，我这么多年来第一次爱上一个人，这不是偶然。在过去的6年里，他对我一直太重要了，所以，我无法把我自己给任何人。他一直是安全、庇护；墙；被需要、被爱，以及字面上和道义上都有必要的那种安全感。不需要任何证明的一种关系——自我证明的，完全能发挥功能的，有限制的。但是，我爱上一个激发我发挥我身上的母性才能的人，同样不是偶然的事情；现在，（随着戴维长大成人）我失去了这些才能发挥的对象。和卡洛塔“在一起”即使只是一段时间——我无法再

① 一年后，戴维上大学。

想象一直和她在一起，我想和她待在一起的时间更少些我还能对付（这样可能对我更好些，而不仅仅对她是这样）——依然会对我无私地、慷慨地和要求不高地给予的能力提出很高的要求——去发现我取悦她的愉悦、令她幸福的幸福——宽容、坚强。卡和任何情人在一起时扮演的都是一个孩子的角色，这意味着你指望不了她给你什么，她也不会支持你、宽慰你。她主动展示其（不可靠的）风采——她的美貌、她的魅力；她的活力；她的哀婉动人；她的聪明才智。但是，她不作出任何许诺（忠心、忠诚、可靠、实际帮助），这一点，她倒是极其严格认真且坦诚。是别人，那些爱她的人，对她作出许诺。（每个爱过卡洛塔的人肯定至少从一开始就明白这些。）她对他们说，如果他们不能遵守诺言（或者改变主意了），她不会感到惊讶的，也不会责备他们。她总认为他们许诺得太多了——她并不值得他们奉献出自我，他们最终会、肯定会对她感到失望。

很罕见，卡洛塔从来不发脾气，不生气，不怨恨，对人不怀敌意。她是个极为温和的人。我爱她身上的这一点。（它让我想起我自己。）不过，这肯定是她极度自我毁灭的人生经历的一个原因。她不太知道怎样保护自己，除了退让（不理会，逃开）。她怎么居然没有培养出一种正常的对人怀有敌意的能力呢？这只能通过她童年时代的事情来解释。太多的不安全感了，都无法生气。但是，假如人没有生过气，就会感觉极为脆弱——焦虑便积聚到无法容忍的程度。这样，都已经18岁了，她还不得不极度地依赖海洛因来克服焦虑。（正如她曾经对我说过的那样，她如果不吸食海洛因，就已经自杀了。）

我记得，8 月份，[卡洛塔的一个朋友]罗贝蒂诺对我说：“一个人爱上卡洛塔要放弃好多东西。”她平静地回应我们俩：“可是我也放弃掉好多东西。”这时候，我是多么惊讶，也是多么感动啊！

我能否不占有地、宽容地爱——一方面不抽身撤退，准备好我自己的防卫和战略撤退，另一方面不减爱的量与强度？我愿意和卡洛塔试试。不只是因为我全身心地爱她，所以我别无选择，只好尝试任何可能的事——尽管确实如此。但还因为这样做也许对我很有益。我有着十分强烈的倾向，去把我自己交给我爱的人——想要放弃一切，整个地占有的同时也整个地被占有。我所想象的和卡洛塔在一起的情景也许可能是我过去那些相依关系、连体双胞胎式婚姻状态的否定。我可能学会了充分地爱(我还从未真的这样爱过)，与此同时，又依然独立自主，能够独自一人而不感到痛苦。真要这样的话，会是一个巨大的胜利，会是卡所谓的我的“天性”的一次巨变(但是，我固执地认为不会到这种程度)。

告诉伊娃(和弗洛伦丝)讲太多的法语使我的英语水平下降——我说：“从根本上讲，我好像只容得下一门语言。”——她大笑着说：“还有个例子：你只能体验一夫一妻制。”

我在一个聚会上感觉不真实：新教徒-犹太教徒对不懈的“严肃”的要求。参加派对是一种“低俗的”活动——真我妥协了，变成碎片了——人在那里扮演“角色”。除了角色扮演，你不是百分之百地在场。你不(不能)全讲真话，这就意味着你在说谎，即使你没有真正在说谎。

卡洛塔没有这种(典型的清教徒)意识。欢宴有其价值和适合它自身的出席标准。达到这些标准，就意味着一个人是“有教养的”。在这样一个聚会上她没有内疚感，不像我。也许相反，不善社交、不爱交际倒会感觉有些内疚。社交中需要的谎话，部分的实话，是礼貌的一部分。在天主教文化里，没有对完全真实的内在要求。

我的清教徒言行是二流的、删节版的。聚会让我情绪低落(我感觉降低身份了)，而我如果去看一部糟糕的电影或戏，一般并不感到情绪低落、堕落或者降低了身份。只要我是个看客，一个窥探者(不管我心里有怎样的反应)，本质上，我都没有违背自己，也没有降低自己的身份。我在参与和窥探之间划定了界限。我只去那些，且在那里感到清醒(通常不感觉情绪低落)的聚会，是我在那里像个看客——聚会成了一场电影——和同去的人或者那儿我已经认识的人对它进行讨论；认为结识新人是对我重要活动的侵扰。要不，我就把聚会当作布景、背景，以一种不同的方式私下与同来的人待在一起(就像我以前和艾琳去参加聚会，或者和保罗[·特克]去聚会去跳舞那样)。

假如我是个翅膀硬了的清教徒，那么，那些场面也会让我担心自己会堕落的。但我不是。

我并不为不善社交而感到内疚，尽管有时候也觉得遗憾，因为我的孤独是痛苦的。但是，当我走进社交圈，就感觉道德沦丧——像在妓院招妓。更有甚者，我还有点把我不善社交当成我的“严肃”的一个证明；我认为严肃对我作为一个有道德之人的存在是必要的。我现在把这套想法和卡洛塔一比较，发现它们有多奇怪啊。卡洛塔从来都不向她自己或别人证明她是“严肃的”。的确，这个概念对她几乎就没有意义。我告诉她——上帝啊，我老是告诉她——我对她的爱是“严肃的”，我是个“严肃的”人的时候，她总是觉得有点儿搞笑（而且，我猜想还有点惊慌）。现在我懂了，第一次懂了，这在她看来要有多滑稽哦。

卡认为情感——行动——摆在那里呢。它们的品质和持续的时间是不证自明的。没必要事先证明它们是“严肃的”，也没必要事后评估。在她眼里，这肯定是某种虚伪的、无意义的说辞。

情感与行动之间的鸿沟对卡比对我更大。我经常运用“意志”——道德责任——来跨越。如果你没有架设那种桥（并逼迫自己跨过去）的想法，那么，肯定更容易优柔寡断。新教徒+犹太教徒远比天主教徒钟情意志+“责任”。这一点在她身上肯定体现得极为明显——比她的双子座性格、神经质模式等更加明显。

卡洛塔——南欧人、天主教文化背景——用欢宴（聚会、饭局等）来摆脱。新教-犹太文化则靠工作。一个人在工作中——在完成一个行当、一个职业和一种工作的过程中——被允许不理睬完整的、真正的个人自我，因为工作本身就是个道德职责：既满足自律的要求，又满足与他人共同合作的必要。工作被体验为一种纪律——其背景是苦行——纵然它也产生愉悦。工作中人获许变成“失去个性”、忘我(与它的最亲密的感情和需求切断联系)——的确，假如一个人要全身心投入工作的话，所有这些都是必要的。聚会和其他形式的欢宴当然根本不是苦行——正相反。失去个性是享乐主义的、非功利主义的，不是说教的。

卡洛塔从不自问她的行为举止是否“本真”表现，从不自省自己的行为是否真正与她的感情相一致，绝不丧失了解她“真正的”情感的希望。在她的体验中，她的问题不是了解她真实的感情是什么，而是如何接受——并且不为此而神伤心碎——她的(矛盾的)情感。

北欧，美国：

新教文化提出将自我视为自我之谜。因此，新教国家里才有内省的兴起，记日记，缄默。(试比较瑞典，尤其是看后者。)天主教文化并不认为自我在心理上是神秘的，而仅仅认为是复杂的，矛盾的，有罪的。在卡洛塔的体验中，她的自我并不疏远(躲避)她自己，相反，它是矛盾到几乎无法忍受的地步。这是个如何与她没有了解清楚的自我共存(和平共存)的问题，不是与她自己保持联系的问题，而后者我感觉恰恰是我的问题(和任务)。

我把生活视为一系列计划/任务。卡不。这让我做决定容易许多，或者至少是下结论说必须做出一个决定(然后逼迫自己接受一个决定——即使我不得不编造一个)。显然，我的心理定向与这个世界做事情的条件更为一致。众所周知，新教国家比天主教国家完成的工作要多得多。这种情况在天主教国家的妇女身上显然变本加厉——因为每个女孩身上都有强烈的正压，这些压力阻碍了产生工作能力的心理定势。智力技能，除了那些涉及感受力发展的以外，不鼓励在女孩身上培养。行政或管理人员被贬为“争强好胜”、令人丧失活力、不体面、不适于女性。女性不仅在天主教国家，而且在任何地方，都只被鼓励去做些她们在其中服从命令听指挥的工作——或者完成完全是日复一日的任务(如做家务)。女性表现出创造性，或者管理一个企业，按照文化定义来看，就是争强好胜的。因为女性发挥出自主、独立、做决定的作用，按照文化定义来看，就不像女人了——即使这个文化允许，甚至吹捧少数挑战这样的禁令并且我行我素的杰出女性。所以，卡洛塔在意志、行动和做决定方面的心理定势，不仅由她的文化培养灌输，而且因为她是个女人这一事实而被弄得越发复杂。

在任何一个国家，传统上，妇女都被体现为“南方的”价值观，而男人则是北方价值观。妇女更从容，更柔弱，脾气更好，要负的责任更小，不如男人聪明，对待工作没有男人认真，更天真率直，更感官(尽管并不更多地追求性爱——做爱仍然是男性的意志、力量、决定、主动、控制、期待的行为的领域的一部分)。

简单(太简单？)的命题：计划的负担本身让人无法把注意力集中在一个人的感情上——最终把自己与感情切断，加快分离。我把我的生活设想为一个接一个的系列规划。计划，意志的行使，判断技巧和做决定的良好的本能使我能够沿着我生活的轨道前行，从一个规划走向另一个规划。在做这一切的过程中，感情——不过，在我的情况里（即使在我过去的、非常黑暗的日子里），在每个规划的选择和实施过程中一种强大的、让你产生动力的力量——可能有点关注不够，这就不足为奇了。

卡洛塔从来都没有把她的生活设想为一系列规划——生活不是一条线，也不是一条公路——生活本质上是一组独立事件。这些事件本质上是可以分开讨论的。它们可以相互比较，每个事件都可被理解为她所有参与其中的某件事情的一种反映（至少部分方面）——理解为它们的支撑——她的“天性”。她的行为全都说明她的天性。她通过她的行为来发现她的天性。的确，她用她的行为来发现她的天性——她的行为，以及她实施某个具体行为的能力。于是，她——根据她不能离开巴黎和我回纽约——来发现她对去纽约的感觉——她的恐慌、怕我、对比阿特丽斯的内疚等等的程度。但是，没有关于一个“关键的”行为的概念，认为这个行为比其他行为（甚至是一组关键行为）更重要、更表露自己。因此，在某种意义上，没有一个行为是不可逆转的——或者不可逆转地自我定义的。所以，她并不因为戒海洛因的行为就认为自己勇敢。她不因为她抛弃了我们（我们的计划）、不遵守来纽约的诺言就认为我们的关系断了（而这是我最大的希望之源）。

她不根据她的行为——笼统地——下结论，尽管它们当然让她明白某一特定时刻的特定感情和能力的状态。这使得她相信未来的开放性（和不可预测性）。

我知道未来是开放和不可预测的。当然，我的风格是想要封闭它——使它可以预测——至少是最近的将来(3 个月、6 个月、1 年)，或者涉及我最亲密的人的更长的将来。一个完全开放、不可预测的未来让我感到极其焦虑。我无法想象我还怎么工作(因为我想，有效的、创造性的——不是浮躁的——工作需要制订计划)。当然，即使我面前的事情不确定，我照样还是能以某种方式运作，这点自信我还有——不过是在较低的层面上了。但我现在意识到，我从未真正想过，这绝不是讨厌的(在爱情的例子中，特别痛苦和具有毁灭性的)局限。它就好比我要穿过森林却不允许我自己知道森林里是否四处都有狼出没。当然，无论如何，我都会穿过森林——但是，明知这个信息可获取却不被允许事先让自己知道，这似乎真蠢，真是个无谓的冒险行为。

[这个句子边上空白处划了两条竖线。]我到现在才明白我的人生观的局限——我是多么谨小慎微地限制惊讶、冒险、出乎意料的变化来源啊。

事实上，工作的事情，我一直以来都是非常自由自在，愿意冒险的——在大多数人那里似乎都会产生无法容忍的焦虑和不安全感的工作情形里，我却能够容忍，而且相对而言不感到焦虑。但是，我在爱情方面，却始终他妈的小心翼翼、自我保护、毫无创造性，还会焦虑，需要别人来帮我消除疑虑。我在工作中要比在爱情里镇定、自在和勇于冒险得多。也更有创造性。非常容易地相信假如“这个”搞不定，会有另外的办法——相信总有“更多的”办法。可轮到与人——不管是朋友，还是情人——打交道，我就没这种感觉了。

［在页边空白处：］“爱的匮乏经济。”

我把我的行为相互联系起来。（我现在就在这么做。）我根据我的行为得出结论，不仅仅是回顾性的，而且就在我做出这些行为的时候。我很容易根据它们下结论。当然，我也常常改变我的想法——修正我的结论——但是，那种思考方式在我这里一直是习惯了（我不会说是“天生如此”）。

卡洛塔倾向于细论。她的归纳无力而模糊（就是“无力”、“颓废”、“依赖人”），并不真正依据她的行为——或者仔细考虑后对它们进行判断的结果。她做的归纳与其说是真正的思考，还不如说是用作感情状态的象征的抽象词语。抽象词语显然几乎都是责备她自己的话。（它们是她感觉不“舒服”的症状。）当她的情感状态发生变化时——她的感觉说变就变——词语的使用及其背后的（说服力）也发生变化，逐渐消失。

我一直在实施一个无意识的目标，即努力把我的感觉藏起来。驱逐或克服坏感觉、提升好感觉的目标——良好的感觉一旦安营扎寨——我就能够指望它们一直在那里，我（我的意志）任何时候需要在一次行为中使用就能用上。我让卡放心我对她的爱是“认真的”，这时，我指的就是这样一种意思——爱已经藏妥，它不会变（我向我自己保证）。怪不得她的反应是不解之外还有不安。对她来讲，这样做八成是疯了。

我想对我自己“许诺”。一个原因是焦虑（想要找到一个安全的港湾，克服那令人虚弱的被人抛弃的恐惧）。

［在页边空白处：］童年的残余

这是神经质方面的原因。另一个，健康的原因是我的（无意识的、一辈子的）想法，即各种规划、多层次的活动的一生。如果某事——最好是我至关重要的私人关系——铁板钉钉了，是可靠的，那么，我就能从容地把注意力转向其他事情：主要是工作，但也包括朋友。假如我在最深的关系方面没有安全感，那我也无法真正地关注其他事。我老是要回过头去，焦虑地看看那个人是否还在那里。

卡洛塔不想给她自己什么许诺。想到要许诺就让她想到和另一个人困在一起，变得依赖人、失去自由。当然，她在某种程度上也想要安全感。但是，她能接受的只能是这样一种情形下的安全，即她和某人在一起时，她能够考验它，挑战它，拒绝它。卡的问题是，她无法想象安全感能帮助人摆脱束缚，令人变得强大。我认为安全感是这样——至少对我而言如此——我对不对呢？

和某个心爱的人安安心心地在一起是为了可以（没有焦虑、没有爱-饥渴而）更加自由地去专心做其他事情，去完成一个人的规划，这种概念卡没有。（我敢肯定这一点比阿特丽斯知道。）又要说了，她没规划。没有任何公共性质的活动——也许除了注重她的个人外表：穿衣打扮等——这方便她感觉自己如鱼得水，乃至想象她以特有的、自我放纵的和不负责任的方式变得能干。她太缺少自爱和自尊了，所以，她能胜任的活动，她很可能都不会认为有价值——而且，当然，这也阻碍她在她真正喜欢的活动中努力有责任感地得以胜任。

回到早些时候的观点：对于卡洛塔来说，知道她自己的感觉，在任何特定时刻，都不是一个重要的问题。不过，如果你要叫她用语言来讲一下她的感觉，那会成为一个问题的——在某种意义上，确定无疑——她感觉她谈起自己的感受时，分明是在亵渎自己，因为长篇大论地谈论或者描述她的感觉总带有一概而论的玷污或引诱。谈论感情本身就把感情给封死了（至少看起来如此）。她的问题不是对她的感情的认同——或者联系，而是如何处理它们——她该做出它们引发的几个行为中的哪一个。一般来说，她看到行为的几种可能性，因为在她的体验中，她的感情是多样的、分离的。只有当行为被当作一个外在于她的私人生活的一个要求——肯［时装设计师肯·司各特，卡洛塔间断性地为其工作］希望她1月20日走秀——或者，来自她的私人生活领域的要求，在她已然将责任置于感情之上时——她母亲要她8月份来伊斯基亚岛住10天——问题解决起来才更容易些。

既然问题是为了采取一个行动而在几种情感中作出选择，那么，她做出的每个行动本质上就都是迟疑的。她经常在做之前犹豫不决——而在做的时候，她会一阵又一阵地怀疑这样做对不对，或者，她能不能做下去（结果加剧了她以为自己弱、心理上脆弱、容易受伤这一感觉）。行动不容易看上去是真的——至少要等她做了很长时间才是。这就是为什么，正如她告诉我的那样，她一直要等到和某个人（以某种方式）“在一起”至少过了一年以后——才会真正爱上此人——才会完全相信恋爱关系的真实性。通过她所做的一切事情的这种迟疑性、可逆性、偶然性和随意性，她使得她的行为举止不真实——由于事情只有过了很长时间对她才算真实（或许永远都不会完全真实），因此，她有空间——可以说是不完全投入的空间——来做出毁坏、不可靠、不规律、自我放纵、不负责任的行为。

[在页边空白处：]以下都不是她的话

因此，她将她自己对和那个人在一起的行为或情形的投入进行测试——如果测试通过，那它就值得发展下去(适者生存)；否则，便不合适。但她也因此增加了她的自我憎恨的负担，因为她终究还是有点知道，她的行为是在毁她爱的人。

肯定部分因为这一自我责备和自我谴责的负担太重了，她这才把她生活中的事情大多看成是"独立的"。在她看来，事情之间的因果关系非常稀疏。她尽可能地将这一关系降到最低程度。假如看到在她做的事情之间有许多联系——就像她现在这样——她很可能会感到无法忍受。忍受整体(她能够把自己理解成一个整体吗——直觉地，或者通过发挥推理能力)——她自己作为她的部分的总和——比起把她随口说出的毁谤的话汇集在一起，加上她那些另外的部分来忍受，要更加痛苦。

要卡洛塔"忍受"自己，根本就是有问题的。所以，她才在一定程度的误差上有所投入——就像用她的话讲，她在"夸大"——她的感受(比如，"我走投无路了"，"我希望我能消失")。还有一项能力的大投入：不理睬——欢宴、放荡，甚至是比阿特丽斯那种小心回避所有真实的感情问题的喋喋不休带给她的愉悦。(七八月份一天两次纵情逸乐打到米兰的那些电话。)夸大其词——不准确——遮蔽了自我负担的确切轮廓。寻欢作乐使她暂时忘记了这一负担。

和我的做法多么不同啊！我已经找到明晰——和精准，甚至到了迂腐的程度——提供给我我所知道的与我的情感有一些联系的唯一可能性。卡的夸大总让我感到不安，也让我迷惑。我搞不懂她为何在话题很重要（“严肃！”）的时候，却要说些不完全真实的话。她发现我缺少幽默感，我没有想象力。她这个观点我同意——不过，我知道事实不是这样的，或者至少情况要复杂得多。当然，解释是，她和我谈的是不同的问题——不同的焦虑。她和我不同，并不着迷于把谈话谈成一次创造性对话。

［在页边空白处：］描述她的感受并不能帮她更好地了解它们。和我相比，这件事对她更加是一种纯粹的人的社交活动。（对我来说，它是我获得拯救的主要手段！）

另一个做法——找到消遣的方式，不管旁人怎么看——我也陌生。当然，有时候我也能这样，也真这么做，但没有一次不感觉违心。如果我的健康有赖于我知道——体验——我完全的、个人的自我，那么，逃进一个“社交的”自我感觉简直糟糕。我想要的不是不管旁人的看法，因为我开始于其中的糟糕情况已经感觉是不合调了。

我在追我自己（追了多年了）。现在，我也在追卡洛塔。她在不想正视她自己。她在逃离自己。——这当然是我能够概括这一情况的最令人沮丧的方式。实际比这个沮丧得多。

70 年 2 月 18 日

我已经告诉卡，她能帮我——和她交往让我成长，让我更有活力。过去几天我写的这 4 页就是具体的证明。我希望她能看看。但那可能是自我放纵，是我一厢情愿：我把她当成——根据这一愿望——像我这样的人了。好像她需要语言、思考、分析、对话。这种形式她接受不了。

我想给她看我已经写的东西，是因为我认为这会对她有好处（帮她培养更好的自我感觉），还是因为我想把我爱她的颇丰的成果和（对我的）价值的证明强加于她呀。当然两者都是。但主要是后者——这就是为什么我必须对这一愿望极其怀疑。它是利己的：我想象，假如她知道我从爱她当中学到多少，那她会更爱她自己。当然，我希望这样。但终究，难道我不希望她能爱她自己多于爱我吗？

我写的许多批评我对美德怀有强烈欲望的东西——我对我搞偶像崇拜、将善变为一种偶像的发现——有仍然陷于偶像崇拜逻辑之嫌。我对我的道德意识进行了道德批评。元偶像崇拜。

卡洛塔和我之间的比较的意识，我对此的想法也可能易受责难。我感觉好像我发现了自己非自然的、受意志驱动的、渴望做决定的、预期的、线性的和依靠话语的感觉和行动风格的限制。我妄称看到了卡洛塔意识的（精神的、心理的和实际的）优势和合理性。（克服了它的神经质动机和自毁所产生的强烈反应，她的意识提供一种同样完整的理解事物、在世界上发挥作用的途径。）我扬言发现了我自身的理智的灾难。但是，难道我不是在运用理智，掌控我对一个更有机、问题更少、不那么充满意识的世界观所持有的模糊感觉吗？我试探出来的卡洛塔的世界观元素写在这几页里，仅以用我的理智包装的方式存在。听上去好像我不单单是又为我自己提出了一个计划。

这则日记似乎是要致力于自我批评——我是说，关于元自我批评。

我不想使我的智慧变成一个产品，包装好了给我自己使用，给我爱的那些人使用。但是，我该如何挣脱，放手呢？

我知道我怕被动（和依赖）。用我的脑子，会有事情让我感觉积极主动（独立自主）。这不错啊。

我要从活动中[①]挣脱的是我的自我操纵的过程。我要停止“瞄准”我自己，只是瞄准。（[20世纪德国哲学家和作家欧根·]赫里格尔写的关于箭术的禅书里一定有许多这方面的内容。）但我还不能这样做。我太害怕。[最后两句话边上空白处划了道竖线。]

我想，我肯定有点害怕自发性——比我现在更多地听从我的感情的支配——至少在我这里，会导致被动性。不能这样，但只

① 原文为 What I want to fall away from the activity ... 戴维认为其中的 from the activity 删除更好。

有等我体验后，才会真正知道。

这完全就是一个我内心世界真正感受的问题，所以，我并不总是担心我该走出去，探究，敦促。我得放弃行动中的有效(效能)标准。没必要一个行为必须带来人们所理解的一个“结果”。假如我更注重内心情感——整个范围的情感，不仅仅是我对卡洛塔的爱——不管怎么说，我就不会对结果那么感兴趣了。我不会有这个心灵感应的空间，至少没这么多。我会以一种更加强制的方式来体验我的情感，而听从这些情感的指引来满足它们就会是一种更大的、更令人满足的体验——那样，我就不会想这么多“以后(或接下来)会发生什么”；还有，假如后来的结果真的让我感觉到不快或者沮丧，我甚至都不会那么在意了。

我就会更忠实于我自己，少忠实于我的“生活”。我就会不再把我的生活视如一个容器，它的尺寸大小已经确定(或是可以确定)，而往里面装满珍馐美馔是我的责任。

70 年 2 月 20 日

和伊娃的交谈：

所有的痛苦都令人暴怒。我为什么没有注意我的愤怒？我什么感觉？消沉。但是，那意味着我是在“压抑”另一种情感。于是，绝望。但绝望是人们从一种痛苦的经历中得出的结论(又在发生了)。

任何人，只要是有过不幸的童年，都会愤怒。我起先(早年）肯定愤怒过。于是，我“干了”点什么事情来处理它。把它转变为——什么？自我仇恨 > 怕（我自己的愤怒、别人的报复）。绝望。做到公正与公平的能力——以及分离的能力。

伊娃说，我谈起愤怒来，就像个从未接受过精神分析疗法治疗的人那样。

伊娃愤怒吗？当然，她肯定有过一个可怕的童年——尽管在她的意识里，她根本不知道是这么回事——否则，她不会是现在这个样子，也不会18岁就开始吸食海洛因等等。她给我的唯一线索是她说“我感觉我母亲好像是我女儿”的时候——每个情人的孩子的她！怪不得她害怕和她母亲分开——需要常常去看她（尽管只是短暂探访）：这是唯一她在其中感觉更像成年人的关系。（在一个更小的程度上，她感觉比焦瓦内拉[·赞诺尼，一个电影制片人，卡洛塔和SS的朋友] + 罗贝蒂诺成熟——喜欢他们身上的孩子气特征，而且对此极为敏感。）

70年2月21日

摘自惠特克·钱伯斯写给小威廉·F·巴克利的一封信——说的是被无谓地谋杀掉的一个人：“这个现实像一道伤口一样划过我的脑子，伤口的边缘渴望愈合，却不能。所以，大罪孽之一，也许就是大罪孽，是说：它会愈合，它已经愈合，没有伤口，有比这个伤口更重要的事。”

……

70 年 2 月 22 日

我儿童时代就早早下定决心："上帝作证，他们抓不到我！"（活下去、绝对活下去的决心，不上当受骗），主要[这个词的边上的空白处写了："不？？"]是根据我的才能来执行的；通过做事，通过对其他事感兴趣，我能够做到情感分离，在情感使我不高兴或糊涂得难以忍受之前就将它们转移。世上不只有我，还有很多其他存在物等等。这样，我身上最健康的东西之一——我"接受它"、活下去、受挫后恢复过来、去做、去成功的本事——是与我最大的神经质倾向——我与我的感情剥离的能力——紧密相连的。怎样在减轻第二种感觉的同时维持第一种？这个很难。是冒险。戴安娜知道吗？

小时候，我感觉被抛弃了，没人爱我。我对此所作出的反应是要做得非常好。（如果我非常好，他们就会爱我了。）我本来也可以有截然不同的反应方式的，比如自我仇恨、少年犯罪（报复别人，引起对自己的关注），认同反叛者-批评者-歹徒-罪犯角色，就像伊娃那样。相反，我说过，我想要做得非常非常好——配得上（吸引）爱——而且寻求责任、权威、控制、名声、权力。

我离开前，卡在奥利[巴黎机场]说"你一直是个天使"的时候，那不全是恭维话。我想过——我的旧想法——我凭借非凡的"优秀"（慷慨、耐心、充满爱意、绝不生气）会赢得卡的芳心。但是，把她吸引到我身边来的部分原因是我强硬、独立——不是我像天使一样；像天使肯定（无意识地）向她表明我幼稚、孩子气、天真——因此，不是她需要的那种真正强大。

我不能害怕对卡表露出怒火——怕我会把她赶跑；向她表明我不爱她；显示我不“好”。（当然，我的确认为这不是美德的一部分——这是一种堕落，是卑鄙的，有失尊严。）

……

我能够对卡提要求，但不以需要她为基础。那会吓倒她

……

一篇随笔：维特根斯坦：论他对当代艺术的影响

……

［对维特根斯坦而言］伦理学与美学是同一个东西（《逻辑哲学论》[①]）

……

70年2月22日

……［卡洛塔］担心需要是持续不断的、无法满足的——她

① *Tractatus*，全名为 *Tractatus Logico — Philosophicus*。

会深陷其中。而且，她不相信她能够满足任何人的需要——她太弱，太不足道，她就是一坨狗屎，等等。

继续表明一点很重要：她确实满足我的需要（用科莱特[①]的话说，她不仅仅是“尤物至尊”）——因为这是真的，这样说让我很开心，也因为这增强她的自尊（她需要得一塌糊涂的东西）。但是，我千万不能求她满足我的需要——只指出事实上她的确如此。

70 年 2 月 23 日

我能不能过几个星期给卡写信，说“我非常恼火，我受伤害了，我生气。我不会让你对我这样”？

泄愤（对我爱的人泄愤的时候）的困难在于，它与我怎么配得上爱：——表现好——这一理念直接矛盾。当然，对我不认识的人，我不太熟悉的，对我不十分爱的人发火没有问题。

表现好！“我表现太好了，所以受伤”！

我的偶像崇拜：我一直贪求好。现在在这里就想要，绝对地，越来越强烈地想要。所以，才有对过去工作固有的轻视。它好，但不够好……总有更多的（更多的好，更多的爱）。我现在

① 戴维说此处的科莱特（Sidonie-Gabrielle Colette， 1873—1954）是法国作家，下文的科莱特是另一人。

觉得，对好的贪求，并不是一个真正的好人做的事。

70 年 3 月 2 日

关于和焦瓦内拉的交谈：罗马（及南方）社会的犬儒主义——对理想主义的怀疑；担心自己荒谬可笑；要求人轻松，有“幽默感”。说伤害人的事情的游戏（不被伤害到，那你就赢了）。强迫性群聚——团队旅行。

……

70 年 3 月 5 日

我认为，我准备好了学习如何写作。用语言，而非用思想思考。

……

70 年 3 月 7 日

［路易斯·］布努埃尔的《银河》，我昨天第二次看，是一部“矫饰主义”电影。（试比较［20 世纪德国艺术史家古斯塔夫·勒内·］霍克论矫饰主义的书《作为迷宫的世界》，尤其是关于阿尔钦博托[①]的那章，第 154—164 页）。矫饰主义艺术：有

① 朱塞佩·阿尔钦博托（Giuseppe Arcimboldo，1527—1593），意大利文艺复兴时期肖像画家，作品包括挂毯设计和彩色玻璃装饰设计。

魔法的小矮人、梦幻、巨人族、连体婴儿、镜子、魔法机器。变形：有生命的 <   > 无生命的，人 <   > 动物；普通的 <   > 神奇的。

对戏剧性的强调：服装，舞台布置。

……

70 年 3 月 10 日

［在页边空白处：］“人口普查”[1]：古罗马人用来表示人生一个个时期或阶段的为期 5 年的周期

看威廉 · 戈德温[2]的早期无政府主义小说《卡列布 · 威廉斯》[3]。

“L'homme qui médite est un animal dépravé.”［“一个思考着的人必定是一种痛苦的动物。”］卢梭《论人类不平等的起源》[4]！D · H · 劳伦斯等。

……

---

① Lustra，亦译“5 年时间”，古罗马每 5 年进行一次人口普查。

② William Godwin（1756—1836），英国哲学家、小说家，无政府主义的提出者之一。

③ 全名为《卡列布 · 威廉斯的经历》（亦译《事实如此》，*The Adventures of Caleb Williams*，1794）。

④ 全名为 *Discours sur l'origine et les fondaments de l'inegalite parmi les hcmmes*（《论人类不平等的起源和基础》）。

70 年 4 月 26 日

关于一个医生的长篇小说——试图治愈……

指南 = 手册，或生存指南

※

……

戴维在我生命中巨大的价值：

——一个我能够无条件地、信赖地去爱的人——因为我知道这个关系靠得住(社会保证这个关系 + 我创造了这个关系)——因为我选择了他，因为他爱我(这一点我从未怀疑过)——：我对爱、对慷慨、对关心唯一的全心全意的体验

——我的成人状态的保证：——即使在我表现出孩子气的时候，我也知道我是个成年人，因为我是个母亲。(当老师，当作家等从未明确地带给我这一认识)

——条理，一种安排，对任何自毁倾向的一个限制。

——有他相伴无比快乐——有一个伴儿，一个朋友，一个兄弟。(不好的一面：一个陪伴监督人，一块抵挡世界的盾牌)

——他所教给我的东西，因为他哲学上洞察力敏锐，而且非常了解我

——平息我是男孩的种种幻想。我认为我和戴维是一样的，他是那个我曾想做的男孩——因为他的存在，我就无需成为男孩了。（这一糟糕的后果：要是他成为同性恋者，我会感到不安。我相信他不会。但是，我不应该无意识地禁止这种事情发生。）

……

70年5月25日

艺术是一切事物的终极状态。

……

格罗托夫斯基："生活的第一要义是如何武装自己；艺术则是如何卸除武装。"

不真实，但有益。

……

看了看[艾德温·]登比[1]的长篇[《W太太最后的三明

[1] Edwin Denby(1903—1983)，20世纪美国舞蹈评论家、诗人和小说家。生于中国天津，童年生活在上海，后赴维也纳，1916年去美国。《W太太最后的三明治》是他唯一一部小说。

治》]。不怎么样。我越来越着迷于[杰克·伦敦的长篇小说]《铁蹄》了。我需要一部美国片。这是一部适当的(革命性的科幻片),会很便宜——戈达尔式的,等等。我先前有的两个想法——[梅尔维尔的]《骗子》+[达希尔·哈米特的]《戴恩家的祸祟》[①]——投资会更多+更难拍。(和克林特·伊斯特伍德[②]合拍《戴恩家的祸祟》?)

一场哲学对话:“存在的理由”。因为苏珊[·陶布斯]之死而引发的对自杀的思考:

——选择

——人们如何让自己的生活可以忍受?

——变化,流动性

——……的意志(+限制)

——悲观的人生观

——月色下的视角(保罗[·特克])

——胃口(挑剔)

——扩展自我的计划

[在页边空白处:]我是我自己的财产吗

……

① *The Dain Curse*(1929),美国“冷硬派”推理小说家哈米特(Dashiell Hammett, 1894—1961)的小说。

② Clint Eastwood(1930—),美国导演、演员,代表作有《黄金大镖客》(1966)、《廊桥遗梦》(1995)等。

70 年 6 月 22 日　那不勒斯

甚于以往——又一次——在我的体验里，生活是一个精力层次的问题。这过去的 11 天里，我一直萎靡不振、无精打采，因为那意想不到的性/爱的剥夺。我找不到另一个活力源泉——在我身上，因为这几个星期，我一直指望通过和卡的联系找到它。我没找到，让我心情沉重、了无生趣，一肚子气。我嚷嚷着要求对方消除我的疑虑，这让我自己蒙羞，也让卡更加情绪低落。我什么时候才学得会不要她消除我的疑虑啊？

哦，摆脱我关于事情“应该”怎样的僵化想法——

我所要的：活力，活力，活力。不再要高贵、安详、智慧——你这个白痴！

这不是巴黎，但是我的反应似乎是——至少最初的几天是。我感觉遭人抛弃，我变得极度绝望，等等。现在好些了，但我还是在希望冲破障碍，到卡身边。因为假如我处在她的情况下，我绝对不会像她那样对我做出那样的反应。但是，她不同，因为我尊重她，我必须停止(偷偷摸摸地，在一定程度上是不知不觉地)努力要她像我那样行事。

70 年 7 月 8 日　那不勒斯

我忠实于我的感情。这意味着什么？意味着如果我有过一种我喜欢的感情，那么，我会努力继续拥有它吗？什么废话！

卡听从她的感情，但她不忠于这些感情。

（今天下午我在卡家里的相册里看到的）她小时候的脸：那么愤怒和好斗的样子。时刻准备着斗，准备着反驳。我在同样年龄的照片里看上去那么脆弱、敏感、顺服。然而，我们俩真正谁更强硬、更反叛？照片里卡的男孩子气意味着她有权去争斗，去进行身体上的交战。我小女孩时候的男孩子气则意味着某种完全不同的东西——我绝不打架，也不想打；我想要挣脱的权利，逃离的权利。我不想叫他们滚开（我肯定早早就放弃了这个念头）。我只想掉过身去不理睬他们，走开。

70年7月9日

卡说她吃饭后总觉得懊悔——即使吃得很开心——这个我懂；我现在也有这种感觉。但是还有，她做爱后也总有点忧伤的感觉。她觉得她丢了什么，杀死了什么（欲望），她现在更弱，也更少了。这我就不懂了。我做爱后总感觉开心——除非是和我并不真正喜欢的人做（这种情况下，我感到伤心，因为做爱像是假装玩一个爱的游戏，而我真正喜欢和想要的是爱）。但是，即便这样，感觉到自己有活力，更有活力，就像我在自己身体里的时候那样，我还是很高兴的。谁触摸我，我就爱谁——至少有些许爱。不管谁触摸我，就在那一瞬间给我某种东西：我的身体。

我千万别跟卡说：你怎么能认为我能那样做、那样想？她也许认为我不那么投入、认真、真诚等等，我因此感觉受伤，受到侮辱。不言而喻地以为我们拥有同样的标准——天哪，我们并不是。我总是保护她，不让她受到我潜在的指责，即她浅薄，或毫无条理或感觉迟钝，我把这一潜在的指责给她，把它变成对我的一种（无法解释的、不公平的）指责。我不应该。相反，我必须说：你真的愿意做这个吗？这是你愿意感觉的方式吗？多奇怪啊！我不会这样，我不能这样。就是这样！

* 该电影的另一个片名：《卡尔兄弟》[这成为 SS 第二部电影的片名，1970 年摄于瑞典。]

70 年 7 月 11 日

一部片子的参数

[1] 镜头的长度
[2] 镜头的合成
[3] 摄影机移动/静止
[4] 镜头变化

一部影片的节奏主要决定于（4）的品质。任何镜头变化都应该有不止一个的正当理由：对位功能，影片的“双重话语”（连续<　　>中断）

大多数人认为（1）是节奏的关键，但不是这样的。镜头的持续时间太主观——依赖于一个镜头的讲解和可读性。如果接着一张持续 10 秒钟的固定脸部特写后，来一张持续 10 秒钟繁忙的街道的固定长景，那么，大多数人会以为第一个镜头持续了20秒，第二个持续5秒。

至于(2)，注意不对称的价值。摄影师通常会自动地以人物为镜头中心。除非这是你想要的，否则，别让他们这么干。

* 宽银幕电影的优势：所有外加的空间——提出了必须解决的形式上的问题！这部片子里要用吗？（200美元的特殊镜头——同样的原材料；黑白宽银幕电影是罕有的。试比较布努埃尔《女仆日记》①)

诺埃尔[·伯奇]说*DFC*[SS的第一部电影《食人者二重奏》②]里镜头变化太多。不用400个镜头，约200个就够了。大多数镜头，他说，不起作用。我使用镜头变化只有两个想法：a）演技层面的，或者，b）增强某种失去空间定位的感觉

a）= 现在！　b）= 我们在哪儿？

戈达尔的大多数镜头变化都是切换镜头，不是直接切换（对同一物体的不同镜头）。

布列松除了50[mm]的镜头，几乎什么都不用。

---

① *Journal D'une femme de chambre*(1964)。
② *Duet for Cannibals*(1970)。

《波坦金》[1](每英尺)的镜头多于爱森斯坦拍的其他任何一部电影。每个情节都切碎了——镜头马赛克。[匈牙利导演米克洛什·]扬乔和[法国导演让-马里·]斯特劳布恰恰相反——所有连续的镜头(为什么要剪辑?)比如《亚洲风暴》[2]最后连续镜头的切碎。

电影[周围加了框]

那不勒斯:

[文森特·谢尔曼[3],]《费城青年》(1959)——
保罗·纽曼,芭芭拉·拉什
马里奥·巴瓦[4],《蜜月屠刀》[5](1970)——劳拉·贝蒂

巴黎 7月9日>:

希区柯克,《历劫佳人》[6](1949)——英格丽·褒曼,约瑟夫·科藤,迈克尔·怀尔丁,玛格丽特·莱顿

让·尤斯塔奇[7],《猪》(1970)

---

① *Potemkin*,即 *The Battleship Potemkin*,《波坦金战舰》。

② 即《成吉思汗的后代》(*The Heir to Genghis Khan*, 1929),在国外放映时片名为《亚洲风暴》(*Storm over Asia*)。

③ Vincent Sherman(1906—2006),美国好莱坞演员、导演。《费城青年》(*The Young Philadelphians*)亦译《文君怨》。

④ Mario Bava(1914—1980),意大利导演。

⑤ *Il Rosso Segno della Follia*,别名为 *Hatchet for the Honeymoon* 或 *An Axe for the Honeymoon*,意大利和西班牙合拍。

⑥ *Under Capricorn*,亦译《风流夜合花》、《摩羯星座下》。

⑦ Jean Eustache(1938—1981),法国导演。

米歇尔 · 法诺[1]，《另外的领域》（1970）

斯德哥尔摩　7 月 13 日 >9 月 27 日

- * 特伦斯 · 扬[2]，《诺博士》（1962）
- 埃利奥特 · 西尔弗斯坦[3]，《太阳盟》（1970）
- 迈克尔 · 沃德利[4]，《伍德斯托克》（1970）
- * 马伊 · 塞特林[5]，《女孩》（1968）
- ** 伯格曼，《沉默》（1963）
- 罗曼 · 波兰斯基，《吸血鬼》[6]（1967）
- 勒内 · 克莱芒[7]，《雨中的乘客》（1970）——查尔斯 · 布朗森，玛莲妮 · 儒贝尔
- 罗伊 · 安德森[8]，《瑞典爱情故事》（1970）
- * 迈克尔 · 柯蒂兹 + 威廉 · 基思利[9]《罗宾汉》（1938）——埃罗尔 · 弗林，奥丽维亚 · 德哈维兰，巴兹尔 · 拉思伯恩，克洛德 · 雷恩斯

---

① Michel Fano（1929—　）法国作曲家、导演。

② Terence Young（1915—1994），英国电影导演、编剧，以导演三部 007 系列电影而闻名。《诺博士》（*Dr. No*，亦译《铁金刚勇破神秘岛》）以外，有《来自俄罗斯的爱情》（*From Russia with Love*，1963）和《雷霆万钧》（*Thunderball*，1965）。

③ Elliot Silverstein（1927—　），美国导演。

④ Michael Wadleigh（1939—　），美国导演，最有名的作品是《伍德斯托克》这部关于 1969 年伍德斯托克音乐节的纪录片。

⑤ Mai Zetterling（1925—1994），瑞典演员、导演。

⑥ 犹太裔导演罗曼 · 波兰斯基（Roman Polanski，1933—　）导演的这部影片（*The Fearless Vampire Killers*）亦译《天师捉妖》。

⑦ René Clément（1913—1996），法国导演。

⑧ Roy Andersson（1943—　），瑞典电影导演。

⑨ William Keighley（1889—1984），美国舞台剧演员、好莱坞电影导演。《罗宾汉》全名为《罗宾汉历险记》（*The Adventures of Rood Hood*），SS 此处缩写为 *Robin Hood*。

- 托尼·理查森，《凯利帮》[1](1970)
- 阿尔夫·斯约堡[2]，《巴拉巴》(1953)——乌尔夫·帕尔梅
- 克洛德·沙布罗尔[3]，《去往科林斯的路》(1967)

……

罗马 9月27日—10月9日

布努埃尔，《特丽丝塔娜》(1970)——[凯瑟琳·]德纳芙
[乔治·西顿[4]，]《国际机场》(1970)——[伯特·]兰开斯特，迪安·马丁

纽约 10月9日—25日

麦克·尼科尔斯[5]，《第二十二条军规》(1970)
[鲍勃·拉菲尔森[6]]，《五支歌》(1970)
[唐纳德·卡梅尔和尼古拉斯·罗格[7]，]《表演》

※

① *Ned Kelly*，亦译《法外狂徒》。
② Alf Sjöberg(1903—1980)，瑞典导演；巴拉巴(Barabbas)为《圣经》中一犹太死囚，后经祭司长等怂恿，民众要求赦免此人而处死耶稣。
③ Claude Chabrol(1930—2010)，法国导演，新浪潮电影运动奠基人之一。
④ George Seaton(1911—1979)，美国编剧、导演。
⑤ Mike Nichols(1931—)，美国导演。
⑥ 即 Robert Rafeson(1933—)，美国导演。
⑦ Donald Cammell(1934—1996)，英国电影导演；Nicolas Roeg(1928—)，英国电影导演。

我在《食人者二重奏》连续镜头之间所做的，我必须在这部片子每个镜头之间也做。《食人者二重奏》中最佳镜头是“进攻的镜头”和接下来的那一个镜头——即每个连续镜头中的头两个镜头。“进攻的镜头”常常提出空间的或演技层面定位的问题，第二个镜头回答这个问题。接着，连续镜头结束。

镜头越长，镜头变化就越重要(越特别)——越要说明你需要它的理由。

……

每个镜头变化必须要么制造紧张，要么消除紧张。

诺埃尔说我像[法国默片导演路易·]德吕克[1]、伯格曼、贝洛基奥。

……

(靠镜头变化)使该片的空间路线复杂化。

……

俄国人集中在镜头变化上——实际上不用摄影机运动[2]。

---

① Louis Delluc(1890—1924)，法国电影导演、编剧和影评家。

② Camera movement，指电影摄影机的运动，目的是跟随一个动作，或者改变被摄场景、人物或物体的呈现方式。

[7月中旬，SS去斯德哥尔摩，启动《卡尔兄弟》。]

70年7月16日

……我又在整剧本。我删掉了一些东西，但也增加了东西。每改一处，似乎都确实更好，但还是太长太长。恐怕我要拍一部片长3小时、没法剪的电影了。有时，我感觉它太雄心勃勃了，也太过复杂了。它讲的是受难、圣洁、道德堕落、神经紧张、健康、爱、施虐狂、受虐狂——总之，包罗万象。人物他妈的太复杂了。我在想是否值得。我希望我能够拍成道德童话，像[意大利电影人皮埃尔·保罗·]帕索里尼那样。

从[伊曼纽·]斯威登堡[1]到扎拉·莱安德[2]，从[奥古斯特·]斯特林堡到贡纳尔·默达尔[3]。不管怎么说，[瑞典是]一个具有强大而顽强品格的国家。

老城[4][斯德哥尔摩的老镇；SS拍摄《卡尔兄弟》期间住在这里的一个公寓里]：一个工匠的世界(弯曲的线条、风化的材料和粗糙的表面)是人的世界。

---

① Emanuel Swenborg(1688—1772)，亦译史威登堡，瑞典科学家、神秘主义者、哲学家和神学家。

② Zarah Leander(1907—1981)，瑞典女演员和歌唱家。

③ Gunnar Myrdal(1898—1987)，瑞典经济学家、社会学家，1974年和弗里德里希·哈耶克同获诺贝尔经济奖。

④ Gamla Stan。

70 年 7 月 26 日

……绝望的种种习惯

70 年 10 月 3 日

结束了——就像它开始得那么突然、不可思议、肆意、不可预见一样。

我一直大哭——我的胸口、喉咙、眼睛、我脸上的皮肤都沾满了泪水，我有哮喘：我要氧气，我要空气来滋养我——而它不。

我还没有感觉到巨大的痛苦，它在我星期五（9 日）离开时将会来到。现在，我痛恨我自己软弱。我无法相信我在这个情形中显得如此彻底的无能。我挣扎着和卡取得一些联系——教她或引诱她和我有一些爱的联系——可一切都是白搭。无论我做什么，说什么，都只会让她更加痛苦，或者更加茫然，或者疏远，或者不友好，或者不依不饶，或者整个儿粗鲁不堪。

这不像巴黎，在巴黎，我感觉她受尽折磨——即使无法钟情于我。现在，我感觉到某种更糟糕、更可怕的东西——她内心的残酷坚硬，一种感觉和爱的无能，一种难以置信的自私。几天前，她说也许她从未爱过任何人。这么说当然不是真的。但是，她只能间断性地去爱倒也许是真的——正如她只能间断性地"存在"一样。

她不想要我对她产生的那种爱。她要 D. D. 的间断性的爱。

上帝帮我——帮帮我——让我不再爱她，如果她不再爱我的话。

我一定不能因为我爱她甚于我一生中爱过的任何人，就死缠下去。我现在仍然有那种胜利感——平生第一次真正地去爱——即使以失败而告终。

这是虽败犹荣。我第一次冒险豁出去——我给出了我拥有的一切。假如我天真到认为，因为我的感情的强烈且明确，我们之间一定能成，那么，这也是一种荣耀的天真，根本没什么可感到羞耻的。

从中恢复过来会费时费力。我必须放弃我的爱，我必须放弃我的梦——而不再竖起一堵墙妨碍我，让我遇见了卡才感觉完整。

［在页边空白处：］我不想从这次爱的失败中吸取任何教训。

（我所能学到的是变得愤世嫉俗，或者谨小慎微，或者甚至比我以前更怕去爱。）我不想学任何东西。我不想下任何结论。

让我继续感情裸露。让它受伤。但是，让我幸存下去。

70 年 10 月 15 日

卡：被施了催眠术(？)，竟然相信她不能改变(“病了”，“糊涂了”)

不能在情感上慷慨——她散发出她那金子般的光芒，但是，小心翼翼地、明确无误地不做任何许诺

在我们的关系中，时间的选择和安排一直都是她说了算。

碧丝是个圣人，一个庇护所；要求不高到某种程度(我)，因为她是中国人，性欲不强，不自信，缺乏激情等等。我是个危险隐患。你提要求，我许诺——我自己，是个变化的奇迹。我的慷慨分量重而有压迫感。碧丝的轻。

乔[·蔡金]的幻想：有个男子有只野兽，谁都不知道(提到)——把它带进地窖+想杀死它，但它不死——只是流血不止——变得更加虚弱——再也不认男子。男子不得不定期回到地窖，重新揭开旧伤

长篇小说第 9 部？)：《突变体》

卡什帕·豪泽——被关在笼子里到 17 岁，没有距离感；看到星星一阵激动

超人

女猪娃

其他星球来客

德拉库拉[①]

突变体的一个惯例（漫威漫画公司[②]）

70 年 10 月 17 日

影片画面渐渐叠化。暗淡了——视线转向别处。最后的画面：光着的双腿，穿着到小腿肚长的淡紫色短袜。

70 年 10 月 19 日

我漂浮在痛苦的海洋里。不是漂浮——而是游，拙劣地——没有式样。但不下沉。

像被卡车撞倒。躺在街上。没人来。

我活在一种深深的痛苦之中。

困在一个小小的黑匣子里——匣子无处安放。

---

① Dracula，英国小说中最著名的一个吸血鬼的名字，带有恶魔的含义，其作为吸血鬼的代表曾在多部描写吸血鬼的电影中出现。

② Marvel Comics，美国漫画公司两大巨头之一，旗下有蜘蛛侠、钢铁侠等漫画角色。

一次流产。刮净。剧痛——一片血污。

站在一个风洞口。我感觉头昏眼花。我所有的力气都用来让我自己站稳——不被吹倒。

……

70 年 11 月 19 日　斯德哥尔摩

新生活［周围划了框］

又一次（多少次？）un petit effort［“一点点努力”］

《幻想曲》——法西斯主义美学完美的例子

世界分为：

善——恶
光明——黑暗
快——慢　　　　运动的类型：
　　　　　　　　“飞行”　“舞蹈”　“跑动”
轻——重
大——小
优雅——笨拙

主人　　　< >　　　“小”人

[利奥波德·]斯托科夫斯基[1]
制造风暴的上帝
穆索尔斯基[2]作品中的魔鬼
保罗·杜卡[3]的魔法师
小仙子
幼小的动物
米老鼠

灯光里显现指挥家(斯托科夫斯基)形象的轮廓——站在指挥台上，舞动着指挥棒，指挥管弦乐队演奏乐曲

音乐：完美的主人引领理想的仆人的一件事

所有的存在都是老套，模式

男性< >女性(女性扑闪睫毛——男性向前冲)

主人< >仆人(试比较贝多芬的田园曲中的黑人仆人/微型女性半人半马)

人人都该各就各位(或者很快重归其位；世界秩序井然)

《幻想曲》是一个完整的世界观；一种道德，一种美学，一种宇宙进化论([斯特拉文斯基的]《春之祭》)，一种神学(《荒山之夜》中的魔鬼被《圣母颂》[4]征服[《荒山之夜》是19世纪俄国作曲家莫杰斯特·穆索尔斯基作品的一个版本，由斯托科夫

① Leopold Stokowski(1882—1977)，英国指挥家，古典音乐改编家。
② Modest Petrovich Mussorgsky(1839—1881)，俄罗斯作曲家。
③ Paul Dukas(1865—1935)，法国作曲家，有《魔法师的弟子》(1897)等作品，该管弦乐曲后成为《幻想曲》的核心片段。
④ *Ave Maria*，舒伯特的作品。

斯基改编成管弦乐，被迪斯尼用在《幻想曲》中]）

框架：直观的声音的理念：

声轨——无首席的即席演奏

管弦乐队（一边等斯托科夫斯基，一边演奏着摇摆乐——令人放松，显得顽皮）

指挥的到来——音乐家们排列整齐

贝多芬的田园曲

关于性（求爱）、游戏，自然，（“照亮”世界），家庭生活（珀加索斯[1]——母亲——学着飞的黑人小孩[——]风暴 > 和平）

[柴可夫斯基的]《胡桃夹子组曲》——其他种族，他们的喜剧性

作为中国舞曲的“蘑菇舞”[2]

70年11月30日

摘自[索尔·]贝娄的《萨姆勒先生的行星》，第136

① Pegasus，希腊神话里从被割下头的女妖美杜莎的血中跳出的生有双翼的飞马。
② 柴可夫斯基《胡桃夹子组曲》（*Nutcracker Suite*）第二乐章为有特色的舞曲，包括中国舞曲。

页——“努力以一颗平常心生活”

奥拉夫·斯特普尔顿

维克多·雨果的座右铭：“风格简明，思想精确，生活果敢”

70年12月18日　巴黎

关于圣特蕾莎的电影

贝尔尼尼塑像
萨德在罗马时参观过

？黑与白

……

读H·G·威尔斯的《黔驴技穷》[①]

威廉·詹姆斯在《宗教经验之种种》[②]里讨论“病了的灵魂”的一章

---

① *Mind at the End of Its Tether*(1945)，威尔斯最后一部小说。

② 威廉·詹姆斯在《宗教经验之种种》(*The Varieties of Religious Experience: A Study in Human Nature*, 1902)里，对宗教经验的神秘性进行了分析。

……

“写作不过是生活的一个替换[原文如此]。”—— 弗洛伦丝 · 南丁格尔

1971年

71年1月16日 ［SS38岁生日］

自尊危机。

什么令我感到强大？爱并工作着。

我必须工作。

我正在被自怜和自卑所消耗。

……

我失衡。

我在寻找尊严。别笑。

我（对别人）既毫不容忍又无比纵容。对我自己，不能容忍占主导地位。我喜欢自己，但我不爱自己。对我爱的人，我的纵容达到了极限。

※

因齐奥兰的一句格言而产生的一部小说的想法："身体上遭侮辱的需要。我愿意是一名行刑者的儿子。"

"行刑者的女儿"……

※

71 年 2 月 2 日

我是不是可能把第二次解放归功于西蒙娜·德·波伏瓦呢？20 年前，我看了《第二性》。昨天晚上，我看了《女宾》。当然不可能。我仍然需要许多历练才能解放自己。然而，第一次，我能够大笑。改变等级（非常重要）、年龄（再来 20 年的体验！）、国家，以及泽维尔的体格，这是卡[洛塔]的一幅完美的肖像。我从外面看到了诱人的圈套（自我牺牲、基督教的爱，以及与情欲一起被激起的那种方式），我不为自己感到难受，我不那么鄙视自己了。有点儿更加地，我不再希望——而且我觉得轻松一些了。我能够大笑了，温柔地，笑我自己。

71 年 4 月 11 日　纽约

乔：两类人——对自我改变感兴趣者和不感兴趣者。两类都需要同样多的能量——保持不变与改变需要同样多的能量。

我的情况与第一种相符——而且，我只对忙于自我改变的规划的人感兴趣。不过对第二种情况：我希望我能相信那么乐观的事情。对我而言似乎需要多得多的能量才能改变。

[波兰作家、诗人、讽刺作家]斯坦尼斯瓦夫·耶日·勒克的格言："当你到达真正的底部，你就会听到来自下面的敲打声。"

兼用法思维是什么意思？

本周斯特拉文斯基去世……我记得我和梅利尔（SS 的发小）过去常常争论，我们是否能牺牲我们的性命让斯特拉文斯基多活 1 年——或 5 年。我当时 14 岁，也许 15 岁。

71 年 4 月 21 日

我因为缺乏知性方面的刺激而在痛苦不堪。我已经过分夸大、过分反抗我青年时期浸淫其中的学术环境。那曾是一种夸大其词。还有，从哈丽雅特开始，我逆向开始了同等的夸大其词。而且变得越来越极端，结果最近几年我的时间几乎都是和才智平平者一起度过的。——无论他们[多么]令我满意（因为他们更热情，更感性，更敏感，对"这个世界"有更多的体验），他们没有刺激我。我思考的越来越少。我的思维变得迟钝了、被动了。我得到了很多，但也付出了很大的代价。现在就是那个代价令我羞愧。我发觉很多书读起来有困难了！（尤其是哲学）。我写得糟糕，而且艰难。我的思维僵化了。（这就是造成那篇妇女解放随笔麻烦的原因——不只是我的抑郁。）

……

今天因为[南斯拉夫作家和持不同政见者]弗拉吉米尔·杰吉耶尔而产生的中篇小说的想法。《自杀俱乐部》。一部政治小说，背景是南斯拉夫——虚构的小国家。(中学，大学)学生中的新社交活动：自杀俱乐部猛增。年轻人担负起责任实施“利他主义的自杀”来唤醒良知、胁迫政府。他们开会，讨论，组成提高政治意识的团体来做好准备。然后行动。总共有24个人采取行动——(有些人被谋杀了，最终失去了勇气，被他们的同志逼迫)。杰吉耶尔的儿子19岁时采取了行动——从他父亲房子正上方的悬崖上跳下。后来发现这些俱乐部是由秘密警察操控的。

杰吉耶尔有三个儿子。老大15岁时自杀，(就其父亲的活动)遭受警察的审讯+拷打后遣送回家——他上吊自杀。老二19岁时自戕(自杀俱乐部)。老三去年试图自杀——未遂——去了美国，吸毒，现在在瑞士一所体校。

处理成俱乐部“素材”集的中篇小说。像奥斯卡·刘易斯的波多黎各+古巴的人类学研究。信函、录音采访、研究者报告……以研究者试图离开这个国家以及他的文件遭到没收而结束。

看[法国社会学家埃米尔·]涂尔干的利他主义自杀论。

用弗洛伦丝讲给我听的关于她父亲[法国作家和政治家安德

烈·马尔罗[1]]的故事——在墓地，安葬了她的兄弟后，他们绕墓地而走，他就棺材史从苏美尔人到现今发表了即兴演讲。用那个——其中一个自杀者的父亲；他是一位教授或者政府部长。

71 年 4 月 24 日

伊凡·伊利奇的厚实令我安慰——让我更加直面自己，更加强而有力。

让娜[法国女演员让娜·莫罗]本周末：全是装腔作势。我多么沮丧啊。

我相信奇迹——一辈子都信。最后，我决定创造一次。我失败了。我真想死。

我就知道你必须用性命来冒险令奇迹发生。不能犹豫不决，不能有所保留。我就这么做了。结果我失败了。

我把自己整个的生命都建立在假设的基础上，此假设最终受到了考验。我——它——未能经受住考验。我这辈子失败了。

是我鼓吹的吗？同样的方法？更好的方法？有更好的方法吗？(不相信奇迹？)或者“鼓吹”是错误的隐喻？

---

① André Malraux(1901—1976)，法国小说家、政治家和艺术评论家，参加过1927 年中国共产党起义和西班牙内战，后被任命为法国第一任文化部长，著有《人类的命运》。

仿佛我整个生命都在朝着我两年前达到的那个阶段发展——最终敞开自己，慷慨无比，奉献我自己。我做了。我被拒绝了。

我那时纯真。（我纯真吗？）而且我也过分华丽吗？那样错了吗？

BC［《卡尔兄弟》］是关于创造奇迹的事。那是对我当时依然拥有的信念的证明：我的祈祷、我的自信……我拍了这部电影。卡尔成功了。我失败了。

奇迹背后的能量——还有愉悦、回报——是对互利关系的向往。一个纯真、慷慨的梦。但是一种有瑕疵的能量。

我厌烦了对绝对完美的互利关系的寻求？有哪个人会对像那样的见解深刻的向往厌烦吗？

我独自一人。我现在明白了。也许我将永远这般。

71 年 4 月 27 日

孤独无边无际。一个完整而崭新的世界。沙漠。

我通过意象——在想——在说。我不知道如何将它们写下来。每一种感觉都是有形的。

也许那就是我无法写——或者是目前写得如此糟糕的原因。

身处沙漠，所有的想法都是身体上尝试性的。

我接触了一个中心处所，这是我以往从未住过的地方。我从边缘开始写，沉下去浸到井里，不过从未完全注视下面。我写出一个个字——一本本书，一篇篇随笔。现在，我就在此：就在中心。而且我惊恐地发觉，中心地带是悄无声息的。

我想说话。我想成为一个说话的人。可是，到目前为止，说话意味着用这种左撇子式（笨拙）的、目光回避的方法对待自己。

我把自己当作另外一个人……伊凡说这全都在《色情之想象》［SS 的随笔］中。（或者是《死亡匣子》，我会说。）但我以前不明白。我以前不往下看，而是惊叹于我有的那些奇妙的、病态的、极端的想法——而且认为自己无须因为成为它们的传播媒介而付出代价（神经错乱、加剧绝望）而感觉幸运。幸运！

我曾担心会发疯。现在我已经看了——我就在此。我没疯。我甚至并未因夜复一夜独守公寓而沮丧消沉。

※

［18 世纪德国格言家乔治·C·］利希滕贝格：“每个人的性格中都有一些东西是不能被驯服的——性格的坚硬结构。想要改变这一点与教会一只羊找回猎物一样。”

※

设法扩大我的内心世界。

[6月，未标日期]

麦克卢汉：黑人比白人更适于电视广播——从电视的视角而言，白人已经不合时宜了。

不要把(一本书、一部电影的)主题与其政治性混为一谈。[法国作家、时事评论家菲利普·]索莱尔斯认为，塞利纳从文化上讲是激进的；他的观点则是另一回事儿。

写一本关于身体的书——但不是一本人格分裂的书。这可能吗？抽丝剥茧，在脱去一层层衣服的过程中详尽地探究、描述、蹂躏、强奸每一块骨头-肌肉-器官的细节，这样的一本书。

最伟大的导演？D·W·格里菲思，hélas["唉"]

弗洛拉·特里斯坦——法国人，早期女权主义者(1803—1844)——受到布勒东的称赞

法西斯主义作家：塞利纳，[路伊吉·]皮兰德娄，[戈特弗里德·]贝恩，庞德，三岛由纪夫。

有价值的主题：

摧毁艺术家、创造者的资产阶级神话（反［费里尼的］《8½》①）
妇女的政治行动
敌人是人，但还是敌人（［德国士兵的］斯大林格勒信函）
一个女人精神上的行动
神圣的

［12月，未标日期］

“神圣的”+孤独的、不合群的艺术家-创造者的资产阶级的神话是相互对立的。

感受神圣的是不合群的对立面。就是互相协调。总是包含与其他人——“某一阶层”的种种关系。

“神圣的”总关系到死亡、灭绝的危险。

有没有可能“神圣的”这个概念就是一种神秘化呢？（极其深奥的普世性形式，否认阶级矛盾和具体的斗争）

① 1963年费里尼执导的喜剧片。

1972 年

［1 月，无日期］

一部惊险刺激读物作者的注释（迪克·弗朗西斯，《代价》[①]）："现在，作为一名杰出的惊险刺激读物的作家，其声誉正在超过他作为越野障碍赛马骑师冠军的名声。"想一想一名作家的那种想法。

善良，善良，善良。

我想做个新年祈祷，不是一个决定。我在为勇敢祈祷。

目前，此刻。我不害怕。我几乎一向感觉到的沉重的压力不存在。

我为什么如此害怕？我为什么感觉如此软弱，如此内疚？我为什么已经一年未能给妈［妈］写信，未能打开她的信？

我必须见卡［洛塔］，她今天已经和焦［瓦内拉·赞诺尼］回到了巴黎。我一定不能害怕……打电话给［罗伯特·］布列松，还有尤伊·贝林戈拉+雨果[·圣地亚哥，阿根廷人，流亡巴黎，SS和他关系友好]，还有[法国学者]维奥莱特[·莫兰]，还有保罗[·特克]。还要写信给罗杰[·施特劳斯，SS的出版商加朋友]+[纽约的精神科医生]莉莉[·恩格勒]+乔[·蔡金]。过去的两个月我为什么如此害怕呢？

[SS肯定把这则日记给某人看了，因为，日记的下面，另一个人的笔迹写了一行字并加了下划线：]请别害怕！

72年3月10日

[智利制片人、戏剧导演，以及诗人亚历桑德罗·]佐杜洛夫斯基：

格罗托夫斯基，资产阶级心理戏剧的终结，其最终的净化。

[康斯坦丁·]斯坦尼斯拉夫斯基>戈登·克雷格>格罗托夫斯基

"我过去常常问[法国哑剧演员]马赛尔·马尔索[②]，'你为什么不开口讲话呢？'你知道为什么吧？因为他的声音有点儿压低了的细细软软的，像这样——"

---

① 迪克·弗朗西斯（Dick Francis，1920—2010）为英国颇具影响力的侦探小说家，一生著有42部侦探小说，曾荣获三次爱伦·坡奖，《代价》（*Forfeit*）令他在获三次提名后终于第一次获美国侦探推理小说家协会颁发的"爱伦·坡最佳小说奖"。

② Marcel Marceau（1923—　），法国哑剧表演艺术家，以白脸比普的形象闻名，这一角色是他从法国哑剧丑角的艺术形象发展而来的。

不能再做戏剧了——什么？

魔法典礼。仪式。

三个中心：肚子、胸部、头。

为三个[中的]每一个演奏音乐。

（藏文磁带。）

一个冥想的房间。

格罗托夫斯基：像僧侣般训练的演员。佐杜洛夫斯基：会演戏的僧侣。

做连环漫画。（他的模特儿：1938年以前是小尼莫，大力水手；飞侠哥顿。）

“G. 喜欢拙劣的戏剧。好吧。我也是。（哑剧等。）可我也喜欢奢华的戏剧。（我喜欢塞西尔·B·德米尔。）”

买：

歌德，《亲和力》

保罗·德曼，《不察+洞见》[1]

罗伯特·库弗，《符号与旋律》[2]

一部长篇小说的想法：

---

① 即 *Blindness and Insight*。

② *Pricksongs and Descants*（1969），短篇小说集，亦译《对位旋律和分枝旋律》。

查看1934年底巴黎的报纸——男爵遗孀与三个年轻男子在加拉帕戈斯群岛[1]冒险，由[波勒·]泰弗南讲述……

弗里德里希·里特尔博士和多尔·施特劳赫·冯·克温夫人1929年到加拉帕戈斯群岛生活——两个人都是德国人。去之前，他们都已经采取预防措施，把牙全拔了——用钢“架”取而代之。他们想要创建一个伊甸园——他们称之为弗里德（他们名字的前面几个音节）。1924年（？），著名的男爵遗孀巴斯凯·冯·瓦格纳在三个非常年轻的小伙子的陪伴下，到了岛上。遗孀夫人彻底不存在了，她让别人叫她加拉帕戈斯女王，拥有两个追求者；在海滩偶然碰上第三个人外加一具“pecheur de passage”[“经过的渔民”]的尸体，这一切成了1934年底各家报纸的头条新闻……

72年3月13日

[《新美国评论》创始人特德·]索罗塔洛夫[2]——我们这一代（芝加哥等）：过去我们清楚价值标准的一切，但是我们并不懂我们的价值标准与我们的经历之间的关系。我们“评价”我们的经历，不予考虑其中大多数与我们的价值标准不符的东西。

抽烟的“新艺术”感染力：制造你自己的灵魂、精神。

---

① Galapagos，位于太平洋东部的赤道上，属南美洲厄瓜多尔共和国，距离其本土有1 000公里，是四五百万年前海底巨大火山喷发形成的，在一百多万年前浮出了海面。岛上的火山喷发至今仍时有发生。

② Ted Solotaroff（1928—2008），美国作家、编辑、文学评论家。

"我活着。""我是装饰性的。"

72 年 5 月 10 日　戛纳/昂蒂布角

在这儿看了两部我听说过的电影，很喜欢。赫尔佐克[1]关于盲-聋人[《沉默与黑暗的世界》]电视风格的纪录片。"关于"阿提拉[《技术和仪式》]崭新的扬弃——他关于战争(武装斗争)、权力-控制所做痴迷的思考——我看过的最色情的电影之一(男人的色情)。一个梦，关于一个魅力超凡的世界征服者是如何产生的：梦中重建的心理学因素。与[罗伯托·]罗塞利尼[2]的《路易十四的崛起》中所做的分析相反，但同样有效。

女权运动："GEDOK[3]"，女权主义艺术家的一个组织，1926 年在德国成立——20 世纪 30 年代被希特勒解散。

罗曼·布鲁克斯[4]，[多拉·]卡林顿[5]，[格特鲁德·]斯泰因

傀儡子[6]——操纵着文乐木偶戏木偶的黑衣男子

---

① Wemer Herzog(1942—　)，德国导演、制片、编剧、演员。

② Roberto Rossellini(1906—1977)，意大利导演，意大利新写实主义的重要成员之一。

③ 德语 Gemeinschaft Deutscher und Oesterreichischer Künstlerinnenvereine aller Kunstgattungen 的缩写，指德国和奥地利所有艺术种类女艺术家协会。

④ Romaine Brooks (1874—1970)，美国女画家。

⑤ Dora Carrington(1893—1932)，英国女画家、装饰艺术家。

⑥ Kurago，木偶戏表演者。

筱田[正浩][1]根据近松门左卫门[2] 1720 年写的木偶剧拍成的电影《心中天网岛》[3](1969)

72 年 6 月 21 日

一部小说-思考的想法([4]以[肯尼思·伯纳德在]*NAR*[《美国新评论》]第 14 卷中《金刚》的风格:“论垂死的女人”,或“女人之死”,或“女人如何死”。

素材:

弗吉尼亚·伍尔夫之死

[德国女高音歌唱家]亨丽埃特·桑塔格之死(1854 年 6 月 17 日在墨西哥——巡演中——霍乱)

爱丽丝·詹姆斯之死

[俄国数学家]索菲娅·科瓦列夫斯卡娅[5]之死(1891 年,斯德哥尔摩)

玛丽·居里之死(1934 年 7 月 4 日——因辐射而引起的恶性贫血)

---

① Masahiro Shinoda(1931—),日本电影导演,1960 年因拍摄处女作《恋爱单程票》,与另外两名年轻导演大岛渚、吉田喜重并称为日本“新浪潮三杰”。1967 年创立了独立制片公司“表现社”,成为日本第二次独立电影运动的主将之一。在“表现社”里,他拍摄的《心中天网岛》(1969 年)被公认为代表作。

② Monzaemon Chikamatsu(1653—1725),日本歌舞伎剧作家。

③ *The Double Suicide* (*Shinjû: Ten No Amijima*)。

④ 原文无后括号。

⑤ Sofia Kovalevskaya (1850—1891),最早对混沌研究作出贡献的数学家,她在 1889 年给动力学系统稳定性下定义时,提出了度量小偏差增长率平均值的概念,这是朝混沌的独立理论迈出的第一步。

圣女贞德之死

阿米莉娅·埃尔哈特[①]之死

埃莱娜·布歇[②]之死（［法国］飞行员——1934 年去世）

罗莎·卢森堡之死

［法国剧作家与政治活动家］奥兰普·德古热[③]之死（1793 年——处死在断头台）

卡林顿之死

另一个标题：《女人与死亡》

女人不为彼此而死。不会有如同兄弟之间的死亡那样的“姐妹间的”死亡（《博·格斯特》）

……

得到《赫尔内笔记》论［20 世纪美国作家 H·P·］洛夫克拉夫特[④]的那一册

现代歌剧：勋伯格，《摩西与阿隆》[⑤]、《幸运的手》；

① Amilia Earhart（1898—1937），美国女飞行员，第一位单人驾驶飞机不间断飞行跨越大西洋的女性。

② Hélène Boucher（1908—1934），法国女飞行员。

③ Olympe de Gouges（1748—1793），法国女权主义者、剧作家、政治活动家。

④ 全名为霍华德·菲利普·洛夫克拉夫特（Howard Philip Lovecraft，1890—1937），美国恐怖、科幻与奇幻小说作家。

⑤ *Moses und Aron*（1926—1932），三幕歌剧，未完成。

[贝恩德·阿洛伊斯·]齐默尔曼[1]，《士兵们》；路易吉·诺诺[2]，《偏狭》[3]；路易吉·达拉皮科拉[4]，《囚徒》、《尤利西斯》；弗朗茨·施雷克[5]。

被遗忘的作家：

乔治·罗登巴赫[6]（法[语]“象征派诗人”）

保罗·罗杰[7]（比利时超现实主义者）

[7月，无日期]

法语，与英语不同：你一旦想令其屈从，它就会崩断的一种语言——

72年7月5日　巴黎

一个作家，就像一个运动员一样，必须每天都“训练”。我今天做什么来保持“状态”了呢？

---

① Bernd Alois Zimmermann（1918—1970），德国作曲家，他最著名的作品是歌剧《士兵们》（*Die Soldaten*），1970年8月10日自杀身亡。

② Luigi Nono（1924—1990），意大利著名作曲家。

③ 指《偏狭的1960》（*Intolleranza, 1960*）。

④ Luigi Dallapiccola（1904—1975），意大利作曲家。

⑤ Franz Schreker（1878—1934），犹太血统的奥地利作曲家、指挥家、音乐教育家。

⑥ Georges Rodenbach（1855—1898），比利时用法语写作的象征主义抒情诗人、作家。

⑦ Paul Nougé（1895—1967），比利时诗人、哲学家、超现实主义摄影家。

［美国作家］伦纳德·迈克尔斯[1]在花神［咖啡馆］：他说我们看上去相像（俄国-波兰-犹太人……），还说最初令他对我感兴趣的事是，我在那篇“坎普”的随笔里提到了［那个专唱感伤恋歌的古巴裔美国女歌手］拉·鲁普，他去见了她一面。他希望像拉·鲁普一样写作——对他而言，写作是“音乐的”——节律。他喜欢《死亡匣子》开头在火车上的交媾。他认为，［塞缪尔·理查森的］《克拉丽莎》是英国最优秀的小说。“你阅读吗？我的意思是说你阅读量大吗？”他认为左派分子是“野蛮人”。他不会说法语，也从未听说过花神。他1933年1月初[2]出生在下东城[3]——他父亲20年代早期移民，他母亲30年代初移民——他的第一任妻子自杀身亡（在隔壁房间，47颗安眠药），他当时是研究生——他的第二任妻子，很自然，是DAR［美国革命之女[4]］（他的原话）——他有两个儿子，一个3岁，一个6岁……他上的音乐+艺术（纽约城的公立中学）>密歇根大［学］>伯克利

72年7月20日

……

我应邀去中国三个星期，8月25日开始。

① Leonard Michaels（1933—2003），美国小说家、散文家，父母均为犹太人。
② 伦纳德·迈克尔斯1月2日出生。
③ Lower East Side，美国纽约市曼哈顿东南部的一片街区。
④ 指Daughter of the American Revolution。

一本中国的书？不是《河内之行》——我无法再进行"西方遇到东方"感受力旅行了。而且我当然也没打算讲述我这次旅行。我不是新闻记者。Je ne suis pas raconteur. Je déteste raconter. ["我不是讲故事的人。我不想讲故事。"]（除非是用故事来阐明一个观点——或者以后能分析 + 讨论故事 + 从中获得想法。）

什么书呢？我现在是否能写《关于文化大革命的定义的札记》这么一本书呢？也许，我了解不了多少文[化]革[命]的情况。（我怎么能够呢？我绝不可能单独行动。很有可能多半是去参观工厂、学校、博物馆）。但想法存在。

关于家庭的又一个想法——
一个替代"société de consommation"["消费社会"]的选择

反四旧：旧文化、旧习惯
反由艺术家（精通艺术的人）制作的艺术

把转向东方非政治的人们（[法国诗人雷内·]多马尔、黑塞、阿尔托）——为了"智慧"——与转向东方毛泽东主义者相比较。《中国已近》[指的是马可·贝洛基奥 1967 年拍的电影《中国已近》，SS 曾高度赞赏]。

云南[1]论艺术的讲座。

① 原文为 Yunan，戴维说应为 Yunnan。

讲述电影的故事。我的父亲。儿时我脑海里的中国。为伯肯小姐四年级的课写的论中国的“书”，是我当时写过的第一篇长东西。[纽约]格雷特内克房子里的中式家具。陈先生。

开头：“据我所知，我母亲是在中国怀上我的(1932 年天津)，不过，由于我父母回到美国生了我(1933 年纽约)，因此，我最初几年是在美国度过的——为了弥补他们令人失望的智慧，我告诉同学我生在中国。我在纽约出生后不久，他们就回到了中国，我 5 岁前他们大都待在中国。我父亲是个皮货商；他在纽约有家公司，在皮货区(西 31 街 231 号)。他让他的弟弟阿伦担任公司的负责人——而他自己则在天津经营公司的大本营，1930 年他和我母亲婚后大多数时间都在天津生活。1938 年 10 月 19 日，我父亲在天津去世，当时这座城市正遭受炮火的轰炸(时值日本侵略)，不过，他是死于肺结核。他 1906 年 3 月 6 日出生在纽约下东城一个贫穷的移民家庭，在五个孩子中排行老四——1912 年，6 岁时开始上公立学校，1916 年辍学，10 岁时开始打工，在皮货区当报童，1932 年第一次到中国，这个时候，16 岁的他已经是他工作的那家毛皮公司的代理人。他骑着骆驼进入戈壁沙漠，从蒙古的游牧民手里收购毛皮。他 18 岁第一次患上肺结核。”

把书献给我父亲。

给杰克·罗森布拉特(1906 年生于纽约——1938 年死于天津)——“爸爸”——一组照片——一个男孩，就我现在对他的回忆——未结束的痛苦，死亡，久远的消失。我的儿子戴着你的戒指。我不知道你葬在哪里。我想你的时候就哭泣。——你越来

越年轻。我希望我了解过你

可以用一些照片：

[奥古斯特和路易·]吕米埃1900年的资料[①]

普多夫金，《亚洲风暴》

爸爸的图片

巴塔耶的关于一个男子被打得皮开肉绽而死的照片

《中国新闻》封面上看上去像中国人的马克思的照片

书[目]：

埃兹拉·庞德论书法

[法国汉学家]马塞尔·葛兰言[②]

[英国汉学家及科学史学家]李约瑟

两期《如是》

马尔罗

蓝色哥伦比亚“瓷器”

中国色情作品(思基拉[③])

在《英国人欣赏力的趋势》[④](第二卷)中论中国艺术风格

看巴特论日本

---

① 1900年法国巴黎世博会上，吕米埃兄弟制作的电影在全世界面前展示，成为最受瞩目的焦点之一。

② Marcel Granet(1884—1940)，法国著名社会学家、汉学家、社会年鉴学派代表人物。著有《中国文明》、《中国古代的祭礼与歌谣》、《中国人的宗教》及《中国古代的舞蹈与传说》等。

③ 法国巴黎一家出版社。

④ *Tides in English Taste*，作者为贝弗利·斯普拉格·艾伦(Beverly Sprague Allen，1881—1935)，1937年由哈佛大学出版社出版。

也许这有点像一部布罗赫[①]格调的小说——对中国的思考。在风格上与弗雷德·塔滕[②]的作品[《毛泽东在长征中的冒险》]相反，决非戏仿。不过也是形式上的杂合。

我在尝试着写的包罗万象之书。还记得5年前《死亡匣子》出版时理查德·霍华德所说的吗？我必须找到自己的形式——哲学的故事、思考。也许这个就是，与他想象的大相径庭，但效果不错。

我可以把自己整个的生命都投入到这本书中。它包罗万象，而且还涉及月球——最具异国情调的地方——什么也不涉及。

这本书的另一种模式：约翰·凯奇，《从星期一开始的一年》。一幅拼贴画。我甚至可以把我10岁时写的关于中国的书的封面和两页内容直接复印过来。用封面——有苏珊·罗森布拉特——作为做旧的封面设计，上面一层是粗黑字体的书名和苏珊·桑塔格的名字。

一幅拼贴画：《上海风光》[③]、《图兰朵》、《阎将军的苦茶》、《大地》、《上海快车》（黛德丽）、儒勒·凡尔纳《一

---

① 指奥地利作家海尔曼·布罗赫(Hermann Broch，1886—1951)。

② Fred Tuten，即弗雷德里克·塔滕(Frederic Tuten，1936—)，美国小说家、记者、教师。

③ *The Shanghai Gesture*，奥地利裔美国导演约瑟夫·冯·斯坦伯格(Josef von Sternberg，1894—1969)1941年拍摄的黑白电影。

个中国人在中国的遭遇》[①]中的默纳·洛伊[②][原文如此]、卡夫卡、《长城》、《东方红》、《中国已近》、《亚洲风暴》。

主题：

寻找迷失的方向

集体生活(与个人主义作战)

高等妓女+残酷行为

女人的境遇

性——中国色情作品

可以用两栏(就像巴特用过的文本一样)对毛泽东的言谈做一种布莱希特式分析

……中国“有句话说”的概念

智慧的概念

……

书法

圣徒言行录的风格：

---

① *Tribulations d'un Chinois en Chine*，亦译《一个中国绅士的遭遇》，凡尔纳1879年的小说，此处应该是指1965年意大利和法国根据同名小说拍摄的电影，电影名亦译为《杀手闹翻天》或《香港追踪》，所以戴维在演员名后面加了“原文如此”。

② Myrna Loy(1905—1993)，美国电影、电视、舞台剧演员。

孔子

诺尔曼·白求恩[与毛一起长征的加拿大医生]

毛泽东

有可能的书

叙事文/拼贴画/讨论

夹杂着十个关于我父亲的段落+那种盖茨比式的生活——自传体的

“如果每秒钟出生的每四个人中就有一个人是中国人，那是不是意味着如果我有四个孩子，我的第四个孩子……”

（耶稣会会士绘制的）中国风景画的重要性

妥协的生活

II. 礼貌　论行为得体——圣徒言行录的风格

III. 中国人的痛苦

“如果白色是哀悼的颜色，那么黑色……”价值的转变

12 位旅行者：

马可·波罗

利玛窦

绘画的耶稣会会士

苏利耶·德莫朗[1]

保罗·克洛岱尔

马尔罗

泰亚尔·德·夏尔丹[2]

埃德加·斯诺

诺尔曼·白求恩

我父亲

理查德·尼克松

我

VI. “还有《易经》”

致力于东方的中国宗教

“你必须把盘里的食物吃干净。想一想所有在挨饿的中国人。”

帝国主义：《亚洲风暴》，吕米埃

帝国主义的意象。英国的鸦片贸易、特许权的说明

吕米埃兄弟，1900 年电影

VIII. 自从拿破仑[——]毛泽东[——]——长征以来尚未

---

① Soulié de Morant(1879—1955)，法国学者、外交官，曾在中国上海、昆明等城市任职。把杨继洲的《针灸大成》译成法文；著有《杨贵妃的爱恨情仇》(*The Passion of Yang Kwei-fei*; *from ancient Chinese texts*, 1924)。

② 即德日进，法国哲学家、神学家、古生物学家、地质学家，本名泰亚尔·德·夏尔丹(Teilhard de Chardin)，德日进是其中文名。曾在中国生活 20 多年。

IX. 《关于文化大革命的定义的札记》

X. 做个毛泽东主义者(中国以外的)

材料： 玉、柚木、竹子

十种沉思(每一页一种)
中国食品
中国洗衣店
麻将
中国人的痛苦

我现在可以写这本书了。但是我尚未有书名、许可、资格，除非我离开(哪怕只是短暂的时间，其间我什么也看不到)。

……

中国神话中的猴子形象： 机灵、现实。
奥德修斯。反英雄的，“人”。

梅兰芳的戏。(布莱希特 + 阿尔托的中国戏剧的概念)

……

1918—1919——在布拉格——卡夫卡如何理解中国?

72年7月21日

今天告诉妮科尔[·斯特凡娜]《死亡匣子》整个故事是如何瞬间形成的——天上掉下的馅饼——整个故事：火车，海丝特、尹卡多纳、商务会议，医院、回到纽约——huis clos［“秘密审查”］——进入死亡之地。——一切，我们那天午夜相约在布利克街“好极了”咖啡厅时，一开始，约翰·霍兰德提到了“迪迪”[①]这个神秘的词；我当时总去那家咖啡厅，现在店已经不在了。“你说什么？”“迪迪——哦。对不起。我是说，理查德[·霍华德]。我总是忘记。他小时候在克利夫兰时就叫这个名字。”“迪迪？”“是的。”“怎么拼？”“我不知道。D-i-d-d-y，我猜。”于是一下子，《死亡匣子》就充满了我的脑海——于是，我请约翰原谅，我不能再待下去。我必须回家。我在等一个长途电话——于是，我12：30冲到了家，开始写《死亡匣子》——开头部分，迪迪及其生活、他的自杀企图——极其兴奋地一口气写到了清晨6点……

今天把这个故事讲给妮科尔听，即这个小说是如何完整无缺、转瞬之间，就在提到“迪迪”这个名字的时候传递给我——因为迪迪与理查德·霍华德一点关系也没有，甚至也几乎丝毫不是以其为原型的——只是这个名字，一种[法国精神分析学家雅克·]拉康所谓的“coup de foudre”［“一见钟情”］，因为这个名字qui a tout déclenché［“引发了一切”］——可是为什么呢？为什么是这个名字？我从没搞[明白]——把这个故事讲给妮科

① Diddy，《死亡匣子》男主人公。

尔听，过去的5年中我已经把这个故事讲过30遍了(我讲的时候，记得的更多的是我其他时候讲这件事的情形，而不是这件事了)——突然，今天，转瞬之间——又是转瞬之间——我就明白了。5年后，我搞明白了。(那为什么是今天呢？)

为什么是迪迪？如果约翰·霍华德说他的绰号是布布或托托——或者迪格？不！迪迪，就是迪迪。那5个字母。为什么呢？我以前从未搞明白。今天[我]知道了。

迪迪

爹爹

这就是我这一辈子心里对死亡一直在思考的源头。

迪迪33岁。爹爹死的时间就是这个年龄。

迪-爹？他死了吗？假死这个主题，亦真亦幻的死亡、inattendue[“意外的”]复活出现在我所有的作品中——

安德斯太太(《恩主》)
鲍尔夫妇(《食人者二重奏》)
尹卡多纳(《死亡匣子》)
《卡尔兄弟》中的莉娜(不过它失败了)

一篇要写的随笔——论死亡。

我生命中的两次死亡。

1938年：爸爸：遥远、无法领会。

1969年：苏珊[·陶布斯]：与我同名，ma sosie [“我的替身”]，也无法领会

这事结束了。爸爸确实死了。

莉娜未能复活，因为苏珊确实死了。她死亡的方式——以及卡伦梦到她的复活——都来自那次悲痛的经历。（我的电影不是以真正的自杀结尾，而是掐断了梦！）我做过卡伦的那个梦。我曾把它告诉黛安娜·凯梅尼，她的反应和马丁一样。

……

在第一本对[陀思妥耶夫斯基的]《白痴》所作的笔记里，是梅什金公爵杀死了娜斯塔西娅·菲立波芙娜，而不是罗果仁。

……

也许一年当中有4天，我有“来访”——一些东西会出现。不期而至，而非什么灵感。那一年剩下来的日子我就靠此活着——整理我记下的订单+梗概……我把自己变成了一件货物。打字机是我的装配线。不过，除此之外，我还能做什么呢？

……

[威廉·]霍加斯[1]：一切都是外化的。一个人的脸是其性格及其社会地位和职业。每个人是百分百的他自己……巴尔扎克对他自己作品的概念：描绘整个社会(解析、揭示其中的冲突，揭露其伪善)。你必须“读”的画。(一个缺陷？)电影艺术。主题：冲突；伪善；耽于声色。

安东尼奥尼的《蚀》[2]——他最好的电影，一部伟大的电影。所有[法国作家及电影人玛格丽特·]杜拉斯的元素都在里边——不过更杰出、更丰富。股票交易所的镜头配得上爱森斯坦。在[阿兰·]德龙+[莫尼卡·]维蒂之间，这部影片的后半部：a huis clos ambulant, dehors[“在户外秘密地行走”]。德龙(一名真正的职业演员；与让-保罗·贝尔蒙多[3]正好相反，所有的魅力)定下了节奏——他动的方式，从不停下。

一个优秀的倾听者：热情、警觉、聪慧的身体到场——比任何语言都重要。

普鲁斯特不是巴尔扎克加其余所有人。巴尔扎克曾经是巴尔扎克加上其余所有人！社会的描绘加上关于社会、爱情、天赋、个性的理论——巴尔扎克作品中整页整页的内容就像是普鲁斯特论时间、普鲁斯特论认识、普鲁斯特论同性恋者与犹太人之间的关系一样。

---

① William Hogarth(1697—1764)，英国著名画家、版画家，欧洲连环漫画的先驱。

② *L'Eclisse*，安东尼奥尼1962年拍摄的电影，亦译《欲海含羞花》或《情隔万重山》。

③ Jean- Paul Belmondo(1933—)，法国电影演员。

……

［20世纪法国作家皮埃尔·］德里欧·拉罗舍尔/三岛由纪夫［——］法西斯主义 <   > 男性生殖力的崇拜 <   > 自杀

一个主题：意识形态的现象学

［论瓦格纳的］《女武神》[1]

……乱伦就是随时的性本能（就像同性恋一样）——做出首次纵欲行为的一对儿是兄弟+姐妹，做出最后一次纵欲行为的一对儿是父亲+女儿

在《女武神》中，听上去一些精彩美妙的东西——没有唱段的管弦段落——在你看歌剧时变得失去价值了。然后，音乐突然之间就变得仅仅是伴奏或者是演员动作表演的说明：就像热切的凝视一般。

72年7月28日

理想的情况是每个人都是艺术家（激进分子-乌托邦主义者式的陈词滥调），这［并］不比令人满意的每个人都是科学家这种情况更真实。

这个世界会如何处置所有那些东西呢？

艺术的普遍化［会］是一个生态灾难。

---

① *Die Walküre*，瓦格纳的歌剧，亦译《英魂传唤使》。

一个无穷无尽的生产力的想法。

几乎等于无穷无尽的创造力(科技)或者对知识的无穷无尽的获得的那个想法。限度的概念。

害怕从事“精英”活动这一事实使得人们说:理想的是,人人都应该是[一位]艺术家。

但有些活动只有少数人从事,才是可能的。

人人都能成为艺术家这句话唯一的意义是,如果艺术只是被理解为表演——或者廉价的艺术。艺术会是人们做的某件事情,如果这件事以一件物品为结局,你就不必(也许即使能)保留它,将它存放在博物馆。凯奇,因此,有权说他希望人人都成为艺术家。在他的艺术观中鲜有产品制造。没有要保存、要纪念的东西。它自我毁坏。

重述一下:这是一个生态问题。

论墓地(或电影?)的随笔

>20 分钟(弗朗瑞)

1. 作为感受力形式的“病态”
2. 作为理想城市的墓地

   城市空间

   “街道”、“花园”——花儿、“房子”
3. 作为建筑物的墓地[——]试比较[20 世纪意大利作

家安伯托·]艾柯

糟糕的鉴赏力

俗气

"照片"——林瓜格洛萨[1](西西里岛)

4. 墓地与记忆(时间冲淡记忆)

5. 单独<　　>众多的坟墓

6. 作为文学的墓地[——]墓志铭[——]易读性

7. 墓地+一家人(爱=夫妻俩)

墓地：谋略+现实

9)[2]色彩：白色

墓地：

马赛一处新的

哈勒蒙特[巴黎郊外的一个村庄，妮科尔·斯特凡娜在这儿有栋房子]

林瓜格洛萨(西西里岛)

长岛

海格特(伦敦)

塔鲁丹特附近(摩洛哥)

帕纳雷阿[西西里岛沿海岛屿]

72年9月3日　纽约

自我：博比·费希尔、詹姆斯·乔伊斯、诺曼·梅勒、理

① Linguaglossa，意大利西西里岛的一个城镇。

② 原文如此，戴维在回答译者的疑问时说，序号"9"删掉可能更好。

查德·瓦格纳、马克·施皮茨、[赫尔曼·]梅尔维尔

男同性恋与法西斯主义、清教徒主义与共产主义之间的联系：性+政治

……

72年9月16日

……

访谈格调的最佳例子：罗伯特·洛厄尔……

中国书——与汉娜·阿伦特+[美国作家唐纳德·]巴塞尔姆之间有交叉，我昨天告诉[时任《纽约客》的编辑]威廉·肖恩

《身势学与语境：身体动作交流文选》——雷·L·伯德惠斯特尔著(1972年巴兰坦出版)

为什么这本书的腔调如此反动而且令人厌恶呢？

书中的男性至上主义(“适当的交配，”“他”的使用等等。)

书中对科学家的权利的假设——

病人

外行//专业人士

业余的

书中对交际的见解，比如人类世界/白痴世界[①]

书中隐语的道德寓意

72 年 10 月 15 日　巴黎

随笔形式中高贵腔调的典范——阿伦特《黑暗时代的人们》

再读[阿伦特的戈特霍尔德·埃弗拉伊姆·]莱辛＋[沃尔特·]本雅明随笔，经常！

香港——跨越中国内地与香港之间的深圳河上的罗湖桥。步行穿越。尖顶布帽。[其实，SS 一字不差地用了其自传体短篇小说《中国旅行计划》开头的一句话。]

……

乐园的新概念：我们不了解的地方（加德满都，塔拉乌马拉族，塔希提岛，等等）

72 年 10 月 20 日

（一部小说的主题）法西斯主义与“异乎寻常”之间的关系。

洛夫克拉夫特

① idioverse。

《幻想曲》，巴斯比·伯克利的《大伙儿都在》

人的机械化

色彩的使用

……

72 年 10 月 21 日

我生命中的两个基本隐喻：

去中国旅行

沙漠

分成两个部分的书（桑德拉尔风格的散文诗）：回到沙漠（图森）；去中国旅行

沙漠——静止、空旷、一览无余、人烟稀少、头脑简单、简单重复的历史

中国——运动、高雅文化、青山绿水、历史宏伟、人口众多

……

72 年 10 月 28 日

刚刚得知中国之行要推迟到 2 月 15 日。

谢天谢地我写的是“计划”。

自我保护的本能啊!

……

[未标日期，11 月]

……

用书籍来循环一个人自己的人生

72 年 11 月 6 日　巴黎

一部短篇小说或中篇小说的想法（源自昨晚在妮科尔家对[电影制片人]利斯·法约勒和她丈夫克洛德·布鲁尔的造访）:

一名男子——英俊——42 岁——布鲁塞尔出生，蒙特利尔长大。一名作家。好喝酒。一头长发。他穿的衣服全部都是女人买的。一个 raté [“失败者”]。“什么都”懂。什么都不保存——个人财物、旧手稿、期刊。几乎不工作——偶尔为报刊写文章，自由作家，公关摄影(1970 年戛纳电影节时约翰·列侬和洋子在金鸽子旅馆)，剧本修改。两年前出版了他的首部小说；由一个小的独立出版商在阿尔卑斯沿海地区发行，罗伯特·莫雷尔——山顶 180 公顷中间一栋现代建筑……有一扇“关起来像是保险柜一样”的钢门；印了一万册——全部售罄，但只在法国南部——巴黎一本也没有(出版商拒绝把书发到巴黎的书店，即使有人订货)；[有一天，有点热[①]]；获得了一个小小的、颇具声望的文学奖——罗杰·尼米耶奖。已完成了第二部小说，开始写第三部。已离开罗伯特·莫雷尔——“那可真是痛苦不堪”——“我爱他”——信：“Cher Robert, Je vous quitte. Claude.”[“亲爱的罗伯特，我要离开你了。克洛德。”]没有解释，没有后悔的表示。“他在让他自己开心。为什么我不该让我自己开心呢？”——“出于最愚蠢的原因，我希望能够走进巴黎的一家书店，看一看我的书卖得怎么样。”现在，(通过[法国小说家弗朗索瓦丝·]萨冈)的引见，他认识了[巴黎的出版商]弗拉马里翁，还有格拉塞，其中一人愿意出他的第二部小说。而且第三部他已经写了100页了。

他一辈子都在写作，但直到3年前才有足够的“自信”来出版。剧作、短篇小说、长篇小说。以前所有的资料都丢了，扔了，撕碎了。

结了两次婚——和一个加拿大姑娘，那时非常年轻(她要求忠诚)，然后，来到巴黎后——在[他]20大几、30出头时——利斯！现在和一个叫凯瑟琳的姑娘住在圣特罗佩[②]，她很有钱。松林中的房子。

去康奈尔。在纽约住了一段时间。

---

① 原文为法文。

② St. Tropez，法国普罗旺斯-阿尔卑斯-蓝色海岸大区瓦尔省的一个镇，距离大区首府马赛约100公里。

家境殷实。（父亲是干什么的？）四子之一。（克洛德是长子？）一个兄弟去世了。老三？老四菲利普 39 岁，是先天性白痴。

菲利普到 6 岁才“开口讲话”，9 岁才走路。“是我教他走路的。”母亲现在 82 岁了。她一辈子一分钟也没有离开过菲利普。现在 82 岁了，还能在花园里上蹿下跳逗菲利普开心大笑。

“我母亲是个怪物。”

他叫利斯“法约勒”[——]“嗨，法约勒……”

菲利普的照片(5 ×5 大，戴着厚厚的圆镜片的眼镜，有点谢顶，短袖白衬衫，灰色的宽松长裤)，母亲(白发)，还有克洛德——肮脏、头发蓬乱，胡子拉碴。

母亲 45 岁以及大于这个年龄生孩子，50 个孩子中就有一个是先天性白痴；30 岁以下生的孩子中 2 000 个中有一个。

“先天性白痴”严格地说来，叫做唐氏综合征。

克洛德：“别为先天性白痴感到难过。他们并没有不快乐。他们是快乐的。”

他们想要什么？“什么都不要。他们只想独自待着。自个儿安静地待着。”

“C’est le contestataire dans l’état pur. Il est contestataire. C’est le refus total.”[“这是最纯状态的抗议。他这是在抗议。这是彻底的拒绝。”]

“先天性白痴说的一切都是假的。”都是学会的。是模仿。

“拒绝在怀孕时就开始了。精子拒绝卵子，卵子拒绝精子。”

先天性白痴之间不像正常人之间那样“温柔深情”。

他们往往记忆力很好。

“我母亲搞不懂菲利普。她是他活下去的理由，他是她的理由。”

“如果她死了，那当天他也会死。”大多数先天性白痴年纪轻轻就死了。他是世上活得最长的之一。

他[克洛德]17年没见他母亲。

“他们不想讲话。他们学会讲话是因为他们被逼而为之。”(不是真的)

说他母亲爱菲利普胜过爱她其他三个儿子或丈夫。“他是最强壮的。”

“和他在一起永远也不会感到无聊。”

“我在写的小说不是关于我兄弟的。碰巧我有个先天性白痴的兄弟，如此而已。”

小说是以第一人称写的。“我想把自己置于先天性白痴的思维中。描述他看到的世界——我像他那样看到的世界。”一个没有“正常”假设和结构的世界。

“我母亲并不令人称赞。她所做的完全是以自我为中心。她应该让他死去。”

先天性白痴爪子般的抓握——刮板状的指甲——粗脖子，沙哑的嗓子，圆圆的肩膀。

随心所欲大发脾气，动辄不高兴。杯子是用来喝水的，也是用来砸碎的。

“我懂我的兄弟。”

母亲创办了一所学校——慈善机构——为先天性白痴。但菲利普一直和她待在家里。

“也许，小说中我会想象一些对先天性白痴而言并不真实的心理过程，但我不在乎。真实的是我能想象的东西。”

克洛德出生时母亲40岁，菲利普(最小的)出生时她43岁。

这如何改变?

克[1]的日记

或

克与萨[冈]之间的信件来往。

日记中，可以把他的回忆体现到他的小说中——他的兄弟——他自己的生活。但是，他能从外面来评论吗?——也就是说，去理解这第三部小说如何旨在作为报复其母其弟的一个暴力行为。

创作这部小说的过程中，他变成了他的兄弟——但他比他兄弟聪明(还有为什么他否认他小说中的人物就是他兄弟，他要扮演、要体现的那种心智事实上是不是典型的先天性白痴的心智这一点很重要)

——创作这部小说的过程中，他变成了他母亲——但比他母亲聪明。他比她更懂菲利普。

变成了他母亲和兄弟，他最终变得比他们俩都强。

他扮演了菲利普(但比菲利普好)因而有资格提出要求得到他母亲的爱。他神奇地变成了更得宠的那个儿子。

---

① C，指Claude(克洛德)。下同。

在菲利普的爱中他取代了母亲。

他变成他一直想要成为的样子——以其忧伤的、凄惨的、“波希米亚”的方式——完美的抗议

（克讨厌吃饭和睡觉。很瘦。通常在早晨五点到七点之间上床睡觉。不过，喝酒。？？？？，所有这一切，加上通过菲利普体现出来的理想的主张。）

信件形式：可以有个声音——一个女人，克洛德的前妻或情人，住在巴黎的一个非常成功的小说家，萨冈风格——叙述所有这一切。她表述清晰、愤世嫉俗。

可信件的形式令故事冗长。我希望故事发展快些——尽可能地浓缩。

斜坡（“跌倒”）？母亲去世，紧接着——不是菲利普——是克洛德去世。

……

我一生中一直在追寻的三个主题：

中国
女人
奇人怪事

还有第四样：组织机构，权威。

三（或四）个我管辖的领地——而且可以充分利用。
三（或四）个我可以布置的房间。

［页边空白处：］可以用这种方式撰写我的自传。
分成四个部分。

……

72年11月7日

把中国的书献给D[1]：献给戴维
　　　　　　　　　　爱子、朋友、战友

……

72年11月16日

重返科幻小说。儒勒·凡尔纳（+尼采）的厌女症

……

① 指David。

1973 年

73 年 1 月 6 日

我认为，我还是个孩子的时候，就已经知道我只有两个选择：智性或孤独症。对我而言，做到智性不像是把事情做得“更好”。这是我惟一的存在方式。[做不到]智性的话，我就反反复复地患紧张症。

根据雷蒙德·鲁塞尔《非洲印象》改编的电影(1910)。他1933 年去世。一部有趣、充满诗意、梦幻的电影(故事围绕一场具有戏剧性的联欢会展开，联欢会是为一场庆典而举办的)。

关于吉尔·德·莱斯的电影。

73 年 1 月 7 日

也许我又开始思考了。这么说为时过早。我曾开始相信我失去了思维能力。——或者丧失了此能力，因为太沉重了。

我能不能爱某个人(妮[科尔])同时仍然能思考/飞？

爱是一边飞一边被播种植入。思考是独自飞翔，同时在扑打翅膀。

我不得不思考我所思考的。而且我感到害怕。

过去3年中我经历的糟糕、令人麻木的自信丧失：对《死亡匣子》的抨击，觉得我自己是个政治骗子，对《卡尔兄弟》接受的惨状——还有，当然，卡[洛塔]的纷乱。

电影(暂定假设)：

> 我想拍的惟一一种电影是科幻小说类：梦、奇迹、未来学。科幻小说 = 自由。
>
> 任何“特定时期的”电影本质上都是反动的。例如：
>
> > 普鲁斯特、《送信人》、《死于威尼斯》
> >
> > 反例：布列松的《圣女贞德》——为什么呢？
> >
> > 因为没有专业演员……
> >
> > 因此[SS改编德·波伏瓦小说的计划]
> >
> > 《女宾》会是一部反动电影……
> >
> > 另一个反例：罗塞利尼的《崛起》①……
>
> 明星们怎么样呢？碧姬·芭铎在戈达尔的《轻蔑》中的形象的有意识处理

论电影艺术之暴力的随笔：

① 即 *La Prise du Pouvoir par Louis XIV*(《路易十四的崛起》)。

比较：1）［爱森斯坦的］《波坦金》敖德萨阶梯镜头中女人的眼睛；2）［布努埃尔］《一条安达鲁狗》中被挖的眼睛

（1）引起同情，不要残忍；（2）残忍。肯·罗素的《恶魔》源自(2)。自从《精神病患者》让观众习惯了毫不退缩地忍受虐待暴力(《精神病患者》、《冷血惊魂》、《乐圣柴可夫斯基》[①]、《恶魔》，［萨姆·］佩金法的《稻草狗》，希区柯克的《狂凶记》)，这种现象在稳定地发展。［弗朗瑞的］《野兽之血》在所有这一切当中情况又如何呢？

如果我的情况导致任何公开行为的话，那就是导致了审查。但我无法面对。我无法赞同审查。

※

［SS1973 年 1 月中旬到中国和越南进行了为期一个月的旅行。关于这次旅行，我没有找到很多记录，但是她的文件中的很多材料都编录在此了。并不是所有的内容都直接关涉中国。］

文化帝国主义是关键问题。难怪美国不恐惧外国人。它把自己的文化输出——自信任何接触其文化的人都会受其感染(诱惑)。

当前中国的口号：“中国必须为全世界作出更大的贡献。”

---

① *The Music Lovers*，肯·罗素 1970 年导演的电影。

关于中国能输出什么的中国人的谦虚。中国不认为中国能成为一个样板，甚至对第三世界而言也是如此。

中国希望独来独往。建立一个新的乐园，需要与外界隔离。美国曾有过那个机会。中国没有，也不会有。

美国意识形态的加尔文基本概念：从根本上讲，人性是阴暗的、邪恶的、罪恶的、自私的，只对自我的或物质的或竞争的动机有反应。

直面中国：要么(1)不真实(只是一场秀，是强制的)；要么(2)不可能持续(等到唯物主义来报复你(！))

消费者协会是毋庸置疑的骗子(腐败者)的信念。怀念美国纯朴的过去，不过……

如何不用下面这些词语：

组织化
系列提问
洗脑
顺从对个人主义
单调

[美国汉学家]费正清指出(1971 年，当着[美国参议院外交关系委员会主席，阿肯色州参议员威廉·]富布赖特的面证实，

第38页)美国的“individualism”翻译为“个人主义”，人人为自己，自私；“freedom”在中文中就是“自由”，意味着失去控制，随心所欲，不负责任，放荡

小群体的自主毫无意义——[中国人]相信人民是一个团队，必须步调一致。

互助的仪式

吃：绝不自助，照应你右边+左边的人。(每一道菜都盛在大盘子或碗里，放在圆桌的中间。)

中国人不能理解(应对)没有“主席”的一个团体。

西方的“文化”，资产阶级的堡垒

文化，一座寺庙
一个精英，它的保护者

试比较：尼藏的书
在中国，暂且只有一种文化——影响到每一个人

对一个人的肖像研究：

毛
“四[人帮]”

革命芭蕾舞剧

艺术反映日常生活。

同样的剧目——可能到处都能听到/看到：早上在托儿所演出，下午在工厂演出，晚上专业的歌+舞团在西安、上海，或者杭州

妇女解放

妇女//黑人

重要的区别不是压迫的程度或数量（历史上大多数时期妇女一直都是奴隶，奴婢——缠足、切除掉阴蒂、在丈夫火葬时作为祭品陪葬 > 没有法律地位、财产权、选举权，无权拥有自己的名字 > 堕胎法、职业歧视等），而是她们与自己的压迫者之间的隔离被取消这个事实，虽然只在一些社会——比如阿拉伯人、中国人——妇女几乎被隔离了。

关键问题：取消隔离，抑或隔离

隔离至少意味着双性同体（纯粹的同性恋，性两极分化的结果——会随着更多的隔离的取消、性别定型的废止而衰退）。

注意：隔离运动目前的趋势——“红袜子”，同性恋解放阵线，“女气象播报员”。《阿芙拉》，一本女权主义文学杂志，因“没有尝试去模仿男性文学的标准”而受到赞扬。

我自己的观点：完全主张取消隔离的人。

妇女解放的目的应该是废除针对所有活动——除了生育，还有，也许，一些需要很大体力的工作（比如煤矿开采——不过，这些工作在迅速消失）对性别提出的特定标准

也许有一种具有自己的标准的“黑人文学”，但没有“妇女文学”。这不正是老套的大男子主义的诋毁吗？（参见弗吉尼亚·伍尔夫的处理）妇女没有——也不应该试图创建——一种单独的“文化”。她们的确具有的单独的文化是缺乏某种性质的。正是她们应该在企图废除的。

形成派别的惟一的作用——隔离主义的团体的形成——是转变：增强意识；游说。

学校

为什么不取消12—16岁孩子的学校教育？这个时期是生理+心理极其骚动的阶段，内心无法禁锢，无法让他们一直坐着。这几年中，孩子习惯集体生活——在农村干一些活儿，至少身体上积极活跃；了解一些性知识——摆脱父母。那“少掉的”4年学校教育在以后年龄大很多后能够补上。比如说，在50—54岁时，人人都要重返学校。（一些特殊情况下，如果有人从事特殊的工作或创造性的项目，而这些不能半途而废，那他们还能获许延迟几年。）在这50—54岁年龄段的学校教育中，施加很大的压力来学一门新工作或职业——加上文科的东西，普通科学（生态学、生物学），以及语言技能。

在学校教育年龄段的确定上这一简单的改变会a）减少青少年的不安分、道德缺失、无聊、神经机能症；b）彻底改变那个几乎不可避免的过程，其间50岁的人心理上和智力上都僵化了——政治上已变得日益保守——鉴赏力也退化了（尼尔·西蒙[①]戏剧等）

在年轻与不年轻者之间，不再会存在一个巨大的代沟（战争）——而是五个或六个代沟，每一个都不那么大。

毕竟，由于从现在开始大多数人都会活到70岁、75岁、80岁，为什么他们的学校教育应该限制在生命的前三分之一或四分之一的时段呢——结果后面就一直走下坡路了。

早期的学校教育——6—12岁之间——会集中学习语言技能、科学基础知识、公民学、文科知识。

16岁回到学校：学两年文科
18—21岁：通过实习，而非学校教育，进行职业培训

[未标明日期的政治笔记：]

为了[SS想写的那篇随笔]《关于文化大革命的定义的

① Neil Simon（1927—　），当代美国著名剧作家，其作品以幽默的对话和生动刻画中产阶级生活而著名，是美国最成功的商业剧作家，多次获得普利策戏剧奖、托尼奖和艾美奖。他名列美国戏剧名人堂，是全世界剧本被演出最多的剧作家之一。

札记》

读，再读：

萨特访谈，《新左派评论》第58期，1969年11—12月

73年3月15日

……一个作家的权威来自哪里？我的权威来自哪里？

杰出的人民，杰出的行为。

“生活”中，我不希望陷入我的工作。“工作”中，我不希望搅进我的生活。

我的工作太苦行了

我的生活是令人不快的轶事

73年3月21日

……25年来第一次重读《魔山》，我今天发现，关于阿尔托的那篇随笔[①]中的一句话“只有让人寻根问底的东西才是真正有趣的东西”是《魔山》前言中那句“只有详尽的东西才是真正有趣的东西”的无意识的戏仿。

① 指随笔《走近阿尔托》。

［6 月，未标明日期］

……“自我何时开始臭名昭著的？”（［英国批评家］西里尔·康诺利，30 年前说）

［在这一则日记的页边空白处有个问号。］莱妮·里芬斯塔尔的可怕的“尼采式”纪录片，《意志的胜利》

1973 年 6 月下旬 威尼斯

低空飞行——抵达马可·波罗机场——景色是“阴森森的”——被梅斯特的炼油厂严重污染，满目荒凉的色彩——地球的轮廓掩埋在浅水下面。

作为帝国主义计划的那部美国小说：梅尔维尔。

……

73 年 6 月 20 日 哈勒蒙特

我现在只想写我能够加入亲身经历的故事。这就是为何《中国》[1]、《心问》，还有《宝贝》能写成。这就是为何我在威尼斯试着写的那篇寓言未能成功。

---

① 指《中国旅行计划》。

［马尔科姆·］劳里在《美国评论》上的故事：作家意志的最美的例子之一：坚持、成型

……

73 年 6 月 27 日　巴黎

重要的事、烦扰我的事：过去有什么能用——

菲利普
疯癫感
美国
女人
奇人怪事
意志
鸡尾酒与超速驾驶

一个故事是一个声音。

《超速》
［在页边空白处，署了 74 年 2 月 13 日，是加上去的注释：］这是那本卡车司机的杂志的名称

似乎值得一写的唯一的故事是一声哭喊，一声枪响，一声尖叫。一个故事应该令读者心碎

一种开头："我一辈子都一直在寻觅某个有才智的人与之交谈。"

这个故事必须击中要害——在我的内心。当我脑海里响起这第一句话的时候，我的心应该开始猛跳。对此冒险我开始颤抖。

……

当形式（调子）出现，而且一切似乎都与之有关时，我知道我"有了"一个故事——因此，故事可能比实际的长很多（更详细）。

……

叫作《超速》的故事

一辆小轿车里的人驾驶着车，在世界各处无聊乏味的地方旅行：挪威，卑尔根

《超速》作为作品集的书名？《我，及其他》太理性了。［最终 SS 还是选择了《我，及其他》。］

73 年 7 月 31 日　巴黎

也许我应该再写两年短篇小说——15、20 个短篇小说——真正做好准备，探索新的声音——然后动笔创作第三部长篇小

说。可以在接下来的两三年内出版两部短篇小说集，重新确立（确立？！）自己作为小说家的地位，并且激发起对下面这部长篇小说的兴趣——期待。

……

我现在出于愤怒在写——而且我感觉一种尼采哲学的得意。一帖猛药。我轰然大笑。我想公开指责每个人，斥责每个人。我朝打字机走去就如同走向机关枪一样。但我是安全的。我不必面对“真正的”攻击力的后果。我向全世界发送 colis piégés［“邮包炸弹”］。

那就是为什么我的声音变得越来越美国化。因为最终我在直接处理/涉及自传的素材。早期小说的欧化的声音（“翻译文体”）只是与一个事实相关，即我改写了——替换了——我当时在写的东西。

这是以那篇关于保罗·古德曼的随笔开始的——感到悲伤，而且有勇气（和兴趣）来公开表露。第二步是，10 月份，当我想中国之行被取消了的时候。我非常失望——而且，最主要的，我本不想浪费（没有机会使用）所有这些个人的幻想［在页边空白处：（因为对这次旅行的期待激起了对老爸、M.［SS 的母亲］、我的童年的回忆）］。我写的一篇短篇小说这样开头：“我打算到中国去”，恰恰是因为我当时认为我不会去。我决定让那个 4 岁大的女孩来发表意见，因为这个 39 岁的人不打算去弄清楚毛泽东主义和文化大革命。（当然，1 月份的时候，我还是去了——是39岁的这个人去的；令我惊奇的是，那个4岁的孩子甚至都不屑跟去。是因为她已经把压在心头的重荷放下了吗？不是——也许，她永远也不会来——因为真实的中国与她一点关系也没有，从来就没有过任何关系。）

对一个问题——你无法完成的一个故事——的解决方法就是这个问题。这并非仿佛问题是一件事，而解决方法是另一件事。问题，理解正确的话 = 解决方法。与其试图隐瞒或掩盖限制这个故事的东西，还不如充分利用那个限制。陈述出来，强烈抗议。

使用跳跃剪辑的自由。

73年8月14日　巴黎

只是重读卡[夫卡]的《一条狗的研究》——15年来第一次（？），而且意识到《恩主》的第一句话——头几页的论点——甚至整个小说中的一些内容——都直接源自这里。

垃圾似的生活，玫瑰般的神话

……

我一辈子都一直在寻觅某个有才智的人与之交谈。

我母亲每天下午躺在床上，醉醺醺地睡到4点，卧室的窗帘拉得严严实实。我由一个爱尔兰裔德国保姆带大，她是个大块头，脸上长着雀斑；每个星期天都带我去望弥撒，还给我朗读晚报上车祸和受人喜爱的凯特·史密斯[①]的故事。17岁的时候，我遇到了一个消瘦、臀部肥大、头发开始秃顶的男人，他一个劲地聊啊聊，既势利又书呆子气，而且还叫我“宝贝儿”。过了几天，我就嫁给了他。我们聊了七年。

我开着收音机做家庭作业。

我把星期一留下来给圣雄甘地。

谈话像触摸
写作像拳击某人

谈话带着口音……

73年8月20日

我现在快要写完的故事叫做《杰基尔医生的另一个病例》——用设计成“沃尔特与阿伦”的故事素材，基于1962—1963年写的《组织》的一些部分。

我发现一些老的主题：

年轻天真（有“困扰”，他在努力要解决的一个“问

① 指 Kathryn Elizabeth “Kate” Smith（1907—1986），美国女歌手。

题”）>年纪大一些，愤世嫉俗，法西斯主义的类型

即托马斯/鲍尔［《食人者二重奏》］

希波赖特/让·雅克［《恩主》］

将迪迪/尹卡多纳［《死亡匣子》］的关系互换，就成了身体健壮的中产阶级的笨蛋，以及身体虚弱的（工人阶级的）粗汉。

但是，那是我几个月前看斯蒂文森那部中篇小说[1]时，令我着迷之处……——海［德］比杰［基尔］小巧一些，身体弱一些，年轻一些

“葛吉夫”主题最终被开放地处理了，因此，也许，我最终能彻底消除那些影响——不去拍出一部“葛吉夫电影”——而是接受一些更新的、更好的令人痴迷的念头。

那个“法西斯主义的”圣人——

《恩主》中的一个主题

这部小说主要的（未写的）部分从1965年6月开始，不过后来放弃了，“托马斯·福克的苦难历程”。

《食人者二重奏》中的鲍尔［——］电影的第一个想法，鲍尔是个精神科医生——托马斯是他的年轻助手。故事发生在鲍尔的私人诊所，托马斯来此上班［在页边空白处：卡里加利，马布斯。］（《托马斯·福克的苦难历程》的大

① 指《化身博士》。

多数故事都会发生在南卡罗来纳的诊所里，托马斯在精神崩溃后来到此地；在这个早一些的版本里……托马斯是个病人，不是年轻医生)［页边空白处：但电影里还是叫托马斯这个名字］

73 年 9 月 3 日

［德国哲学家卡尔·］雅斯贝尔斯在《生存哲学》中提出的“例外”概念……(1937 年所作的演讲)

波普艺术的摄影术继承人

道德野心的判断

买：瓦莱里，《笔记》第一卷(七星)
　　里奥·斯坦伯格[①]，《另外的标准》

赫伯特·约翰逊帽子

错语症——(除了其他原因外)由大脑左侧一个血块造成的语言混乱、用字混杂

① Leo Steinberg(1920—2011)，20 世纪下半叶最有才华、最有影响，也是最具争议的艺术史家之一，代表作有《另外的标准：遭遇 20 世纪的艺术》(*Other Criteria: Confrontations With Twentieth-Century Art*，1972)、《文艺复兴艺术及现代健忘中的基督的性征》(*The Sexuality of Christ in Renaissance Art and in Modern Oblivion*，1983)等。

举名困难——被叫错名称的东西

两者中任何一种(说不出话来的)失语症

表现类型——与言语无序相似的字词混乱，或者

布罗卡类型——指无法正确接受或发出词语的发音，同时还无法做到阅读理解

73 年 9 月 14 日

莱热：

“你不是用钉子做钉子，而是用一块铁”

绘画是剽窃行为

“要么安逸的生活加辛苦的工作，要么艰难的生活加愉悦的工作”

73 年 10 月 15 日

……迅速起床——只是打开意愿的白灯的开关

弗朗辛·格雷[美国当代作家弗朗辛·杜·普莱西·格雷]的太姑奶奶，1880 年代(当时已经 60 多岁)加尔默罗会修女——从未见过火车。需要从梵蒂冈获特许才能朝窗外看。

……

关于阿多诺的随笔：看马丁·杰伊，《辩证的想象力》；科斯塔斯·阿克斯勒[1]在《论争集》第三辑、第14种(1959年)论阿多诺的随笔；乔治·利什特海姆，《三季度》[2]，1968年春

关于中国的书：看[20世纪德裔美国汉学家]魏复光[3]论中国的书

约翰·凯奇最近一本书中引用贾斯珀的话："我很容易就能想象一个没有艺术的世界。"

病态，对悲剧感的一种抵御

我神气活现地在全世界的墓地穿行——快乐、着迷——因为我不知道老爸葬在布鲁克林的哪个墓地。

※

[1973年10月阿拉伯-以色列战争时期，SS在以色列以及前线(苏伊士、戈兰高地)拍了一部纪录片《希望之乡》。我没找到关于这部影片的笔记本，但相信在那几周时间里这些笔记成为

① Kostas Axelos (1924—2010)，希腊裔法国哲学家。

② *TriQuarterly*，美国西北大学一本非营利的半年刊文学杂志，1958年创刊，刊名《三季度》缘于创刊时杂志在春、秋、冬三季发行，夏季休刊。

③ Karl Wittfogel (1896—？)，东方学家，曾来华研究中国社会和历史。

了其中的部分内容。]

以色列
摩西·弗林克尔——犹太人/德国人
尤拉姆·卡纽克[1]——大屠杀的记忆

两个[关于]少数族裔的神话

革命的、世俗的、社会主义的
正统的、宗教的、保守的
>>消费社会(被A+B两者排斥)

犹太人< >以色列人
散居的犹太人：妒忌、轻视

73年12月9日 伦敦

……旧金山地震；圣安德列亚斯断层。

患妄想狂症很好——会扩大想象力——但别患精神分裂症(那会让想象力萎缩)。比较[托马斯·品钦的]《万有引力之虹》与《死亡匣子》。

下一部长篇小说：没人患紧张症；没人思索，自欺欺人+分离(像希波赖特+迪迪)

---

① Yoram Kaniuk(1930—)，以色列小说家。

戈尔·维达尔对玛丽·麦卡锡的称赞——她“未受同情影响而堕落”。我也这样。这就是我的底线。在下一部长篇小说里，我不会把一个“受同情影响而堕落的”人当作中心人物。绝没有卑鄙的人！

福楼拜在埃及的艰难。

贪心；一种建立在拥有、占用基础上的生活方式

……宗教导师主题——预先坦诚地处理；下定决心！

在[SS的短篇小说]《杰基尔医生》中矛盾心理太多——我不能肯定我对([美国文学评论家]比尔·马佐科的评论)升华怎么看

一个宗教导师的自传？

对文化的强奸——旅游——
(如：萨摩亚群岛)

我对升华到底怎么看？

故事：《旧金山地震》——安妮姑姑[SS有一个姑奶奶从这场地震中幸存下来]在妓院，站在门口

马克斯兄弟小组——应该很滑稽。

73 年 12 月 10 日

[犹太教神秘哲学历史学家，汉娜·阿伦特的对手，沃尔特·本雅明的朋友，格肖姆·]舒勒姆说是雅各布·陶布斯[舒勒姆 1940 年代末在耶路撒冷的学生、苏珊·陶布斯的丈夫]向他显示道德邪恶的存在。当我提到雅各布的名字时，他脸色变得煞白。([1973 年 10 月]那天晚上我 + D [戴维]和他一起在耶路撒冷度过。)

汉娜·阿伦特说本雅明是舒勒姆唯一真正爱过的人。(上星期在纽约，莉齐[伊丽莎白·哈德威克]家那天晚上。玛丽·麦[卡锡]，[她当演员的弟弟]凯文·麦[卡锡]，芭芭拉·E[爱泼斯坦，和罗伯特·西尔维斯合编《纽约书评》]，斯特拉文斯基夫人 + [作家罗伯特·]克拉夫特[1]，[历史学家]亚瑟·施莱辛格 + [夫人]亚历山德拉·埃米特也在场。)

……

73 年 12 月 16 日　米兰

抵抗者处决前夜的信中的"套话"：

原谅我要让你遭受的痛苦

① Robert Craft (1923—　)，美国作家、指挥家，现代作品指挥权威，与斯特拉文斯基合著过很多音乐和非音乐的作品。

不后悔

我为……(党/国家/人类/自由)而献身

感谢你为我所做的一切

我以 X 形式而继续活着

告诉某某我……

再一次，我……

相似，无论哪个国家 + 哪个阶级。托马斯 · 曼，在[《欧洲死囚抵抗者的信件》]这本书——1954 年埃诺迪出版——的序言中，特别提到了伊[凡] · 伊[利奇]在托尔斯泰的故事中的信。)

为什么?

需要进行一次有效的沟通

: a) 简单的

清楚的

无谓的拐弯抹角、精雕细刻

这么一封信，极其显著地，是一次有效的沟通。

其目的在于:

消除(减少)痛苦

保证(实现)死后的存在，

一个人如何才能被记住

(阐释亚里士多德的《修辞学》的完美文本)

然而，还是有一些差异:

[u]的程度上的差异，个性化程度的差异，表达“个人”情感、“情绪”的自由的程度上的差异（在阿尔巴尼亚（+通常在共[产]党[员]身上最小），在法国、挪威、意大利、荷兰最大）

新[教]+天主教国家之间的差异

信件大多是写给母亲，而非父亲——给妻子——给孩子

……

73年12月23日　哈勒蒙特

今年两次令人心烦意乱的阅读感受——福楼拜的书信，还有（昨天），由西蒙娜·彼得勒芒撰写的SW[西蒙娜·韦伊]的两卷本传记

这两本书搞得我情绪非常低落——时不时地。我真的觉得它们讨厌——因为我完全理解它们，因为它们代表了我自己性情（渴望、诱惑）的两极。我可以成为“福楼拜”或“西·韦”；当然我谁也不是——因为一极修正、抑制和危害另一极。

“福楼拜”：抱负；自我；超脱；轻视他人；工作狂；骄傲；刚愎自用；冷酷无情；洞察力；窥淫癖；病态；淫荡；不诚实。

“西·韦”：抱负；自我；神经质；对身体的拒绝；对纯洁的渴望；天真；笨拙；性欲缺乏；对圣洁的渴望；诚实。

这是一部多么痛苦的对西·韦去神秘化的传记啊!

她是自杀身亡——多年来，她一直在试图自杀(显然是通过绝食)。

“我不是一个女权主义者，”她说过。当然不是。她从未接受一个事实，即她是个女人。因此，她让自己变丑(其实她并不丑)，她着装的方式，她的性无能，她的邋遢、不修边幅，家中任何一个房间的凌乱等等。如果她有可能和哪个人睡觉，那只能是和一个女人——倒不是因为她是“真正的”彻底的同性恋(她不是)，而是因为至少和女人在一起，她不会觉得她在遭到强奸。不过，当然，那也不可能——考虑到她生活的时代，她独特的环境；尤其是她活下来的方式意味着对她自己的深度的+无法改变的去性别化。

(我多么幸运啊，因为我能够和西·韦一样做出“挽救性”的选择。不过，我被挽救的是性能力——至少部分地——被女人挽救。16岁左右开始，女人发现了我的存在，把我挖掘出来，把她们的感情+性强加于我。我被女人强奸，不过我发现并不太可怕。我对女人是多么充满感激啊——她们给了我一个身体，甚至让我能和男人睡觉。)

西·韦当然令我想到苏珊[·陶布斯]。同样对纯洁的渴望，同样对身体的拒绝，同样无法活下去。她们之间有什么区别呢？那就是西·韦有天赋，而苏珊没有。还有，西·韦接受她自己的去性化、予以承认，从中汲取能量——而苏珊则“软弱”：

她从不能接受女人的爱；她希望被男人伤害和控制；她希望自己漂亮、迷人、神秘。苏珊的一次次拒绝只令她更弱，不会赋予她能量。她的自杀是次等的。西·韦的是升华——那是她的方式，最终成功地将她自己给这个世界留下强烈印象，确认了自己的传奇故事，讹诈了她的同代和后代。

苏珊留下了什么？一部谁也没看过的小说，还有一部论西·韦的手稿，我把它们保存在纽约的衣帽间里(未看过)，它们的存在无人知晓。

我昨天晚上记得，在关于苏珊的故事《心问》里，在一个地方，我把西·韦的声音写了进去。非常无意识地——今年3月我在写这个短篇时。现在，我懂了。

一个教训：纯洁与明智——一个人无法希求两样都得到——它们最终是相抵触的。纯洁意味着单纯，自然——(甚至)某些程度的愚笨。明智意味着洞察力，战胜自己的单纯——智慧。一个人要想纯洁就必须单纯。一个人要想有智慧就不可能单纯。

我的问题(而且，也许是我的平庸的最深切的原因)：我既想纯洁又想明智。

我太贪婪了。

结果：我既不是"西·韦"，又不是"福楼拜"。对纯洁的渴望会制止真正智慧的可能性。我的洞察力制止我纯洁行事的冲动。

我现在不受自杀的诱惑——而且从来没有。

我好吃，即使对我而言很容易做到不吃(没人给我提供吃的时候，身边没有食物的时候)。

1974 年

74 年 1 月 20 日　巴黎

关于 l'habillement［“服装”］的短（或长？）电影

军装
结婚礼服（神话故事的产物/白色 + 纯洁）
演员
易装癖者

所有的化装打扮游戏都表示［为］戏仿，易装

试比较费利尼的《罗马》中基督教的时装场景。还表示死亡……

74 年 2 月 6 日

……

“对我而言，一张纸就像是逃亡者眼里的那片森林”——

[20世纪俄国作家、持不同政见者]安德烈·西尼亚夫斯基

……

要成为一个伟大的作家：

了解关于形容词和标点符号(节奏)的一切
有道德智慧——在这一个作家身上树立真正的权威

74年2月9日

“如你想象的那样生活，否则，你会如你生活那样去想象。”瓦莱里

生活的房子里的一个密探。

74年7月25日　帕纳雷阿[意大利]

“想法”就像紧急运输的方法，携带着一个微型手提箱，远离直接体验。

“想法”就像让体验微型化的手段，令其便携。某个经常有想法的人是——定义为——无家可归的。

知识分子是逃避体验的难民。在离散中。

直接体验有什么错？为什么人想要从中逃离，要把它改变成——一块砖？

可能有什么东西太紧急吗？

监禁：太轻了。

感官享受的缺乏？但那是一种同义反复。

［未标明日期］

前几天思考我自己的死，我经常这样，我发现了一件事。我意识到到目前为止，我思考的方式既太抽象又太具象。

太抽象：死

太具象：我

因为有一个中间措辞，既抽象又具象：女人。我是一个女人。因而，一个整个死亡的新世界在我的眼前升起。

我不是在试图掌控我自己的死。

……

一生中我一直都在思考死，+这个问题我现在开始有点厌倦了。我认为，不是因为我离自己的死期近一些了——而是因为死最终变得真实了。（>苏珊［·陶布斯］之死）

……

女人与勇气。不是行事的勇气，而是忍耐/忍受的勇气。

我祖父的兄弟哈伊姆的妻子——葬礼后她回到家 + 把头伸进炉子。童年的印象——跪了下来。但炉子是脏的。

女人 + 安眠药 + 水（不是枪——[20 世纪法国作家亨利·德·]蒙泰朗，海明威）

……

1975年

［没有具体日期，只标注1975年：］

储备一个人的词汇量——“Wortschatz[①]”，“字库”——需要数年、极大的努力、坚持

布莱希特的“Plumpes Denken”［“拙劣的思考”］——思考+足够能见效的语言+不被忽视。

……

杰克·伦敦的短篇小说《生火》——列宁临终前曾有人读给他听。

※

［俄国评论家、作家瓦西里·］罗扎诺夫——［19世纪末20世纪初］俄国运动的又一个成员，该运动包括［俄国作家尼古拉·］别尔嘉耶夫+［乌克兰裔俄国作家列夫·］舍斯托夫

※

诗人：塞普里安·卡米尔·诺维德[②]（波兰人，19世纪，肖邦的朋友）

弗拉基米尔·霍兰[20世纪捷克诗人]

……

“该书就像是一枚有着废弹头的精密火箭。”（*TLS*[《泰晤士报文学副刊》]上一篇评论文章的开头）

……

弗洛伊德·柯林斯，1925年被困在山崩中——在肯塔基州中部的一个洞穴中——在电影的慢镜头中丧生，全世界很多地方都通过广播、新闻短片，还有报纸进行了跟踪报道。

……

“一个人把一些东西拍下来是为了把它们从记忆中抹掉。”——卡夫卡

……

① 德语，意为“词汇量”。

② Cyprian Kamil Norwid（1821—1883），波兰浪漫主义时期著名的诗人、戏剧家、画家和雕塑家。

75 年 3 月 15 日　哈勒蒙特

保罗[·特克]：“别尝试做得比别人好。尝试做得比我自己好。”

劳伦斯弟兄——在法国洛林出生时名叫尼古拉·赫尔曼——短时间当过侍者 + 士兵，1666 年在巴黎赤脚加尔默罗派的托钵僧中成为修道院做杂役的（后来被称为“劳伦斯弟兄”）——在一家修道院的厨房干活；享年 80 岁

他的皈依，是 18 岁时，他在仲冬的一天看到一棵干枯、无叶的树矗立在雪中的结果，这激起了他的阵阵思绪，想到即将到来的春天会带来的变化

试比较：萨特的《恶心》中的栗树

巴特现在在忙着“爱的语言”——《维特》[歌德的《少年维特之烦恼》]，歌剧文本

尼采与他母亲 1892 年拍的照片——他 48 岁[这幅照片在 1975 年 3 月开始记的那本笔记本的封面内页上。]

（1889 年在都灵的崩溃的 3 年后）——他看着他母亲，她挽着他的一只胳膊；她看着镜头

广播剧[SS 当时正在与阿根廷作家、电影制片人埃德加多·

科萨林斯基合作这个项目]：

作为电台女演员的伊娃·庇隆

她做的节目——历史上的伟大女性(圣女贞德、弗洛伦丝·南丁格尔、蒋介石夫人)

她母亲

最后，在圣胡安(北方)为水灾的难民举行的义演中，她被介绍给庇隆(时任上校)

与另一名女演员竞争；这名女演员是电台的明星，也叫伊娃

……

75年3月17日

细想电影中同性恋的形象，影片中潜意识地暗示，然而同时又被否认：例如，克利夫顿·韦布、爱德华·埃弗雷特·霍顿和乔治·桑德斯三四十年代的电影中的角色。再看一遍普莱明格的《劳拉》(1944)，我被韦布饰演的角色(结果是凶手)惊呆了，此角色明显是同性恋的形象：讥讽、冷漠、优雅、世俗、时尚，一个唯美主义者和艺术收集者。

[只注了“1975年5月的笔记”。]

1960年代对我而言有问题的随笔文章——现在——是《一种文化+新感受力》和《论风格》。重读这些文章，重新思考这些问题。

我不想背弃自己与新艺术、新政治的公开的联系。但是，我今天如何会形成那些鉴赏力/想法呢?

感受力对道德?

并不是我已改变了自己的观点。客观条件已然改变。

我的角色：作为对手的知识分子。（因此，现在，我必须成为自己的对手吗？？）

1960 年代初，流行的概念是遵从、中庸文化、某些抑制。因此，我采取的美学立场是优秀的 + 必要的。还有，当政治活动的焦点(正确地)在反政府 + 战争上——政治对手的角色就对了，甚至是不可避免的，如果你有良心的话。

但是，1970 年代初，当时的滥用相当不同——对解放的概念的滥用。现在，缘自[1960 年代]特定环境的概念是初中的行为准则……那些概念都有些什么状态啊?

美国资本主义的天赋是，任何在这个国家成为为人知晓的事情都会被吸收。

我从未上反文化政治(革命潜力的托辞)的当。在关于古巴的那篇文章(1967 年)[①]里，我已经提防了。

---

① 指《关于热爱古巴革命的正确方法的几点思考》("Some Thoughts on the Right Way (for us) to Love the Cuban Revolution")。经与戴维核实，此处有误，该文应该发表于 1969 年。

——新左派（约 1967 年）的政治错误是认为你能够创造姿态（风格、服装、习惯），这些会真的把人划分开来。像：长发、纳瓦霍珠宝、健康食品、毒品、喇叭裤。

75 年 5 月 16 日　纽约城

一个人有经历了老剧本的感觉。其他国家人民的革命的共产党的同情者：法国人、俄国人、中国人、古巴人、越南人。

试比较：［美国社会评论家克里斯托弗·］拉希的书《美国自由主义者和俄国大革命》。

也许最后一次？“右”和“左”是陈腐的词语。

这场运动至少具有三个不同的趋势：自由主义的趋势、无政府主义者的，以及激进的趋势。而且，激进的趋势与极端右倾和极端左倾具有一样多的主题——多到新左派/激进分子的言辞与 20 年代和 30 年代初的法西斯主义的言辞都难以区分，多到右翼（比如［当时的亚拉巴马州州长乔治·］华莱士）听上去就像是潜在的左翼平民主义。

知识分子扮演了改革运动的斗士和革命者的角色，不料只是发现他们依然是贵族和自由主义者。（就如同小孩子扮演城市游击队，最后却成了小流氓。）“自由主义”似乎是一个广阔、模糊不清、沼泽般的疆界，人们永远也无法从中摆脱，无论他怎么努力——也许就不应该努力。

人们是从自由主义上面获得了对正义的热情的——还有对更加公正的秩序的向往，在此秩序中，那些由自由主义所保障的种种自由也许无法保持下来。自由主义的问题是它对革命永远都无法有一个明确的态度。最终，它必须采取反革命的立场。（毛泽东主义者是对的。）自由主义者能够，而且应该支持民族自主的权利（其他民族打内战和闹革命的权利），还有，反对我们的政府屠杀他们。但是，自由主义者无法在这些政府的统治下生存——正如我们从每一个执政的共产主义政权的历史所了解的那样，毫无例外。

成为一名知识分子，就是要与多元化的内在价值以及重要空间（社会内部主要的敌对的空间）的权利相关联。因此，成为一名支持一场革命运动的知识分子，就是要赞成对自己的废除。那是一个可争论的立场：从中可以举出一个好的例子，知识分子是奢侈品，在将来可能存在的、仅有的社会里不扮演什么角色。试比较：［美国经济学家罗伯特·］海尔布隆纳。

不过，大多数知识分子都不想发展到那种程度，而且会从同情革命的路上退却。试比较：拉希的书；［美国编辑和作家梅尔文·］拉斯基论英国对法国革命的反应。

革命之旅的现象——试比较：［德国作家汉斯·马格努斯·］恩岑斯伯格随笔

……

弗朗茨·休布曼[1]，《犹太家庭相册》（伦敦：劳特利奇出版社，1975 年）400 幅照片

用最大的声音写作

帕拉塞尔苏斯[2]（1493？—1541）

75 年 5 月 20 日

……已经在陀思妥耶夫斯基的《地下笔记》当中——文学空间，如今无法结束、过去可以永远进行的讲述，现在可能是没完没了的

试比较［德裔美国政治哲学家和历史学家埃里克·］沃格林在《南方评论》中，对他写给亨利·詹姆斯的信的评论

……

（鲍勃·西［尔维斯］：）福克纳的小说中关于人的极度厚实的直觉

试比较：贝娄，尽管才华横溢、技艺高超、智慧，却未写出一系列杰作

---

① Franz Hubmann(1914—2007)，奥地利摄影家、摄影记者。

② Philippus Aureolus Paracelsus(1493—1541)，瑞士医学家。

75 年 5 月 21 日

在我创作的所有小说中，从《恩主》开始：我的主题：思想的小说。思想与权力的关系。也就是说，形式各异的压迫和抑制和解放……我想不出还有谁充分地描写过这个主题，以小说的形式。贝克特，稍微有点。

今晚与乔[·蔡金]交谈。他想到剧院时说，他想象不出有任何理由在里面干活，也想象不出他在做的事情有什么意义。只有当他不想这件事时(即问自己他做的事情的意义、价值、重要性这个问题)，他才享受工作的乐趣——可是他想。我回应说，当一个人问自己某个问题，却长时间得不到满意的回答，通常这个问题(而不是回答)就有问题了。直到 19 世纪后期——人们才要求艺术为自己辩护、证明自身的意义。就像是要求艺术有用、实用。我曾对一些活动进行过区别：奴性的、实用的活动——一个人知道他为什么会做这些事：它们有用、必要、必须——以及不受约束的、自愿的、不必要的活动。如果从事艺术活动属于第二种活动，于是，这就是把我们吸引到艺术上面去的东西，那么，焦躁不安和意志消沉似乎就有点错了，因为我们随后都无法为那个活动辩护，因为那个活动也不能为自身辩护，证明它属于第一种活动。我们会身处这么一种境地，怀疑我们的活动——工作——的实用性(价值)——就是因为从一开始就把我们吸引到它身上的那个特性：其不必要性。

(试比较：瓦莱里——不明确不仅仅是文学的先决条件，而且也是任何精神生活的先决条件。“不过，也许，不明确是不朽的，其存在对通灵的光辉是必要的。”）

……

75 年 5 月 22 日

卡夫卡论托尔斯泰的《复活》：“关于拯救，你不能论述，你只能经历。”

我想写一部思想的《白鲸》。梅尔维尔是对的：一个人需要伟大的主题。

智慧——超出了某种程度——是艺术家的不利条件。列奥纳多·达·芬奇和杜尚都太智慧了，无法成为画家。他们看穿其中……还有，瓦莱里也太智慧了，无法成为一个诗人。

一部关于犹太人的小说：萨瓦塔伊·泽维、波特努瓦[①]、海曼·卡普兰、安妮·弗兰克、米奇·科恩、马克思、埃塞尔 + 朱利叶斯·卢森堡、托洛茨基、海涅、埃里克·冯·施特罗海姆、格特鲁德·斯泰因、沃尔特·本雅明、范妮·布赖斯、卡夫卡

75 年 5 月 25 日

……我必须改变我的生活。可是，当我不堪重荷，我如何能

① 指菲利普·罗斯的小说《波特努瓦的抱怨》（*Portnoy's Complaint*，1969）中的波特努瓦。

改变我的生活啊？

戴[维]说，在过去的两年里，他并没有被我持续的开心状态——从我醒来那一刻到我睡着那瞬间——所蒙骗。我看你的小说，他说。写那些个故事的人不可能真的那么开心。

但我不想失败，我说。我想成为一个幸存者。我不想成为苏珊·陶布斯（或者阿尔弗雷德[·切斯特]。或者迪安·阿巴斯[美国摄影师，1971年自杀]）。我[给戴维]朗读卡夫卡的那段话——他[1913年7月21日]对自己的婚姻表示赞成和反对的总结……

我感觉就像是卡夫卡，我对戴说，但我找到了安全港湾的系统，来避开恐怖的人或事——来抵抗，并生存下去。

……

我已建构了一种生活，我在其中不会因为任何人而十分伤心或不安——当然，除了因为D.。没有任何人（除了他）能真正了解我、能进入我的内心深处、能用危急处境打垮我。人人都经证实是“安全的”。这个系统的重要人物，最引人注目的人物：妮科尔。

我是安全的，是的，不过我越来越弱。我越来越难独处，哪怕只是几个小时。——今年冬天在巴黎，我对每个星期六的恐慌，因为这天妮[科尔]上午11点出去打猎，要到午夜以后才能回来。我根本无法离开雉街[1][妮科尔·斯特凡娜当时住的地方]，一个人在巴黎转转。我只能待在家里，每个星期六，无法工作，无法行动……

卡洛塔的阴影令我恐慌——最主要的是——因为我不希望产生任何纠纷。我害怕身处矛盾冲突之中。我做的一切都是为了避免矛盾。

代价：没有性，专心工作、关注戴、专心我的旗舰妮的生活方式，还有平淡温和的母亲般的友谊（乔[·蔡金]、芭芭拉[·劳伦斯]、斯蒂芬[·科赫]、埃德加多[·科萨林斯基]、莫妮克[·朗格]、科莱特等等）。平静、观察力敏锐、顽强地富有成效、审慎、令人愉悦、不诚实、乐于助人。

难道我真的希望用我所剩的生命来致力于保卫我的“工作”吗？我已经将自己的生活变成了[一个]工作坊。我在自我管理。

令我想起安全的港湾往后也不会安全多长时间了。（妮的破产，免不了把雉街的房子卖掉。）然后，要改变什么就会更加艰难。——我对监护关系的嗜好。这种习性最早的养成与我母亲有关。（软弱、不开心、糊涂、迷人的女人。）又一次争吵，反对恢复与卡的任何联系；今年3月，我在罗马看到她那么可怜，状态越来越糟糕。

---

① rue de la Faisanderie，巴黎的一条街。

75 年 6 月 7 日

两个考量“现代主义”的文本：沃格林论 20 年前关于［亨利 · 詹姆斯的］《螺丝在拧紧》写给［罗伯特 · ］海尔曼的信；以赛亚 · 伯林论威尔第（《哈德孙评论》，1968 年）

谈到法西斯主义，人们就会想到过去的类型——本世纪上半叶（意大利、德国、西班牙等）。大多数人谈论的是本世纪后半叶正在兴起的新型法西斯主义，此类型会轻松些、高效些、不那么多愁善感。生态法西斯主义。

为纯净的环境（空气、水等）担忧会取代为纯种的人种担忧；鼓动大众不是以与人种污染作战，而是以与环境污染作战为基础

……

75 年 6 月 12 日

第一次看［玛丽 · 雪莱的］《弗兰肯斯坦》。18 岁的人就能写这么令人吃惊的作品，要比哈第盖令人吃惊多了［哈第盖不到 20 岁写了《肉体的恶魔》］。

这是一部“教育小说”——“野孩子”的两难困境（试比较［法国导演弗朗索瓦 · ］特吕弗的 *L'E. S.*［《野孩子》］，赫尔佐

克的《卡什帕 · 豪泽》[1])……

维克多 · 弗兰肯斯坦，远非[詹姆斯 ·]威尔的电影[2]里那个疯男爵，而是一个小资科学家——……还是个加尔文教徒：自命不凡、自鸣得意、怯懦、虚荣、沾沾自喜。男主人公是那个怪人——因为缺乏爱而发疯的一个人。

……

[歌德的]《亲和力》+《弗兰肯斯坦》中的婚姻 + 家庭主题。

……

[20 世纪法国诗人]奥利维埃 · 拉龙德的人生——在《艺术与文学》，10 号作品中。他的卧室里挂着星际世界的地图。猴子。神秘的诗作。鸦片。黑帘。

《恩主》+《死亡匣子》之间的联系：弗洛伊德，在《梦的解析》最后，试图将梦的详尽阐述及其特有的秩序与心灵融为一体："让我们只是想象把心灵的作品当作一种复杂的显微镜或照相机的仪器。"

① *Kaspar Hauser*，即《卡什帕 · 豪泽之谜》(*The Enigma of Kaspar Hauser*)。
② 指 *Bride of Frankenstein*(《弗兰肯斯坦的新娘》，1935 年)。

……

“人朝着坟墓奔跑，
而河流则急速地流向大海
所有生命的终结是死亡，
而宫殿终将变成一堆残垣断墙。
没有一样东西比流逝的时光走得更远，
也没有一样东西比将要到来的日子更加靠近，
不过，离隐藏在墓穴中间的人，
两样都很远、很远。”

——塞缪尔·哈-纳吉德
（993 年生于科尔多瓦，1056 年卒于格拉纳达）

……

75 年 6 月 30 日 ［巴黎］

齐奥兰(5：30 到午夜)——

惟一可以接受的生活是一场失败(“un échec” ①)

惟一有趣的想法是异端邪说

① 法文，意为“失败”。

萨特是个婴孩——我羡慕他，我也鄙视他——他没有悲剧感，没有受难感

傲睨神明，人们因此将受到惩罚，自己还得再花一年多时间

Après un certain age, tout craque［“当你到了某个年龄以后，一切都土崩瓦解”］

惟一令生活值得的事情是一个个狂喜的瞬间

不是你做什么，而是你是什么

两种对话令人感兴趣：关于形而上学的想法和闲聊、轶事

作为保健学的写作

自由知识分子：没有学生的教授，没有会众的神父，没有圈子的哲人

75年7月19日　巴黎

有一篇随笔——非常一般，格言式的——要写，是关于速度，速度的。也许是20世纪意识中惟一的新种类。

速度被认为与机器有关。与交通运输有关。与轻巧、苗条、流线型、男性有关。

速度彻底消除无聊。（对19世纪主要问题——无聊——的解决方法。）

保守的	革命的
过去	将来
有机的	机械的
沉重的	轻巧的
石头	金属
确定性	不可预见性
寂静	噪声
意义	无意义

从[意大利未来主义者菲利波·托马索·]马里内蒂[①]到麦克卢汉。对比伊凡·伊利奇对速度的评论文章。

……

严肃	嘲讽
记忆	忘却
憩息	活力
习惯	新颖
分析	直觉
缓慢	速度

① Filippo Tommaso Marinetti（1876—1944），意大利诗人、文艺批评家，1909年在法国《费加罗报》发表了《未来主义的创立和宣言》，是未来主义的右翼代表。

多病	保健

这怎么与法西斯主义美学相符呢？法西斯主义？里芬斯塔尔？

这个想法的系谱。尼采等。

自然	如戏剧的生活*
悲观主义	乐观主义
多愁善感	男子气概
和平	战争
家庭	自由

所有这一切（未来主义等）与恩岑斯伯格的意识工业化的概念的关系。法西斯主义使意识工业化？

要说的一点是……确实有“法西斯主义美学”。

>马里内蒂：“有任何价值的任何东西都是戏剧的”。

或许，没有“共产主义美学”这样的东西——这是一种自相矛盾的说法。因此，在共产主义国家，艺术的平庸和极端保守的特性得到认可。

客观地说，共产主义国家的官方艺术是法西斯主义的。（如：斯大林时代的宾馆+文化宫，［毛时代中国宣传片］《东方红》等。）

但法西斯主义的对过去的伤感处理又怎样呢？纳粹使得瓦格纳音乐成为他们的官方音乐：马里内蒂鄙视瓦格纳。

理想的共产主义社会完全是教导式的（整个社会是一所学校）；每一个考虑都受道德思想支配。理想的法西斯主义社会完全是美学的（整个社会是一个剧院）；每一个考虑都受美学思想的支配。

这是美学变成政治的另一种方式。

关于“审美判断”。这永远包括偏爱（含蓄的或直言不讳的）

是不是大家都懂有一些范畴我们千万不能对其做出审美判断？都懂局限是审美判断这个概念的一个组成部分？

如果我们决定我们将以美学标准来判断一切，会出现什么情况？我们是不是就毁了这个概念？

注意：审美判断永远包括偏爱，但偏爱却不总是包含审美判断。

可能会有人说“父母两人中我更喜欢我母亲”，并不表示任何不适当的感情疏远，而只是一种审美判断。

但是，如果我们想象一下，有人说“两次世界大战我更喜欢一战”，我们就会认为战争被不恰当地、无情地对待了——会认为战争被视作场景对待了。

……

75 年 7 月 22 日

音乐思维。魔力思维。

挽歌的。

消极的顿悟：萨特的栗树（《恶心》）。积极的顿悟：奥古斯丁的虫子，罗斯金的叶子。现在很少有作家与大自然有真正的接触。写作的标准是城市的、心理的、理智方面的——底层的东西已退出这个世界。积极意义上的大自然是不合时代的、非现代的。

微妙之处，谨慎，音乐性——这些是我努力要写进我的作品中的。以前没有这些。不要色情。我原以为我必须把我想的一切都说出来。

哈罗德·卢森堡：“要做到合情合理，一种艺术风格必须用艺术以外的风格来自我修正，不管是在宫殿还是舞厅，或者在圣徒和妓女的梦中。”

这些日子，是异教徒[非犹太人]的散文令我感兴趣，比如伊丽莎白·H(哈德威克)，比尔·马佐科，威尔弗里德·希德[1]，[威廉·H·]加斯，+加里·威尔斯。没有思想，但是音乐很棒。可怜的犹太人！

我对比喻非常生气，常常：对我而言它们似乎“荒唐”。为什么X要像Y？

几天前的一个晚上，妮[科尔]想玩le jeu de la vérité[说真话游戏——“真心话大冒险”的一个不同版本]，我火冒三丈。话题：基督教徒。让我猜猜，妮说。如果她是一种食品呢？(可她不是一种食品。)如果她是一辆轿车呢？(可她不是轿车。)如果她是一个英雄呢？(可她不是英雄。)等等。我当时觉得我似乎要勃然大怒了。

明喻是不同的东西。

75年8月7日　巴黎

(齐奥兰一类的)随笔：“让艺术消亡……”

文本：[亨利·詹姆斯的]《卡萨玛西玛公主》(附[莱昂内尔·]特里林的序——把海厄森斯·鲁宾逊视为一名“文明的英雄”……)

---

① Wilfrid Sheed(1930—2011)，生于英国的美国小说家、随笔作家。

《格拉古·巴贝夫的防御》[巴贝夫是法国大革命时代的激进民主主义政论家，遭到督政府的审判]（+摩莱里[法国启蒙运动时期空想社会主义作家]）

中国素材

巴贝夫，引用摩莱里……：……“必须让社会以这样一种方式运作：彻底消除一个人想比别人富、比别人聪明、比别人强大的想法。”

请注意“更聪明的”中国

……

或者这就是一部小说的主题？詹姆斯 1880 年代创作了《卡公主》。我们现在知道的就比他那时知道的多吗？100 年后，海厄森斯·鲁宾逊会自杀吗？

一部高贵的小说有两个主题：

神圣
文明的“问题”

一个现代海厄森斯会是谁呢？在 1920 年代，在其要害被达达主义、超现实主义等伤害后，文化依然是一种“价值”吗？

［在该页最上面的方框里：］试比较：泰奥菲勒［·戈蒂埃[①]的］《莫班小姐》的序：抨击共和主义新闻业的现实主义-功利主义诉求——“……于是王族+诗歌，世上最伟大的两件事，变得不可能了……”

海厄森斯去巴黎的时候，他无须对付大众旅游业——所有他赞赏的宗旨的堕落。他在图书装订车间的工友现在也在欧洲度假。

（直到基督教降低其道德腔调、变文明了、多元了，才对艺术有益。）

（对伟大的诗人诸如［巴勃罗·］聂鲁达+布莱希特而言，当他们把他们的诗歌用来为人民服务、为社会正义的需要服务的时候，会出现什么情况呢。）

［毛泽东语录］《红宝书》教导说人人都能思考，但否定（中国传统的）智慧的想法。

特里林论《卡公主》……：“海厄森斯意识到很少有人想要承认的东西，文明是有代价的，而且代价很高。”

——中国！

75 年 8 月 8 日

装饰派艺术，最近“国际的”——总的——流行样式。（从

① Théophile Gautier（1811—1872），法国浪漫主义诗人。

美术到家具、日常用品、服装等。)过去50年所有的流行样式都是对装饰派艺术做出的评论。例如：装饰艺术转变成直线风格，令新艺术主义千变万化的曲线成为直线，紧接着上一个国际流行风格来到的；包豪斯建筑学派(密斯[·凡德罗[①]]、[菲利普·]约翰逊等)禁止所有的美化装饰；不过结构还是一样的。

法西斯主义的建筑风格：戏仿——装饰艺术([阿尔贝特·]施佩尔[②]，“墨索里尼”)

为什么50年来没有新的国际流行的风格呢？因为新概念、新需求尚不清晰。(因此，我们满足于变化+装饰艺术细微的改良，以及，更新+结合，戏仿的——“流行”——老样式的翻新。)

随着生态危机愈演愈烈——以及生态-法西斯主义的可能性，本世纪最后10年间会出现一种新的风格

低矮的建筑
洞穴
没有窗子
石头

---

① Mies van der Rohe(1886—1969)，现代设计师。生于德国亚琛，1930年担任包豪斯第三任校长，1933年纳粹政府上台后关闭包豪斯，结束了他14年的办学历程。1938年，密斯移居美国，任伊利诺伊理工学院建筑系教授。

② Speer，亦译“斯皮尔”。

摩天大楼看起来会狂妄自大，+而且不切实际

我们这个世纪最有影响的“画家”：杜尚。消解了艺术这个概念

最有影响的诗人：马拉梅。提出了难懂的作家这一概念。一直就有难懂的作家(比如：在古代神秘难解的文本与一般人能理解的文本之间的差别)，但以前没有哪个人曾提出把难度——即，纯度——即，不考虑内容——作为价值的评判标准。马拉梅首创了这一概念(而非运用)，某种程度上来说，运用从未能有这一概念这样有影响。

1910年代——艺术继承了政治修辞学(无政府主义修辞学)

试比较：马里内蒂

1960年代——女权主义继承了政治修辞学(左派的修辞学)反对特权阶级、知识分子(将之视为资产阶级的、强调男权观点的、压制自由的)，理论上的

拼拼凑凑的希望，拼拼凑凑的绝望

自我为自我的实现而需要的那个“你”

艺术之力量=去否定的力量

……

小说：启迪与救赎的计划

障碍：

悲观主义、悲伤的问题（诱惑）

文化参照的中止

紧张症的诱惑

……

“Chaque atom de silence est la chance d'un fruit mûr.”[“每个沉默的元素都是果实成熟的时机。”]——瓦莱里

对

[格特鲁德·]斯泰因：“我不记得我不曾一直在讲话，而且总是同样的感觉，那就是我在讲的时候，……不仅听见，而且看见……”

对

耶稣会会士沉默；特拉普派的规则；哈珀·马克斯；巴基·富勒

……

75 年 9 月 4 日　纽约

……

快乐——我已经忘记了快乐的权利。性生活的快乐。从我的写作中获得快乐，并把快乐当作我选择写的东西的一个准则。

我是一个对手作家，一个好辩的作家。我写作是为了支持受到抨击的东西、去抨击得到喝彩的东西。但因此，我让自己情感上处在很不愉快的境地。私下里，我并不希望说服别人，而且当我的小众趣味（概念）变成大众趣味（概念）时，我禁不住感到沮丧：于是我就又想抨击。我忍不住，只能把自己的作品当作对手关系。

令人感兴趣的作家是身处有一个对手、有一个问题之所。为什么斯泰因最终未能成为一名优秀的或有益的作家。没有问题。全是肯定。一朵玫瑰是一朵玫瑰是一朵玫瑰。

自从《圣经》时代以来，与人发生性关系是了解他们的一种途径。在我们这个世纪——第一次——这被作为一种了解自己的主要途径通常获得重视。对性行为而言，这副担子太重了。

……

快乐　纯洁

　　一对矛盾？

快乐挡住了“情感淡漠”，但如果不坚强则不纯洁，如果有某种意愿则不纯洁

[英国随笔作家威廉·]黑兹利特：“美国人的思维在与生俱来的想象力上是有缺陷的。思维必须被过度紧张、被滑轮和杠杆带动才会兴奋起来。”

在纽约看的电影

罗伯特·奥特曼，[①]《纳什维尔》(1975)

诺曼·杰维森[②]，《滚球大战》[③](1975)

[尼克·布鲁姆菲尔德与琼·丘吉尔，]《青少年联系》[④](1976)

约翰·福特，《[苏格兰的]玛丽》[⑤](1936)

乔治·史蒂文斯，《爱丽斯·亚当斯》(1935)

伍迪·艾伦，《爱情与死亡》

* * * * 爱森斯坦，《恐怖伊凡[⑥]，第一集》

---

① Robert Altman(1925—2006)，美国电影导演。他是迄今仅有的两位囊括金棕榈奖、金狮奖和金熊奖的导演之一。1970年奥特曼导演了他的代表作《陆军野战医院》(*M. A. S. H.*)而一举成名，1975年的《纳什维尔》(*Nashville*)更使他达到了事业的一个高峰。2001年凭借《高斯福德庄园》(*Gosford Park*)，他获得了第59届金球奖最佳导演奖，并获得第74届奥斯卡奖最佳导演提名。

② Norman Jewison(1926—)，加拿大电影导演、制片人、演员；加拿大电影中心创始人。

③ 杰维森拍的科幻片。

④ *Juvenile Liaison*，纪录片。

⑤ *Mary of Scotland*，由凯瑟琳·赫本主演。

⑥ 亦译《伊凡雷帝》。

* *　　　同上，《第二集》[①]

雷诺阿[②]，《母狗》(1931)——米歇尔·西蒙

梅索斯兄弟，《灰色花园》(1975)

赫尔佐克，《人人为自己+上帝反众人》(1974)——布鲁诺·S

奥森·威尔斯，《邪恶的接触》[③](1958)

伯格曼，《魔笛》

[霍华德·齐耶夫[④]]《西部之心》(1975)

沃尔特·希尔，《斗士》[⑤](1975)——查尔斯·布朗森[⑥]，詹姆斯·科伯恩[⑦]

……

康德，第一个使用"道德恐怖主义"这一说法(在书名为《学科的争论》这本1798年出版的小册子里)

访问巴拉圭两星期

---

① 《伊凡雷帝》(第一、二集，1945，第三集未完成)是爱森斯坦导演的最后一部影片。

② 即Jean Renoir(1894—1979)，法国导演。著名印象派画家奥古斯特·雷诺阿之子。第一次世界大战期间为陆军候补军官，负伤后退伍。所学专业为哲学和数学，曾从事制造陶器，后来成为导演，成为法国顶级的电影人。代表作品有《游戏规则》(*La Règle du Jeu*)、《大幻影》(*La Grande Illusion*)等。

③ *Touch of Evil*，亦译《历劫佳人》。

④ Howard Zieff (1927—2009)，美国导演。主要作品有《妙冤家》(*House Calls*, 1978)、《宝贝小情人》(*My Girl*, 1991)等。

⑤ *Hard Times*，亦译《快打旋风》。

⑥ Charles Bronson(1921—2003)，美国电影演员、编剧。

⑦ James Coburn(1928—2002)，美国电影演员。

“[20世纪美国作家]艾丽斯·欧文斯就像电视。”(斯蒂芬·科[赫])

……

1976 年

［2 月，未标明日期］

……阵发性神志清醒

悲痛能把人逼疯

福柯曾希望写一篇随笔论墓地——就像乌托邦一样

……定义一个状况要看你为它付出多少精力——我对我的爱、我的希望真是呕心沥血——我也被迫将同样多的精力投入到我的悲伤、我的失落感当中。

我必须考虑戴维——玉依［那个时期在巴黎的一个阿根廷朋友］说过（很对）我不描述他，我描述我与他（我们）之间的关系——她要我描述一下他的时候，我卡住了——很窘迫——就仿佛是她在要求我描述我最优秀的一面。问题的关键是：我与他太亲，他和我也是。这对他是一个多重的负担啊——所有那些我在他身上所感觉到的赞赏、信任都是负担。

我处在恢复期——我乱糟糟的[1]——我在寻找新的能源。

……

[德裔美籍文学评论家]埃里克·卡勒[2]在他死之前10年这么评论托马斯·曼：“他是一个对人类状况有个人责任感的人。”

※

……是的，我是一个清教徒。双重的——美国人以及犹太人

※

能说会道、能言善辩，表达有趣、清楚，这并不是“天生的”。群居、家族而居、社区而居的人沉默寡言——没什么口头表达方法。口才——用语言思维——是独居、隔离、一种加重的痛苦的独立存在的副产品。群居中，唱歌、跳舞、祈祷会更自然：规定的，而非创造的(个人的)言谈。

※

……

① 原文为法文 je traîne。

② Erich Kahler(1885—1970)，学者、随笔作家。生于布拉格一个犹太人家庭，后入德国籍，受纳粹迫害被剥夺德国公民身份，在英国暂居，后移民美国。

76 年 2 月 18 日

头脑发热，得意洋洋——

青春期、长大成人时，通过——随着——身体向上飘浮；慢慢变老时或生病时，身体就向下漂流、下沉或坠落，不由自主毫无办法、人间蒸发。

本世纪出生的一半——或更多——的人现在还活着。

齐奥兰：一个尼采哲学的黑兹利特。

※

76 年 2 月 22 日

……我需要一个精神健身房。

……

76 年 6 月 1 日

与他们的能量 + 希望的恋爱［SS 指当时在治疗她的乳腺癌的那些医生。］

当我能写信的时候，于是……

※

外科医生的绿色工作服衬衫

※

［这则日记在页边空白处划了一道横线表示强调。］

各种文本，就像是一条断了的空中轮廓线。

我从谁那里、从什么地方得到了鼓励？语言，首先。与人相处，约瑟夫［·布罗茨基］。书：尼采，莉齐的散文［伊丽莎白·哈德威克的小说］

写作就是做鬼脸——阳刚有力的、有趣的、机灵的。不是愤世嫉俗的。恶毒的。

贝克特的主题：诗歌、老态龙钟的恶意。

……

76年6月14日　巴黎

最小的乌托邦

留出时间沉思和领会

——从性情看，你是忠贞的吗?

——是的。我积累忠诚。

关于：《假人》。这是一个寓言，一个童话，而不是科幻小说。他的选择(逃避现实生活的人、clochard[“流浪汉”])是一个残疾人的选择——是与他排斥的单调乏味的生活相连的。

类似的例子：[弗吉尼亚·]伍尔夫，《一部未写的小说》，[罗伯特·]瓦尔泽，《克莱斯特在图恩》，[布鲁诺·]舒尔茨，《书》[①]。

※

……

诗人受某种真实的或心理上的地域特征的自我限制，有意培养而成——因此他/她会被视为拥有[创造了]他/她的“世界”

美国诗歌的弱点——它们是反智的。伟大的诗歌有思想。

76年6月19日　纽约

我星期天晚上回来的。一直无助地苦思冥想，痛苦不堪，欲罢不能。我就像是一个被针钉住的昆虫一样扭曲着身体。此事没

---

① 指 *The Book of Letters*(《书信集》)。

得救。我害怕，瘫痪了。我需要：

能量
谦逊
顽强
戒律

所有这一切加起来 = 勇敢

注意：顽强 + 戒律可不是一回事儿。我大多数情况下都很顽强，但我一点戒律也没有。

……

我不仅必须鼓足勇气成为一个坏作家——我必须勇于接受真正的不快乐。不可救药的。而且不自救，令绝望短路。

拒绝接受像我真正这样的不快乐，我就自我剥夺了主题。我就没东西可写。每一个话题都伤人。

……

76 年 8 月 15 日

肉体上的改变，语言上的改变，时间感的改变。时间走得更快、时间似乎过得更慢，这意味着什么呢？

贾斯珀认为，随着我们年龄的增大，时间似乎过得越来越快，这是因为我们以更大块的时间段来考虑了。40 岁时，说“5 年后”或“5 年前”，就像一个人 14 岁时说“5 个月后”或“5 个月前”一样毫不费力。

布罗茨基说有两个主题：时间和语言。

……

76 年 8 月 30 日

［在前黑豹党领袖埃尔德里奇·克利弗的一幅新闻照片下：］“怀疑的。”怀疑的。要怀疑。

（1970 年代的主要教训）

“新”英国小说家：B·S·约翰逊，安·奎恩[1]，戴维·普兰特，克里斯蒂娜·布鲁克-罗斯，布里吉德·布罗菲，加布里埃尔·约西波维奇[2]

蜥蜴类动物
困惑不解

---

① Ann Quin（1936—1973），英国实验派女作家，37 岁时自杀身亡。代表作有《贝尔格》（*Berg*，1964）、《三》（*Three*，1966）等。

② Gabriel Josipovici（1940—　），生于法国尼斯的英国小说家、评论家、文学理论家、剧作家。

司汤达说，他“以一种几乎罪恶的激情”爱他的母亲

76年9月3日　巴黎

J·-K·于斯曼1891年出版的*Là-Bas*［《在那儿》］与［J·G·］巴拉德[①]1973年出版的《撞车》之间的相似

两者都是关于恶魔崇拜：两者都描写并赞美黑弥撒；两者都描写寻找金属般的、超人的性行为；——不过，就于斯曼而言，文学风格早就存在，实际上可以追溯到中世纪，而对巴拉德而言，它是“新的”后现代或未来主义的性行为或恶魔行径。

两者都排斥现代。

两者都赞同对肉体的侵害(自我侵害)。

常识[②]总是错的。这是资产阶级理想的煽动行为。常识的作用是简化、消除疑虑，隐瞒令人不悦的真相和秘密。我并不只是指这就是常识所为，或最终所为；我是指这是计划好而为之的。

---

① James Graham Ballard(1930—2009)，巴拉德生于中国上海公共租界，父亲是在中国经商的英国人。1942年珍珠港事件后，日军把租界内的西方人全部关押到了龙华集中营，于是，12岁的巴拉德在集中营里呆了整整3年的时间，直到日本投降后才随全家回到英国。在巴拉德一系列代表作品中，《撞车》(*Crash*，1973)和《太阳帝国》(*Empire Of The Sun*，1984)是最为人熟知的作品。前者被加拿大导演大卫·克罗伯格拍成电影，并赢得1996年戛纳国际电影节的特别大奖，而自传体小说《太阳帝国》则早在1987年就被斯蒂芬·斯皮尔伯格搬上银幕，为观众所熟知。

② 桑塔格在括号里附了个同义的法文le bon sens。

当然，为了有效，常识必须包括真相的某个部分。但其主要的内容是负面的：（含蓄地）说起那个，因为这个是这样，那个就不是这样。

同样，所有民意测验一定是表面的。它们显示出人们所想的最高程度，组织成常识。人们真正想的东西在一定程度上总是隐秘的。

了解它的唯一的方法是通过学习它们的语言——全面深入地学习：其隐喻、结构、语气。还有它们的姿势，在空中传播的方法。

所有的正统观念，无论是宗教的还是政治的，都是语言的敌人；所有的正统观念都假设“通常的表达”。

诺瓦利斯对浪漫主义下的定义：让熟悉的东西看上去陌生，让非凡的东西看上去平凡

……

贝克特发现了戏剧的一个新主题：——下一秒钟我准备做什么？哭泣，拿出梳子，叹息，坐下，一声不吭，讲个笑话，死……

［未标明日期］

杜尚："没有解决的办法，因为没有问题。"凯奇也一样。斯泰因。

胡说！现代主义者-虚无主义者-自作聪明的-人的一派胡言。

有很多问题，无论你朝哪里看。

[未标明日期]

（与特德·索[洛塔洛夫]交谈）

1950年代：人人都希望是30岁——承担责任（婚姻、孩子、事业），认真做事。

我们知道我们的价值所在——我们不知道我们的感受是什么

特里林——糟糕的拉比——把人生悲剧的意义理解为资产阶级的悲伤

76年11月5日

[关于她在1974年与1977年间恶性乳腺癌的手术和治疗，SS所记的札记明显很少。]

死亡是一切的对立面。

努力与死亡赛跑——争取跑在它的前头，然后转身面对，让它追上我，超过我，然后，走在它后面，以适当的节奏行走，高贵、淡定。

约瑟夫·布[罗茨基]：同性恋([亚历山大学派诗人康斯坦丁·P·]卡瓦菲[1])某种最大化。

写作的作用是引爆你的主题——将其变成别的东西。(写作是一系列的改变。)

写作意味着把你的不利条件(局限)转变为有利因素。比如，我不喜欢我在写的东西。好吧，那么——那也是一种写作方法，一种可以产生有趣的结果的方法。

写作就像一幅[奥斯卡·]柯克西卡[2][画]中的五根曲里拐弯的线条——写作就像[一幅古斯塔夫·]多雷[3][的插图中]交叉影线的各种各样的图案。

20 世纪(即从 1920 年起：詹姆斯以后)美国伟大的小说：[德莱塞的]《美国悲剧》，[多斯·帕索斯的]《美国》，[福克纳的]《八月之光》。

菲茨杰拉德写的唯一能传世的东西是《了不起的盖茨比》——其他的(《夜色温柔》、《最后的大亨》)都是中产阶级文化垃圾

---

① Constantine(桑塔格误为 Constatine)P. Cavafy(1863—1933)，希腊诗人、现代希腊诗歌创始人之一。

② Oskar Kokoschka (1886—1980)，奥地利画家。

③ Gustave Doré(1832—1883)，19 世纪法国版画家、雕刻家和插图作家。

读[罗伯特·]弗罗斯特的诗《离开》——

[沃尔特·]惠特曼 > [巴勃罗·]聂鲁达

乔伊斯，托马斯·沃尔夫(《只有死人知道布鲁克林》) > [当代哥伦比亚小说家加夫列尔·]加西亚·马尔克斯·约瑟夫：拉丁美洲的声音是二手声音

一种写作的(即，听的)艺术：找到声音准确的音调，准确的无聊

尤里安[最后一位异教徒罗马皇帝，"叛教者"尤里安①]，《反对基督教徒》

[早期基督教历史学家]尤西比乌斯，"致君士坦丁大帝之死的悼文"

尤里安 > 卡瓦菲，奥登} 逐渐减弱的多元文明对野蛮的说教简单化这一主题

……

恐怖时代隐姓埋名的女人

① Julian the Apostate(331—363)，尤里安，罗马皇帝(361—363)，绰号"叛教者"。

卡瓦菲：“歌颂希腊式向往”（布罗茨基）

新教的对与错对天主教的善与恶

拉丁美洲像俄国一样，历史悲惨。独裁者等等。一种极为痛苦的文学。

巴特作品中的厌女症

肺结核/癌症随笔［后来成了《疾病的隐喻》这本书］

肺结核：为激情所耗尽（消解）——激情导致肉体的消亡。这是肺结核病，可他们称之为爱。

……

纪念医院［纽约的纪念斯隆-凯特林癌症中心，1974 年 SS 在此动手术——进行根治性乳房切除术以及淋巴结切除——而且，接下来的 3 年时间，她还在此接受了化疗和免疫疗法的治疗］的住院实习医生：“癌症这种疾病是不会首先敲你的门的。”疾病作为潜伏的、偷偷的侵入。

格言式写作，为每个部分加副标题（**激情；侵入；死亡**等）——形式上介于《关于“坎普”的札记》和第一篇论摄影的随笔之间。

……

纪念医院的病人："肉体上我健康，医学上则不。"

……

（写关于疾病的随笔时，读加斯的随笔）

76 年 11 月 12 日

技术上的复制不像本雅明所言，仅仅是一个"历史时期"。那是误导。它是有其历史的——确切点说，[它]被嵌入了历史。其人工制品变成了"历史的"，不仅仅是当代的了。老的平版画、照片、连环画册、电影等等，令人联想到的都是过去，而非现在。本[雅明]认为技术复制令一切东西都变为一种永恒的现在——一种黑格尔式的历史终结(以及历史的废止)。在这一"历史时期"又生活了40年后就已证明这一点是错误的。

……

一个作家的作品的记忆的范围。

诗歌是对普遍性的阐明——某诗人说

趣味是对位的、起反应的(趣味的定义)

风格的出现，只有当它发现了一个主题的时候。真的吗？

［奥地利艺术史家］阿洛伊斯·李格尔（论工艺美术中的形式＋设计）

……

“这不是一个主题：一种脆弱的感受力直面那个虚伪的、无情的、令人失望的世界。让你自己去面对冲突吧。”（我对西格丽德［美国作家西格丽德·努涅斯］说。）

……

［赖纳·马里亚·里尔克的］《布里格手记》[①]——首部“注解性”小说。它是多么重要，多么有预兆性，又是多么被低估了啊。

本雅明既不是文学批评家，也不是哲学家，而是一个持无神论观点的神学家，运用他的阐释技能来讨论文化。

里维埃尔对象征主义的艺术作品的精彩描述——他把应该舍弃的东西描述（成枯竭的；太过精英的；懒散的；过分否定人生

① 指 *Die Aufzeichnungen des Malte Laurids Brigge*，亦译《马尔特手记》，全称为《马尔特·劳里斯·布里格手记》（1910），是诗人里尔克惟一一部长篇小说，尽管不是诗，却以相对晓畅的散文体，将他在此后一生的诗歌中所表达的命题，所有那些隐秘而重要的思考作了比诗句本身远为详尽的注解，包括女性、死亡和流浪。

的），但我还是陷在象征主义的思维方式之中……普鲁斯特将象征主义者知晓的一切都包纳进去了，但还是写了一部小说。

我在寻找新的辩护形式。

……

76年12月8日

……"思考就是夸大"。——瓦莱里

……

所有的正统观念，无论是宗教的还是政治的，都是语言的敌人；所有的正统观念都假设"通常的表达"。

比如中国

……

76年12月12日

……伏尔泰对德主丹的辩护。使其免于因为同性恋而遭活活烧死的惩罚。

1906年在爪哇（巴厘？）岛主流精英的集体自杀

……

美国文化对女权主义者的 revendications［“权利要求、需求”］是友好的（达到了一种程度），一种欧洲国家（如法国、德国）达不到的程度；这是因为美国对个人的狂热崇拜——个人的权利，个人实现自我的权利。

1977 年

“如果你想被别人引用，就别引用别人。”（JB［约瑟夫·布罗茨基］）

※

……

“所有的艺术都渴求音乐的状态”——这一彻底虚无主义的论调基于媒介历史中每一种活动的摄影方式。不过，这是陈词滥调，一个 19 世纪的陈词滥调，与其说是一种美学原则，还不如说是一个枯竭的心态的表达；与其说是一种世界观，还不如说是一种厌世；与其说是对充满活力的形式的陈述，不如说是一种对枯燥乏味的颓废的表达。关于“所有的艺术都渴求”什么，还有一种观点——是歌德的观点，他认同①最基本的艺术，最高贵的艺术，+那种不能由草根创作而成，只能心存敬畏对之目瞪口呆地凝视的艺术，+建筑的艺术。真正伟大的导演在他们的作品中具有这种建筑感——总是表达大线条的能量，不稳固的+必不可少的管道的力量。

77 年 2 月 9 日

癌症/肺结核随笔的标题：

“疾病的话语”

或

“作为隐喻的疾病”

一首好诗会有浪漫的形式 + 现代的内容。（布罗茨基）

只考虑自己就是想着死亡。

现代主义的自我主义

幻想

唯我论

那部小说（19 世纪 >）包含

对这个世界的兴趣（不是唯我论的）

对人类行为作出判断的能力

（道德家的）

忍耐力

普鲁斯特（横跨两个范畴的最宏大的、最杰出的散文体小说

---

① 原文此处为 put，戴维说这个词在此并不准确，应改为 identified。

作品——关于这个世界，也关于唯我论）

作为道德家的小说家：奥斯丁、[乔治·]艾略特、司汤达、托尔斯泰、陀思妥耶夫斯基、普鲁斯特、D·H·劳[伦斯]

现代主义小说开始出现时，似乎没有什么站得住脚的评判（比如：《安娜·卡列尼娜》，婚姻很美好，激情摧毁它）。我们总想反例。

托尔斯泰的小说观已经沦为形同虚设（詹姆斯·米切纳[①]等），其最为极端的例子是戈尔·维达尔。现代主义的轨迹记录——“艺术小说”——得到了无限的改善。可这是一个死胡同。我们现在所拥有的是规范了的现代主义的正统观念（约翰·巴思，《迷失在游乐园》[②]；萨洛特；库弗，《符号与旋律》——他们没有在写任何东西）。

目前创作一部长篇小说的问题：似乎没有故事重要到要讲述。

为什么？

因为我们无法从中汲取任何寓意（意思是：评判）。

托尔斯泰有主题：婚姻的性质（《安娜·卡列尼娜》）；历史的性质等等（《战争+和平》）

---

① James Michener（1907—1997），美国作家，代表作有《夏威夷》等。

② *Lost in the Funhouse*（1968），亦译《迷失在开心馆》，约翰·巴思的短篇小说集。

如果没有故事[，就没有]叙述会显得那么重要或必要。唯一显得具有必然性的素材是作家的自我意识。

18 世纪：

"理智"非动机的

柔情与激情之间的区别/情感之间的区别；柔情是平静的激情

（比如，仁慈，自私自利，同情心）——

见沙夫茨伯里[伯爵]，[大卫[1]·]休谟，以及卢梭

发现情感的可塑性

[在页边空白处：]作为道德天赋的想象

比较希腊人：

理智是动机的

情感有两种——一种是表达人的那些情感 + 一种是理解为侵扰的、不相容的（我们不作这样的区别——一切都是"内心的"）

稍微强调一下情感的可塑性。

[在页边空白处：]比较[亚里士多德的]《尼各马科伦

① David 在本书中一般译为"戴维"，但大卫·休谟是 David Hume 的固定译名。

理学》

……

77年2月20日

昨天两件事——与[英国-西印度作家V·S·]奈保尔共进午餐，以及读[俄国形式主义者鲍里斯·]艾亨鲍姆的《青年托尔斯泰》——令我想起我是多么任性且意志消沉啊。

明天开始——如果不是今天的话：

我每天早上不得迟于八点起床。

（可以每周违反这一规定一次。）

我只和罗杰[·施特劳斯]共进午餐。

（“不，我不出去吃午饭。”可以每两周违反这一规定一次。）

我每天要在那本笔记本里写作。

（榜样：利希滕贝格的《杂记簿》[①]）

我要告诉人家别在上午打电话，

否则就不接。

我要尝试把阅读的时间限制在晚上。

（我看书时间太长——作为对写作的一种逃避。）

① *Waste Books*，德文为Sudelbuch，是利希滕贝格从1765年学生时代开始记的笔记，他给每一本按字母顺序标上，从第一本A，到他去世时的L。

我要一周回一次信。

（星期五？——无论如何我得去医院。）

……

77 年 2 月 21 日

我喜欢的东西：火、威尼斯、龙舌兰酒、日落、婴儿、默片、高处、粗盐、大礼帽、大长毛狗、船模、肉桂、鹅毛被、怀表、刚刈过的草的味道、亚麻布、巴赫、路易十三风格家具、寿司、显微镜、大房间、楼上、靴子、饮用水、枫糖糖果。

我不喜欢的东西：独自睡在公寓房里、寒冷的天气、情侣、足球赛、游戏、游泳、凤尾鱼、胡子、猫、伞、被人拍照、甘草味儿、洗头（或别人给我洗）、戴手表、作讲座、雪茄、写信、冲淋浴、罗伯特·弗罗斯特、德国食品。

我喜欢的东西：象牙、毛衣、建筑图、小便、比萨饼（罗马面包）、住在宾馆、回形针、蓝色、皮带、列单子、（欧洲铁路的）卧车、支付账单、洞穴、看溜冰、问问题、打出租车、贝宁艺术、青苹果、办公家具、犹太人、桉树、削笔刀、格言、手。

我不喜欢的东西：电视、烘豆、毛发茂盛的男人、平装书、站着、打牌、肮脏或杂乱的公寓、扁平的枕头、晒太阳、埃兹拉·庞德，雀斑、电影里的暴力、往我眼睛里滴眼药水、肉馅糕、涂了指甲油的指甲、自杀、舔信封、番茄酱、traversins

[“垫子”]、滴鼻剂、可口可乐、酒鬼、摄影。

我喜欢的东西：鼓、康乃馨、短袜、生豌豆、啃甘蔗、桥、丢勒、自动扶梯、炎热的天气、鲟鱼、高个儿的人、沙漠、白墙、马、电动打字机、樱桃、柳/藤条家具、跷二郎腿坐着、条纹、大窗子、新鲜的小茴香、朗读、逛书店、家具少的房间、跳舞、《阿里阿德涅在纳克索斯》。

77 年 2 月 22 日

……

我对很多人都客客气气的，因为我不是很生气。我没有很生气，是因为我没有过于偏激地提出自己的想法。“多元文化”、“对话”等舒适的避难所。

我对不妥协的拒绝。我因而失去了活力——每一天。

伟大的不妥协的论据——SW[西蒙娜·韦伊]、阿尔托、阿多诺(在《现代音乐的哲学》中)。我认为我没必要同意或不同意。它们是我的安非他命，我的“社交礼节上需要的”观点。我与这些极端的观点打交道，但是，就自我定义而论——我自己的观点并不极端。

一个太容易就摆脱困境的办法？我并未在竭尽全力。

快乐这个大问题。人们对此所持的看法能有多“严肃”呢？道德标准又能应用到什么程度呢？没人想被人认为是清教徒，可是……

试比较：阿多诺将音乐中的快乐谴责为道德上的堕落、历史角度上的反动。

难道我对[美国戏剧导演罗伯特·威尔逊的歌剧]《沙滩上的爱因斯坦》就不曾有过这种感觉吗——不过当时能欣赏它，我很开心(高兴)。

请记住阿多诺是在1940—1941年创作的(对纳粹恐怖的意识——还有那些不确定的东西；他是个难民)。《现代音乐的哲学》的作者是同一个人，他(1947年)写道奥斯威辛以后不可能再有诗。针对60年代欧洲的消费社会，他也可以这么说。

……

对“用美学的方法看世界”——见雨果·巴尔的《飞离时间：一个达达主义者的日记》……

77年2月23日

……

艾琳给我讲的4年前被抢劫+强奸的故事。在她的楼里：

凌晨一点左右她回家的时候，进了电梯，一个黑人扒开电梯。她尖叫。“你再尖叫，我就杀了你。”把她带到八（顶）楼，然后，到了通往屋顶的楼梯中间。然后把她的眼睛蒙了起来。

我问：“那你得到性快感了吗？”她说是的——然后说，在听过她这个故事的人当中，我是第一个问她这个问题的。“可这是很明显的一个问题呀，”我说。

第二天（今天）我打电话给她。“我当时是说你的那些朋友有多愚蠢啊，”我说，“不过，我当时想，因为你告诉我这事是4年前发生的——+你显然好端端的，未受到伤害，谈起来那么冷静——所以，很容易就那样问了。”

……

77年2月25日

芝加哥大学教育：毫无“现代”概念。文本、思想、论点——存在于毫无时间限制的对话当中。基本主题或问题是柏拉图和亚里士多德说的那些（理论与实践的关系；一门或多门学科；美德与学识的关系，等等，等等）而且，只要现代的也论及那些主题，它们就有趣、有价值。（我们阅读边沁、穆勒、杜威、［鲁道夫·］卡尔纳普①。）

---

① Rudolf Carnap（1891—1970），德裔美国分析哲学家，经验主义和逻辑实证主义代表人物，代表作有《世界的逻辑构造》等。

从“现代的”这个范畴开始的、与毫无时间限制最为彻底的对立面。基本主题或问题是在现代历史时期之初(由卢梭；黑格尔)说的那些，还有只要先前的思想家与现代的截然不同，那他们就都很有趣，很有价值。

用历史主义的方法，你就会问不同的问题。(历史主义改变这些问题——而且破坏这些主题。)在尼[采]看来，历史主义根本上是毁灭性的观点。例如，福柯：人文学科(“人”)这个主题给毁了。

……

[未标明日期，3月]

[以下是一系列论俗气的评论，从20世纪70年代中期开始到70年代末。因为它们相互关联，我就把它们集中在此，但我无法肯定SS是什么时候写的。]

一个具有伤害力的词——比如：俗气——依然存在

俗气不仅是事物的特性——也是一个过程
事物“变”俗气

作为历史范畴的俗气：当“本真性的”范畴变得重要时——19世纪

日本作为俗气的一个大舞台(特里)

W·[本雅明]的“光环”是一个俗气的形象。

俗气不是一个风格上的而是元风格上的范畴
俄语“Poshlost[①]”与“kitsch”[②]的关系

※

在民主政治/认识论中，有俗气不可或缺的角色吗?

试比较托克维尔(容易批判极权主义俗气)

……

[沃尔特·]考夫曼[③]：俗气是无辜的

糟糕的艺术与俗气不一样——比如：意大利15+16世纪大量糟糕的绘画

……

---

① 俄文，意为“小罪行”、“粗俗”、“淫秽”。
② 即“俗气”。
③ Walter Kaufmann(1871—1947)，德国物理学家；最著名的成就是首次观察到了质量与速度的相互关系，为现代物理，尤其是狭义相对论的发展作出了重要的贡献。

政治的宗教是自然的俗气世界

两种类型

1）国际劳动节游行（[米兰·]昆德拉）——“生活万岁！”
2）霍斯特·韦塞尔的葬礼（[纳粹]冲锋队积极分子、在汉堡[原文如此][1]与一个共产党皮条客的打斗中被杀害；躺在医院弥留一月：垂死挣扎——戈培尔天天去看他（美国史学家[查尔斯·]比尔德在刊物上撰文对此作了描述）

柏林的尼古拉公墓的葬礼，在《汉斯·韦斯特马尔》（1930年代早期纳粹的电影）中有所描述

由戈培尔杜撰的神话
复活+回归的神话

……

迪斯尼乐园+纽伦堡大会是两种不同类型的俗气

……

① 应为柏林，所以戴维加了说明。

77 年 3 月 6 日

待写的随笔：论对艺术的马克思主义(道德主义)研究方法。("美学的世界观"随笔补论)

文本：

[意大利作家、政治家、哲学家以及语言学家安东尼奥·]葛兰西

[英国马克思主义艺术批评家克里斯托弗·]考德威尔[①](斯大林主义者、平庸之辈)

本雅明

77 年 4 月 19 日

清楚 = 你已经知道的事情

模糊 = 你不想搞懂的一个意思

从[普鲁斯特的]《追忆似水年华》中整整抄了 10 页(为了将其牢记——就像你 15 岁之前看的书一样)：

普鲁斯特并不知道他在写的是一部最伟大的小说。(他的同时代人也不知道，即使是最赞赏他的人，比如里维埃尔。)即使他知道，也对他无益。不过，他的确希望写出杰作来。

---

① 应为 Caudwell，此处桑塔格误为 Cauldwell。

我想写出杰作。

我野心不够大。（这不只是变得真正不妥协的问题。）我希望自己优秀、讨喜等等。我害怕一不小心就流露出真情感，真自负，自私。

我想唱歌。

我已经说过这个，在我写给 *PR*［《党派评论》］的第一篇文章中，论［意第绪语作家艾萨克·巴什维斯·］辛格。该死的现代紧张症。

我的智慧、学问、想象力绰绰有余。障碍是性格：鲁莽。

冷酷无情

杜尚：太聪明了无法像列奥纳多一样成为一名画家；而是毁坏、戏仿——而非建构。列奥纳多，伟大的建构者；杜尚，伟大的解构者。同样迷恋机器，不过杜尚完全是搞笑的、虚无主义的……

［7 月，未标明日期］

“形容词是名词的仇敌。”——福楼拜

77 年 7 月 12 日

计划：把我的摄影者的目光（无声的）转变为诗人的目光，这样听得到——话语。我具体地看；我抽象地写。

计划：作为一个作家，要有切入口，进入具体的事情。

今晚在那家印度餐馆吃晚饭时聚在鲍勃·S·[罗伯特·西尔维斯]鼻子上的那束光。

77 年 7 月 19 日

关于一个巫师（女性）的故事

我（爱默生等）身上最美国化的地方，是我对彻底改变的可能性的信心。

约瑟夫[·布罗茨基]说过，他写作的时候就有意识地与其他诗人在角逐。现在，我会写一首诗，会比[鲍里斯·]帕斯捷尔纳克（或[安娜·]阿赫玛托娃——或弗罗斯特——或叶芝——或洛厄尔等）更好（更深刻）。那结果呢？我问。“现在我在与天使争辩。”

嫉妒、好争的重要性。我不够努力。

今晚**来自妮科尔的最后那个电话**后

让它伤害吧，让它伤害吧。

所以，这已不再是我的前门。那么走开吧。

记住：这可能是我成为一名一流作家的惟一一次，也是最后一次机会。

要想写作，你怎么独处都不为过。能更好地看待事情。

在某种意义上——在一种意义上——这过去的3年我和妮科尔在一起是在浪费我的时间啊。我知道——可还想那么做。既然对我而言可能性已不再存在，可是……

77年7月20日

要高尚。要深刻。决不要“友好”。

（要写的）几个短篇小说：

［弗兰克·奥哈拉[1]的诗］~~《纪念我的情感》~~［原文如此］
《历史学家的肖像》
《速度》
《与天使争辩》
《还有与圣雄甘地的星期一》

---

① Frank O'Hara（1926—1966），美国诗人。其诗采用口语及开放的结构，即兴、反理性，在幽默机智中又有荒诞感、梦幻感，突出地表现了诗人的个性，开创了反文雅反高贵的诗风。

DURCHH ALTEN(抱紧)——D[戴维]留在我床边的一张便条

……想象力极大的丰富，以及因此源于孤独的语言的极大丰富。

77 年 8 月 4 日

每一个文化时刻都有神秘的区域：
——岛屿
——科学家的实验室

77 年 8 月 11 日

“Mais je t’aime” = “je ne veux pas te perdre complètement”
[“可是我爱你” = “我不想完全失去你”]

说点什么是有趣的——推迟必须作出一个更加确定的判断：表明它是好还是坏

一个在受杜尚影响的艺术界广泛流行的术语。凯奇，等。

或者作出不相干的判断

……

77 年 8 月 21 日

……

与[美国摄影师理查德·]埃夫登聚餐："过去对我而言完全是不真实的。我只活在当下+未来。这就是我看起来年轻的原因吗？"

道连·盖伊[①][原文如此]

……

77年9月8日

……

我9、10、11岁时，撰稿并出版的4页内容的周报(胶版印刷)，每份售价5美分。

害怕——恼怒——对谈话中的形象。我已经在思考、想象一样东西；突然之间，我会被迫看别的东西。[美国作家]沃克·珀西告诉我如何从新奥尔良去他家。"走庞恰特雷恩桥——26英里——笔直的一条线。"我脑子里就想象那座桥、庄园、小海湾、苔藓覆盖的树木。突然，就出现了这根该死的线……保罗[·特克]今天谈到性交姿势。"这是底牌。"后来，突然倒下，两只胳膊荡来荡去。"他们抽了我的筋。"(更多的线/筋[②]！)

---

① Dorian Gay，可能应为Dorian Gray(道连·格雷)，所以戴维加了编者注。
② 英文string既可作"线"讲，也可指"筋"。

77 年 9 月 17 日

鄙视，不是愤慨

“只有一件事我畏惧；配不上我的痛苦。”

——陀思妥耶夫斯基

“只有一件事我畏惧，即我的痛苦配不上我。”

——桑塔格

在《关于电影摄影的札记》中，布列松引用列奥纳多的话说：在艺术的全局中，最重要的是结局。

运动员、舞蹈演员——与他们的身体浪漫相处

阿波利奈尔把埃菲尔铁塔 + 巴黎的屋顶比作一个牧羊人 + 羊。把事物简化为地理形象。

自我的洞穴。

艾米莉·狄金森说“艺术是努力招人光顾之屋”。
现在它无须努力。

所以这只是时间问题——形象何时出现。它应该先于或同于画面出现。否则，就是干扰了。

77 年 9 月 20 日

酒：是为了把一种情绪扭转过来。

卡尔[罗伯特·洛厄尔]的诗。多悲伤啊。全是关于丧失。他生来就是衰老的。

我，加上外壳：孩子、青少年、成年

“我们来看看，我是否能提出一点点理论。”

梭罗弥留之际——被问到他对另一个世界的感觉时：“一次一个世界。”

现在用英语写诗的诗人没有一流的。

俄国人没有 18 世纪。

约瑟夫[·布罗茨基]：

他的至爱、他儿子的母亲：玛丽娜(玛丽安娜)[·巴斯马诺娃]

什么时候他读的贝克特?

“每次你找到你在找的那一句话，下次要找到就会更难。”

荣耀，荣耀，荣耀。

他喜欢没当成诗人的散文作家。比如纳博科夫

“如果我看一样东西超过两秒钟，那它就变得荒唐可笑了。”

……

“每一样东西都往其自己身上撒尿。”

“和别人——亲密地——在一起，我就被剥夺了一种精神滋养，而我工作需要精神滋养。”

“另一方水土——语言。”

[未标明日期]

约瑟夫关于：德里克[西印度诗人德里克·沃尔科特]

[你]得稍微推他一下才能让他思想集中；然后他才能思考。

对他而言一切都是可感知的，不是文化的

像花儿，没有泥土

他没有交际

他无法学任何东西

他懒

77 年 9 月 26 日

在鲍勃[罗伯特·西尔维斯]家与[美国画家 R·B·]基塔交谈。说到“超验”艺术。如果一个人不知道如何绘画(美术学校已不再教了)，那就不可能了。最后一批伟大的画家是毕加索 + 马蒂斯。还在世的最优秀的画家：培根(+ 巴尔蒂斯)。只对描绘画、人物画感兴趣。整个 19 世纪法国传统都与安格尔[1]有关——没有他，就没有印象主义。现在，又有谁还能那样画呀？同时代人，比如——英国的——吕西安·弗洛伊德、弗兰克·奥尔巴赫、戴维·霍克尼[2]；德·库宁，他提到的惟一的美国画家。“但是，如果我们想到伦勃朗，我们在谈论什么呢？这是我们应该用来对照衡量当代画家的标准。”还有，很多画家是在他们老了以后才创作出他们最好的作品——米开朗琪罗、提香、戈雅、丁托列托[3]、伦勃朗、特纳、莫奈、马蒂斯，也许(不管当下的观点)还有毕加索。

作为手艺的绘画。

唐·巴塞尔姆[4]：“我无需一条规则来告诉我说我千万不能扼死天鹅……”看到那个牛仔服装店的小偷被逮以后——“我希望他们不会用绞在一起的牛仔裤把他绞死。”

---

① Jean Auguste Dominique Ingres(1780—1867)，法国画家。
② David Hockney(1937—　)，英裔美籍画家、摄影家。
③ Tintoretto(1518—1594)，意大利画家。
④ Don Barthelme，即 Donald Barthelme。

77 年 10 月 11 日

索尼娅·奥威尔今天给我讲了一个无足轻重的政治局委员的女儿的故事——快要嫁人了——“我不希望又是一个乏味的莫斯科婚礼！”——500 位宾客乘政府的飞机飞往里海的一个别墅，婚礼就在此举行——穿制服（马裤、长袜等）的侍者、每个客人的椅子后面一个仆人、头戴白帽的女仆——1977 年旧政府的特权。仆人们愤世嫉俗吗，或者说，他们开心吗。

……

77 年 11 月 23 日　休斯敦

［SS 在艺术收藏家及赞助人多米尼克·德·梅尼家做客。下面提到的几件艺术作品是在德·梅尼家。］

一开始，没有抽象艺术。如果它在我们看来是抽象的（如：女性崇拜的小提琴形状），那是因为我们的愚昧，+ 不知道如何读懂这件物体。

凯尔特人的头（木质，来自爱尔兰）——6 世纪？——看上去像毛利人。

来自前梅罗文加王朝（？）高卢人——或更早？？——的金币——为罗马风格的艺术奠定了基础。

亚历山大的脸；飞马等。

Désamorcelé[“被拆分开的”]像毕加索的一幅画。

公元前30000年的骨头(动物)，上面雕刻着动物——像拉斯科洞窟崖壁画[①]的画像。

S. W.[西蒙娜·韦伊]不仅仅聪明非凡，而且知识渊博。同情心无处不在，针对各个阶层。

[在页边空白处][乔治·]奥威尔不是。

与凡·高不同：神经官能症让她无法在日常生活中对哪个个人表现其强烈的同情心。不过话又说回来，凡·高根本没有她那样心地善良。

太阳出来了，你就见不到月亮。(你别解决问题；它不再存在。)我在找太阳。

凡·高的信件——就像拥有梅什金公爵的信件一样

……

《希望之乡》是一幅心灵创伤的画像……

[叶夫根尼]·巴拉廷斯基：俄国诗人(按约瑟夫的说法，

① 1940年在法国西南部多尔多涅省附近发现的洞窟壁画，被誉为“史前的卢浮宫”，其中绝大多数的壁画作品绘于约公元前15000年。

"相当英国化"),普希金的朋友

77 年 12 月 4 日　威尼斯　[SS 来此参加威尼斯双年展]

晴天,清冷——天早早就黑了——我从未见过更美的威尼斯了。

[意大利作家阿尔贝托·]莫拉维亚在机场接我;[英国诗人、SS 的朋友]斯蒂芬·斯彭德刚离开。第一顿饭是在弗洛里安[咖啡馆]待了一个小时后,在杜珀兹酒店和[法国诗人及随笔作家]克洛德·罗伊+[法国女演员及剧作家]洛莱·贝隆+[匈牙利作家]哲尔吉·康拉德一起吃的。约瑟夫的朗读是晚上 9 点到 11 点,在雅典耀剧院。他站起来朗读他的诗的时候,我一阵阵颤抖。他吟诵,他啜泣;他看上去华贵。鲍里斯·戈东诺夫;格列高利圣咏;希伯来语的悲叹。随后,和约瑟夫吃了第二顿饭,接着散步。然后,凌晨两点,第一次去欧罗巴酒店。妮[科尔]来电话!

尼采的主题(?)是天赋。他知道天赋是什么;他懂其傲慢、其兴奋状态、其狂热、其纯洁、其冷酷无情。他令其成为一种历史学说。(后来,德国人令其成为一种政治学说。)他认为他是一个天才,但与莎士比亚和米开朗琪罗不同,他从未写出杰作。《查拉斯图拉》[1]是其最糟的一本书;俗气。那个伟大的尼[采]在随笔当中——多为残篇。

---

① *Zarathustra*,指《查拉斯图拉如是说》(*Thus Spoke Zarathustra*)。

两种作家。一种作家认为，这一辈子当中存在的就是全部了，于是就想描述一切：秋天、战争、分娩、赛马。即托尔斯泰这种。还有一种作家认为，这一辈子人生是一种试验场（试验我们不知道的东西——看看我们能忍受多少快乐+痛苦，或者看看快乐+痛苦是什么？）于是就只想描述要点。即陀思妥耶夫斯基这种作家。两种选择。在陀以后还有谁能像托那样写作呢？任务是要做到和陀一样优秀——心灵一样真诚，+然后，从此处开始，继续前行。

但是，肯定一下托尔斯泰，他知道出问题了。于是，他最终否定他的伟大的小说。无法满足他自己作为一位艺术家的精神需求。所以，他宣布放弃艺术，而行动起来（一种精神生活方式）。陀永远也不可能因为道德原因而放弃他的艺术，因为他知道如何通过他的艺术达到一个更高的精神层面。

惟一重要的事情是思想。思想后面是[道德]原则。一个人要么真诚，要么不真诚。必须做好准备作出牺牲。我不是一个开明的人。

“持不同政见者”艺术的概念有些错误。它是由权威们定义的。抽象画在苏联是持不同政见的，美国大公司的艺术；在波兰，就已经得到承认，甚至流行了20年。关于内容（？）或风格，如抽象的或者形象的，它本身没有任何持不同政见的东西。

双年展上没有小组讨论或辩论。只有论文——相互间并不协调；发言者一讲完，油印的论文就分发给大家。

索尔仁尼琴是一位真正的史诗作家；风格上也完全是折中主义的(采用19世纪的语言、共产党的语言等等)。文类杂合：社会主义现实主义小说、随笔、讽刺作品、长篇演说、陀思妥耶夫斯基式的哲学小说。他的伟大取决于他涵盖的这些个范围。

关于菲德尔[·卡斯特罗]的笑话：就在大革命后，他在群众大会上演讲，鼓励大家开始工作+建设社会主义。“Trabajo si, rumba no.”[“要工作，不要伦巴。”]然后群众大声回应：“要工作，不要伦巴。要工——作，不要伦——巴。要——工——作，不要——伦——巴。”

约瑟夫：“审查制度对作家是有利的。有三个原因。一，它把整个国家的人民统一起来作为(或变成)读者。二，它让作家有所限制，需要抵制一些事。三，它增强了语言的隐喻力(审查制度越严格，作品就一定会变得越具有伊索寓言风格)。”

一个小笑话中犹太人的状况。A：他们接到命令要把所有的犹太人+所有的理发师杀掉。B：为什么是理发师？

77年12月5日

……

哲尔吉·康拉德看上去非常像雅各布[·陶布斯]——我昨天下午一见他，就注意到了+反感；还有，今天早上，两人在弗洛里安咖啡馆吃了顿晚早餐，随后约瑟夫也来了——我发现，当然，他就是苏珊·陶布斯 1969 年在布达佩斯时与之有染的那个人。

凌晨两点，从蒙廷酒店步行去艺术学院，经过那座桥，穿过圣斯特凡诺广场，回到酒店：——飘着小雪、静谧、街上空无一人、有雾、寒气逼人——真美。就像呼吸纯氧。

……

被“吃豆腐”的意大利语的说法：“la mano morta”[“那只死手”]。

[俄裔法国作家]鲍里斯·苏瓦林对西蒙娜·韦伊的影响。1934 年，苏瓦林写过一本书谴责斯大林——遭到了马尔罗——伽利玛的审稿人——的退稿，他附了这样的话：“Vous et vos amis avez raison, Souvarine, et je serai de vos côtes quand vous êtes les plus forts.”[“苏瓦林，你和你的朋友是对的，等你们成为最强者时，我会站在你们一边。”](到 1938 年书才在法国出版。)

[在页边空白处：]三种罪恶——厌女症(男性至上主义)、反犹太主义和反智主义——我与之作斗争。

持不同政见是一个关系的(不是相对的)概念。

约瑟夫：“我所有时间都想哭喊。”

[苏联古拉格]劳改营的犯人对专制——无意义的专制——谈论很多。这个世界上最伟大的交媾。能够撬断任何监狱栏杆的金属(1950年代生产的鞋子的鞋底的金属条)。无力的另一面。

[帕维尔·]费洛罗夫[1]——20年代(持续到1950年代)俄国艺术家；约瑟夫认为他比塔特林、叶·李西茨基[2]等都伟大。

20年代俄国构成主义者：好……但是。工业的自恋。

一个艺术家应该足够专业，能把一切做得非常完美。

东欧的流亡作家。在西方这里，没有任何危险，但一切都充满敌意。

约瑟夫："于是，我意识到我是什么人。我是一个完全接受过个性概念的人。"又是他的叶甫盖尼·奥涅金那一面。

"勇气"这个词你只能用在第三人称上。不能说"我勇敢/我有勇气"。可以说她或他。这是一个关于行动的词，一种阐释行为的方式。它不描述任何主观状态。相反，"恐惧"是第一人称形容词。可以说/感觉"我害怕"。

现在很多俄国人通过和犹太人结婚而出国。在苏联，犹太人

① Pavel Filonov (1883—1941)，俄国先锋派画家、艺术理论家、诗人。
② El Lissitzky，即 Eleazar Lissitzky(1890—1956)，俄国前卫艺术家。

是出境的一种途径。

77 年 12 月 6 日

湿石头的味道。雨。拍打着 fondamenta[“一条与运河平行的街道”]的河水。运河中交通汽艇开动时平和的汽笛声。雾。脚步声。七条像黑乌鸦一样的平底船；停泊在狭窄的运河中，摇摇摆摆，懒懒散散。

只有否定的思想才有用。“思想是一种交通工具。只有是交通工具的思想才是我关心的。”

一个人觉得“我写了一个糟糕的故事”而不是“我写了一个令人满意的故事”。后者要让别人说。至多他觉得，我写的书并不糟糕……勇气也是一样。一个人并不感到“我勇敢”。他感到“我不害怕”。或者，至少，并未表现出来。我没有露怯。

他(克洛德·罗伊)累了。他每个人都了解了。

这个流亡诗人[布罗茨基]，出生在列宁格勒，凌晨两点独自走在潮湿、空旷的大街上。这，“有那么一点点”，令他想起列宁格勒。

即便我感觉像是，但我并不是家中唯一的孩子。所以，我母亲的自恋、不在我身边、没有能力培育这些情况，比实际上造成的伤害要轻。我发现她对我妹妹更甚。我没有认为这是“针对我来的”。我会说：我有这种母亲。而不是：她待我很坏，她不爱我因为我不是/没有（这些优点）。我小小年纪就学会了“客观”。

当我完全懂一些事情的时候，这事就过去了。因此，我对“流放”有了兴趣。在家待着，意味着知道有可能发生的事情的每一步。凡可能发生的事都有原因，也有缓和期。你转开身，就不惊讶了。

“非经审定的”或“未经审定的”艺术取代“持不同政见的”艺术？

所有政治语言都是疏离的。政治语言本身就是敌人。（约瑟夫的态度）

到处都有持不同政见者 + 他们都自由的一个世界。或者没有必要再有持不同政见者的世界（即一个美好的社会）。这是两个假设的理想——完全相反。

……

77 年 12 月 7 日

我只是想过，我们（现在）所谓的虚无主义是什么。什么样的思考不会通向虚无主义？

人人都谈权利(人权等等)……

……只有社会的思想(接受“社会”)或个人主义——完全以自我为中心的世界观。

无论什么地方的孤独者——他们中很多人都不会相互喜欢——他们持以自我为中心的态度。奥斯卡·王尔德、本雅明、阿多诺、齐奥兰。

没错，本雅明在他一生的最后几年用的是共产主义的语言，所以，我们现在看他有点另类。不过，那是因为他 1940 年去世的。最后那几年，共产主义的语言恢复了权威——被视为与法西斯(等同于敌人)作斗争必不可少的。如果本雅明活得和阿多诺一样长，他会成为一名自我中心者，和阿多诺一样对左派不再抱有幻想。

(和约瑟夫 + 米兰的阿德菲出版社的头儿罗伯托·卡拉索[1]一起吃饭。与[波兰剧评家]扬·科特 + [俄国文学的学者]维克多·埃利希共进午餐。早餐是和[瑞士新闻记者]弗朗索瓦 + [他妻子]莉莲·邦迪一起吃的。)

罗伯托·卡拉索关于约翰·凯奇最近在米兰表演的故事——取自梭罗作品，两个半小时无意义的选自梭罗文本的逐字逐句朗读——在米兰最大的剧场李瑞歌，面对 2 000 名观众。简直就是一场严刑拷打。20 分钟后才开始。其间某个时候，台上有 100

① Roberto Calasso(1941—)，意大利作家、出版家。

个人——有个人用一块布把凯奇的眼睛蒙上然后又把布拿下。无人离开。而且从头至尾，凯奇一动不动，继续在台上的席位上朗读。所有人都喝彩。真是巨大的成功。

凯奇想在所有的鉴赏力当中加入一些空无感。［在页边空白处，SS 重复了“鉴赏力”而且加了一个感叹号。］他不是音乐家，而是一个温和的破坏者。这个空的笼子①。

※

没有审查制度，作家就无足轻重了。

所以说反对审查制度并不是那么简单。

※

一个横向思维

※

共产主义 + 虚无主义的言辞。希望成为好人 + 希望成为坏人的人都走在同一个方向。

马克思 + 弗洛伊德都错了。对的那个人是马尔萨斯。无论发生什么，前面都是一个更为压抑的社会……19 世纪会认不出我

① 凯奇(Cage)，意思是“笼子”。

们生活的这个社会。

※

……

雾。站在科雷尔博物馆前，朝圣马可广场看过去，看不见大教堂[①]。雾中，一个新的、超现实的威尼斯：被分割成一片一片，然后重新组合起来，“远处的”一些部分不见了（一些部分不见了）。

77 年 12 月 8 日

精神上的运动：把思想降到体内。令其成为一个人本能的一部分。不改变一个人的生理机能，就无法成为一个佛教徒或印度教徒。

※

涨潮。圣马可广场的木板。水比运河的更绿、更清澈。水下浮动平台。水倾斜着、翻滚着、层层叠叠、晃动着、拍打着石头。

残酷与压迫间的区别。纳粹使残酷制度化——称颂邪恶（纳

① 指圣马可大教堂（Basilica di San Marco）。

粹党卫军骷髅徽章)——残害和折磨肉体，杀人作为政策/原则。惨绝人寰无以复加，与奥斯威辛一样残暴。但是斯大林政权因为更加政治化而更加暴虐。个人的空间更小。一种善而非恶的言辞。

“aria fritta” = 油炸过的空气(混乱)

T · S · 艾略特：根据宗教标准判断一门艺术 + 根据美学标准判断一个宗教，也许能很好地运用我们所具有的最佳评判标准

[在页边空白处：]“它们变成隐喻。”

※

……

话语的神圣性质

[俄国诗人及作家奥西普 ·]曼德尔斯塔姆，20 世纪伟大的散文作家之一——哪怕他从未写过诗，他也会成为本世纪最伟大的作家之一。

“既不左也不右，而是来自某个外星球的地方……”

※

[77 年 12 月 8 日的日记的插页。]

1713

1940年代初，安德烈·布勒东打电话给迈耶·夏皮罗，问他牛顿关于光的专著是不是1713年发表的；夏皮罗说不是的时候，他极其失望。曾想将这日期作为签名，放在绘画中。

夏皮罗知道、收集了[德裔美国艺术家]扬·米勒[1](1958年去世)的画作。

……

※

77年12月9日

一部小说的很棒的主题：善的诱惑(堕落)。共产主义。谁会成为西方的“clercs communisants”[“信仰共产主义的职员”]中的索尔仁尼琴呢?

庞德>洛厄尔。诗歌应该是进入你头脑的一切的记录。

※

下午5点+8点之间和约瑟夫一起去拜访[埃兹拉·庞德的

① Jan Müller(1922—1958)，德裔美国画家，20世纪50年代纽约具象表现派画家代表人物。

伴侣]奥尔加·拉奇——圣格雷戈里奥252号(安康[①]附近)

奥尔加·拉奇总把艾略特叫作"万能机……"。说庞德从离开伊丽莎白街到他去世，既没有悔悟，也没表示后悔……眼里含着泪花，她停顿一下(仅一次)然后说："你知道，埃兹拉是对的。他是对的。有太多的民主。有太多的言论自由……"说[美国作家]娜塔丽·巴尼[在页边空白处：以前知道朱娜·巴恩斯]战时大部分时间都在拉帕洛[②]度过，是庞德的客人……在极小的客厅，她(在地板上)放着[亨利·]戈蒂耶-布尔泽斯卡[③]的巨大的庞德半身雕塑+温德姆·刘易斯的庞德画像……她坚持认为庞德的"名字是犹太人的"，而且没有改过——"从一开始——他的第一本书——他自己就签名'埃兹拉·庞德'，而非'E·卢明斯·庞德'或'卢明斯·庞德'"，还说卢明斯家是个好人家("看看纽约社交界名人录；你就会发现很多姓卢明斯的。")。"一个《圣经》中的名字，"我说。"说对了，一个犹太人的名字。所以，如果埃兹拉是反犹太人的，像人们说的那样，他就不会保留那个犹太人名字了，是不是？"

她说话带英国口音。很多时候，一句话后面她要说"明白了吗"。

"……我就像那古代的水手，"她在门口说。约瑟夫+我，外套已经穿好，一直站在那儿，站了15分钟，听她没完没了地

① 指安康圣母教堂(Chiesa di Santa Maria della Salute)。
② 意大利热那亚省的一个小镇。
③ Henri Gaudier-Brzeska(1891—1915)，法国雕塑家。

说。“那么他的故事是关于什么的呢？哦，是的，难道不是关于一只死鸟的某件事吗？”一种她肯定用了多次的结局。

西尼亚夫斯基不仅把他的家人从苏联带了出来，还带了数百册书以及他的黑狮子狗玛蒂尔达。他妻子回去了几次。达成了协议。

卡尔一本书中的题词——在扉页的“罗伯特·洛厄尔”上划了一道线，下面写着：“致埃兹拉，对你的爱与赞赏超过了对任何人。”卡尔

※

新职业：自由职业的药物设计师。

每个世纪(时代)都产生自己的高贵的野蛮人。我们这个时代的是第三世界。

[这则日记边划了一道竖线：]约瑟夫：“阿赫马托娃过去常说，‘年轻的时候我热爱建筑+水；现在我热爱这个世界和音乐。’”

船卸货时，交通汽艇码头的嘎吱声，晚上听得见。海鸥咕咕叫着划过水面。空气中充满了湿气。教堂左侧，黑与白，晚上比白天看上去更好+更鲜明。白天看到的东西太多。晚上感觉更敏锐。

加尔文是精神贵族。我喜欢他的耿直。路德是个庸人。他甚至看不出他在毁坏的东西的重要性。

[卡洛·]里帕·迪梅亚纳[威尼斯双年展总策展人](面带微笑)："你知道，意大利人早餐不喝狮子汁①。"

我说我恨愚蠢时，我真正的意思是我无法忍受精神上的庸俗。但是把这说出来就庸俗了。

77年12月10日

我在看[贝克特的]《马龙之死》②。这是改变你的生活——也就是说，你写作的方式——的散文。一个人看过这个以后，怎么还能用英语写出这些啊？

哲尔吉·康拉德："L'écrivain qui a des positions militantes est un masochiste：il se prive de ses propres dons."["持激进(政治)立场的作家是受虐狂。他剥夺了自己的天赋。"]

我的政治立场：完全是敌对的。我反对(1)暴力——+，特别是，殖民主义战争和帝国主义"干涉"。尤其反对刑讯折磨。(2)性别歧视和种族歧视。(3)对自然和过去的风景(精神的、建筑的)的破坏。(4)任何阻碍或审查{人、艺术、思想的流动。

① 狮子象征勇敢，此处迪梅亚纳指意大利人不够勇敢。
② *Malone Dies*，贝克特用法语所作的三部曲之一，另两部为《莫洛伊》和《无名者》。

{流动

（如果有什么我赞成的，那就是——简单地说——权力下放。多元化。）

简而言之，典型的自由论者的/保守的/激进的立场。我这个人就这样了。我也不应该希望更多了。我对“构建”任何新形式的社会，或参加任何党派都不感兴趣。我没有理由试图让自己限定在左派或者右派——也没有感觉我自己应该这样。那不应该是我的表达方式。

※

我不写作的时候就有内疚感，写得“不够”时也这样。为什么呢？这“内疚”是什么呢？约瑟夫说他也是这样。我问，你为什么觉得内疚？“因为我以前一年写20首好诗。现在，我只写7或10首——虽然它们大多比我以前写的好。”

我指责约瑟夫对《妮诺奇嘉》[①]的伤害[刘别谦1939年导演的喜剧片，葛丽泰·嘉宝演一名苏联间谍]。（房间的哪个角落是我的？[该片一句转述的台词]等等。）

里帕·迪梅亚纳：“欧洲的知识分子有塔巴斯科[②]的作用。”不可避免地就被拉到极端的位置上。

---

① *Ninotchka*，亦译《异国鸳鸯》。
② Tabasco 或 Tabasco sauce，（用辣椒制成的）塔巴斯科辣沙司。

敌人就是思想：所有的问题最终都是政治问题。因此，要通过政治手段来解决。

※

“没有东西能以同样的形式幸存下来”（[法国马克思主义文学评论家]皮埃尔·马歇雷）。直到最近，希[腊]艺术在西方社会幸存下来的主要形式是作为一种支配性的理想，通过马克思所谓的“作为一个标准以及作为一个无法企及的模式”的能力。

[下面这则日记周围划了框：]西方的艺术：这曾经不为人需要，但现今却为公众所接受，探索自我。

※

17+18世纪，希腊艺术起到的作用主要是可以企及的模式。伴随着工业革命的到来，它开始有了无法企及的特性（一个“理想”）。现在，经典已被国别文学研究所取代。“国内整个都已经成为文学批评。”（[英国当代评论家、史学家]佩里·安德森）

※

形式主义的方法：适合那些不了解、不关心历史的人。现在，这肯定是其吸引力的一部分。一个人无需“博学”就能懂一个文学文本或者一幅画，只要聪明就行。一个人懂的东西无需超过作品本身。

77 年 12 月 12 日

教堂：圣西尔维斯特教堂（在圣西［尔维斯特］广场）。以及圣依纳爵教堂（在圣依［纳爵］广场。［罗马］）：巴洛克风格的（反宗教改革、反耶稣会者）疯狂。太高的天花板——炫目的景象——假穹顶（错觉画）只有在教堂中央看，角度才对！而且现在你得花 100 里拉才能观赏了！

※

贝克特：乔伊斯的对立面。变得更小、更精确、更挑剔、更阴郁……更小且更简洁。现在有谁能成为贝克特的对立面吗？也就是说，不是乔伊斯。但不仅仅阴郁；而且更大，还没那么古老——

［日期只标明“1977 年札记”］

就实际上被否认的情况而论，死亡成为最重要的事情。（就像任何被否认的事一样。）它什么地方也不在，却又无处不在。尽管我们否认死亡，但这种病态的兴趣对我们有最大的吸引力。也许因为再没有超验的价值来源能被发现，死亡（意识的消亡）成了价值、重要性的烙印。（在一定程度上，只有关涉死亡的事才有价值。）这同时导致了死亡概念的提升和平凡化，这种情况也许给我们的文物的持续不断的暴力的图解 + 暴力死亡带来了最强烈的刺激。（一部严肃的当代小说会极其频繁地，通过一场谋杀来展开或逐渐呈现情节——相比之下，那些受过教育的先锋小说作家生活中绝不可能去过谋杀案的现场。）

※

最佳电影（排名不分先后）

1. 布列松，《扒手》[①]
2. 库布里克，《2001》[②]
3. 维多，《战地之花》[③]
4. 维斯康蒂，《对头冤家》[④]
5. 黑泽明，《天国与地狱》
6. ［汉斯-尤尔根·］西贝尔贝格，《希特勒》[⑤]
7. 戈达尔，《我略知她一二……》[⑥]
8. 罗塞利尼，《路易十四》[⑦]
9. 雷诺阿，《游戏规则》
10. 小津安二郎，《东京物语》
11. 德莱叶，《葛楚》[⑧]
12. 爱森斯坦，《波坦金》

---

① *Pickpocket*（1959）。
② 即 *2001: A Space Odyssey*（1968），《2001 太空漫游》。
③ *The Big Parade*（1925）。
④ *Ossessione*（1943），亦译《沉沦》，卢奇诺·维斯康蒂导演的第一部电影。
⑤ *Hitler*，即 *Hitler, a Film from Germany*（1977），《希特勒：一部德国电影》。
⑥ *2 ou 3 Choses ...*，即 *2 ou 3 Choses que je sais d'elle*（1967）。
⑦ *Louis XIV*，即 *La Prise du Pouvoir par Louis XIV*，《路易十四的崛起》。
⑧ *Gertrud*（1964）。

13. 冯·斯坦伯格，《蓝天使》[①]

14. 朗，《马布斯博士》[②]

15. 安东尼奥尼，《蚀》

16. 布列松，《死囚……》[③]

17. 冈斯，《拿破仑传》

18. 维尔托夫，《带摄影机的人》[④]

19. [路易·]弗亚德[⑤]，《朱德克斯》[⑥]

20. 安格，《极乐大厦揭幕》[⑦]

21. 戈达尔，《随心所欲》

22. 贝洛基奥，《口袋里的拳头》

23. [马塞尔·]卡尔内[⑧]，《天堂的孩子们》

24. 黑泽明，《七武士》[⑨]

25. [雅克·]塔蒂[⑩]，《游戏时间》[⑪]

26. 特吕弗，《野孩子》

27. [雅克·]里维特[⑫]，《疯狂的爱》[⑬]

28. 爱森斯坦，《罢工》

---

① *The Blue Angel*(1930)。

② *Dr. Mabuse*。朗拍过两部关于马布斯博士的电影，一部是《玩家马布斯博士》(*Dr. Mabuse, de Spieler*, 1922)，另一部是《马布斯博士的遗嘱》(*The Testament of Dr. Mabuse*, 1933)。

③ 全名为 *Un Condamné à mort s'est échappé*(1956)，《死囚越狱》。

④ *The Man with the* [*Movie*] *Camera* (1929)，是维尔托夫精心剪辑的纪录片。

⑤ Louis Feuillade(1873—1925)，法国默片时期多产、著名的电影导演。

⑥ *Judex*(1926)。

⑦ *Inauguration of the Pleasure Dome*(1954)。

⑧ Marcel Carné(1909—1996)，法国导演。

⑨ *The Seven Samurai*(1954)。

⑩ Jacques Tati(1907—1982)，法国喜剧演员、导演。

⑪ *Playtime*(1967)。

⑫ Jacques Rivette(1928—　)，法国导演，法国新浪潮电影的代表人物之一。

⑬ *L' Amour Fou*(1969)。

29. 冯·斯特罗海姆，《贪婪》[①]

30. 斯特劳布，《安娜·玛格达莱娜·巴赫……》[②]

31. 塔维亚尼兄弟[③]，《我父我主》[④]

32. 雷乃，《穆里爱》

33. 雅克·贝克，《洞》[⑤]

34. 科克托，《美女与野兽》

35. 伯格曼，《假面》

36. 赖纳·维尔纳·法斯宾德[⑥]，《佩特拉……》[⑦]

37. 格里菲思，《党同伐异》[⑧]

38. 戈达尔，《蔑视》[⑨]

39. [克里斯·]马克[⑩]，《堤》[⑪]

40. 康纳，《十字路口》

41. 法斯宾德，《中国轮盘赌》[⑫]

42. 雷诺阿，《大幻影》

---

① *Greed*(1924)。

② 即 *Chronik der Anna Magdalena Bach*(1968)：《安娜·玛格达莱娜·巴赫的编年史》。

③ Taviani brothers，指保罗·塔维亚尼(Paolo Taviani，1931—)与维托里奥·塔维亚尼(Vittorio Taviani，1929—)同胞兄弟，意大利导演。

④ *Padre Padrone*(1977)，该片在戛纳电影节获大奖，同时获国际影评联合会奖。

⑤ *Le Trou*(1960)。

⑥ Rainer Werner Fassbinder(1945—1983)，德国演员、导演、编剧。

⑦ 全名为 *The Bitter Tears of Petra von Kant*(1972)，《佩特拉·冯·康德辛酸的眼泪》，亦译《佩特拉的苦泪》，获柏林电影节金熊奖提名。

⑧ *Intolerance*(1916)。

⑨ *Contempt*(1963)。

⑩ Chris Marker(1921—2012)，法国作家、摄影家、导演、艺术家。

⑪ *La Jetée*(1962)，亦译《防波堤》。

⑫ *Chinese Roulette*(1976)。

43. 马克斯·奥菲尔斯[①]，《伯爵夫人的耳环》[②]

44. 约瑟夫·赫依费茨[③]，《带小狗的女人》[④]

45. 戈达尔，《卡宾枪手》[⑤]

46. 布列松，《武士朗斯洛》[⑥]

47. 福特，《探索者》[⑦]

48. 贝托鲁奇，《革命前夕》

49. 帕索里尼，《定理》[⑧]

50. 列昂蒂娜·萨冈[⑨]，《穿制服的女孩》[⑩]

[单子一直持续到228条，SS这才打住。]

① Max Ophüls(1902—1957)，生于德国，先后在德国、法国、美国生活，最后回到法国，一生拍过30部电影。
② *The Earrings of Madame de ...*(1953)，亦译《某夫人》。
③ Iosif Kheifits(1905—1995)，苏联电影导演、剧作家。
④ *The Lady with the Little Dog*(1960)，亦译《贵妇与小狗》。
⑤ *Les Carabiniers*(1963)。
⑥ *Lancelot du Lac*(1974)。
⑦ *The Searchers*(1956)，亦译《日落狂沙》。
⑧ *Teorema*(1968)。
⑨ Leontine Sagan(1889—1974)，奥地利裔匈牙利女演员、导演。
⑩ *Mädchen in Uniform*(1931)。

1978 年

78 年 1 月 17 日　纽约

今晚在 Met[大都会歌剧院](和[美国文学批评家]沃尔特·克莱蒙斯一起)欣赏《汤豪泽》①。音乐涉及性——色情——风骚。这就是人们一直喜爱瓦格纳的原因。一部部歌剧的一个个故事，唉，都是另外一回事啦：粗鄙；俗气的问题(性对深情)；军队最早的纳粹的普鲁士精神。尼采对瓦格纳的评价是对的——比他自己知道的还要准确。可是，可是——那个风骚啊……

希伯来语中“生命”这个词是“chai”，由“chet”和“yod”拼成。它们有对应的数值，“chet”是 8，“yod”是 10，加起来就是 18。传统上捐 18 美元作为善款。(为……给出一个“chai”，给“3 个‘chai’”(54 美元)，给我家一个“chai”，给我的朋友一个“chai”，等等)……

发现模式的必要，模仿的必要……

……

78 年 1 月 21 日

性的名声越来越糟。1960 年代——似乎还象征着活力、快乐、摆脱清规戒律、冒险。现在，对很多人而言，似乎更多的是麻烦因而不值。一种沮丧。性是工作的欲望的升华。性冲动带着他们，进入一堵墙……男同性恋的“世界”抛弃了温柔的/专横的同性恋者（“女人腔的男子”，“男同性恋者”，“水果”②——强迫性地关注他的性需求）——+听任其中的淫荡、堕落，还有性癖好的摆布。

※

整个 19 世纪“小说”与“传奇故事”之间的区别很重要（[塞缪尔·]约翰逊的《辞典》给小说下的定义是“一个小故事，通常关于爱情”）。到了最近，“小说”这个术语的意思才肆意扩张，涵盖任何长篇散文体虚构的文学作品。

“这是一部小说吗？”“小说死了吗？”另一种方式来思考为什么这些问题是愚蠢的。

——平纹棉麻织物（透明窗帘）

---

① *Tannhäuser*，瓦格纳的歌剧，全名为 *Tannhäuser und der Sängerkrieg auf Wartburg*。

② 此处三个词为 fairy，fag，fruit，原意为“小仙子”、“苦工”、“水果”，此处均指男同性恋者。

78 年 3 月 1 日［或 78 年 3 月 9 日——笔记本上日期不清晰］

我对文学批评不再像对自我批评——方法论的建构，文本的解构——那么兴奋不已了。关于其自身的批评。

《作为隐喻的疾病》是想尝试以一种新的方式来“做”文学批评，不过是为了一个前现代的目的：批评这个世界。

它也“反对阐释”——再一次。对主题，而非对文本。

我是反对将疾病变成一种“精神状态”。

隐喻式理解，还有疾病的道德说教，是如何掩盖医学真相的。

※

众多被认为在解除某种等级划分或关系或只是愿望的现代概念，结果是有过之而无不及地奴役人。

唐 · 巴［塞尔姆］：“我知道你目前要做的事儿太多。”

科幻：没有情义的启示。

抱着电吉他、穿着修身衬衫，头发从背后照亮的复仇女神与恶魔。

78 年 3 月 16 日

……“情节太单薄细小，你都能用它穿针引线。”［影评家珍妮特 · 马斯林，《纽约时报》，论《美国热力唱片》[①]］

※

“没关系。不管……”

78 年 3 月 24 日

［美国舞美设计师］梅尔塞 · 坎宁安日前在（《纽约时报》）一次访谈中说，他的舞蹈（活动）是构建起来的，这样就没有特别的注意焦点了（去-中心化？），+观众可以选择他们想看的来看：“就像电视一样——我们可以从一个频道换到另一个频道。”！

……

我想与我的顺从作斗争——可是，我只有用顺从作为斗争的手段。

……

① *American Hot Wax*（1978），亦译《细说美国摇滚》，美国电影，弗洛伊德 · 穆楚斯（Floyd Mutrux）导演，上映后曾引起争议。

读完时拼写也结束了。

78 年 5 月 10 日

日落后地平线上的红光脉动了 10 分钟

……太阳刚刚在山的那边落下去了

就像是一座火山的山顶……

78 年 5 月 14 日　马德里

看本雅明——新的一卷——发现他没那么特别，没那么神秘了。我真希望他没写那些自传作品。

关于那座城市的一个故事。两个人穿越这座城，四处游荡——一个人寻找艳遇(妓女？)，另一个则找公寓。A. 向前看：欲望。B. 往后看：为失去的空间感到懊悔、怀恋。对时间的两种体验，对空间(迷宫)的两种体验。

78 年 5 月 20 日　巴黎

1874 年，马拉梅开办——而且编辑——一本时尚杂志：《最新时尚》。于是，他发现了(？)，首次体验了版面设计和排版印刷。

78 年 5 月 23 日

老[德国出版商]卡尔·汉泽尔：他住在一座比德迈[1]风格的地堡里。

很多情感，可只有五个频道。

20 年代初，本雅明写了一些广播对话——+数百篇评论文章。花了大量的时间追女人；经常召妓——通过性来越过阶级疆界的禁区的资产阶级的风流韵事。

[当代瑞典作家]拉尔斯·古斯塔夫松的小说+随笔。[齐格弗里德·]克拉考尔的小说。

这是一个发明新玩意儿，而不是新思想的时代。真的吗？

恩岑斯伯格就泰坦尼克的沉没写了一首 200 页的诗——一个史诗的主题——人们如何面对死亡。不再有政治！

[意大利作家伊塔洛·]卡尔维诺在写以 19 世纪的巴黎为背景的小说。

※

① Biedermeier，指 1815—1848 年在德国流行的一种家具和室内装饰风格，具有内敛、传统和实用的特征。

我现在戴两副眼镜的事实，一副用来看远，一副则用来看近。其实没用，比如，在书店——或坐在咖啡馆，我既想看书又想看人的时候。

消费社会的语言：餍足的行话。

……

78年5月24日　威尼斯

威尼斯让我哭泣。清晨独自走在圣马可广场。所以我走进了教堂，坐在五六个信徒中间，听弥撒，然后领圣餐。

清教主义：各种各样的道德媚俗。（[保加利亚裔英国作家艾利亚斯·]卡内蒂）

个性强大的一个标志就是对客观的喜爱。

78年5月25日

本雅明随笔——城市的主题。作为作家的本雅明。普鲁斯特；[路易·]阿拉贡的《巴黎的农民》的震撼（1935年5月31日，致阿多诺的信）

结构
迷宫

书

与卡内蒂相比较。

［奥地利评论家卡尔·］克劳斯的随笔的重要性。

浪荡子。隐秘的卖淫业主题。穿越阶级的障碍。

超现实主义感受力。

马克思主义的吸引。对布莱希特的卑躬屈从。

当一个文学记者谋生。如果他成为一名教授（像舒勒姆、阿多诺、马尔库塞、［马克斯·］霍克海默那样，该多好啊！）

书呆子气的流浪者人物——荒原狼；［卡内蒂的小说］《迷惘》中的基恩。

流放的处境。欧洲之死的主题。但他无法支持那最终的流放：美国。

在一封信里说，一个人应该为德国文化被谋杀而哭泣，但是，如果留恋魏玛共和国，那就猥琐了。

本雅明认为他自己是最后一个欧洲人。不只是一名知识分子，而且是一名德国的知识分子。

康德而非黑格尔（或尼采）
辩证被视为歧义、复杂性
未受瓦格纳-尼采等的影响。

对莫斯科的描述：平庸、一目了然

78年5月27日　威尼斯

我第九次待在威尼斯：

1961年——和妈［妈］、艾［琳］（卢纳［酒店］；巴恩斯酒店）
1964年——和戴［维］（鲍勃 + 圭多）——卢纳
1967年——和戴［维］（电影节——怡东酒店）
1969年——和卡［洛塔］（凤凰［酒店］）
1972年——和妮［科尔］（格瑞提［酒店］）
1974年——和妮［科尔］（戈森斯公寓）
1975年——和妮［科尔］（格瑞提）
1977年12月——约瑟夫［·布罗茨基］（欧罗巴［酒店］）

他回到了威尼斯，就泰坦尼克的沉没写了一首200页的诗。

设想：——一个人的脑子里有许多个声音。那样的自由。

在每个历史时期，作家都有三个团队。第一团队：他们已然成名，“功成名就”，在同一种语言的同时代人的写作中成为参照点。(比如：埃米尔·斯泰格尔[1]、埃德蒙·威尔逊、V·S·普里切特[2])。第二团队：国际性的——他们在欧洲、美洲、日本等成为他们同时代人的参照点(比如：本雅明)。第三团队：他们成了多种语言中一代又一代人的参照点(比如：卡夫卡)。我已经身处第一团队，就快被第二团队接纳——只希望起到第三团队的作用。

※

狄俄尼索斯是双性恋。(参见[奥地利裔美国精神分析学家、作家]海伦·多伊奇演讲)

……

※

78年6月21日　纽约

列宁主义思想体系在1970年代的危机

通过它对其对手做了些什么来判断一个政权

……

① Emil Staiger(1908—1987)，瑞士苏黎世大学德语教授、文学批评家。
② V. S. Pritchett(1900—1997)，英国小说家、文学批评家。

78年7月2日

……芝加哥的女人（乔瑞·格雷厄姆——《太阳时报》的“生存时间”专栏作家）——我的癌症巡讲秀的伙伴——（在欧文·库普[西内特]的节目上）讲述她最近乘的一架飞机如何少了一个引擎——她如何惊慌，虽然，5分钟后，她还是努力让自己相信，较之于不久后等着她的死于气味难闻的、缓慢的、极其折磨人的可怕的癌症来，这种死会好一些——但是——她不要坠机——她还是要她自己的死亡方式，那种她一直苦心经营、学会去适应、甘心接受（习惯）的死法。

78年7月8日　巴黎

现代色情——对色情反思的主题：
福柯论性
肯尼思·安格，《极乐大厦揭幕》
大岛[渚][1]，《感官世界》（？）
帕索里尼，《萨罗》[2]
西贝尔贝格，《路德维希》+《希特勒》

同性恋的巴洛克风格

※

① Nagisa Oshima（1932—2013），日本电影导演。
② *Salò*，全名为*Salò o le 120 giornate di Sodoma*（1975），《萨罗，或索多玛的120天》。

新俗气

现代同性恋感受力对色情作出的巨大贡献。

※

男人从来不因为女人是他们的母亲而原谅她们……(> > > 瓦格纳)

[这句话原文四周划了个长方形框了起来：]接下来的10年一定是最好的、最强大的、最无畏的

关于：[俄国作家安德烈·]别雷[1]：

现代主义创造了几个时代——一次是在苏联。对我们很重要，因为它被镇压取缔了。

比较[别雷的小说]《彼得堡》+[亨利·詹姆斯的]《卡萨玛希玛公主》——受命去杀一个公爵，把自己给杀了。革命的悲剧的传统情节：密杀令。

比较康拉德，《间谍》

※

① Andrei Biely(1880—1934)，俄罗斯象征主义的主要代表。

我爱看叙述或解说的声音"关掉"的电影——这样就重新引入 *muet*["默片"]的效果(效果得以体现出来)。

[萨卡·]圭特瑞[1],《骗子的故事》[2]
[马塞尔·]哈依[3],《一个简单的故事》[4]
梅尔维尔,《可怕的孩子》
戈达尔,《我略知她一二》
斯特劳布,《安娜·玛格达莱娜·巴赫……》[5]
[米歇尔·]德维尔[6],《51号档案》[7]
布列松,《死囚……》[8]

还有混合风格的电影:

[本杰明·]克里斯滕森[9],《女巫》[10]
杜尚·马卡维耶夫[11],*WR*[12]

>>>>>>[西贝尔贝格的]《希特勒:一部德国电影》

---

① Sacha Guitry(1885—1957),法国演员、导演、作家,生于俄国圣彼得堡。
② *Roman d'un Tricheur*,全名应为 *Le Roman d'un Tricheur*(1936)。
③ Marcel Hanoun(1929—2012),法国电影导演、摄影师、作家,生于突尼斯。
④ *Un Simple Histoire*(1959)。
⑤ 即《安娜·玛格达莱娜·巴赫的编年史》。
⑥ Michel Deville(1931—),法国导演。
⑦ *Dossier 51*(1978)。
⑧ 即《死囚越狱》。
⑨ Benjamin Christensen(1879—1959),丹麦电影导演、编剧、演员。
⑩ *Häxan*(1922)。
⑪ Dusšan Makavejev(1932—),南斯拉夫导演。
⑫ *WR*,即 *WR: Mysteries of the Organism*(《WR:有机体的秘密》,1971)。

78 年 7 月 17 日　巴黎

……

爱森斯坦 1940 年在莫斯科导演的作品《女武神》。[希特勒-斯大林]协议后 + 入侵前——前德国时期，正式的。有摄制笔记吗?

78 年 7 月 21 日

一篇“瓦格纳”随笔? 西贝尔贝格电影和[法国歌剧导演帕特里斯·]谢罗[①]/[皮埃尔·]布莱兹的作品《指环》[②]。

……

柏辽兹没有思想体系——没有尝试将自己体制化。

……《齐格弗里德》[③]——问题是：前两幕创作比较早——第三幕的新观念。《指环》分成了两部分。

……

78 年 7 月 25 日　伦敦

乔纳森·米勒隐喻病——隐喻病。

---

① Patrice Chéreau(1944—　)，法国歌剧演员、电影导演、制片人、演员。
② 即瓦格纳的歌剧四联剧：*Der Ring des Nibelungen*(《尼伯龙根的指环》)。
③《尼伯龙根的指环》第一幕，齐格弗里德是其中的人物。

“我认为我已经把我的船停泊在剧院。”（乔纳森）

只有将身体当成一台机器来了解，我们才能赋予人类人性。

了解身体的隐喻（比如：心 = 泵）就来自机器

……

现代医学的两个基本用具：盐水（盐水溶液）+ 他人的血

……

78 年 8 月 7 日　巴黎

……小说作为一个“麻烦的技能”（[20 世纪美国批评家及诗人]R · P · 布莱克莫），一个曝光窘境的手段。现代生活方式的无法解决的窘境。（！）

1999 年 12 月 31 日。我愿意在那儿。那将是世界历史上伟大的媚俗时刻之一。

现代主义。恢复了历史的观点（参照点：法国革命、浪漫主义诗人）。反智主义。知识分子的规划。

……

乔纳森把柏拉图的《会饮篇》[1]拍成了一部 BBC 电影，叫做《飨宴》[2]

78 年 8 月 11 日　巴黎

记住赫尔瓦特·瓦尔登[3]杰出的职业生涯……1910 年创办了《风暴》（发表柯克西卡，未来主义者、康丁斯基、阿波利奈尔的文章）；[1903 年[4]]和[德国犹太诗人及剧作家]埃尔泽·拉斯克-许勒尔结婚。1932 年《风暴》停刊 + 移居苏联。在那儿写小说，《中立》：从未出版。1941 年 3 月 31 日在莫斯科的大都会酒店被捕；死在萨拉托夫的劳动营的医院里。

78 年 8 月 12 日

敖德萨与伊斯坦布尔相距 334 英里，横跨黑海

得到一张大的教室（教学）地图。

把白色的、发荧光的星星粘在卧室的天花板上。

莎士比亚作品中想象的罗马……

---

① *Symposium*。
② *The Drinking Party*。
③ Herwarth Walden(1879—1941)，原名 Georg Lewin，德国作家、艺术史家，20 世纪初德国先锋艺术倡导者。
④ 此处桑塔格有误，应为 1901 年。

……意识上没有呈现。(对身体的变化过程)

英国1920年代(?)的“Fait Divers”[“新闻条目”]: 教区牧师施图克的命运: 经常嫖娼; 被解除了牧师的圣职; 最后到马戏团, 在一个桶里表演; 被一头狮子吃掉。

……

[页边空白处:]贵族

贵族说(英语):

“inties”(表示“知识分子”)——

[英国小说家]安格斯·威尔逊[①]偶尔听到德文郡的公爵夫人打电话时说——威尔逊+朋友受邀去喝茶: 喝茶期间, 德文郡的公爵夫人接到一个朋友的电话, 邀请她明天到她家和西里尔·康诺利一起午餐。“我还是不去了吧。我今天已经和两位inties一起喝过茶了。”

年纪大一些: 就发现别人全都凄凄惨惨。

……

没有“实验性”作家、导演、艺术家这种事。一个庸俗的观点! 臆断一种选择, 一种挑选。没有。你要么是原创的, 要么

① Angus Wilson(1913—1991), 英国小说家。

不是。

戏剧：原创作品

数个附属作品

异端的作品（与原创的戏剧表演相反或相矛盾）

只有伟大的作品才能从此过程幸存

瓦格纳 >［阿道夫·］阿皮亚［瑞士设计师，瓦格纳歌剧的许多舞台布景和灯光都是他设计的］>［瓦格纳的孙子］维兰德 >谢罗

比较：本雅明论一部艺术作品的后起生命——在论译者的文章中

78 年 8 月 13 日

［SS 非常喜爱瓦格纳的音乐，多次去拜罗伊特[①]歌剧节。］

拜罗伊特备忘录：

你已经被另外两种模式——波希米亚的和贵族的——所触动了，我对鲍勃［·西尔维斯］说。中产阶级的生活和关心之事的替代。波希米亚的：阿尔弗雷德［·切斯特］。看一看那引起什

① Bayreuth，巴伐利亚的城市，瓦格纳的墓葬地，当地定期为其举办歌剧节。

么。反之，贵族阶层的谨慎的魅力……

贵族的宝典：从不抱怨

一个人可通过忍受或胆怯做到品德高尚、得体、不堕落。

未来主义，构成主义，还有很多其他的源泉

论点(？)：意大利的法西斯主义是特别的 >［朱利奥·卡洛·］阿尔甘，现任罗马共［产］党市长，30 年代末是一名法西斯主义文化官僚。资助优秀艺术家，保护犹太人，给很多人提供工作职位。给［意大利古典史学家阿纳尔多·］莫米利亚诺［一个］编纂百科全书的职位)

梅·塔巴克，回到家，光着一条腿的哈罗德·卢森堡［她丈夫］在客厅的地板上和一个姑娘鬼混，她从他们身上跨过去，对 HR① 说："一小时后开饭。"

78 年 8 月 20 日　纽约城

约瑟夫·布［罗茨基］说他决定写一首诗——选一个题目和/或者一个样板(他喜欢的一个诗人)；对他自己说"我要写一首阿赫玛托娃那样的诗"或"……一首弗罗斯特那样的诗"或"一

① HR，即 Harold Rosenberg(哈罗德·卢森堡)。

首奥登那样的诗”或一首“[意大利诗人欧亨尼奥·]蒙塔莱[1]那样的诗”或一首“卡瓦菲那样的诗”。意思是要写一首那样的诗，只不过更好些。当然，绝不是像那个样板诗人——那是一个人和自己玩的游戏——如果一个人是真正的诗人，那他只能写他自己的世界。

接下来的一年有可能做的事：一个博尔赫斯式的短篇小说（阿迦同[希腊古典剧作家，其作品据说在公元前48年亚历山大的大图书馆大火中遗失]一个剧本的发现；一个卡尔维诺式的短篇小说；一个瓦尔泽式的短篇小说；一个康拉德式的短篇小说；一个加西亚·马尔克斯式的短篇小说。

我已经写了我的巴塞尔姆式的故事——[SS的自传体短篇小说]《没有向导的旅行》——也就是说，写了一个比巴塞尔姆更好的故事。我本该承认那就是当时我在做的事情。

一个理想的短篇小说选集：

V·伍尔夫，《瞬间》[2]或《未写的小说》[3]
罗伯特·瓦尔泽，《克莱斯特在图恩》
保罗·古德曼，《分分钟都在飞》
劳拉·赖丁，《最后一节地理课》

---

① Eugenio Montale（1896—1981），1975年诺贝尔文学奖得主。
② *The Moment*，应为 *Moments of Being*（《存在的瞬间》）。
③ *The Unwritten Novel*。

［页边空白处：德国作家沃尔夫冈·］博尔谢特[①]，［塞尔维亚裔匈牙利犹太作家丹尼洛·］基什

［托马索·］兰多尔菲[②]，《W. C.》

卡尔维诺，《月亮［的距离］》[③]（原载《宇宙连环画》）

贝克特，《被逐者》

巴塞尔姆，《气球》

菲利普·罗斯，《正在广播》［罗斯1970年发表在《新美国评论》上的短篇小说］

约翰·阿什伯里，《散文诗》

约翰·巴思，《头衔》或《生平故事》

伊丽莎白·哈德威克，《序言》

约翰·麦克菲，《木板小道》

布鲁诺·舒尔茨，《沙漏》[④]或《书》

伊丽莎白·朗加瑟[⑤]，《火星》

德福雷，

西尼亚夫斯基，

［彼得·］汉德克，

［奥地利诗人英格博格·］巴赫曼[⑥]

博尔赫斯，《皮埃尔·梅纳德》[⑦]

加达，

---

① Wolfgang Borchert（1921—1947），德国作家、诗人。

② Tommaso Landolfi（1908—1979），意大利作家、翻译家、文学批评家。

③ *The Distance of the Moon*，原载《宇宙连环画》（*Cosmicomics*）。

④ 指 *Sanatorium under the Sign of the Hourglass*（《用沙漏做招牌的疗养院》）。

⑤ Elisabeth Langgässer（1899—1950），德国作家、诗人。

⑥ Ingeborg Bachmann（1926—1973），奥地利诗人、作家。

⑦ 即 *Pierre Menard, Author of the Quixote*（《皮埃尔·梅纳德，〈堂吉诃德〉的作者》）。

加西亚·马尔克斯，

［斯坦尼斯瓦夫·］莱姆，《……可能性》[1]［可能是指《第三个萨莉》或《概率之龙》］

巴拉德，

随笔选集：

加斯，

本雅明，

里维埃尔，

西尼亚夫斯基，

恩岑斯伯格，

特里林，

［阿尔弗雷德·］德布林[2]，给［《我们时代的脸面》，奥古斯特·］桑德尔[3]［的一本摄影书］所作的序言

古德曼，

萨特，《尼藏》或《丁托列托》

贝恩，《艺术家＋晚年》

布罗赫，为［乌克兰-犹太哲学家及批评家雷切尔·］别斯帕洛夫的《论伊利亚特》所写的导言

阿多诺

---

① *Probablaism* . . . 。

② Alfred Döblin（1878—1957），德国医生、作家、社会批评家，代表作为《柏林，亚历山大广场》（1929）。

③ August Sander（1876—1964），德国摄影师。

先锋派：肤浅的谜

齐奥兰的作品教人如何去死

布莱希特建议他的学生"以第三人称形式生存"

虚无主义的装腔作势

18[世纪]末至今：经常出现的行走的雕像、闹鬼的肖像，还有魔镜

我的写作/想象中永恒的主题(多么重要啊)：

[法文]对一个庞杂的世界的想象，堆满了物品、东西！在《死亡匣子》中(结尾处的列表、清单)，在《论摄影》中，在《没有向导的旅行》(＋《心问》)中。

反义词：沉默。

……

[在页边空白处加下划线写着：]"这是写作时独处的问题。"V·伍尔夫(致维塔[·萨克维尔-韦斯特的信]，1925年11月)

"潮式呼吸"[1]：[生命]结束的征兆——无规律的

---

① Cheyne-Stokes breathing，正常成人静息状态下，呼吸的节律基本上是均匀而整齐的，但在病理状态下，可出现呼吸节律改变：潮式呼吸指一种由浅慢逐渐变为深快，再由深快转为浅慢，随之出现一段呼吸暂停后，又开始如上变化的周期性呼吸。潮式呼吸周期可长达30秒—2分钟，暂停期可持续5—30秒，需要较长时间才可观察到这种周期性呼吸。系巴比妥类药物中毒所致。

后–[杀人狂查尔斯·]曼森感受力：

《得州电锯杀人狂》[①]—一个新的开端；70 年代非常重要的美国电影。

蓬克大木偶剧场——行走的死人——吸血鬼装扮

“危险”

“性手枪乐队”灵感来自一对年轻人，艺术学校的毕业生 + 情境画派的崇拜者，他们大约在 1975—1976 年间在切尔西区经营一家小商店，相继叫作“摇滚” > “太快了不能活，太年轻了不能死” > “性” > “骚乱分子”

……

害羞的虚无主义
一种无动机的悲伤
煽动起奇怪的情感
愉悦的地理

78 年 11 月 1 日

昨天和约瑟夫很晚才吃晚饭。他正因为《抚摸之轻柔》这首

① *Texas Chainsaw Massacre*(1974)。

诗，在努力欣赏[英国诗人约翰·]贝奇曼[1]。他现在试图要打败的诗人——不再是曼德尔斯塔姆——而是蒙塔莱。（聪明的约瑟夫。）“苏珊，我认为我已经做到了。”

文学及其全国性的反响。

78年11月17日

在罗杰[·施特劳斯]家为《我，及其他》今天出版而举行的聚会结束后——午夜和约瑟夫在3街和17街拐角的咖啡店。“我意识到在美国的6年间我已经变成了一个头脑简单的人。我不再像我原来在苏联时那么狡诈。是美国式的坦率……这儿人人都积极向上——人们努力做到对别人有帮助、善良、支持别人……解释，令事情明确。”

“你不需要没有效果的最后一句话。”约瑟夫对[SS的短篇小说]《宝贝》的最后一句话的评论。我认为他错了。

我通过阅读得到鼓励。可是这有助于做到狡诈吗？

约瑟夫：这只会来自其他人。

78年11月21日

贝克特的方式对暗指没有用。在他的习语里，你无法说“一

① John Betjeman(1906—1984)，英国桂冠诗人。

个吉奥孔达[①]式的微笑”。[加拿大文学批评家休·]肯纳[②]

拿破仑湿乎乎、肥肥的背(托尔斯泰)

超出了同情？别给建议。我忽略我+另外那个人之间的区别。

苏丹的一个部落，宗教信仰复杂难懂，其中中年人获准加入。老人笑个不停。

《我，及其他》中的8篇小说的一体性。循环的意义。像棱镜似的故事。它们是“关于”叙述的。伦理计划的一体性。

我正在让自己不可能再写随笔。

我曾无视随笔+小说之间的隔离(一种教条)。在小说里，我能做到我在随笔中做到的事情，但反过来不行。

78年12月5日

约瑟夫的手术[开心手术[③]]

……

---

① Gioconda，指蒙娜丽莎。
② Hugh Kenner(1923—2003)。
③ open heart surgery，亦译“心内直视手术”。

意大利的未来派艺术家是自成风格的“新感受力的原始派艺术家”

……

停止威吓

……

卡内蒂随笔——

应该关注那个作家（伟大的作家）的思想、计划

欧洲的模式——它看起来如何陈旧——其壮观、其哀婉

从卡［内蒂］论布罗赫的随笔开始
布罗赫、克劳斯、卡夫卡——卡[①]的榜样。

卡对死亡的想法——畏惧——他渴望永垂不朽

对女人屈尊俯就的态度

论希特勒的随笔——他的听众是死人

---

① 指卡内蒂。下同。

［卡内蒂的］《群众＋权力》[1]：历史进入生物学（生物学隐喻）

比较：《指环》：一部生物学上的史诗（水中开始，火中结束）

［卡内蒂］已经摆脱了左翼的诱惑。怎么做到的？

78年12月27日　威尼斯

12月的威尼斯，阳光灿烂的夏季威尼斯的照片底片式情景。有点儿第一次见的感觉。

抽象的圣马可广场——几何图形的——用光的边缘来界定——空间用光的浓密程度来界定。每一个人/物都是轮廓。

来自赌场（文德拉明……宫[2]）的交通艇里；船的两边什么也看不到。朝一个棕灰色的虚空处看过去。

钟楼顶上的长方形廊柱教堂——依稀可见——总督府就像是雾中的一幅莫奈的画或乔治·修拉[3]的画。

冬天的威尼斯是形而上学的、结构上的、几何学的。抽光了

① 指 *Crowds and Power*（1960），《群众与权力》。
② Palazzo Vendramin . . . ，指 Palazzo Vendramin-Calergi，文德拉明卡莱尔吉宫。
③ Georges Seurat（1859—1891），法国新印象画派“点彩派”代表人物。

色彩。

我又看了一遍[亨利·詹姆斯的]《金碗》。

要感觉到意识的压力，知晓、理解任何事情，你必须是独自一人。有人为伴，独自一人——就像是吸气和呼气、心脏收缩和心脏舒张。只要我如此这般地惧怕独处，我就绝不会是真实的。我在自我躲避。

我草率行动——我为结果争辩——我的理解力肤浅。

我独自一人时感觉到的消沉只是表层。如果我不恐慌我还是能走出来。沉下去——任其发生。听那些话。

……

（电话里与鲍勃谈[SS到那个时期已去过几次日本，当时在考虑把她的印象写成一本小册子]）日本：

已经现代化的封建社会。充满了西方的“标记”，这些标记除了表示现代性，没有任何特别的意思。西方“文化”的戏仿。国家项目：“复制”（适应、改变）现代西方资本主义……没有我们所说的法律，却有相当强大的适应性调节、服从、等级制度的体制。高度一致的社会——除了犯罪的下层社会，人人都能变好(60年代末极左学生运动的领袖现在是重要的商业主管)。仪式化的暴力——反对成田机场[在那儿修建一个机场]等的罢工中、游行示威中的——这些为新的适应性调节提供了标记。大量的精力、很多的标记——没什么实质内容。大受欢迎的同性恋文化，1 000 个同性恋酒吧，看看唐[SS 在东京的朋友，美国作家唐纳德·里奇[1]]和他的德国朋友[埃里克·克勒斯塔德]。在歌舞伎剧院绿色的房间里——令人羡慕的事就是认识易装的男演员——就像 19 世纪的芭蕾舞演员或歌剧演员一样。东京 12 个像布鲁明戴尔这样的百货商店：所有东西看起来都一样，但其实完全不同。

……

[1] Donald Richie(1924—2013)，美国作家、影评家、编剧，20 世纪 50 年代起长住日本，致力于日本电影研究。

1979 年

79 年 1 月 1 日　阿索罗①

西贝尔贝格随笔[SS 几年前就发现了汉斯-尤尔根·西贝尔贝格的电影，还帮助安排了电影《希特勒：一部德国电影》在美国的上映，到 1979 年初，这篇随笔已经考虑了好几个月了。]

以“Trauerarbeit”[“悲悼的作品”]的概念开始

“比是个孩子还要糟糕。”

维琴察大教堂的圣塞巴斯蒂安雕像。(左边最靠近入口处的祭坛)。从希[腊]-罗[马]艺术传入基督教的裸体美少年的传统——是同性恋——现在大多数是被女人还有男人色眯眯地注视的对象。我见过的第一个三维的圣塞巴斯蒂安。这尊雕像的色情甚至和雕塑一样，比绘画更加明显……箭的数量(我最少看到两支，最多是十支)及其摆放的位置。

一次次，我被基督教中置于最突出地位的色情的执念所迷住了。圣母——圣母/母亲的乳房——那个昏厥的女人——那个被深爱的信徒倚靠在耶稣的腿上——受尽折磨的男性身体，几乎全

裸（耶稣，塞巴斯蒂安）

［诗人罗伯特·］勃朗宁的词“asolare[②]”

罗斯金的快乐有多现代？并不是我们看到威尼斯、佛罗伦萨、维罗纳等等的时候，我们的热情和怀旧（几乎是悲痛）两者交加。他是一个发现者。为谁呢？发现一些已为人知的东西意味着什么？为谁而知？

可移动的塑料的圆形窗装在两个窗子里（希普利亚尼酒店——阿索罗）。就像19世纪竖框窗的可移动的窗玻璃一样——但这种很丑，因为是一块完整的玻璃——窗玻璃间没有竖条。

79年1月5日　巴黎

一点到六点和［哲尔吉·］康拉德（斯科萨>斯特拉［两家咖啡馆］）在一起。关于东欧的故事。“L'étatisation des écrivains”［“作家的国有化”］。获奖意味着……

一个这样的短篇小说——关于获奖？

当我说，你怎么能把俄帝国与美帝国相比较（“我是死于资本主义的炸弹还是共产主义的炸弹都一样”——他去年12月在

---

① Asolo，威尼斯附近的小镇。

② 勃朗宁写过一首诗，即《阿索兰多》（*Asolando*，1890），是在诗人去世几个月后发表的。

威尼斯说的话），他提醒我说我忘了美帝国的边缘、殖民地。当然，如果有人把纽约和莫斯科相比较，毫无疑问，在纽约绝对自由得多——你是自由的，“tout court”［“就是这样”］。但是，柬埔寨除外，再没什么比在共产主义国家，比如在伊朗（沙①的SAVAK［秘密警察］）、尼加拉瓜、阿根廷目前发生的事情更残酷更血腥的了。匈牙利、波兰、捷克斯洛伐克等国家的知识分子没在被谋杀。他们要么被招安——要么被驱逐。

……

［瓦格纳的］《飞翔的荷兰人》②是一个吸血鬼故事

缺氧症 = 缺氧

79 年 1 月 13 日　巴黎

一部基于《肖像游戏》［伊凡·屠格涅夫及其情人宝莲·维亚尔多-加西亚所写的一本书］的想法的中篇小说——+维亚尔多、丈夫、屠格涅夫之间的三角关系。一个詹姆斯式的故事。一部雷乃式的电影（《去年在巴登-巴登》③）。一个加西亚·马尔克斯式的幻想。世界文库里一个博尔赫斯式的 retrouvaille［“重新发现”］。

① Shah，伊朗国王的称号。
② *The Flying Dutchman*，亦译《漂泊的荷兰人》。
③ 雷乃的电影是《去年在马里昂巴德》。

79 年 1 月 14 日　伦敦

乔纳森：“我写这本医学的书是为了赚钱以及把一些想法嵌入其中。”

我当时正在称赞[亨利·詹姆斯的]《金碗》。乔[纳森]说：“你如果能同时吞下亨利+威廉，你就成为普鲁斯特了。”

乔谈到他计划了很久的论 19 世纪唯心论的书。《莫德》中对恍惚发呆的描写来自看过哈丽雅特·马蒂诺[①]《论催眠术的信件》(1845 年)的丁尼生。

……

[亨利·]詹姆斯在 1890 年代因为偏头痛找[英国神经病学家约翰·]休林斯·杰克逊看病；杰克逊跟他讲了“颞叶癫痫”，在他发病的先兆中，似乎所有的声音都消失了，有一种奇怪的味道，+人被一种无法忍受的罪恶意识所控制。这就是詹姆斯在《螺丝在拧紧》中对女家庭老师的“幻觉”(？)所作描述的起因……《金碗》是关于观察、关于观看、关于一个人如何实际上永远不知道另一个人的感觉。

19 世纪对改变了的意识状态的着迷。解释这些的两个传统。(1) 个性的另一面——我的另一个状态、另一个侧面、另一

① Harriet Martineau(1802—1876)，英国社会学家、翻译家、作家。

个方面；兴奋的状态（试比较：华兹华斯、陀思妥耶夫斯基）——自我本位的阐释。（2）另一个世界——超自然的——精神。（试比较：坡，［E · T · A · ］霍夫曼）

79 年 1 月 15 日　伦敦

V · 伍尔夫输了，阿诺德 · 本涅特赢了——在这儿

疯狂是一根筋

79 年 1 月 27 日　罗马

卡尔梅洛 · 贝内[1]的［威尔第的作品］《奥赛罗》[2]。情节大部分在一张大床上展开——以奥［赛罗］扼死苔［丝狄蒙娜］开场。是在手帕里面进行。每个人都身穿白衣。奥脸色阴郁。人们把手从彼此的脸上移开，脸成了黑色。声音都是通过麦克风传出来的。威尔第、瓦格纳等的音乐。

［未标明日期］

与雅各布［ · 陶布斯］交谈

“折断了的翅膀的思想”（阿多诺）

---

① Carmelo Bene（1937—2002），意大利诗人、演员、导演、剧作家。

② *Othello*，是威尔第 1887 年完成的歌剧作品，改编自莎士比亚 1604 年的《奥赛罗》（*Othello*）。

［在页边空白处：］雅各布说话时他的右手。“旋着天国的螺丝，”我1954年这么说过。

阿多诺1968年对雅各布说：“如果他们［学生］侵入研究所，我就戴上黄星[①]。”

［马克思主义哲学家，也是SS1950年代在坎布里奇的朋友赫伯特·］马尔库塞1956年对苏联镇压匈牙利革命所持的立场；他1968年与学生的共谋（比较阿多诺）——因为他师从海德格尔。

79年2月1日

［法国早期电影制片人乔治·梅里爱[②]］>西贝尔贝格。

梅里爱在巴黎他家的后院，拍摄了虚构的新闻短片（《圣詹姆斯宫廷的中国皇帝》[③]）。

［梅里爱的同时代人奥古斯特和路易·］吕米埃>戈达尔？

语言作为一个拾得的物体：［阿根廷作家曼纽尔·］普格[④]。他无法创造他自己的语言。那全是拾得的。他是一个非同寻常的哑剧演员——把他作为一名作家的责任转变为一种制度。

---

① yellow star，也叫犹太星，是纳粹德国统治期间，在纳粹影响下的欧洲国家的犹太人被逼戴上的识别标记。

② Georges Méliès（1861—1938），法国早期电影实验家，第一个拍摄故事片的人。

③ *The Emperor of China at the Court of St. James*，译者未查到梅里爱曾拍过这部电影；戴维说名称是桑塔格从法语译成英语的，但肯定不是她虚构的。

④ Manuel Puig（1932—1990），阿根廷作家，作品有《蜘蛛女之吻》（*El beso de la mujer araña*，1976）。

［比利时超现实主义者勒内·］马格利特[①]在波布[②]的画展。

《光的领地》[③]（［1953—1954］）——就如一个影像一样命名某样东西，现在人人都能看见：蓝天、深色的树、街灯亮着。

威严专横的思维。像乔伊斯、加达、纳博科夫这样的作家

79年2月8日

围绕着每一样东西的光晕。

你先尊重某物——暂停片刻——然后再抓住它

美学空间：［18世纪法国画家让-巴蒂斯特-西蒙·］夏尔丹，［美国实验派电影导演］杰克·史密斯[④]

美国+西欧正向不同方向发展+就像它们1950年代那样各不相同。西欧选择了社会主义（不管执政党自称什么），美国则舍弃了。70年代的事件：1）知识分子+艺术家怀疑把乌托邦的共产主义作为貌似可信的安全靠山-信念；2）西欧国家的欧洲化；3）美帝国主义思想体系+美国发展中的文化/政治孤立主义的瓦解。

① René Magritte（1898—1967），比利时画家，超现实主义运动的主要成员。

② Beaubourg，巴黎的一个区。

③ 原文为 L'Empire des lumières。

④ Jack Smith（1932—1989），美国电影导演、演员、摄影师。

79 年 2 月 11 日

与恩岑斯伯格交谈(在唐人街吃的午饭)：达尔文作为黑格尔的替代。黑格尔哲学假设生物的 + 历史的是两个不同的进程。但也许历史的是自然发生的。一个进化，但却是无法预言的进化。(黑格尔哲学吸引人的地方是其关于历史的反讽的概念。)恩说，50 年来德国没人想过达尔文[的]意思。适者生存被误认为是强者生存。

想写一篇随意点的随笔。举海涅为例。我提到卢克莱修——他赞同。

卡内蒂：

以生物学观点分析社会形势的范例(《群众 + 权力》)。不是黑格尔哲学意义上的“历史”

20 世纪伟大的死亡憎恨者之一

不以欧洲为中心。举中国或阿拉伯思想为例——不是作为来自另一个文化要去被人“理解”的东西，而是因为它就是真的。

不是一名简化论者——绝不问什么使得一个想法有可能，而是：“它是真的吗？”

卡内蒂作品的力量，独立性—— + 边缘性。1930 年代末 + 40 年代受到古根海姆基金会的支持(恩说。真的呀？)知道——与艾丽斯 · 默多克传出绯闻。恩在伦敦通过英格博格 · 巴赫曼被介绍给了卡内蒂……

卡内蒂：热忱、欲望、渴求、盼望、渴望、不知足、着迷、爱好。这就是精神生活吗？

79 年 2 月 13 日

今天下午看了两小时的纽瑞耶夫排练。

79 年 2 月 18 日

妈［妈］傍晚时打来电话，说她收到玛丽·彭德斯的一封信，信上说罗茜去年 9 月 30 日死于“严重的心脏病发作”……我对她这么感动很惊讶，也很有触动；我没想到她对事情还能有这么多的想法……

79 年 2 月 20 日

约瑟夫［·布罗茨基］：“对一个自恋者而言，没有什么东西比光滑的外表更重要的了。”

“如果暴虐也有奥林匹克纪录，看程度 + 持续的时间，那么苏联会得金牌。”

79 年 2 月 25 日

［美国舞美设计师］特怀拉·撒普[1]接受我作为一个女人 + 作

① Twyla Tharp（1941— ），美国女舞蹈家、舞美设计大师。

为一个美国人……无性别歧视的舞蹈——这样坚强的女人，她们自己有能力，是主体而非客体，与男人嬉戏——而非害怕他们……利用美国本土话运动（来自麦克·森尼特[1]喜剧、弗雷德·阿斯泰尔[2]、黑人迪斯科舞者），利用美国能量。不停地与地面接触，这并不只是要留下什么东西——就像在[舞美师乔治·]巴兰钦[的作品中]那样。拍打地面——四肢舒展贴地倒下，试着站起来，拥抱地面。

菲利普的特里林讲座[在哥伦比亚大学]的描述，先是鲍勃，今天下午是黛安娜[·特里林]的电话。

“向卡索邦先生致敬。”为什么不写一个关于菲利普的故事？我敢吗？我怕我怒。莉齐不可能写卡尔的事——可我有什么可维护的呢？

写一个憎恨女人——憎恨性——憎恨爱——的男人的事。

我会获得我需要的所有能量——就像在《宝贝》中一样。

和菲利普在一起的那8年造成了多少伤害？

还不到我能写出真相的时候吗？我仍然在维护他——[SS的短篇小说]《旧怨重提》中的克兰斯顿——仍然渴望把责任揽在

---

① Mack Sennett（1880—1960），生于加拿大的美国导演、演员，被誉为“喜剧之王”。

② Fred Astaire（1899—1987），美国电影演员、舞蹈家、编舞家、歌手，曾参加31部歌舞剧的演出。

我自己身上。

梦：我是一个修女(？)性生活幸福，有一个年轻的崇拜的腼腆的姑娘。另一对？我被召来受惩戒——一座古老的哥特式建筑——认为我已经动身——离开，始终有一个朋友陪伴——在院子里，被告知我忘记填一张表了——做这事费了点劲儿(我不得不从朋友处借铅笔)——和朋友去另一个楼里——我被绑架了——受到性残害——会流血(“发情期阴道”)——被告知我再也不能有性行为了。

资料来源：今天看[印度小说家R·K·]纳拉扬①的作品；黛安娜关于菲利普([他的讲座是论古斯塔夫·]库尔贝②的绘画+[安德烈亚·]曼特尼亚③[《哀悼基督》④]——女人作为阉割过的男人)；菲利普作为大检察官

……

威尼斯>罗斯金

作为哲人、公众人物的艺术家[——加布里埃莱·]邓南遮⑤、罗斯金、瓦格纳

---

① Rasipuram Krishnaswami Narayan(1906—2001)，印度作家。
② Gustave Courbet(1819—1877)，法国画家，写实主义的代表。
③ Andrea Mantegna(1431？—1506)，意大利画家。
④ *Lamentation over the Dead Christ*。
⑤ Gabriele D'Annunzio(1863—1938)，意大利诗人、小说家、戏剧家、记者、政界领袖。

……

像珀涅罗珀那样的作家——白天写，晚上把写好的毁掉

像西西弗斯一样的作家

在最佳短篇小说集《我，及其他》中：我的“立体派”手法，从不同的角度讲述故事

马克斯·恩斯特版[画](？)——1919“艺术死了，时尚还在”

[未标明日期：SS邂逅《党派评论》编辑威廉·菲利普斯的回忆。肯定是1960年或1961年年初发生的事情。]

在联合广场《党派评论》办公室——威廉·菲利普斯打开金属柜+拿出埃莱米尔·佐拉[①]的《知识分子的消亡》

我(一边翻阅着书)：“看上去不是很好，但人们可以评论一下这个书名。”

WP[②]：“哦。你真聪明。”

莱尼·[伦纳德·]迈克尔斯是一名短跑运动员，品钦是一名马拉松选手。

① Elémire Zolla(1926—2002)，意大利随笔作家、哲学家、宗教史学家。
② 即威廉·菲利普斯。

华兹华斯的“明智的被动”

……

日语中没有虚伪这个词

[19世纪意大利作家贾科莫·]莱奥帕尔迪[1]——孤独的痛苦，生命短暂+终有一死的困扰，一生中对“无聊”（形而上学的单调乏味、无趣）的困扰

……

[未标明日期，3月]

……19世纪小说家了解科学：

——乔治·艾略特……参见《米德尔马契》中的医学概念

——巴尔扎克：参见《人间喜剧》的序言——类别理论：在微观（个体）中见宏观世界（社会）——个[体]改编巴尔扎克，《舒昂党人》

最后一个受科学影响、科学知识渊博的小说家是奥尔德斯·赫胥黎

再也没[有]小说了的一个理由——再也没有关于社会与自

① Giacomo Leopardi（1798—1837），意大利浪漫主义诗人。

我（社会[学]的、历史学的、哲学的）的关系的令人激动的理论了

不是这样——无人在做这事儿，就是这样

现象学系列随笔：

——哭泣

——昏厥

——脸红

[19世纪法国科学家]克洛德·伯纳德[1]：内环境理论

哭泣：

“满溢”的概念

身体作为液体的容器

18世纪初色情文学中的眼泪

眼泪作为情感的证明

不能哭=情感上冷漠

昏厥：

对情感上的震惊（好消息或坏消息）的反应

什么时候停止的？

① Claude Bernard（1813—1878），法国生理学家；他是定义“内环境”的第一人，也是首倡用双盲实验确保科学观察的客观性的人之一。

……

“每一种生活都是一种形式的捍卫。”荷尔德林 > 尼采 > 韦伯恩

［页边空白处：］欧洲幸福感

如果你要成功地创作大量的作品，有很多的东西不得不放弃掉或被剥夺

离婚是我们这个时代知识的标志，离婚！离婚！——W·C·［威廉·卡洛斯·］威廉斯

79 年 3 月 10 日　纳瓦罗［在加利福尼亚］

我在这儿是要炸掉我的“障碍”。一种可能有益的做法是试着，哪怕是在一篇随笔的开头，就写完整的句子。标题形式的想法往往证明是无果的。

要写作，你必须戴上护目镜。我把我的护目镜丢了。

别害怕简明扼要！

79 年 4 月 13 日　（从洛杉矶到东京的航班）

对妒忌的回答：“别。它（她、他）不是什么了不起的东

西。我只是曾经欣赏她、他而已。”

［英国歌手及词曲作者］格雷厄姆·帕克昨晚在罗克西剧院。英国摇滚的讽刺。——

精神上的超然。别太鼓励。

讽刺的艺术。

又高又尖、压抑、单调的声音——将声调的抑扬变化与意思分开

大脑的慢跑

已废了的老旧的理论

［未标注日期，4 月］

日本札记

鞠躬——

奈良公园里乞讨食物的鹿；拿着一部红色的公用电话站在大街上，对着电话说再见的一个人；大百货公司里戴着白手套开电梯的女人

君主　　　　　　　　　　　　对传统观念的攻击

轻轻掠过水面＋抖动

不守誓言的

好斗的

79年6月1日

［美国摄影师］斯塔尔·布莱克在他们事态的一开始就担忧，戴［维］对他说："放松。通往悲剧之路没有捷径。"

79年6月14日　巴黎

"Vox Clamantis (in deserto)"——参见圣徒约翰——"(沙漠中)呼喊的声音"

生气勃勃＋神经紧张的类型

浪荡子

简单的话语，伴随着它们那琐碎的生活，它们有魅力的"短促而清脆的声音"：熟练地，懒散的，感染，扰乱，优雅

高尚的强盗(罗宾汉)

道德恐怖主义

79 年 7 月 19 日　纽约

一次精神崩溃。关于写作。（也关于我的生活——但没关系。）我必须竭尽才智写作，战胜困境。

如果我因为害怕成为一名糟糕的作家而无法写作，那么，我肯定就是一名糟糕的作家。至少，我会一直写。

那么就会发生一些别的事。事情总是这样。

我必须每天写。随便写什么。什么都可以写。任何时候身上都带着一本笔记本，等等。

我看对我作品的恶评文章。我想对此一探究竟——这种精神崩溃。

为什么大多数情况下我考虑的是图式。

79 年 7 月 22 日

狡猾、细长的 79 岁

要有个规划：要创造一个世界。

我已经变得被动。我不创造，我不向往。我设法对付，我应付。

79 年 7 月 25 日

关于[20 世纪英国作家 J · R ·]阿克利-人物的故事——见斯彭德随笔[刊]《纽约书评》。

上帝也许会饶恕，但他很少免罪。

新的“革命的”政权取代了旧的独裁统治([伊朗的]沙 > 霍梅尼……)——新的残酷与虚伪的相加

[玛丽娜 ·]茨维塔耶娃，曼德尔斯塔姆——速成的诗人。

据说有人责难莉齐的散文：“仿佛每隔一句话她就省略一句。”

好主意。

昨天约瑟夫告诉我，他在试着打败维吉尔(《牧歌》)。还说[俄国作家弗拉基米尔 ·]布科夫斯基最近在坎布里奇告诉他，大赦[国际]中有中央情报局间谍。(不是大赦美国分部的新主席惠特尼 · 埃尔斯沃思。)如果这也被中央情报局渗透了，那么也会有克格勃间谍了。

约瑟夫对罗马圆形大剧场的印象：阿耳弋斯[1]的头骨

---

① Argus，希腊神话中的百眼巨人。

……

“要从新闻方面讨论一个人的精神生活是不可能的。”

重读[布罗赫的]《维吉尔之死》

唐纳德·卡思-罗斯，《名著+知识分子团体》，《阿里昂》[①]，春季版，1973年

……

航海的传统：守时与公正

……

79年11月2日　纽约城

整整两天写这个故事，材料多，浮想联翩，细节繁杂。但是写的时候并没有思绪泉涌。太费力了，太字斟句酌了。

谁在说话？（对我而言）问题是我在以第三人称写作——穿插了些许对话？

① *Arion*，波士顿大学的期刊，每年出三期，刊登随笔、评论、翻译，以及原创小说和诗歌。

挤掉天真的水分。写快些。

莉齐："嗯，对他是'curtains'，或者，像我的学生所言，'drapes'[①]。"

向巴纳德辞职："我一分钟也忍受不了了，那些可怕的小女生带着她们可怕的鸡毛蒜皮的故事进来，于是我对她们说，'你在找的那个词是 curtains，不是 drapes'。"

加上这个改变：

1728 年：首相罗伯特·沃波尔在剧场的包厢里，为约翰·盖伊的《乞丐的歌剧》鼓掌，此刻他们唱的歌词是指责他受贿 + 腐败。他甚至大喊再来一个，随后，观众为他鼓掌。

[柏拉图的]《理想国》："[在民主国家，父亲]使自己习惯于变得像他的孩子一样，还要怕他的儿子们……外国居民就像是本国居民，本国居民像外国居民，陌生人两种都像[在页边空白处：（恩斯特·）里斯]……学校的老师怕学生，拍他们的马屁……年轻人做起事来像他们的长辈，言、行上都与他们争斗，而老年人对年轻人则屈尊俯就，多才多艺、足智多谋因而取胜，仿效他们的小辈，为的是避免显得酸腐或专横。"

……

① "curtain"和"drape"是同义词，均有"窗帘、帷帘"的意思。

旧的计划：关于女性弥赛亚的故事（[法国哲学家夏尔·]傅立叶，[法国社会改革家巴泰勒米-普罗斯珀·]昂方坦等。）

视觉超市

清教徒对流行时尚的关注

……

西海岸俚语："克隆人"（男同性恋者）还有"种畜"（异性恋者）

……

79年11月28日

我疯了，完全疯了——也许有人能写写这个。没人注意到。我技艺高超掩饰了。我在公寓里徘徊，偷偷地东翻西找……我的双脚放在哪儿都不对。时间在加速飞逝。我躺下，我起来，我走动，我躺下，我睡觉，我起来，如此这般。

在伯克利看的电影（太平洋电影资料馆，编号29+30）

* * * * 布鲁斯·康纳，《一部电影》

基德莱特 · 塔希米，《甜蜜的梦魇》[①]

＊＊＊＊罗塞利尼，《1951 年的欧洲》

布鲁斯 · 康纳，《宇宙射线》

伊夫 · 阿勒格莱特[②]，《如此美丽的小海滩》[③]

（1949 年——杰拉德 · 菲利普，让 · 塞尔韦[④]……）

鲍里斯 · 巴尼特[⑤]，《郊外杀人狂》[⑥]（1933 年）

［安德烈 · ］孔恰洛夫斯基[⑦]，《万尼亚舅舅》[⑧]

布鲁斯 · 康纳，《报道》[⑨]

＊道格拉斯 · 瑟克[⑩]，《苦雨恋春风》[⑪]（罗克 · 哈德森[⑫]……）

同上，《碧海青天夜夜心》[⑬]

同上，《总有明天》[⑭]（弗雷德 · 麦克默里主演）

西贝尔贝格，《波奇伯爵》[⑮]

---

① *Perfumed Nightmare*（1977），菲律宾电影，塔希米自编自导自演，是一部半自传式的影片。

② Yves Allégret（1907—1987），法国导演、编剧、服装设计师。

③ *Une si jolie petite plage*（1949）。

④ Jean Servais（1910—1976），比利时演员。

⑤ Boris Barnet（1902—1965），苏联导演、演员、编剧，犹太人。

⑥ *Okraina*。

⑦ Andrei Konchalovsky（1937—　），苏联导演。

⑧ *Uncle Vanya*，由安德烈 · 孔恰洛夫斯基根据契诃夫剧本改编成的话剧。

⑨ *Report*，布鲁斯 · 康纳 1967 年拍的先锋派短片，被列入《你死之前必须看的 1001 部电影》一书当中。

⑩ Douglas Sirk（1900—1987），德国电影导演，1937 年因政治原因移居美国。

⑪ *Written on the Wind*，道格拉斯 · 瑟克 1956 年拍的电影。

⑫ Rock Hudson（1925—1985），美国电影演员，因艾滋病去世。

⑬ *Tarnished Angels*，亦译《污点天使》（1957）。

⑭ *There's always tomorrow*，亦译《断肠弦歌》（1956）。

⑮ *Die Grafen Pocci*，全名为 *Die Grafen Pocci — einige Kapitel zur Geschichte einer Familie*，西贝尔贝格 1966 年拍摄的电影。

79 年 12 月 4 日

正如他们所言，为了创造，上帝不得不蜷缩。

作家呢？

同时代人对杰作的怀疑，这是对杰出艺术的后起生命的怀疑……

撰写西贝尔贝格随笔的困难：每一项描述一定都低声地叙述着自己的想法

……

艺术是以/作为具体的、刺激感官的形式的精神事件的作品。

这些以及的恳求

胡言乱语　　　　“守财奴的全力冲刺”（帕斯捷尔纳克）

目瞪口呆

未谈的：很多现代主义（现代派美学）教条背后微不足道的病态冲动。例如：对格网、约束、刻板的迷恋。[——]蒙德里安

79 年 12 月 14 日

努力穿过西贝尔贝格的迷宫，我有了一部长篇小说的想法。一个很棒的想法——我的意思是一部雄心勃勃的大书的想法

［页边空白处：］关于忧郁的小说。毕竟，这是我的主题。因此，我此刻条理清晰。而且对此事我能够热情奔放 + 激情满怀。

壁画，流浪汉小说，一切。

重读潘诺夫斯基——和［君特·］格拉斯。

读［德布林的小说］《柏林，亚历山大广场》——真精彩。他是犹太人。瑟克 1936 年左右导演了他唯一的一个剧——并因此惹上麻烦

瑟克［SS 曾见过他；这可能就是他对她提到的一件事］提到卡夫卡喜欢背诵的歌德的《东西诗集》中的一首诗。

……

79 年 12 月 15 日

我的第一部长篇小说是对忧郁的描述。我发现重读潘诺夫斯基的随笔《象征主义 + 丢勒的“忧郁”》

“忧郁的幽默……应当是与大地同体的+干且冷；与剧烈的北风有关，与秋天、夜晚有关，还有60岁左右的年龄。”

我并不是无缘无故地在土星的照临下诞生：难以预料，我知道。27岁时，一种力量驱使我描写60岁的一个人+挑选了一个题词：“Maintenant, j’ai touché l’automne des idées.”［“现在，我已到达思想/思考的秋季。”——波德莱尔］

现在呢?

从祖母的鱼丸+一杯茶到孙女的消遣的化学制品菜单。

※

阿卜杜勒·哈米德[1]——1909年被废黜；土耳其最后一个强有力的苏丹；多疑——建造幻想之城

① Abdul Hamid(1842—1918)，应为Abdul Hamid II，阿卜杜勒·哈米德二世，奥斯曼帝国的苏丹和哈里发(1876—1909)。

1980 年

80 年 1 月 24 日

一个叫做《害怕战争》的故事

与[美国作家]乔伊斯·卡萝尔·欧茨及其丈夫雷·史密斯，+斯蒂芬·科[赫]共进午餐。斯蒂芬提到他的心理天气——一直有这种天气，他说。不是真的，我说。但一直有这种天空，斯蒂芬说。谁出去？我回应。不是我。我没有天气。我有暖气。我的暖气是西方文明——我的书+画/电影+唱片。

乔伊斯一直在写。她可以边写边沉思。她说她没有情感。觉得焦虑有什么用啊？“我也许就像是上了传送带一样走向我的死亡，”她说。斯蒂芬说她30岁的时候有过一段神秘的经历——在伦敦：持续了20分钟……

可以有人写写她。

在[乔·戴维·]贝拉米的书[《新小说：具有创新精神的

美国作家访谈录》，包括 SS]中对欧茨的访谈。

她的谦恭。

昨晚与威廉·巴勒斯(+[英国作家]维克多·博克里斯，[美国诗人、摄影师、电影制片人]杰拉德·马兰加[①])共进晚餐。博克里斯问我们，巴勒斯和我，关于我们两年前在柏林与贝克特“传奇的”会面一事。“非常礼貌得体，”巴勒斯说。后来他说：“贝克特不需要任何输入。所有东西都在里面。”

J·C·欧茨的创作方式——句子或段落。然后删删减减——然后将剩句残段编上号+将它们排列起来……

约瑟夫说过：如果那东西会动，那就不可能是艺术。芭蕾呢？高级娱乐。比如米莎[布罗茨基的朋友和资助人，舞蹈家米哈伊尔·巴雷什尼科夫[②]]

我是一名激进的女权主义者，但不是一名女权主义的激进分子。(戴[维])

……

[页边空白处：]美学原则：可以同时是许多空间+许多时代

---

① Gerard Malanga(1943—)，美国演员、制片人。
② Mikhail Baryshnikov(1948—)，俄裔美籍芭蕾舞蹈家。

……

80年2月3日

西贝尔贝格——

……从《卡里加利》[1]到希特勒到[西贝尔贝格的]《希特勒》——西所渴求的。(夸张的影迷：他从电影开始——现在他以电影结束。)

西认为他从希特勒手里救出了瓦格纳。真的吗?

西把纳粹的末世论很当真。

事件有精神的分量;这一分量与历史的分量无关。

80年2月14日

戴[维]的想法：一部《项狄传》式的、关于一个病态的说谎者的故事。推心置腹的语气——生平故事在每章都有变化

80年2月28日

雷蒙德说卡[洛塔]："她与生活保持非常超然的联系。这

① 指 *The Cabinet of Dr. Caligari*。

样做的好结果是她一点也不庸俗，一点也不低俗。坏的部分是她与其他人的关系。”

19 世纪美国文学（梅尔维尔、詹姆斯）的主题：那个引发毁灭性冲动的天真的人——由于天真。

（文化作为危机）

80 年 3 月 10 日

德布林论摄影 + 死亡的精彩的随笔——为桑德的书作的序：本雅明 + 一个诗人的感受力。

象征主义作品：［鲁塞尔的］《洛克斯·索罗斯》[1]，［杜尚的］《大玻璃》，［布努埃尔的］《黄金时代》

我过去的 3 天时间里已经听过十遍［莱奥什·雅那切克[2]的歌剧］《麦克罗普洛斯事件》。我想导它，我知道怎么导——就像 *Come tu mi vuoi*［皮兰德娄的戏《你需要我的时候》，SS 在托里诺话剧院导演过］。

阅读已变得无法控制。我是一个瘾君子——我需要戒瘾……这是写作的替代品。难怪这些天我无比焦虑。

---

① *Locus Solus*，鲁塞尔的小说，讲述住在巴黎郊外的科学家马歇尔·坎特雷尔让客人参观设置在他宽阔宅邸内的各种奇怪发明的故事。

② Leoš Janáček（1854—1928），捷克音乐家。

……作家没有必要非要写。她必须想象她必须。一部名著：没有人被要求，它被当作文化过剩，它源自意愿。

80 年 3 月 15 日

拉康主义：它给你一种沉闷的语言来在其中绕行。

……

枯燥的确定之事

参加跳伞的一个盲人——耳朵里戴着传声器，接收地面某个人(女指导)发出的指令——他摔断一条腿。第二次他掉下来的时候带着一个铅锤，铅锤在一根 20 英尺长的绳索的末端，这样，他就能在自己着地前两秒钟知道。他说，他如果看得见，就绝不敢跳伞。

……

催眠术 = 重组意愿

英国艺术家——爱德华 · 阿尔迪佐内[①](他刚去世)

① Edward Ardizzone(1900—1979)，英国儿童文学作家、画家。生于越南，父亲是法籍意大利人，母亲是苏格兰人，5 岁时随父母到英国定居。

……

那位盲人不想听人谈论色彩，他不喜欢别人对他描述事物。他常常去看电影。“你真的去？”“为什么不，”他回答说。“不过我不去看芭蕾。除非音乐很棒，否则我不去。”他两年后重见光明。在NIH［马里兰州贝塞斯达的国家健康研究所］做的微神经外科手术。他现在是索霍区［纽约］一家美术馆馆长。“当然，我根本没有鉴赏力。我对艺术一无所知。但我知道什么好卖，大众喜欢什么。”

华莱士·史蒂文斯说，诗是对其时机的叫喊

……

过去作为一间装满恐怖之物的房间——以及一所充满人物和社交自由的大学校。

普通的语言是谎言的堆积。因此，文学语言肯定是逾越的语言，一种个人秩序的决裂，精神压抑的粉碎。文学唯一的功能在于揭示历史中的自我。

……

茨维塔耶娃说帕斯捷尔纳克看上去像是一个阿拉伯人和他的马

……

……“你在轻率地对待我的故事”（对插话的人说）

纵欲的节奏（男同性恋的世界）

……

神性放弃化身为人 > 倒空

……

孩子必须离开天堂。他/她怀旧吗？并不真正这样。描述抑郁（用[当代瑞士批评家让·]斯塔罗宾斯基的随笔）然后说：他们称之为怀旧。以忧郁与异常欣快之差别结束。

80 年 3 月 26 日

巴特死了。

还有，戴维在恋爱。“她今天就是葛丽泰·嘉宝。”人热恋时，对方通常是嘉宝。

80 年 3 月 27 日

（电话里；他在 SF[旧金山]）西贝尔贝格现在想拍个理查

德·瓦格纳头脑中的超级-《帕西法尔》。

乌托邦 = 死亡

电影，一个思想的系统，一个宇宙
乌托邦问题

用生命(女人、爱情)来换乌托邦——值吗？不值。可是唯一……

我的专门系统：穿过西方文明(天堂、地狱)——舞台上永远做不了这事

象征主义观念/"类推法"的概念

西贝尔贝格没有拍摄的那一场的根据：海涅民歌《两个掷弹兵》[1]——[在民歌中]两个士兵[追忆]拿破仑(希特勒)

迪特里希·埃克哈特[2]的《冰河时期的宇宙学》……

80年3月28日

"这就是我们的命。我们的电脑就是那样造的。"(西贝尔

① *Die Zwei Grenadiere*。

② Dietrich Eckhart(1868—1923)，德国记者、政治家，纳粹党最早的七个创始人之一，被称为"纳粹精神的创建者"。

贝格）

一场独幕剧。“两个苏格拉底”——两个苏格拉底同时出现在舞台上。两个毗邻的小修道院。各有各的门徒。一个服下毒药，另一个离开。

80年3月29日

她不可能被打扰。她正在把一个句子……

一个公寓是一个人的自画像。我的公寓是关于排斥——已经被征服的东西。

剧院的布景是隐喻的或虚幻的。

乔托[①]是隐喻的。

非常有名的剧院的布景——[意大利文艺复兴时期的建筑师安德烈亚·]帕拉第奥[②]在维琴察的奥林匹克剧场是隐喻的（可以是一座寺庙、一座教堂，或其他什么）

19世纪的布景是虚幻的

一篇论划分历史时期的随笔

---

① Giotto（1266—1337），意大利画家、雕刻家、建筑师，首倡以自然主义风格表现人的表情。

② Andrea Palladio（1508—1580）。

一个世纪 > 一代人 > 10 年

……

80 年 3 月 30 日

诗人的单位是单词，散文家的单位是句子。

……

当我们所期待的事情终成泡影时，我们就复活了。——[20 世纪美国诗人]玛丽安娜·莫尔

性反应灵敏……

80 年 4 月 3 日

巴特

人们称他为批评家，因为缺乏一个更好的标签；而我自己说过他是“迄今最伟大的批评家……”但是他配得上更光荣的作家这个称呼。

他的作品大部分都是他在自我描述方面所做的一种巨大的、复杂的和极其谨慎的努力。

最终，他成为一名真正的作家。但是他不可能把自己的思想彻底清除掉。

80 年 4 月 7 日

艺术(家)创造现代性的思想意识——

现代性的思想意识否认阶级(继续存在)的事实。它把这一景象置于一个更为复杂的整体当中

艺术生动地描述思想意识——能够(通过审视艺术)展示——其不合逻辑

1860 年代,[法国日记作家,爱德蒙和朱尔·德·]龚古尔为巴黎之死而哀悼(他们的巴黎——1830 年代、1840 年代)

快乐:一件商品,一种(亚)文化

新的、壮观的、人造的场地——高度资本化——在郊外赛马、足球比赛、野餐、划船聚会,在乡间骑自行车。

现在被体制化的快乐的空间

……

80 年 4 月 12 日

一篇没有思想的随笔:描述,+描述的调整

同性恋关系的男性化——同性恋不再孤立；不再认为等同于文化（违反自然）。是同性恋不再促进对社会的批评态度。现在同性恋对这个社会一些最糟的，+最传统的趣味的认同：性别歧视（憎恨女人），消费主义，暴虐行为，男女滥交，情感分裂。不是孤立，而是（自我隔离）。好的经历是极端的经历的观念。因此，毒品是必要的。否则，一个人怎么能跳上8小时的迪斯科或体验费力劳神的性行为呢。

伍尔夫，《日记》（1925年4月19日）："太长时间以来，同性恋那颗苍白的星影响越来越大。"

还有萨特！［他4月15日去世。］

……

80年4月25日

……

作为启蒙，去神秘化、幻觉的摄影术。两者。

约瑟夫：
在斯大林领导下：不是审查制度，而是新闻封锁。
踩在刹车上的国家之靴，减缓了文学的"进度"——来装饰这刹车[①]。

估计冯·梅特涅[②]读了一首海涅的诗后会说："好极了。立即把所有的都查抄没收。"

传统的选择——启动你帮助记忆的器官——+你再也不能将其完全关闭。

※

[下面几则日记未标明日期，但显然是写于1980年4月或5月，当时SS正在写她关于卡内蒂的随笔。]

[这个词四周加了框：]剥离

（在一本笔记本中，从短篇小说+随笔中省掉剥离的内容）

他曾是个建筑师，现在他是一个"商店规划人"。

……

"我不勇敢。情况只是：我不允许害怕阻止我做我并不害怕去做的事"。

---

① 原文为"break"，有误，戴维说应为"brake"。

② von Metternich(1773—1859)，奥地利外交家，曾任奥地利首相，在国内实施高压统治，极力维护封建君主专制制度，实行严厉的书报检查制度，当时5 000多种书刊被列为禁书，其中许多是有影响的名著。

※

［下面的内容加了标题“一场婚姻”，而且SS在标题上加了框。看上去像是对她和菲利普·里夫的婚姻的未标日期的描述。］

疯狂是他的遗产。当然，我嫁给他的时候并不知道。我对他的期待值很高。一百个陈旧不堪的渴望令我惊愕。当时我年轻。有点儿油性芳香的朝气掩饰了他瘦削的脸。

当你把衬衫脱掉时，我对你腰部的那圈赘肉感到震惊［SS还写了另外一个词“感到心烦意乱”］。当我双手搂着你时，我都在发抖。就像是在拥抱地板。

精神的诱惑是件可怕的事。自尊，被压抑的欲念。对本能的蔑视。轻易就觉得比他人优越。他们不像我们这样纯洁。

我们的婚姻，我们神圣的婚姻。人人都不忠贞。所以我们也不。

但我们曾经纯洁。

你看上去年纪比我大很多。我为此感到尴尬。

尖刻地看待所有事情的衰退——生活方式、语言。庸俗的电影节目。和父母顶嘴［换个词：“说话无礼”］的孩子。把“它的”写成“它是”[1]的学生。

※

19 世纪法国的性堕落 + 玩世不恭（福楼拜，龚古尔兄弟）——英国的愚蠢 + 地方偏狭性——俄罗斯的野蛮 + 苦难

……

德国文化是西方文化最高的表现……（因此他们没有开明的政治机构）

在德国，艺术的任务是由哲学来规划的。那就是为什么所有的德国艺术统统指向瓦格纳。没东西足够重要 > > >它们是欧洲最先进、最深刻的文化（哲学、学问 + 音乐）

道德上的重罪犯
情感上的重罪犯

※

警句作家最喜欢的主题：他自己
笔记本作家的

① 指把“its”写成了“it's”。

利希滕贝格不是极度地厌恶女人

※

……

[论卡内蒂：]战前：三本厄普顿·辛克莱的译本(1930年和1932年——25岁和27岁)；然后《迷惘》(1935年)；他30岁！——然后一篇论布罗赫的随笔(1936年)，他31岁；是一篇演讲稿。说作家是(1)独创的；(2)概括年龄；(3)反对他的时代。结尾：作家想要呼吸。

卡内蒂既是否定过去的150年的思想的作家——正如他否定历史一样——也是典型的老派欧洲知识分子。在这个奇妙的作品中——既藏着+暴露着——所有的意识问题。

“失踪”是历史

[这一行加了框：]作为激情的思想：关于卡内蒂的札记
每个部分都同样重要，因此札记形式符合逻辑

……

别人问起，杜尚通常会说他什么也没干，他只是一个呼吸者。

卡[内蒂]是个幸存者。

杜尚的思想：完全无拘无束的人——他不再需要有事业、建立名声、获得影响力……

最大的聚集是一个人的思想聚集。正如有快+慢的聚集一样，也有快+慢的思想。

80年4月26日

卡内蒂的随笔是关于钦佩……

对书籍的爱。我的书房是一个种种渴望构成的档案馆。

当心“目前”+“充满希望”的错误使用

两个概念——“艺术使命的概念、放弃世俗的野心来把他/她自己奉献给无法用商业社会的价值来衡量的艺术家的概念”以及文化上或艺术上反对偶像崇拜的概念、艺术家对社会的疏离，作为逾越的艺术，对抗艺术，先锋派——这些都已经合二为一了。这两者现在对大多数艺术家而言似乎是不相干或不真实的。

但却被艺术批评家所鄙视。不过他们不一样。

我刚刚发现的旧札记(1960年代)：
加州是美国的美国
道德=可靠性

……

随笔：（？）

格言。碎片——所有这些都是“笔记本思考”；是一直拥有一本笔记本的这种想法产生出来的。

一个人能够追溯与文字记录的形式有关的思想/艺术的历史：信函手稿笔记本。

笔记本已成为一种艺术形式（里尔克，莉齐的书[《不眠之夜》]），一种思想形式（巴特），甚至是一种哲学形式（利希滕贝格、尼采、维特根斯坦、齐奥兰、卡内蒂）。

信函的衰退，笔记本的崛起！人们不再给别人写信；他们写给自己。

为什么？吝啬？不在别人身上浪费自己优美的措辞、自己的智慧——一个交情不深的收信人，他不会有礼有节到保存这一封信。

为你自己保存吧！

贮藏思想。

一本笔记本的角色是不一样的。更加目空一切（我们别去想那些哀诉者！）

格言。格言以贵族的悲观主义为特征

[在页边空白处：]鄙视、冷漠。可供选择：格言以悲观主义和速度为特征。

[卡内蒂的]格言是浓缩的思想。

[在页边空白处：]看卡内蒂的文章，回忆起了蒙田、格拉西安、尚福尔、利希滕贝格，还有(在当代人当中)齐奥兰——本质上同样的智慧：一种悲观主义的智慧。

格言是异乎寻常的思想。

格言是贵族的思考：这是贵族愿意告诉你的全部；他认为你应该迅速理解，而不是缓慢而费力地琢磨所有的细节。格言式的思考构成的思考就像障碍赛一样：期待读者迅速理解，然后继续向前。一句格言不是一场争论；它太有教养了，不会那样。

写格言就是戴上面具——鄙视的面具、优越的面具。这样做，在一个伟大的传统中，掩藏(形成)了格言家对心灵的拯救的秘密追求。拯救的悖论。当格言家与道德无关的、无足轻重的观点自毁的时候，我们最终明白。

例如：格拉西安，他在他的书中对侍臣得出结论，认为侍臣必然是圣徒；或者，王尔德，他的才华很多时候似乎是尼采减去悲剧感，以不幸的、令人痛心的《自深深处》的智慧而告终。

80 年 4 月 29 日

引文<   >旅行

沉默

三个想法，我带着它们拥有这个世界。

每一个都需要另外两个。

我无法替换一个而不改变另外两个。

[页边空白处：]《河内之行》、《没有向导的旅行》、《中国旅行计划》、《心问》

引语构建起来的小说——

看上去就像是一部引文集（论摄影的随笔）的世界

以对沉默的肯定而结束的故事[——]《杰基尔医生》，以及《恩主》

[页边空白处：]《死亡匣子》以作为引文的陈列馆的死亡的幻想场面而结束。在关于戈达尔 + 本雅明的随笔，+ 在《中国旅行计划》中引文的主题

对我而言，引文是"碎片"思维的连续——现代主义感受力

的首次发现{施莱格尔兄弟[奥古斯特和弗里德里希[1]]，诺瓦利斯}

在俄国，人们等待诗人来作出最后的裁决。(没有其他地方文学有这么重要。)

“不，先告诉我，”匈牙利流亡者说，“在真理与正义之间，你选择哪一个？”

“真理。”

“对，”他说。

Tout est là[“全都在那里了”]

一个人必须反对共产主义：它要求我们撒谎——以正义的名义牺牲才智(以及创造的自由)。(还有，最终，秩序。)想一想[俄国小说家，以及，变成了斯大林的一个辩护者、宣传家的伊利亚·]爱伦堡[2]，他心知肚明地牺牲了他的才华。

共产主义意味着比资本主义更残酷的官僚主义。

根本就没有共产主义这回事儿。只有国家社会主义。——这才是获胜的事儿。(国家主义，20世纪给人印象最深的政治力量。)法西斯主义的语言被打败——共产主义的语言留存下来

① August Schlegel(1767—1845)为哥哥，德国文学史家、翻译家、作家、哲学家；弟弟 Friedrich Schlegel(1772—1829)是德国浪漫主义诗人。两人是德国浪漫主义的联合创始人。

② Ilya Ehrenburg(1891—1967)，苏联新闻记者、作家、翻译家。

了，+成为最新的国家主义、前殖民地人民的言辞（+方便的旗帜）。

希特勒输了。但是国家社会主义——小写的国家主义，小写的社会主义——赢了。

你无法变成英国人、法国人、德国人；你是……但是你变成一名美国人。

一个造出来的，而非天然的国家。

一个国家，在这个国家里，每种关系都是一个契约，包括家庭成员之间，而且，任何一方一不高兴，关系就会破裂。的确，应该破裂。

[当代美国讽刺随笔作家]弗兰·勒博维茨[1]的母亲："可是你说的一切都是一个承诺。"犹太-新教徒的观点。

在意大利，一个承诺不过是一个计划，一个意图的陈述。大家都明白一个人可以改变主意。

80年4月30日

一个热情的现代主义者？一个无意识的现代主义者？

---

① Fran Lebowitz(1950—　)，美国女作家、演说家。

象征主义小说：对幻想内部的审视

首先要明白的事儿是美国人从未受过折磨。而且他们不了解磨难。（我昨天晚上和埃韦尔托[①]+贝尔基丝·帕迪利亚[古巴流亡诗人及其妻子]共进晚餐。）

做词表，来增加我现有的词汇量。增加“puny”，不只是“little”[②]，“hoax”，不只是“trick”[③]，“mortifying”，不只是“embarrassing”[④]，“bogus”，不只是“fake”[⑤]。

我能用 puny，hoax，mortifying，bogus 编个故事。它们就是一个故事。

80 年 5 月 2 日

关于一个诗人（约瑟夫！）的故事，他的作品比他，确实，重要好多。

昨天（在银宫大酒店[纽约的一家中国餐馆，SS 和布罗茨基经常在那儿就餐]）和斯蒂芬+娜塔莎[·斯彭德]夫妇，还有戴

---

① Heberto Padilla（1932—2000），古巴诗人，曾支持卡斯特罗，但 1960 年代起公开批评卡政府，1971 年他被监禁；包括桑塔格、萨特等在内的国际著名学者、作家抗议对他的监禁；最终诗人获释。该事件称为“帕迪利亚事件”。1980 年诗人离开古巴，移居美国。

② puny 和 little 均为“微小”的意思。

③ hoax 和 trick 均为“戏弄”、“恶作剧”的意思。

④ mortifying 和 embarrassing 均为“令人尴尬”、“令人窘迫”的意思。

⑤ bogus 和 fake 均为“假的”、“伪造”的意思。

维一起吃午饭时，约瑟夫为沙［伊朗国王］以及刑讯辩解。现在，我又重读［布罗茨基的诗］《科德角摇篮曲》①。

……

80 年 5 月 6 日

是的，一篇论格言式思维的随笔！另一种结尾，结论。《关于札记的札记》。

附卡内蒂(1943 年)的题词。“伟大的格言作家读上去就仿佛他们相互之间全都非常熟悉。”

人们想知道为什么。会不会是格言文学教诲我们智慧的相同性(一如人类学家教导我们文化的多样性一样)？悲观主义的智慧。或者，我们是不是应该得出结论，认为格言的形式，简短的或浓缩的或异乎寻常的思想的形式，是着上历史色彩的声音，一旦被采用，就必然表明某种态度；是普通主题研究的传播媒介？

警句家传统的主题研究：社交界的虚伪、人类希望的虚荣，女人的浅薄 + 不坦诚；爱情的虚情假意；独处的愉悦(以及必要)；一个人自己的思想过程的曲折复杂。

所有伟大的格言家都努力来承担悲观主义的责任、承担理想

① *Lullaby of Cape Cod*，亦译《鳕鱼角摇篮曲》。

破灭的责任——有一些还比其他人温和一些（没那么凶猛）。

所有人请注意社交生活的虚假 + 虚伪。很多伟大的格言家（尚福尔、克劳斯）对妇女不只是屈尊俯就，而是蔑视；很多都痴迷于他们自己的一个个心理过程 + 通常的心理过程（利希滕贝格、维特根斯坦）。

［页边空白处：］悖论、夸张的趣味

格言式的思维是不耐烦的思维：通过其极其简洁或浓缩，这种思维意味着高人一等的标准……

格言式思维典型的骄傲自大。一种装腔作势？一种激励？

……

……（大多数伟大的格言家都是悲观主义者，这一事实）最值得注意的例外，利希滕贝格，［他］效仿了英国人，而非欧洲的模式蔑视人类的愚蠢：他自视为被收养的英国人，宣布他认为典型的英国的常识是思想的最伟大的美德。

［页边空白处：］英国人更冷静些（王尔德、奥登）

［页边空白处：］格言家最喜欢的主题：他自己；利希滕贝格不是极度地厌恶女人。

在伟大的格言家当中另一个例外是[毛里求斯作家和画家马尔科姆·德·]夏扎尔[①]——既非乐观，也不悲观。因为他是个自然主义者。

卡内蒂和欧洲占主导地位的传统做法一样，鄙视人类的愚蠢——厌恶人类，以及厌恶女人，这是格言家特有的传统。

格言通常被视为超脱的产物，一种思想上的盛气凌人。在卡内蒂的作品中，正如在齐奥兰的作品中一样，格言是一种技巧（产物），适合永远是学生的过于激情满怀的思维能力。

蒙田，他创作了现代随笔——也是一位格言家吗？

……

写作的医生们……

80 年 5 月 9 日

尼金斯基不是知识分子。他是一种思想。（[美国芭蕾评论家]A·[阿琳·]克罗齐[②]）

卡内蒂随笔——是一部关于“卡内蒂”的小说——我的基恩

① Malcolm de Chazal(1902—1981)，毛里求斯作家、画家。

② Arlence Croce(1934—)，1965 年创办芭蕾舞评论杂志，1973 年至 1998 年为《纽约客》杂志撰写舞蹈评论文章。

[卡内蒂的《迷惘》中的悲剧的男主人公]。在那个意义上，关于我的。

《土星照命》唯一的评论会是第八篇随笔——一篇像我描述他们一样描述我的随笔。知识分子热诚的伤感力，收集者(作为一切的思想)，忧郁和历史，裁定道德上对唯美主义的诉求等等。知识分子作为一个不可能的规划。

如果我的作品有一个统一的主题，那就是幼稚的。道德严肃性的主题、激情的主题。一种心境、一种腔调。

我必须放弃随笔创作，因为它必然变成一项蛊惑人心的活动。我似乎是我不具有的——也不会具有的——确定性的承担者。

80 年 5 月 18 日

华沙发出的味道就像 50 年代一个英国城市。煤——

亚雷克[·安德斯——SS 的波兰译者、朋友，也是这次波兰之旅期间这座城市的导游]："一个像波兰这样的国家的规则是，'永远不要相信有权力的人'。"——

"苏联不是革命失败的例子，而是极权主义革命成功的例子。"

波兰两个最富的人——百万富翁——是[电影导演安杰伊·]瓦依达+[指挥家+作曲家克日什托夫·]潘德列茨基。（还有[斯坦尼斯瓦夫·]莱姆。）

[波兰诗人兹比格涅夫·]赫伯特住在西柏林/[波兰诗人切斯瓦夫·]米沃什在伯克利

亚雷克对天主教的辩护。“难道你不认为它代表了某些普遍的东西？代表一些道德价值？”

苏联建造的“文化+科学宫”——1956年建——结婚蛋糕——上面雕刻的斯大林的名字被一块循环重复“文化+科学宫”字样的广告牌给遮挡住了。

[页边空白处：]一种说法：对帝国大厦的误解。（另一种：莫斯科大学。）

亚雷克：“难道你不认为美国是这个世界唯一的希望吗？”

爱德华·奥肯（1872—1945）的书的插图+画，比尔兹利画派的

波兰没有共产主义者，但有很多警察。不再有人为马克思主义的修正主义而辩论。

……

1946 年波兰的凯尔采有过一次大屠杀。

亚雷克很自然地说到“波兰，英勇的国家”

彼得谈起[文学批评家亚瑟·]桑道尔说，政府部门的“官方犹太人”——因重新发现[布鲁诺·]舒尔茨而获好评，可这不是真实情况。

80 年 5 月 20 日　卡齐米(克拉科夫[①]的一个区)

……托尔斯泰作品中悖论的完全缺失。(我在重读《战争与和平》。)

阿什贝利[美国诗人约翰·阿什贝利，也是这次和 SS 一起去波兰的一行作家中的一员]：“我的诗歌的隐私不是个人的隐私。它是隐私的一个代表。”

“……被人关注又为人忽略的诗歌。”

一篇论波兰的随笔：以描述波兰的平原开头，一个缺乏自然边界的国家。然后引用[维托尔德·]贡布罗维奇(《证明》[②])：一个注定是劣等的国家(民族)。

克拉科夫：有轨电车、先锋剧场、污染、老城、游人——

① Kraków，波兰城市，小波兰省首府，波兰旧都。
② *Testament* 或 *A Kind of Testament*，贡布罗维奇的自传，1968 年出版法文版，1973 年出版英文版。

比华沙“保守”。沃伊蒂瓦[教皇约翰·保罗二世]在位25年。

谈我的作品……

文学立体派 > 很多次 + 在很多地方，表达意见
目录清单[/]引文的原则

……

是福楼拜（首先？）说过：“如果你看一样东西时间足够长，它就不会乏味。”比凯奇早了一个世纪。

80年6月29日　巴黎

和齐奥兰一起吃饭：“我发现在左派当中，人是不允许愤世嫉俗的。”解释了为什么，即使他年轻时——1930年代——他也没有受共产主义的诱惑。

论意大利：“那儿是天堂。一个人可以行刺。一个人可以离开这个国家。”

……

如果这个社会不提供这么多暴力的想象，就不会有这么多人对施虐-受虐感兴趣。真的吗？？

作为自由的小说：它唯一能违反的规则是内部的——其自身制定的规则。

……

[页边空白处：]易受异质基因连锁支配的性本能(恋物癖等)，因为不受管制——没有指导、没有规章。想想性别角色是如何被广泛管制的。

……

超现实主义：对日常生活的厌恶+对爱情+孤独所抱有的多愁善感的想法

19世纪中叶的元女同性恋关系，培育了波士顿老处女。奥利芙·钱塞勒[亨利·詹姆斯的《波士顿人》中的人物]等等。

……

关于约瑟夫的故事：《呼号者的声音》

"所有这种优雅的昂首阔步，其道德上的重要性是什么？"欧文·豪问道，他最近转而喜欢巴兰钦——+然后回答，"有多种美，道德想象在它们面前应该退却。"

妙极了。

试比较另一个犹太人的格言。[美国芭蕾舞剧导演、作家]

林肯·柯尔斯坦："芭蕾是关于如何举手投足。"

……

80 年 7 月 23 日

艺术的生活 > 艺术的后起生命（如：米罗的维纳斯，断裂了）

80 年 7 月 30 日

嘲笑，不是虔诚

……

［边上划了两道竖线以示强调：］西方不再对共产主义抱有好感这个伟大的主题。200 年的激情的终结。

译后记

桑塔格的日记第二卷《心为身役》2013年暑期译出初稿，经过半年多时间的校对打磨，即将交稿。因为书前有她儿子戴维·里夫的编者序言，我这里就简单地写上几段，交代一下我作为译者对该卷的大致理解，也借此表达我内心的谢意。

桑塔格一生没有写过自传，尽管她的小说，如《火山情人》，特别是短篇小说集《我，及其他》带有自传色彩。2000年，美国推出《铸就偶像：苏珊·桑塔格传》，2008年，桑塔格的独子戴维·里夫出版《死海搏击：母亲桑塔格最后的岁月》，2011年春，我们又读到戴维的前女友西格丽德·努涅斯撰写的《永远的苏珊：回忆苏珊·桑塔格》。《铸就偶像》是一本传记——一本只写到1999年的传记，它在为我们廓清桑塔格成为偶像的全过程的同时，字里行间颇多批评的口吻；戴维纠结的回忆读来令人纠结，文字上也有儿子丧母后回忆时难免的重复和絮叨。西格丽德的回忆分寸把握得较好，无局外人难免存在的隔阂，却有局内人可能难有的距离。当然，西格丽德的回忆并不是完整的桑塔格传，而且选择性强，因此，在读到完整的桑塔格传记之前，要了解桑塔格，我们除了研究她的小说和随笔，阅读她的日记、访谈录等作品恐怕就显得很有必要。

继2008年底出版桑塔格日记首卷《重生》之后，戴维又于2012年3月推出第二卷《心为身役》。《重生》时间跨度从1947至1963年，记录的是桑塔格从一个十四岁的花季少女到三十而立的青年作家的成长历程。《心为身役》则记载了桑塔格1964至1980年的生活和创作情况。在这个从青年到中年的重要人生阶段，桑塔格的文学事业取得了长足的发展，她著述宏富，相继出版了《反对阐释》、《激进意志的样式》、《论摄影》、《疾病的隐喻》、《土星照命》、《我，及其他》等重磅作品，从一个初出茅庐的纽约青年作家，迅速成长为一位具有广泛国际影响的作家、评论家和思想家。此外，该卷日记还让我们看到了处于事业巅峰的桑塔格的内心情感、她的政治和道德觉醒，以及六十年代至八十年代初美国国内外的激荡风云。

《重生》中译本出版前，我已经着手《心为身役》的翻译。该卷得以顺利完成，我首先要感谢上海译文出版社，桑塔格我一译十年，这其中我与编辑的长期合作愉快而富有成效，他们很高的眼光和一流的编辑水准为拙译增光添彩。感谢《新文学史料》、《外国文学动态》、《中华读书报》、《外国文艺》、《文汇读书周报》、《译林书评》等报刊的友人对拙译的长期的关注和支持。我尤其还要感谢戴维。在我翻译该卷期间，他的日程排得满满当当的，包括旅行和写作，还要编辑入选“美国文库”的《桑塔格卷》（*Susan Sontag: Essays of the 1960s & 70s*, 2013），但是，他一如既往地给予了我热情而具体的帮助，并介绍我认识了桑塔格著作的荷兰语、法语等版本的译者，使我们这些桑塔格著作的爱好者、翻译者和各相关出版社得以组成一个松散却又非常友好的小型桑塔格翻译出版共同体，大家保持联络，交流切磋，全力以赴地为读者翻译出版信实可靠的桑塔格著作译本。

桑塔格在中国的译介已走过十余年的历程，中国读者也越来越了解桑塔格。当然，正如2009年我在《铸就偶像：苏珊·桑塔格传》出版后接受访谈时所说过的那样，桑塔格太过复杂，“她的身份多栖，她的性格多面，她的世界多彩，她的命运多舛”。从这个意义上说，迄今为止我们对她的了解尚谈不上完整，而《心为身役》的推出，还有桑塔格日记第三卷以及戴维已经授权美国作家本杰明·莫瑟(Benjamin Moser)撰写的《桑塔格传》在不久的将来的出版，当能帮助我们走近一个更加真实而完整的桑塔格。

译　者

2014年春于南京仙林

图书在版编目(CIP)数据

心为身役：桑塔格日记：1964—1980/(美)
桑塔格(Susan Sontag)著;(美) 里夫编;姚君伟译.
—上海：上海译文出版社,2018.4（2023.11重印）
(苏珊·桑塔格全集)
书名原文：As Consciousness is Harnessed to Flesh
ISBN 978-7-5327-7566-8

Ⅰ.①心… Ⅱ.①桑… ②里… ③姚 Ⅲ.①日记—
作品集—美国—现代 Ⅳ.①I712.65

中国版本图书馆 CIP 数据核字(2017)第 216159 号

图字：09-2012-110 号

心为身役：桑塔格日记(1964—1980)
〔美〕苏珊·桑塔格/著 戴维·里夫/编 姚君伟/译
总策划/冯 涛 责任编辑/管舒宁 装帧设计/张志全工作室

上海译文出版社有限公司出版、发行
网址：www.yiwen.com.cn
201101 上海市闵行区号景路159弄B座
南京爱德印刷有限公司印刷

开本 890×1240 1/32 印张 20.25 插页 6 字数 239,000
2018 年 4 月第 1 版 2023 年 11 月第 2 次印刷
印数：6,001—7,500 册

ISBN 978-7-5327-7566-8/I·4630
定价：98.00 元